AS AVENTURAS DE
ROBIN HOOD

AS AVENTURAS DE
ROBIN HOOD
Howard Pyle

Edição ilustrada

Tradução
Luiz Fernando Martins

A ortografia deste livro foi atualizada segundo o
Acordo Ortográfico da Língua Portuguesa (1990),
que passou a vigorar em 2009.

© *Copyright* desta tradução: Editora Martin Claret Ltda., 2013.
Título original: *Project Gutenberg's The Merry Adventures of Robin Hood by Howard Pyle*

DIREÇÃO Martin Claret

PRODUÇÃO EDITORIAL Carolina Marani Lima
Mayara Zucheli

DIREÇÃO DE ARTE José Duarte T. de Castro

DIAGRAMAÇÃO Giovana Gatti Leonardo

CAPA E ILUSTRAÇÕES DE MIOLO Sérgio Magno

TRADUÇÃO Luiz Fernando Martins

REVISÃO Waldir Moraes
Alexander Barutti A. Siqueira

IMPRESSÃO E ACABAMENTO Cromosete Gráfica

Dados Internacionais de Catalogação na Publicação (CIP)
(Câmara Brasileira do Livro, SP, Brasil)

Pyle, Howard, 1853-1911.
   As aventuras de Robin Hood / tradução Luiz Fernando Martins.
— São Paulo: Martin Claret, 2013.

   Título original: *The Merry Adventures of Robin Hood*
   "Texto integral"
   ISBN 978-85-7232-960-6

   1. Literatura norte-americana 2. Robin Hood (Personagem lendário)
I. Título. II. Série.

13-06300   CDD-813

Índices para catálogo sistemático:

1. Personagens lendárias: Literatura norte-americana   813

EDITORA MARTIN CLARET LTDA.
Rua Alegrete, 62 — Bairro Sumaré — CEP: 01254-010 — São Paulo — SP
Tel.: (11) 3672-8144
www.martinclaret.com.br
2ª reimpressão – 2023

SUMÁRIO

As Aventuras de Robin Hood

Apresentação: Robin Hood: Mocinho ou vilão?	7
Prefácio: Do autor para o leitor	13
I – Como Robin Hood se tornou um fora da lei	15
II – Robin Hood e o latoeiro	27
III – O concurso de tiro na cidade de Nottingham	41
IV – Will Stutely salvo por seus bons companheiros	53
V – Robin Hood se torna açougueiro	63
VI – John Pequeno vai à feira de Nottingham	75
VII – Como John Pequeno viveu na casa do xerife	83
VIII – John Pequeno e o curtidor de Blyth	95
IX – Robin Hood e Will Escarlate	105
X – A aventura com Midge, o filho do moleiro	115
XI – Robin Hood e Allan A Dale	129
XII – Robin procura frei Tuck de Fountain	145
XIII – Robin Hood planeja um casamento	161
XIV – Robin Hood ajuda um cavaleiro triste	171
XV – Como Sir Richard de Lea pagou suas dívidas	187
XVI – John Pequeno se torna um frade descalço	201
XVII – Robin Hood se torna mendigo	217
XVIII – Robin atira perante a rainha Eleanor	233
XIX – A perseguição de Robin Hood	251
XX – Robin Hood e Guy de Gisbourne	269
XXI – O rei vai à Floresta de Sherwood	285
Epílogo	301

Apresentação

ROBIN HOOD: MOCINHO OU VILÃO?

Lilian Cristina Corrêa[1]

Quando ouvimos falar em Robin Hood, quase imediatamente pensamos em um período com características medievais, nobres endinheirados e plebeus em busca de alimentos e algum dinheiro para sobreviver, carruagens abordadas em florestas por ladrões e o fruto do roubo sendo dividido entre os participantes da emboscada. Diferenças entre classes sociais, amores proibidos que chegam a finais felizes... resta saber até que ponto tais impressões podem ser consideradas verdadeiras no que diz respeito à figura do tão famoso "Príncipe dos Ladrões".

A figura desse "benfeitor" das minorias sociais está presente na maioria das histórias relacionadas ao período normando na história da Inglaterra, quando Guilherme, o Conquistador, assumiu o controle da região, em 1066, impondo uma nova ordem, novo governo e novas perspectivas àquele povo, além, é claro, de uma nova concepção cultural, mais voltada aos costumes franceses: o feudalismo como sistema socioeconômico impunha uma constituição de classes sociais hierarquicamente definidas, baseadas no trabalho dos plebeus, então chamados servos, que deviam obediência e respeito aos senhores das terras que habitavam. Já os nobres habitavam os castelos e levavam suas vidas segundo os costumes e as regras ditadas pela Igreja e pelos assuntos de interesse dos mais poderosos, sendo protegidos pelos cavaleiros tanto em tempos de guerra quanto em tempos de paz.

Com tanta diversidade, a sociedade daquele período ainda apresentava um aspecto *sui generis*: a questão da comunicação. As pessoas

---

[1] Mestre e Doutora em Letras pela Universidade Presbiteriana Mackenzie.

tinham, naquele momento, três línguas sendo faladas ao mesmo tempo, mas cada uma usada por uma classe social diferente: o francês, nos castelos, o latim, na igreja e o *Old English* pelos representantes das classes menos favorecidas. E como se comunicar em três idiomas? Impossível! Surge, então, a tentativa de união de todas essas línguas em uma que, de alguma maneira, engloba as três anteriores em termos estruturais ou vocabulares – surge, então, o *Middle English*, uma versão da língua inglesa um pouco mais compreensível e um pouco mais próxima das versões surgidas posteriormente.

E é nesse contexto, marcado pelo feudalismo como novo sistema, pela forte presença da Igreja Católica, por um período marcado por muitas guerras, como a Guerra dos Cem Anos, e também por buscas, como as Cruzadas, que encontramos campo frutífero para o surgimento das histórias sobre Robin Hood.

Havia, naquele momento, expressões literárias diferentes para públicos e línguas diferentes: romances de cavalaria, escritos em francês, em sua maioria, e lidos pelos nobres, nos castelos; tratados religiosos, escritos em latim para a comunidade eclesiástica; e histórias campestres e de aventura, em *Old English*, conhecidas como baladas, transmitidas oralmente, ao longo das gerações – assim surgiram as primeiras imagens e a narrativa acerca desse notório personagem.

A lenda em torno de Robin Hood permanece perene há mais de quinhentos anos, eternizando a imagem de um personagem com características marcantes: um quê de trapaceiro e a bondade de um nobre que tira dos ricos para dar aos pobres, enfatizando as questões acerca da justiça e das diferenças entre classes, além dos grandes problemas ocasionados pela sede de poder e de vingança. Tais características acabam contribuindo para o fato de o personagem ter obtido um *status* de figura romantizada, mítica, certamente uma das mais famosas na Literatura Inglesa, ao lado do rei Arthur, por exemplo, inclusive no que diz respeito à possibilidade da real existência de alguém com as características apresentadas nas narrativas.

As primeiras baladas apresentam o herói em contato com lugares reais, como a Floresta de Sherwood, o que contribui para o fato de o personagem ser considerado como uma pessoa real, retratada de maneira relativamente precisa. Assim, quando Howard Pyle apresenta *The Merry Adventures of Robin Hood*, em 1883, e faz uma síntese geral das lendas tradicionais sobre o personagem de Robin Hood e também torna tais narrativas mais próximas ao público infantil e juvenil, ele continua contribuindo para a expansão da lenda e para a consagração do personagem.

Em *Robin Hood: a Mythic Biography* (2003), Stephen Knight apresenta concepções contemporâneas e representações sobre a lenda, trazendo de volta o questionamento sobre a real existência do personagem. Ao traçar a trajetória de Robin Hood, Knight traz diversas informações acerca da evolução do personagem e da lenda até a contemporaneidade, tendo seus aspectos refletidos na cultura e na literatura — o pesquisador apresenta verdades e controvérsias a respeito da figura de Robin Hood ao explorar suas concepções e representações.

No cinema, foram diversas as releituras da lenda de Robin Hood: da versão para o cinema mudo, de 1908, *Robin Hood and His Merry Men*, dirigida por Percy Stow, passando por *The Story of Robin Hood and His Merrie Men*, lançado pelos Estúdios Disney na década de 1950, *Robin and Marian*, de 1976, estrelando Sean Connery e Audrey Hepburn, *Robin Hood: Prince of Thieves*, 1991, com Kevin Costner, e o filme mais recente, de 2010, *Robin Hood*, com Russell Crowe, dirigido por Ridley Scott, além de diversas séries de TV e desenhos animados trazendo a clássica figura de Robin.

De qualquer maneira, é evidente o fato de que a figura de Robin Hood desperta e continuará despertando curiosidade e paixões ao longo do tempo e de outros textos literários e versões cinematográficas sobre essa figura tão simpática aos olhos do público, em geral, e do público leitor, mais especificamente. Boa leitura!

Referências

KNIGHT, Stephen. *Robin Hood:* a Mythic Biography. Ithaca and London: Cornell University Press, 2003.

http://classiclit.about.com/cs/productreviews/fr/aafpr_robinmyth.htm acesso em 28 de maio de 2013.

As Aventuras de
Robin Hood
Howard Pyle

Prefácio

DO AUTOR PARA O LEITOR

Você, que tanto labuta em coisas sérias, e que acha uma vergonha entregar-se, mesmo que por poucos instantes, ao divertimento e à alegria da terra da Fantasia; você, que pensa que a vida não tem nada a ver com o riso inocente que não faz mal a ninguém; estas páginas não são para você. Feche o livro e não vá além, pois lhe digo que, se for adiante, ficará escandalizado ao se deparar com pessoas boas e sóbrias da história real tão brincalhonas e travessas, em cores alegres e variadas, que não as reconheceria a não ser pelos nomes apresentados com elas. Aqui está um sujeito forte e robusto com temperamento explosivo, mas não tão mau, apesar disso tudo, que recebe o nome de Henry II. Aqui está uma dama bela e delicada perante a qual todos se curvam, e recebe o nome de rainha Eleanor. Aqui está um sujeito gordo, vestido de túnicas caras do tipo clerical, que todas as pessoas chamam de meu lorde bispo de Hereford. Aqui está um sujeito com um temperamento ruim e uma aparência séria — o venerável xerife de Nottingham. E aqui, acima de tudo, está um grande sujeito, alto e alegre, que percorre a floresta e adere às atividades de divertimento, e senta-se ao lado do xerife em festas alegres, que também ostenta o nome do mais orgulhoso dos Plantagenetas — Richard Coração de Leão. Ao lado deles, há uma grande variedade de cavaleiros, sacerdotes, nobres, burgueses, camponeses, pajens, damas, donzelas, senhorios, pedintes, mendigos e não sei o que mais, todos vivendo a mais alegre das vidas alegres, todos atados apenas por alguns fios de certas baladas antigas (cortados, unidos e amarrados numa série de nós) que esboçam esses sujeitos aqui e ali, cantando enquanto caminham.

Aqui irão encontrar uma centena de lugares monótonos, sóbrios, difíceis, todos ornados com flores e não sei o que mais, até que ninguém os reconheça nessa roupagem de fantasia. E aqui está um país ostentando um nome bem conhecido, onde nevoeiros frios não pressionam nosso espírito, e não cai chuva alguma, a não ser aquela que nos escorre pelos costados como aguaceiros de abril pelas costas lisas dos patos; onde as flores brotam eternamente e os pássaros estão sempre cantando; onde cada pessoa possui um aspecto alegre enquanto viaja pelas estradas, e a cerveja e o vinho (de modo a não embriagar os miolos) fluem como água num riacho.

Esse país não é o Reino das Fadas. O que é? É a terra da Fantasia, e é do tipo que, quando se cansa — pronto — fecha-se o livro e ele se vai, e você está pronto para o seu cotidiano, ileso.

Agora, levanto a cortina que pende entre nós e a Terra de ninguém. Virá comigo, caro leitor? Agradeço. Dê-me sua mão.

I
COMO ROBIN HOOD SE TORNOU UM FORA DA LEI

Na alegre Inglaterra de antanho, quando o bom rei Henry II governava a terra, vivia nas clareiras verdejantes da Floresta de Sherwood, perto da cidade de Nottingham, um famoso fora da lei cujo nome era Robin Hood. Jamais existiu um arqueiro que conseguisse atirar uma seta de penas de ganso com tanta habilidade e destreza como ele, nem existiram tantos homens alegres como os que com ele perambulavam pelas sombras esverdeadas da floresta. Felizes, viviam nas profundezas da Floresta de Sherwood sem sofrer necessidade ou carência, passando o tempo com alegres jogos de arco e flecha, ou disputas de bastão, alimentando-se dos cervos do rei e tomando grandes goles de cerveja da safra de outubro.

Não apenas o próprio Robin, mas todos do bando eram fora da lei e viviam separados dos outros homens; ainda assim eram amados pelos camponeses ao redor, pois ninguém vinha ao alegre Robin pedir ajuda em tempo de necessidade e saía de mãos vazias.

Agora contarei como Robin Hood tornou-se um fora da lei.

Quando Robin era um jovem de dezoito anos, rijo de músculos e ousado de coração, o xerife de Nottingham proclamou um concurso de tiro com arco e ofereceu um prêmio, que era um barril de cerveja, para quem quer que fosse o melhor arqueiro do condado de Nottingham.

— Agora também irei — disse Robin. — Pois de bom grado esticarei a corda do meu arco, pelos belos olhos de minha dama e um barril da boa cerveja de outubro.

Dizendo isso, ele se levantou e apanhou seu bom e rijo arco de teixo, uma vintena ou mais de flechas e partiu da cidade de Locksley, através da Floresta de Sherwood, para Nottingham.

Era o alvorecer do dia no alegre mês de maio, quando as cercas vivas são verdes e as flores enfeitam os prados; quando margaridas multicores, jovens botões amarelos e belas prímulas brotam ao longo das cercas espinhosas; quando surgem os brotos das flores de maçãs e doces pássaros cantam, como a cotovia ao raiar do dia, o tordo e o cuco; quando os rapazes e as donzelas olham uns para os outros com meigos pensamentos; quando as donas de casa ocupam-se em estender as roupas de linho para clarearem-se ao sol, sobre a grama verde e brilhante. Agradável era a floresta frondosa quando ele percorria suas trilhas, de folhas brilhantes farfalhando, entre as quais pequenos pássaros cantavam com toda a força; displicentemente Robin assobiava enquanto avançava, pensando na donzela Marian e seus olhos brilhantes, porque nesses momentos os pensamentos de um jovem se voltam de maneira agradável para a moça que ele mais ama.

Ao caminhar com passo leve e assobio alegre, ele topou com alguns guardas florestais sentados sob um grande carvalho. Eram quinze ao todo, alegrando-se ao comer e beber, sentados à frente de um grande pastelão, do qual cada homem se servia com as mãos, ajudando a engolir o que comiam com grandes goles dos canecos de cerveja espumante de um barril que estava ali perto. Cada homem usava o tom de verde típico de Lincoln, e eles faziam um belo espetáculo, sentados à grama, sob aquela bela árvore frondosa. Então um deles, com a boca cheia, dirigiu-se a Robin:

— Olá, aonde vais, rapaz, com teu arco barato e tuas setas de tostões?

Robin ficou irritado, pois nenhum adolescente dessa idade gosta de ser provocado.

— Meu arco e minhas setas são tão bons quanto os vossos — disse ele. — Além do mais, vou para o concurso de tiro na cidade de Nottingham, que foi promovido por nosso bom xerife de Nottingham; lá irei competir com outros arqueiros valentes, já que foi oferecido o prêmio de um barril de boa cerveja.

Então aquele que segurava um caneco de cerveja na mão comentou:

— Oh, escutai o rapaz! Ora, moleque, o leite de tua mãe mal secou em teus lábios e queres te colocar com arqueiros valentes nos campos de Nottingham, tu que mal és capaz de esticar a corda de um arco de dois tostões.

— Aposto vinte moedas contra o melhor de todos que acerto o alvo a uma distância de duzentos e cinquenta metros, com a ajuda de Nossa Senhora.

Com isso todos riram alto, e um deles falou:

— Bela fanfarronada, moleque, bela fanfarronada! E sabes bem que não há nenhum alvo por perto para fazer valer tua proposta.

— Daqui a pouco ele estará tomando cerveja com o leite dele — brincou um terceiro.

Robin ficou irritado com aquilo.

— Ouçam — disse ele. — Ali se encontra, ao final da clareira, um bando de cervos, até a mais de duzentos e cinquenta metros de distância. Aposto vinte moedas, com a permissão de Nossa Senhora, que consigo abater o melhor dentre eles.

— Está feito! — disse o que primeiro falara. — Aqui estão vinte moedas. Aposto que não consegues abater nenhum dos animais, com ou sem a ajuda de Nossa Senhora.

Então Robin apanhou seu bom arco de teixo e, colocando a ponta no peito do pé, ajustou a corda com habilidade; depois encaixou a grande flecha na corda e, elevando o arco, trouxe a pena cinza de ganso até sua orelha; no instante seguinte a corda zuniu e a flecha foi impulsionada através da clareira, como um falcão deslizando no vento norte. O maior cervo saltou alto, para cair morto, avermelhando o solo verde com o sangue de seu coração.

— Ahá! — gritou Robin. — O que achaste desse tiro, meu bom homem? Soube que a aposta era minha... e que tinha mais de cem quilos.

Todos os guardas florestais se enraiveceram, e o que falara primeiro e perdera a aposta era o mais zangado de todos.

— Não — ele gritou —, a aposta não é tua, e vai-te daqui agora mesmo, ou, por todos os santos dos céus, surrarei teus costados até que não sejas capaz de andar outra vez.

— Pois não sabes — disse outro — que acabas de abater um dos cervos do rei e pelas leis do nosso gracioso amo e soberano, o rei Harry,[1] teus ouvidos deviam ser cortados rente à cabeça?

— Pegai-o! — gritou um terceiro.

— Não — opinou um quarto. — Deixai que ele se vá, pela pouca idade que tem.

Robin Hood não chegou a dizer uma palavra, mas olhou para os guardas florestais com uma expressão severa e, girando nos calcanhares,

---

[1] Forma familiar de Henry (N.T.)

afastou-se deles pela clareira na floresta. Contudo, seu coração estava enraivecido, porque seu sangue era quente e jovem, pronto a ferver.

Teria sido bom para o primeiro que falara deixar Robin Hood em paz; contudo, sua raiva era muita, tanto porque o jovem levara a melhor na aposta quanto pelos muitos goles de cerveja que estivera tomando. Assim, sem aviso, colocou-se subitamente em pé, apanhou o arco e encaixou nele uma flecha.

— Sim, e vou apressar-te sem demora — gritou ele.

E atirou uma flecha sibilante no encalço de Robin.

Foi bom para Robin que a cabeça do guarda florestal estivesse girando pelo efeito da cerveja, ou ele jamais teria dado outro passo. Da forma como aconteceu, a seta assobiou a dez centímetros de sua cabeça. Ele então voltou-se e apanhou rapidamente seu arco, e atirou uma flecha em resposta.

— Falaste que eu não era arqueiro — gritou ele. — Dize isso outra vez!

A seta voou em linha reta; o arqueiro caiu para a frente com um grito, com o rosto no chão, as flechas espalhando-se da aljava para o solo ao redor, a pena cinza de ganso suja com sangue do coração. Antes que os outros pudessem entender o que acontecia, Robin Hood sumiu nas profundezas da floresta. Alguns foram em seu encalço, porém sem muito entusiasmo, porque cada um receava sofrer a mesma morte do companheiro; então, num instante, todos vieram e ergueram o cadáver, levando-o para a cidade de Nottingham.

Enquanto isso, Robin Hood corria pela floresta. Toda a alegria e a vivacidade haviam desaparecido, pois seu coração estava doente por dentro, e nascia em sua alma o sentimento de que matara um homem.

— Ai de mim! — lamentou-se. — Encontraste um arqueiro que fará tua esposa lamentar-se. Gostaria que jamais tivesses dirigido a palavra a mim, ou que eu não tivesse passado por essa trilha, ou que meu indicador direito tivesse sido arrancado antes que isso acontecesse! Na pressa feri, mas o pesar vem devagar.

Mesmo em sua aflição, lembrou o velho ditado que afirma: "O que está feito, está feito; o ovo quebrado não pode ser consertado".

Assim, ele veio a viver na floresta profunda, que seria seu lar nos muitos anos que viriam, para nunca mais compartilhar dias felizes com os rapazes e as moças da vila de Locksley; tornou-se um fora da lei, não apenas por ter matado um homem, mas também por ter abatido um cervo do rei, e duzentas libras foram oferecidas por sua cabeça, como recompensa para quem o trouxesse à corte do rei.

O xerife de Nottingham jurou que ele mesmo traria aquele patife, Robin Hood, para a justiça, e por dois motivos: primeiro porque ele desejava as duzentas libras de recompensa, depois porque o guarda florestal que Robin Hood matara era seu parente.

Mas Robin permaneceu oculto na Floresta de Sherwood por um ano, e nesse tempo reuniram-se ao redor dele muitos outros que eram como ele, afastados do convívio das pessoas por este ou aquele motivo. Alguns haviam abatido cervos nos tempos difíceis de fome, quando não conseguiam obter qualquer outro alimento, e foram apanhados nesse ato pelos guardas florestais, mas escaparam, salvando assim suas orelhas; alguns haviam sido privados de suas heranças, sendo suas propriedades adicionadas às terras do rei na Floresta de Sherwood; alguns foram espoliados por um grande barão, ou por um rico abade, ou por um poderoso escudeiro — todos, por um motivo ou por outro, vieram a Sherwood para escapar da injustiça e da opressão.

Então durante todo aquele ano, cem ou mais homens decididos se reuniram em volta de Robin Hood, e o escolheram como seu chefe e líder. Juraram que, assim como foram espoliados por seus opressores, fossem barões, abades, cavaleiros ou escudeiros, de cada um tomariam o que fora arrancado dos pobres por impostos injustos, aluguéis de terras ou multas exageradas; porém, aos pobres estenderiam a mão em tempos de necessidade e perturbação, e devolveriam a eles o que fora tomado. Além disso, juraram jamais magoar uma criança ou fazer mal a uma mulher, fosse donzela, esposa ou viúva; assim, depois de algum tempo, quando o povo começou a descobrir que nenhum mal lhes aconteceria, e que o dinheiro ou o alimento chegavam em tempos de necessidade para muitas famílias pobres, vinham saudar Robin e seus homens alegres, e contar muitas histórias sobre eles e seus feitos na Floresta de Sherwood, pois sentiam que Robin era um deles.

Numa alegre manhã Robin Hood levantou-se, enquanto os pássaros cantavam contentes entre as folhas, e todos os homens se levantaram, e cada um foi lavar a cabeça e as mãos no riacho marrom e frio que cantava entre as pedras. Então disse Robin:

— Por catorze dias não temos nenhum divertimento, portanto irei para longe procurar aventuras. Mas permanecei aqui, meus alegres homens, todos aqui na floresta; mas ficai atentos ao meu chamado. Darei três sopradas na trompa de caça em minha hora de necessidade; então, vinde com rapidez, porque vou precisar do vosso auxílio.

Assim dizendo, afastou-se entre as folhas cerradas da floresta até chegar à fímbria de Sherwood. Lá perambulou por um bom tempo, por trilhas e estradas, por vales escuros e pela beira da floresta. Ora encontrava uma bela jovem de corpo cheio num caminho sombreado, e cumprimentavam-se com uma boa palavra ao se cruzarem; ora via uma bela dama com passo lento, para quem tirava o chapéu, e que se curvava serenamente em retribuição ao jovem; ora via um monge gordo sobre um jumento carregado; ora um galante cavaleiro, com lança, escudo e armadura que brilhava à luz do sol; ora um pajem vestido de vermelho; ora um burguês corpulento da boa cidade de Nottingham, caminhando com passos sérios. Tudo isso ele viu, porém não encontrou aventura nenhuma. Por fim, tomou um caminho à beira da floresta, uma trilha que passava por um riacho profundo em leito de pedregulhos, atravessado por uma ponte estreita, feita de um tronco único. À medida que se aproximava dessa ponte, viu um estranho alto que vinha do outro lado. Robin apressou o passo, e o estranho fez o mesmo, cada um pensando em atravessar primeiro.

— Agora recua — disse Robin. — E deixa o melhor homem atravessar primeiro.

— Não — respondeu o estranho. — Recua tu, pois digo que o melhor homem sou eu.

— Isso veremos — desafiou Robin. — Enquanto isso, fica onde estás, ou então, pelo semblante de Santa Elfrida, irei pregar em ti a boa peça de Nottingham, com uma flecha colocada entre tuas costelas.

— Escuta, vou colorir teu couro de tantas cores quantas as do manto de um mendigo, se ousares tocar a corda desse arco que seguras na mão — ameaçou o estranho.

— Tu te comportas como um jumento — disse Robin. — Pois eu poderia mandar esta seta através do teu orgulhoso coração antes que um frade conseguisse abençoar um ganso assado na festa de São Miguel.

— E tu te comportas como um covarde — respondeu o estranho.
— Pois aí estás, com um bom arco de teixo para me varar o coração, enquanto nada tenho em minhas mãos, a não ser um bastão liso de ameixeira-brava para te dar uma lição.

— Pela fé do meu coração, jamais fui chamado de covarde em toda a minha vida. Coloco de lado meu fiel arco, deixo as flechas e, se tu ousas, corto um bordão para testar tua hombridade.

— Sim, aguardo tua vinda, e com alegria — afirmou o estranho, apoiando-se seu bastão para esperar Robin.

Então Robin Hood rapidamente caminhou até a orla da floresta e cortou um belo exemplar de carvalho, sem falhas, de dois metros de comprimento, e voltou aparando os galhos finos do tronco reto, enquanto o estrangeiro aguardava por ele, apoiado em seu bastão, assobiando ao mesmo tempo que o olhar vagava pelos arredores. Robin o observou furtivamente enquanto preparava seu bastão, medindo-o com o canto do olho, desde o alto até os pés, e pensou que jamais vira um homem tão robusto ou vigoroso. Robin era alto, mas o estranho o excedia por uma cabeça e um pescoço, porque media quase dois metros e vinte de altura. Robin tinha os ombros largos, porém os do estranho eram ainda mais largos por dois palmos, e ele media pelo menos uma vara ao redor da cintura.

"Apesar disso", falou Robin para si mesmo, "vou surrar-te o couro com alegria, meu bom homem". Depois, em voz alta:

— Vê, esse é meu bastão, robusto e resistente. Aguarda minha chegada para me enfrentar, se ousas, e não temas; iremos lutar até que um ou outro caia no riacho à força de golpes.

— Isso combina com o que sente meu coração! — afirmou o estranho, girando o bastão acima da cabeça, preso entre o polegar e o indicador, até que zunisse.

Nunca os Cavaleiros da Távola Redonda tiveram uma luta mais encarniçada do que aqueles dois homens. Num instante, Robin pisou a ponte onde estava o estranho; primeiro fez uma finta, e então dirigiu um golpe diretamente para a cabeça dele. Teria atingido o alvo, mergulhando-o prontamente na água, porém o estranho desviou o ataque com destreza, e em troca vibrou um golpe tão forte quanto o primeiro, que Robin desviou, assim como seu adversário havia feito. Dessa forma permaneceram, sem recuar um dedo que fosse, por uma boa hora, e muitos golpes foram dados e recebidos, até que os dois tivessem inchaços e calombos, embora nenhum dissesse "Chega!", nem parecesse candidato a cair da ponte. De vez em quando paravam para descansar, e cada um pensava que jamais vira antes na vida tamanha habilidade no bastão. Finalmente Robin vibrou uma pancada nas costelas do estranho, o que fez seu gibão fumegar como palha úmida ao sol quente. Tão habilidoso foi o golpe que o estranho por um triz não caiu da ponte; porém, recuperou-se com rapidez e num contragolpe preciso acertou a cabeça de Robin, fazendo o sangue fluir. Robin ficou enlouquecido de raiva e devolveu o golpe com toda a força; mas o estranho aparou a pancada e mais uma vez acertou Robin, dessa vez em cheio, fazendo que ele caísse de cabeça na água, como um pino cai no jogo de boliche.

— Onde estás agora, bom homem? — gritou o estrangeiro, gargalhando.

— Oh, estou na corrente, flutuando rio abaixo — gritou Robin, sem conseguir conter o próprio riso por sua triste condição.

E colocando-se em pé caminhou até a margem, espantando os pequenos peixes com o espadanar de água.

— Dá-me tua mão — pediu ele, ao atingir a margem. — Tenho de admitir que és alguém corajoso e forte, além disso, tens uma pancada forte com o bastão. Por um e por outro, minha cabeça zumbe como uma colmeia de abelhas num dia quente de junho.

Robin levou então aos lábios a trompa, e soprou um toque que ecoou docemente pelos caminhos da floresta.

— És um rapagão alto e igualmente corajoso — continuou Robin. — Acredito que nunca existiu um homem, daqui à vila de Canterbury, que pudesse fazer comigo o que fizeste.

O estranho riu.

— E tu aceitas a surra como um homem de coração forte e bem-humorado.

Naquele momento os galhos e gravetos distantes se agitaram com o som das passadas de homens, e repentinamente uma ou duas vintenas de bons homens fortes e rijos, todos usando verde, saíram para o aberto, com o alegre Will Stutely à frente.

— Chefe, o que houve? — perguntou ele, sorrindo. — Estás molhado dos pés à cabeça, completamente encharcado!

— Pois vede — respondeu Robin, com alegria — aquele sujeito forte ali me derrubou de cabeça na água, e ainda me deu uma boa surra.

— Então ele não vai se safar sem um bom banho e uma surra também — gritou Will. — Vamos lá, homens!

Dizendo isso, Will e uma vintena de homens saltaram sobre o desconhecido, contudo, logo foram repelidos ao descobrir que ele estava preparado, golpeando à direita e à esquerda com seu bastão, de modo que, embora houvesse sido subjugado pelo número, alguns tiveram a cabeça rachada antes que ele fosse dominado.

— Alto lá, homens! — gritou Robin, rindo-se até que seus flancos maltratados doessem novamente. — É um bom homem, e sincero; nenhum mal deve acontecer a ele. Agora escuta, meu jovem: queres ficar comigo e ser um de meu bando? Três roupas verdes deves ter a cada ano, além de quarenta moedas em pagamento, e ainda compartilhar conosco tudo o que de bom encontrarmos. Deves comer a doce carne de cervo e tomar talagadas de cerveja forte, e deverás ser meu braço direito, já que nunca vi um homem tão bom com o bastão em toda a minha vida. Fala! Queres ser um dos meus alegres homens?

— Isso ainda não sei — respondeu o estranho, de mau humor, porque estava irritado por ter sido subjugado. — Se manejas teu arco de teixo e setas de macieira assim como usas o bastão de carvalho, eu diria que não és digno do nome de homem em minha terra; mas se houver qualquer um que consiga colocar uma flecha melhor que eu, nesse caso vou considerar me juntar a vós.

— Agora, por minha fé — disse Robin —, és um patife temperamental, moleque. No entanto, vou me curvar a ti como nunca me curvei a nenhum homem antes. Meu bom Stutely, podes cortar um pedaço de casca branca de árvore com quatro dedos de largura e colocar a oitenta metros de distância naquele carvalho ali? Agora, estranho, acerta isso com uma seta de pena de ganso e podes te chamar um arqueiro.

— Isso farei, com certeza. Dá-me um bom arco e uma seta razoável, e, se eu não acertar, podes tirar minha roupa e me açoitar com cordas de arco até eu ficar azul — respondeu o estranho.

Então escolheu o arco mais robusto entre todos, parecido com o do próprio Robin, uma seta reta e longa com penas de ganso bem colocadas e, caminhando até a marca — enquanto o bando todo se acomodava no gramado, os homens sentados ou deitados para vê-lo atirar — ele levou a seta até o rosto e disparou com destreza, enviando-a diretamente ao alvo, tão certeira que se cravou no centro exato.

— Ahá... bate isso, se puderes — comentou ele, enquanto os homens aplaudiam tão belo tiro.

— Um belo disparo, sem dúvida. Não posso vencer, mas quem sabe igualar — comentou Robin.

Apanhando então seu bom arco de teixo e ajustando com cuidado uma seta, desferiu o tiro com a maior habilidade possível. A flecha voou retilínea, e com tanta precisão, que atingiu a flecha do estrangeiro e a reduziu a farpas. Todos se levantaram entusiasmados e gritaram de alegria pelo chefe ter atirado tão bem.

— Pelo arco perfeito do bom São Withold! — exclamou o estranho. — Isso é que foi um tiro. Nunca vi nada parecido em toda a minha vida! Agora serei verdadeiramente teu seguidor para sempre. Adam Bell era um ótimo arqueiro, mas nunca atirou assim!

— Então hoje ganhei mesmo um homem justo e valoroso — disse Robin. — A qual nome atendes, bom homem?

— Os homens me chamam John Pequeno — respondeu o estranho. Então Will Stutely, que adorava uma boa pilhéria, falou:

— Bom estrangeiro, de fato és grande em teu valor, todavia, pequeno de tamanho e constituição, portanto serás batizado de John Pequeno, e serei teu padrinho.

E Robin e todos do bando começaram a rir, até que o estranho começou a se zangar.

— Estás fazendo pouco de mim — disse ele a Will Stutely. — Terás ossos doídos em pouco tempo.

— Não, meu bom amigo — disse Robin. — Deixa de lado tua raiva por enquanto, porque o nome te assenta bem. John Pequeno serás chamado daqui em diante, e John Pequeno serás. Vinde, meus alegres companheiros, e vamos preparar uma boa festa de acolhida para esse bom rapaz.

Dando as costas para o riacho, mergulharam mais uma vez na floresta, por onde progrediram até alcançar o local onde habitavam, nas profundezas da mata. Lá haviam construído barracões feitos de troncos e galhos de árvore, e fizeram assentos de juncos cobertos de peles de corça. Ali se encontrava um grande carvalho, cujos galhos se estendiam por uma boa área, sob o qual havia um assento de musgo verde, onde Robin Hood gostava de se sentar para apreciar a festa e a alegria, com seus homens ao redor. Ali encontraram o resto do bando, alguns dos quais estavam lidando com algumas corças. Todos acenderam grandes fogueiras e depois de algum tempo assaram as corças e furaram um barril de cerveja espumante. Então, quando a festa estava pronta, todos se sentaram, e Robin Hood colocou John Pequeno à sua direita, já que ele seria dali em diante o segundo em comando no bando.

Quando a festa terminou, Will Stutely disse:

— Agora chegou o momento de batizar nosso ossudo bebê, não é, rapazes?

Todos concordaram, rindo até que o bosque inteiro ecoasse essa alegria.

— Precisaremos de sete padrinhos — afirmou Will Stutely, escolhendo sete dos mais fortes entre os homens.

— Agora, por São Dunstan — gritou John Pequeno, erguendo-se. — Mais de um vai se arrepender se colocardes um dedo em mim.

Contudo, sem dizer palavra, correram os sete até ele imediatamente, apanhando-o pelas pernas e braços e segurando-o firme, apesar dos protestos, e trouxeram-no para a frente, enquanto todos se aproximavam para ver o que acontecia. Então adiantou-se um, que fora escolhido para fazer o papel do sacerdote por ter o alto da cabeça careca; na mão trazia uma caneca de cerveja espumante.

— Quem me traz esse bebê? — indagou ele, em tom solene.

— Eu trago — respondeu Will Stutely.

— E de que nome o chamas?

— Eu o chamo de John Pequeno.

— John Pequeno, até este momento não vivias — disse em tom jocoso o sacerdote —, apenas andavas pelo mundo, mas agora vais viver de verdade. Quando não sabias viver, tinhas outro nome, porém agora, quando vais aproveitar a vida, te chamarás John Pequeno, e assim eu te batizo.

Com as últimas palavras, ele esvaziou o caneco de cerveja sobre a cabeça de John Pequeno.

Todos explodiram em gargalhadas quando viram a boa cerveja escura escorrendo como uma torrente pela barba, pelo nariz e pelo queixo, os olhos piscando com o ardor. No início ele parecia zangado, no entanto logo descobriu que não podia, porque os outros estavam alegres; e riu com todos eles. Robin então acolheu seu belo bebê, vestindo-o de verde da cabeça aos pés, e dando-lhe um arco bem resistente; dessa forma o fez membro do bando.

E assim Robin tornou-se fora da lei; assim um bando de alegres companheiros reuniu-se com ele, e assim ele ganhou um segundo em comando, John Pequeno; desse modo termina o prólogo. Agora contarei como o xerife de Nottingham por três vezes tentou apanhar Robin Hood, e como falhou em cada uma delas.

II
ROBIN HOOD E O LATOEIRO

Contou-se antes como foram oferecidas duzentas libras como prêmio pela cabeça de Robin Hood, e sobre como o xerife de Nottingham jurou que ele mesmo apanharia Robin, tanto por desejar as duzentas libras quanto por ele ter matado um parente seu. Só que o xerife ainda não sabia com que força Robin contava na Floresta de Sherwood, e imaginava que poderia emitir um mandado para sua prisão como para qualquer outro homem que quebrasse a lei; portanto ofereceu oitenta *angels* de ouro para qualquer um que lhe apresentasse o mandado. No entanto, os homens da cidade de Nottingham sabiam mais sobre Robin Hood e seus feitos do que o xerife, e muitos riam de pensar em emitir um mandado de prisão contra o ousado fora da lei, sabendo bem que tudo o que conseguiriam com tal empreitada seriam alguns crânios rachados; e ninguém se adiantou para assumir o assunto com as próprias mãos. Assim, uma quinzena se passou sem que alguém se apresentasse para fazer o trabalho do xerife. Então ele disse:

— Uma recompensa justa ofereci a quem quer que cumpra minha ordem para prender Robin Hood, e fiquei surpreso por ninguém ter aparecido para realizar a tarefa.

Um dos homens, que estava próximo, disse:

— Bom mestre, não sabes a força que Robin Hood reuniu ao seu redor e o pouco que se incomoda com um mandado do rei ou do xerife. A verdade é que ninguém quer partir com essa missão, por medo de cabeças rachadas e ossos quebrados.

— Nesse caso, afirmo que todos os homens em Nottingham são covardes — disse o xerife. — E deixai que eu descubra um homem em toda a Nottingham que ouse desobedecer a proclamação de nosso lorde soberano, o rei Harry, pois, pelo santuário de Santo Edmund, eu o enforcarei a muitos metros de altura! Mas se nenhum homem em

Nottingham ousa ganhar oitenta *angels*, posso mandar a outro lugar, porque deve haver homens de coragem em algum outro lugar nesta terra.

Chamou então um mensageiro no qual confiava muito, mandou-o selar o cavalo e aprontar-se para ir à cidade de Lincoln, a fim de ver se encontraria alguém que realizasse a tarefa e ganhasse a recompensa. Assim, na mesma manhã o mensageiro levou adiante sua missão.

O sol brilhava alto sobre a estrada empoeirada que levava de Nottingham a Lincoln, reverberando sua brancura sobre as colinas e vales. A estrada era poeirenta, assim como poei-

renta estava a garganta do mensageiro, de modo que seu coração ficou alegre quando ele se deparou com a tabuleta da estalagem Blue Boar, um pouco além da metade de sua jornada. A estalagem parecia bela a seus olhos e a sombra dos carvalhos ao redor dava uma impressão acolhedora e agradável, de maneira que ele apeou do cavalo para repousar por algum tempo, pedindo um jarro de cerveja para aliviar a garganta sedenta.

Lá ele encontrou um bando de rapazes joviais, sentados sob o carvalho frondoso que sombreava o gramado em frente à porta. Havia um latoeiro, dois frades descalços e um grupo de seis guardas florestais do rei, vestidos de verde, e todos bebiam cerveja enquanto cantavam alegres baladas dos velhos tempos. Os guardas riam alto, pois havia brincadeiras entremeadas aos cantos, e os frades riam ainda mais alto, pois eram homens robustos, com barbas encaracoladas como a lã de carneiros negros; porém, mais alto do que todos ria o latoeiro, e cantava também mais docemente que os outros. Sua sacola e o martelo pendiam de um ramo do carvalho, e perto estava apoiado seu rijo bastão, tão grosso quanto um pulso e com um nó numa das pontas.

— Vem — disse um dos rapazes ao mensageiro fatigado. — Vem juntar-te a nós nesta rodada. Ó estalajadeiro! Traze um caneco cheio de cerveja para cada um.

O mensageiro ficou contente em sentar-se junto com os outros que lá estavam, porque seus membros estavam cansados e a cerveja era boa.

— E então, que notícias levas assim tão depressa? E quanto já cavalgaste hoje? — indagou um deles.

O mensageiro era um conversador e adorava mexericar; além disso, o caneco de cerveja alegrava seu coração; portanto, acomodando-se numa ponta do banco da estalagem, enquanto o estalajadeiro se apoiava no batente e a estalajadeira permanecia ali, com as mãos sob o avental, ele teve muito prazer em contar suas novidades. Contou sua história desde o início: sobre como Robin Hood assassinara o guarda florestal e como se escondera na floresta profunda para escapar à lei; como vivera dali em diante, desafiando a lei. Deus sabia como ele abatia os cervos de Sua Majestade e arrecadava contribuições de gordos abades, cavaleiros e escudeiros, de maneira que ninguém ousava viajar mesmo na Watling Street ou na Fosse Way por medo dele; como o xerife, tinha a ideia de fazer cumprir a ordem do rei contra o ladino, embora pouco valesse para ele um mandado do rei ou do xerife, pois estava longe de ser um homem respeitador da lei. Então ele contou como nenhum homem em Nottingham queria cumprir esse mandado, por medo de cacholas rachadas e ossos quebrados, e como ele, o mensageiro, estava agora a caminho da cidade de Lincoln para descobrir de que estofo eram feitos os homens de lá e se haveria algum que se aventurasse a fazer cumprir esse mesmo mandado.

— Eu venho, sem dúvida, da boa cidade de Banbury — disse ele. — E ninguém em Nottingham — nem em Sherwood, preste atenção — maneja um bastão com a minha firmeza. Ora, rapazes, eu não encontrei aquele maluco do Simon de Ely, até na famosa feira da cidade de Hertford, e o venci no ringue de lá, diante de Sir Robert de Leslie e sua dama? Esse tal Robin Hood, de quem nunca ouvi falar, é um indivíduo alegre, que deve ser forte, mas acaso não sou mais forte? E mesmo que ele seja esperto, não sou mais esperto? Agora, pelos olhos brilhantes de Nan do Moinho, e por meu próprio nome, que é Wat de Crabstaff, e pelo filho de minha própria mãe, que sou eu, eu mesmo, Wat de Crabstaff, encontrarei esse sujeito teimoso, e vou surrá-lo se ele não respeitar o selo de nosso glorioso soberano, rei Harry, e o mandado de prisão de nosso bom xerife do condado de Nottingham, e pretendo bater, espancar e amassar tanto a carcaça dele que ele jamais irá mover um dedo da mão ou do pé novamente. Estão escutando isso, valentões?

— És o homem que procuro — afirmou o mensageiro. — E de volta vais comigo à cidade de Nottingham.

— Não — disse o latoeiro, balançando devagar a cabeça numa negativa. — Não vou com homem nenhum se não for de minha livre vontade.

— Não, não — disse o mensageiro — não há nenhum homem no condado de Nottingham que poderia fazer com que fosses contra tua vontade, meu bravo.

— É, isso posso ser... bravo — concordou o latoeiro.

— Sim, com certeza, és um bravo; porém, nosso xerife de Nottingham ofereceu quarenta *angels* de ouro brilhante para quem cumprir o mandado contra Robin Hood, ainda que não tenha adiantado muito.

— Então irei contigo, rapaz. Espere até que eu apanhe minha sacola, meu martelo e meu bastão. Deixa-me encontrar esse tal Robin Hood e ver se ele cumpre ou não a lei do rei.

Depois de pagar sua conta, o mensageiro, com o latoeiro caminhando em passos largos a seu lado, retornou para Nottingham.

Numa manhã clara pouco depois desses acontecimentos, Robin Hood foi à cidade de Nottingham para descobrir o que estava acontecendo lá, caminhando alegremente à beira da estrada, onde a grama era coberta de margaridas, deixando o olhar vagar por ali, e a mente também. Sem chifre pendia ao lado dos quadris, e o arco e as flechas às costas, enquanto na mão levava um bom bastão de carvalho, que girava entre os dedos à medida que caminhava.

Atravessando um prado sombreado, viu um latoeiro caminhando, entoando uma canção alegre ao aproximar-se. Nas costas pendia a sacola e o martelo, e na mão ele carregava um rijo bastão de dois longos metros, e assim cantava:

> *No tempo das vagens, quando soar uma trompa,*
> *Continua, até o cervo ser morto,*
> *E os meninos, com flautas de talos*
> *Sentam-se, mantendo longe os animais.*

— Olá, meu bom amigo — cumprimentou Robin.

— Fui colher morangos...

— Olá! — insistiu Robin.

— *Pelos belos bosques e grotões...*

— Olá! És surdo, homem? Eu disse: meu bom amigo.

— E quem és, para interromperes com tanta ousadia uma bela canção? — perguntou o latoeiro, parando de cantar. — Olá para ti, sejas ou não um bom amigo. Deixa-me dizer, sujeito robusto: se fores um bom amigo, bom para nós dois, porém, se não fores um bom amigo, pior para ti.

— E de onde vens, homem valente? — quis saber Robin.

— Venho de Banbury — respondeu o latoeiro.

— Ora veja! Ouvi dizer que por lá há notícias tristes nesta manhã.

— Ah! É mesmo? — perguntou ansioso o latoeiro. — Conta sem demora, porque sou um latoeiro de profissão, como vês, e em meu negócio sou ávido de novidades, da mesma forma que um frade é ávido por moedas.

— Está bem — disse Robin. — Escuta então que as contarei, mas peço que te controles, porque as notícias são tristes, te digo: ouvi dizer que dois latoeiros foram presos por tomar cerveja!

— Tu e tuas notícias não passam de sarna, cão desprezível — disse o latoeiro —, porque falas mal de bons homens. Mas são mesmo notícias tristes, visto que dois bons homens estão presos.

— Não, estás enganado e lamentas pelo motivo errado — respondeu Robin. — A tristeza das notícias está em que apenas dois latoeiros estão atrás das grades, e os outros estão livres por aí.

— Pelo prato de estanho de São Dunstan — gritou o latoeiro —, agora tenho um bom motivo para arrancar teu couro pela piada de mau gosto. Mas acho que se homens fossem apanhados e colocados na cadeia por tomar cerveja, não deixarias de ter tua parte.

Robin riu alto e respondeu:

— Bem pensado, latoeiro, bem pensado, bem pensado! Teus miolos são como cerveja e borbulham mais quando fermentam! Contudo, tens razão, homem, pois também adoro cerveja. Portanto, vem direto comigo até a tabuleta da Blue Boar e, se beberes tanto quanto aparentas poder beber — e acredito que não vais trair tua aparência —, então pretendo matar tua sede com a melhor cerveja caseira feita em toda Nottingham.

— Pela minha fé, és um homem bom e justo, apesar de tuas brincadeiras desprezíveis. Gosto de ti, meu rapaz, e se eu não for contigo a essa mesma estalagem que dizes, poderás chamar-me de pagão.

— Conta-me as novidades, peço-te — disse Robin, à medida que caminhavam juntos. — Latoeiros, acredito, são tão cheios de novidades quanto um ovo tem gema dentro.

— Agora gosto de ti como um irmão, meu fanfarrão, ou não contaria as novidades — disse o latoeiro. — Sou furtivo, homem, e tenho sobre mim uma missão importante que deve necessitar de toda a minha astúcia, porque estou tentando encontrar um fora da lei atrevido, chamado Robin Hood. No meu bolso trago um mandado, belamente escrito em pergaminho, repara, e com um belo selo vermelho de lacre, para tornar tudo legal. Se pudesse encontrar esse tal Robin Hood, eu o apresentaria a ele e, se ele não ligasse, eu bateria nele até que cada costela sua dissesse amém. Vives nas redondezas? Quem sabe se conheces o próprio Robin, meu bom homem?

— De certo modo eu conheço mesmo — disse Robin. — E posso dizer que o vi ainda esta manhã. Mas, latoeiro, as pessoas dizem que ele não passa de um ladrão triste e sorrateiro. Seria melhor vigiar bem esse mandado, homem, ou ele poderia roubá-lo até mesmo do teu bolso...

— Pois deixa-o tentar. Sorrateiro ele pode ser, porém sou mais. Gostaria de tê-lo aqui e agora, homem a homem! — disse o latoeiro, girando outra vez seu pesado bastão. — Que tipo de homem ele é, rapaz?

— É bem parecido comigo — disse Robin, rindo. — Em altura, constituição e idade, somos iguais; e ele também tem olhos azuis, como os meus.

— Não pode ser — discordou o latoeiro. — És apenas um rapaz. Penso que ele seja um homem grande com uma barba; os homens de Nottingham têm muito medo dele.

— É verdade, ele não é tão velho nem tão corpulento quanto tu és — disse Robin. — Os homens dizem que ele é muito hábil no bastão.

— Isso pode ser, só que sou mais hábil do que ele, pois não venci Simon de Ely numa luta justa, no ringue da cidade de Hertford? Se o conheces, meu jovem rapaz, poderás ir comigo e trazê-lo até mim? O xerife me prometeu oitenta *angels* de ouro, se eu puder cumprir a ordem de prisão sobre esse mandrião, e dez delas irão para ti, se me levares até ele.

— Farei isso — disse Robin. — Mostra-me esse mandado, homem, para que eu veja se é válido ou não.

— Isso não farei, nem mesmo ao meu próprio irmão — respondeu o latoeiro. — Nenhum homem verá meu mandado até que eu o mostre a esse teu amigo.

— Que assim seja, mas, se não mostrares a mim, não sei a quem mais vais mostrar — disse Robin. — Bem, aqui estamos em frente à Blue Boar, portanto vamos entrar e provar a cerveja escura de outubro.

Nenhuma estalagem mais agradável que a Blue Boar poderia ser encontrada em todo o condado de Nottingham. Nenhuma possuía árvores tão adoráveis ao redor, nem era tão coberta com a clematite rasteira e a doce madressilva; nenhuma possuía uma cerveja tão boa e tão espumante; nem em tempos de inverno, quando o vento norte uivava e a neve se depositava nos beirais, se encontrava um fogo tão acolhedor na lareira como na Blue Boar. E nessas épocas se encontrava sempre a boa companhia dos pequenos aldeões e camponeses ao redor da lareira bem acesa, cantando alegres canções, enquanto feixes de pequenas maçãs azedas assadas pendiam sobre a lareira. A estalagem era bem conhecida de Robin e seu bando, já que era lá que ele e tantos companheiros alegres, como John Pequeno, Will Stutely e o jovem David de Doncaster, se reuniam quando a floresta estava cheia de neve. Quanto aos anfitriões, eles sabiam manter a língua quieta na boca, e engoliam as palavras antes que passassem pelos dentes, porque sabiam muito bem em que lado do pão estava a manteiga, já que Robin e seu bando eram os melhores fregueses e pagavam suas despesas, em vez de escrevê-las com giz atrás da porta. Portanto, quando Robin Hood e o latoeiro entraram e pediram duas grandes canecas de cerveja, ninguém saberia, nem por olhares ou por palavras, que o estalajadeiro já pusera alguma vez os olhos no fora da lei.

— Espera um pouco aqui — disse Robin ao latoeiro, depois de um longo gole de cerveja —, enquanto vou ver se meu anfitrião retirou a cerveja do barril apropriado, porque conheço a boa cerveja de outubro, preparada por Withold de Tamworth.

Assim dizendo, ele foi ao interior e murmurou ao estalajadeiro para que colocasse uma medida de aguardente de Flemish na boa cerveja inglesa; isso foi feito pelo proprietário, que a trouxe a eles.

— Por Nossa Senhora — comentou o latoeiro depois de um longo gole da cerveja —, eu digo que esse Withold de Tamworth — um bom nome saxão, se me permites dizer — sabia fazer a cerveja mais espumante que já passou pelos lábios de Wat de Crabstaff.

— Pois bebe, homem, bebe — disse Robin, enquanto apenas molhava seus próprios lábios. — Estalajadeiro! Traze aqui para o meu amigo outra caneca dessa mesma cerveja. E que tal agora uma canção, meu alegre amigo?

— Sim, vou cantar uma canção, meu jovem amigo — disse o latoeiro. — Eu nunca provei antes tal cerveja. Por Nossa Senhora, faz minha cabeça girar mesmo! Ei, estalajadeira, vem ouvir e apreciar uma música;

e tu também, menina magra, porque sempre canto melhor quando tenho olhos brilhantes sobre mim.

Ele então cantou uma antiga balada do tempo do bom rei Arthur, chamada "O casamento de Sir Gawaine", que talvez alguns de vocês tenham escutado, em inglês arcaico; enquanto ele cantava, todos escutavam a história do nobre cavaleiro e seu sacrifício pelo rei. No entanto, muito antes que o latoeiro chegasse ao último verso, sua língua começou a vacilar e a cabeça a girar, por causa da aguardente misturada à cerveja. Primeiro a língua tropeçou, depois se tornou pastosa; em seguida a cabeça moveu-se de um lado a outro, até que por fim ele caiu adormecido como se nunca fosse acordar outra vez.

Robin riu alto, e rapidamente tirou o mandado do bolso do latoeiro, com dedos hábeis.

— És astuto, latoeiro, mas, ainda assim, não tão astuto quanto este ladrão sorrateiro, Robin Hood — então chamou o estalajadeiro e disse: — Eis aqui, meu bom homem, dez bons xelins pela diversão que nos propiciaste hoje. Cuida bem de nosso hóspede aqui e, quando ele acordar, podes cobrá-lo em dez xelins também, e se ele não tiver, podes tomar a sacola e o martelo, ou até o casaco, em pagamento. Assim castigo aqueles que vêm até aqui para receber recompensa para lidar comigo. Quanto a ti, não conheci ainda um proprietário que não cobrasse em dobro se pudesse.

A essas palavras, o estalajadeiro sorriu com malícia, como se dissesse para si mesmo: "Ensinar uma gralha a chupar ovos".

O latoeiro dormiu até que a tarde avançasse e as sombras se alongassem à margem da floresta; depois acordou. Primeiro, olhou para cima, depois para baixo, depois olhou para o leste e depois para oeste, já que tentava saber onde estava, e reunir as ideias, espalhadas como palha de cevada pelo vento. Em primeiro lugar, pensou em seu alegre companheiro, no entanto ele se fora. Então pensou em seu rígido bastão e que ele o tinha na mão. Depois, no mandado, e nos oitenta *angels* que poderia ganhar aplicando-o em Robin Hood. Enfiou a mão na algibeira, mas não achou nem um vintém. Assim, levantou-se enraivecido.

— Estalajadeiro! — gritou ele. — Aonde foi aquele patife que estava aqui comigo, agora há pouco?

— A qual patife Vossa Excelência se refere? — disse o estalajadeiro, falando com o latoeiro como quem o quer acalmar, assim como se coloca óleo sobre a água borbulhando. — Não vi nenhum patife com Vossa Excelência, pois juro que ninguém ousaria chamar aquele homem de patife tão perto da Floresta de Sherwood. Um homem bom e rijo vi com Vossa Excelência, mas pensei que Vossa Excelência o conhecesse, porque poucos aqui passam que não o conhecem.

— Agora, como eu, que nunca estive em teu chiqueiro, poderia conhecer todos os porcos? Quem era ele, que pareces conhecer tão bem?

— Ora, esse mesmo é o sujeito bom e correto que as pessoas aqui ao redor chamam de Robin Hood...

— Por Nossa Senhora! — gritou apressadamente o latoeiro, e em voz profunda, como a de um touro irritado: — Me viste entrando em teu estabelecimento, eu, um honesto artesão, e não me disseste quem era minha companhia, bem sabendo quem era ele?! Agora tenho o direito de te quebrar a cabeça pelo que fizeste!

Dizendo isso, ele apanhou seu bastão e olhou para o estalajadeiro como se fosse exterminá-lo ali mesmo.

— Não! Como eu ia saber que tu não o conhecias? — disse o homem, erguendo o braço por temer um golpe.

— Bem, deves realmente agradecer que eu seja um homem paciente — disse o latoeiro —, e por isso vou poupar tua cabeça careca, mas não enganes um cliente outra vez. Quanto ao patife a que chamas Robin Hood, vou procurá-lo e, se não conseguir quebrar a cachola do patife, podes quebrar meu bastão em farpas e me chamar de mulher.

Dizendo isso, começou a preparar-se para partir.

— Não — disse o estalajadeiro, permanecendo na frente do homem, estendendo os braços como um homem que cuida dos gansos e os quer dirigir, já que quando o assunto era dinheiro ele ficava corajoso. — Não podes ir enquanto não pagares tua parte.

— Ele não pagou a ti?

— Nem um tostão; e dez bons xelins em cerveja bebestes hoje. Digo que não, não irás embora sem me pagar, ou nosso bom xerife vai saber disso.

— Não tenho nada com que te pagar, meu bom homem — disse o latoeiro.

— Bom homem não se aplica a mim. Não sou um bom homem quando se trata de dez xelins! — disse o estalajadeiro. — Paga o que me deves em dinheiro, ou deixa teu casaco, teu martelo e tua mala; ainda assim, não acho que tudo valha dez xelins, e portanto vou sair perdendo.

E se te agitares, tenho um cachorro grande lá dentro e irei soltá-lo sobre ti. Maken, abre a porta e solta Brian se esse sujeito se mexer um passo.

— Não, porque andando pelo campo aprendi como são os cães — disse o latoeiro. — Pega o que quiseres e deixa-me partir em paz, e possa a sarna ficar contigo. Mas oh, estalajadeiro! Se eu encontrar esse biltre desprezível, juro que irei fazê-lo pagar por tudo o que me fez.

Assim dizendo, ele se afastou na direção da floresta, falando consigo mesmo, enquanto o estalajadeiro e sua valorosa companheira Maken o observavam, e riram assim que ele se distanciou.

— Robin e eu aliviamos esse jumento de sua carga lindamente — comentou o estalajadeiro.

Aconteceu que nesse momento Robin Hood estava atravessando a floresta para a Fosse Way, a fim de ver o que lá havia para ser visto, porque a lua estava cheia e a noite prometia ser clara. Na mão ele carregava o bastão, e ao flanco pendia a trompa. À medida que ele caminhava por uma trilha da floresta, assobiando, por outro caminho vinha o latoeiro, resmungando para si mesmo e sacudindo a cabeça como um touro raivoso; assim, logo depois de uma curva abrupta, encontraram-se face a face. Ambos ficaram imóveis por um instante, depois Robin falou:

— Olá, pássaro alegre. Gostaste de tua cerveja? Não queres cantar outra canção?

O latoeiro não disse nada por um tempo, mas ficou olhando para Robin com uma expressão irritada.

— Bem, fico muito satisfeito por te haver encontrado finalmente — disse o latoeiro. — E, se eu não quebrar os ossos dentro da tua pele hoje, dou-te licença para colocares o pé sobre meu pescoço.

— De todo coração — disse Robin, com um sorriso. — Quebra meus ossos, se puderes.

Assim dizendo, Robin colocou-se em guarda. Então o latoeiro cuspiu sobre as mãos e, agarrando o bastão, partiu direto para cima do outro. Ele vibrou dois ou três golpes, mas logo descobriu que encontrara um adversário à altura, porque Robin aparou e defendeu cada um deles e, para espanto do latoeiro, acertou-lhe as costelas em retribuição. Ao conseguir isso, Robin riu alto e o latoeiro ficou mais zangado do que nunca, e atacou novamente, com toda a sua força e habilidade. Novamente Robin aparou dois dos golpes, porém, no terceiro, seu bastão quebrou perante os golpes potentes do latoeiro.

— Ai de ti, cajado traidor — gritou Robin quando o bastão caiu-lhe das mãos. — És um miserável por me servir assim em minha hora de necessidade!

— Agora rende-te — disse o latoeiro. — Pois és meu cativo; e se não o fizeres, baterei em tua cabeça até que ela fique como um pudim.

Robin não respondeu, mas, levando a trompa aos lábios, soprou três notas, altas e claras.

— Podes soprar, ainda assim precisas vir comigo até a cidade de Nottingham, porque o xerife vai gostar muito de te ver por lá — disse o latoeiro. — Agora, irás comigo por bem, ou terei de quebrar essa bela cabeça?

— Se tenho de tomar cerveja azeda, assim o farei — disse Robin. — Entretanto nunca me rendi a nenhum homem antes, e isso sem ter nenhum ferimento ou marca no corpo. Quando me recordo, não penso em me render. Oh, homens alegres! chegastes rápido!

Nesse instante, John Pequeno e mais homens robustos vestidos de verde saíram da floresta.

— Olá, mestre — saudou John Pequeno. — O que precisas para teres tocado a trompa tão alto?

— Aí está um latoeiro — disse Robin — que gostaria de me levar para Nottingham e lá me pendurarem na árvore da forca.

— Então ele mesmo deverá ser pendurado — disse John Pequeno.

Ele e os outros caminharam na direção do latoeiro, para agarrá-lo.

— Não, não tocai nele — ordenou Robin. — Ele é um homem justo e honrado. Um funileiro por ofício e um homem de brio por natureza; além do mais, canta muito bem uma balada. Dize-me, meu bom homem... queres juntar-te ao nosso grupo de homens alegres? Três conjuntos de roupas verdes ao ano, além de vinte marcos como soldo; poderás compartilhar conosco e levar uma vida alegre na floresta; pois não temos cuidados, nem azares chegam à parte profunda da floresta, onde abatemos os cervos do rei e comemos sua carne assada, mais bolos doces de aveia, coalhadas e mel. Queres vir conosco?

— Bem, acho que vou me juntar a vós, porque gosto da vida alegre e gosto de ti, bom mestre, embora me tenhas arrebentado as costelas e me enganado. Tenho de admitir que és mais forte e mais esperto que eu: portanto eu te obedeço, serei teu verdadeiro servo.

Então todos foram para a floresta profunda, onde o latoeiro deveria viver dali em diante. Por muitos dias ele cantou suas baladas para o bando, até que o famoso Allan A Dale se juntou a eles, aquele perante o qual todas as vozes pareciam tão ásperas quanto a do corvo; mas vamos saber mais sobre ele depois.

III
O CONCURSO DE TIRO
NA CIDADE DE NOTTINGHAM

O xerife ficou com muita raiva por causa desse fracasso em apanhar o alegre Robin, porque chegou aos seus ouvidos, como sempre acontece, que o povo ria dele e fazia piadas sobre sua tentativa de emitir um mandado de prisão para alguém tão ousado como o fora da lei; e um homem odeia poucas coisas mais do que ser motivo de chacota, por isso ele disse:

— Nosso Senhor e Rei Soberano em pessoa ficará sabendo disso, e de como as leis são pervertidas e desprezadas por esse bando de fora da lei rebeldes. Quanto àquele traidor, o latoeiro, a esse vou enforcar, se o apanhar, na árvore mais alta de todas que são usadas para forca, em todo o condado de Nottingham.

Depois ele avisou a todos os seus criados e servidores para se aprontarem a fim de ir até Londres, ver o rei e falar com ele.

Com isso, houve agitação no castelo do xerife, e os homens corriam de lá para cá a fim de resolver isso e aquilo, enquanto os fogos das forjas em Nottingham brilhavam, avermelhados, noite afora como estrelas cintilantes, visto que todos os ferreiros da cidade estavam ocupados fazendo ou consertando armaduras para a tropa de escolta do xerife. Esse trabalho durava já dois dias, e então, no terceiro, tudo ficou pronto para a jornada. Partiram à luz do sol brilhante, da cidade de Nottingham, pela Fosse Way, depois por Watling Street; então viajaram por dois dias até que vissem as espirais e torres da grande cidade de Londres; muitos paravam, ao longo da jornada, e observavam o espetáculo da cavalgada ao longo das estradas, com as armaduras brilhantes, plumas e adornos.

Em Londres, o rei Henry e sua bela rainha Eleanor mantinham sua corte alegre com damas vestidas com seda, cetim, veludos e tecidos em ouro, e também cavaleiros corajosos e cortesãos galantes. Para lá se dirigiu o xerife, e foi levado na presença do rei.

— Uma bênção, uma bênção — pediu ele, ajoelhando-se na presença do soberano.

— Vamos ver... o que desejarias? — disse o rei. — Vamos ouvir quais possam ser teus desejos.

— Ó meu amado Senhor e Soberano — falou o xerife. — Na Floresta de Sherwood, em nosso bom condado de Nottingham, vive um fora da lei atrevido, cujo nome é Robin Hood.

— De fato — disse o rei —, os feitos dele chegaram mesmo até nossos ouvidos reais. Ele é um ladino rebelde e atrevido, ainda assim, devo admitir, uma alma alegre do povo.

— Mas escutai, ó mais gracioso dos Soberanos — disse o xerife. — Enviei a ele um mandado com vosso próprio selo real, por um mensageiro de confiança, porém ele bateu no mensageiro e roubou o mandado. E mata vossos cervos, e rouba vossos vassalos até nas grandes estradas.

— Bem, vamos ver — respondeu o rei, com voz irritada. — O que desejas que eu faça? Vieste a mim com uma escolta de muitos homens bem armados e servos, e apesar disso não és capaz de apanhar um bando de patifes valentes sem armaduras, em teu próprio território? O que queres que eu faça? Não és meu xerife? Não estão minhas leis em vigor no condado de Nottingham? Não tens iniciativa para entrar em ação contra aqueles que quebram as leis ou fazem alguma injúria contra ti ou os teus? Vai, sem demora, e pensa bem; cria um plano próprio de ação, e não me perturbes mais. Contudo, vê bem, mestre xerife, porque terei minhas leis obedecidas por todos os homens do meu reino e, se não és capaz de garantir que isso aconteça, não és um xerife para mim. Portanto, digo que olhes para ti mesmo, ou coisas indesejadas podem recair sobre ti assim como sobre os ladrões do condado de Nottingham. Quando a enchente vem, leva embora tanto os grãos quanto os talos.

Então o xerife fez meia-volta com o coração magoado e tristemente arrependeu-se de sua exibição de seguidores e soldados, pois percebeu que o rei ficara zangado por ter ele tantos homens ao seu redor e ainda assim não ser capaz de fazer cumprir as leis. Enquanto todos cavalgavam lentamente de volta para Nottingham, o xerife estava pensativo e cheio de cuidados. Não trocou palavra com ninguém, e nenhum de seus homens falou com ele, mas o tempo todo esteve ocupado engendrando um plano para apanhar Robin Hood.

— Ahá! — gritou ele, em determinado momento, vibrando um tapa na coxa. — Descobri! Cavalgai rápido, meus bravos homens, e vamos voltar para Nottingham o mais rápido possível. E prestai atenção em minhas palavras: antes que duas luas se passem, esse patife sem princípios, Robin Hood, estará seguramente trancafiado na cadeia de Nottingham.

Qual seria o plano do xerife?

Assim como um usuário apanharia cada uma das moedas num saco de angels de prata, sentindo cada moeda para saber se fora ou não reduzida, assim também o xerife, à medida que progrediam lenta e tristemente de volta a Nottingham, sopesava seus pensamentos, tateando suas bordas e procurando em cada um deles alguma falha. Finalmente pensou no caráter ousado de Robin Hood, e, como o xerife sabia, ele sempre se aventurava até o interior das muralhas de Nottingham.

"Agora", pensou o xerife, "se eu puder convencer Robin a ir até a cidade de Nottingham, onde posso descobri-lo, garanto que o seguro tão firme que ele jamais escapará". Subitamente veio a ele a ideia de um grande concurso de tiro ao alvo, com um bom prêmio, em que Robin seria levado a competir por seu espírito aventureiro; fora esse pensamento que causara sua exclamação e o tapa na coxa.

Assim, logo que chegou em segurança a Nottingham, enviou mensageiros ao norte, ao sul, a leste e a oeste, a proclamar pelas cidades, vilarejos e pelo campo seu grande concurso de tiro ao alvo, sendo admitidos todos os que pudessem atirar com um arco longo, e o prêmio seria uma flecha de puro ouro batido.

Quando Robin Hood soube da novidade, estava na cidade de Lincoln, e apressou-se a voltar para a Floresta de Sherwood, onde reuniu seus homens e fez um pronunciamento a eles:

— Atenção, meus alegres homens, todos, às notícias que eu trouxe da cidade de Lincoln hoje. Nosso amigo, o xerife de Nottingham, anunciou um concurso de tiro e mandou mensageiros com essa informação por todo o interior, e o prêmio deve ser uma flecha brilhante de ouro puro. Eu gostaria que um de nós ganhasse, tanto pela beleza do prêmio quanto por nosso bom amigo xerife o ter oferecido. Por isso apanharemos nossos arcos e iremos até lá para atirar, pois sei bem que o divertimento valerá a pena. O que me dizem, rapazes?

Então o jovem David de Doncaster falou:

— Escuta, rogo-te, bom mestre, o que vou dizer. Vim direto de nosso amigo Eadom da Blue Boar, e lá ouvi a notícia completa sobre esse mesmo assunto. Mas, mestre, ouvi dele, que ficou sabendo pela boca de Ralph da Cicatriz, o homem do xerife, que esse mesmo xerife espertalhão quis fazer uma armadilha para ti com esse concurso de tiro, e não deseja nada mais do que te ver por lá. Portanto não vás, bom mestre, porque sei bem que ele deseja enganar a ti, fica no interior da floresta para que não encontremos os inimigos.

— Agora — disse Robin —, és um rapaz esperto e manténs tuas orelhas abertas e tua boca fechada, pois te tornaste um homem da floresta esperto e habilidoso. Vamos deixar que digam que o xerife de Nottingham intimidou o bravo Robin Hood e cento e quarenta dos melhores arqueiros que existem na alegre Inglaterra? Não, meu bom David, o que me dizes me faz desejar o prêmio ainda mais do que deveria. Mas o que diz nosso bom sábio mexeriqueiro Swanthold? "O homem apressado queimou a língua, e o tolo que manteve os olhos fechados caiu no poço", não foi isso? O que ele diz, na verdade, é que devemos enfrentar astúcia com astúcia. Alguns de nós podem vestir-se como frades e alguns como camponeses rústicos, alguns como latoeiros, ou como mendigos, mas seria bom que cada homem levasse um bom arco ou espada, para o caso de a necessidade aparecer. Quanto a mim, irei competir por essa flecha de ouro e, se vencer, ela irá ficar pendurada nos galhos de nossa boa árvore de festa para a alegria de todos nós. O que acham do plano, meus homens?

Os gritos de aprovação ecoaram por todo o bando, com entusiasmo.

A cidade de Nottingham no dia do concurso de tiro era uma bela visão. Ao longo do gramado abaixo da cidade estendia-se uma fileira de bancos, um ao lado do outro, para o cavaleiro e sua senhora, para o escudeiro e sua dama, e para os burgueses ricos e suas esposas; pois ninguém além dos ricos e importantes deveria sentar-se ali. Ao final, próximo ao alvo, havia um assento elevado, enfeitado com fitas, faixas e guirlandas de flores, para o xerife de Nottingham e sua dama. O espaço delimitado era de quarenta passos de largura. Numa das extremidades estava o alvo, e na outra uma barraca de lona listrada, em cujo mastro tremulavam bandeirolas multicoloridas. Nessa barraca havia barris de cerveja para ser bebida por qualquer dos arqueiros que desejasse matar a sede.

Do lado oposto aos assentos para as pessoas importantes, havia uma cerca para impedir que as pessoas mais pobres se acotovelassem no espaço em frente aos alvos. Embora fosse cedo, os bancos começavam a ser ocupados por pessoas importantes, que chegavam em pequenas carruagens ou em palafréns, os cavalos enfeitados curveteando ao som alegre dos guizos de prata nas rédeas decoradas; com eles vinham também os mais pobres, que se sentavam ou deitavam sobre a grama verde próxima à grade que protegia a área de tiro. Na grande tenda, os arqueiros se reuniam em grupos de dois ou três; alguns falavam em voz alta de seus grandes disparos feitos em dias de plena forma; alguns cuidavam de seus arcos, torcendo as cordas entre os dedos, para certificar-se de que não havia desigualdades, ou então inspecionando flechas, com um dos olhos fechado e o outro verificando se a haste estava reta e uniforme, porque nenhum arco ou flecha deveria atrapalhar nessa hora o desempenho na disputa pelo belo prêmio. Nunca uma companhia de tantos bons arqueiros havia se reunido na cidade de Nottingham como naquele dia, já que os melhores de toda a Inglaterra estavam presentes ao concurso. Lá estavam Gil Red Cap, o melhor arqueiro do xerife, Diccon Cruikshank, da cidade de Lincoln, e Adam de Dell, um homem de Tamworth, com mais de sessenta anos, ainda assim vigoroso e saudável, que em sua época havia participado da famosa competição em Woodstock, e lá vencera o renomado arqueiro Clym de Clough. E muitos outros homens famosos do arco longo, cujos nomes havias sobrevivido em baladas que narravam seus feitos nos velhos tempos.

Os bancos já se encontravam repletos de convidados, lordes e damas, burgueses e suas esposas, quando por fim chegaram o xerife e sua esposa, ele cavalgando com aparência suntuosa seu cavalo branco como o leite e sua esposa montando uma potra marrom. Ele usava um chapéu de veludo púrpura, e a túnica, também de veludo púrpura, era toda enfeitada com arminho; tanto o colete como os calções eram de seda verde-mar e os sapatos eram de veludo negro, as pontas atadas às ligas por cordões de ouro. Uma corrente de ouro pendia do pescoço, e no colarinho havia um grande carbúnculo engastado em ouro avermelhado. Sua esposa estava usando veludo azul, todo enfeitado com penugem de cisne. Formavam um par galante cavalgando lado a lado, e as pessoas os aclamavam de trás da cerca da área do povo; assim o xerife e sua dama chegaram à área destinada a eles, onde havia guardas uniformizados, com alabardas e lanças, aguardando-os.

Então, quando ambos se sentaram, ele fez um sinal e o arauto soprou sua trompa de prata; três toques ecoaram alegremente pelas muralhas cinzentas de Nottingham. E os arqueiros foram para seus postos, enquanto o povo gritava com voz forte, cada homem torcendo por seu arqueiro favorito. "Red Cap!", gritavam alguns, "Cruikshank!", gritavam outros, "Hurra para William de Leslie!", clamavam outros ainda. As damas agitavam lenços de seda a fim de incentivar cada homem a fazer o seu melhor.

Nesse instante o arauto avançou e proclamou as regras:

— Cada homem atira de sua marca, que fica a cento e quarenta metros do alvo. Cada homem dispara uma seta da primeira vez, e entre todos os arqueiros deverão ser escolhidas as dez setas dos melhores tiros, para que esses arqueiros atirem outra vez. Em seguida, os dez escolhidos deverão atirar, e os três melhores tiros serão escolhidos para a fase final. Depois, cada arqueiro dispara três setas, e para aquele que disparar o melhor tiro será entregue o prêmio.

Nesse momento o xerife inclinou-se para a frente, observando os arqueiros para saber se Robin Hood estava entre eles. Contudo, ninguém usava o verde que ele e seu bando trajavam.

"Contudo", disse o xerife para si mesmo, "ele ainda pode estar aqui, e posso não o estar enxergando no meio da multidão de arqueiros. Mas vamos ver quando os dez melhores forem escolhidos, pois aposto que ele estará entre esses dez, ou então não o conheço".

E os arqueiros atiraram, um de cada vez, e o povo nunca havia presenciado tão boa arquearia como naquele dia. Seis setas foram no centro, quatro no interior da parte escura, e apenas duas atingiram o círculo exterior; assim, quando a última seta partiu e atingiu o alvo, todas as pessoas se manifestaram em voz alta, porque foi um belo tiro.

Agora só restavam dez entre todos os que haviam atirado antes, e, desses dez, seis eram famosos na região, e a maior parte das pessoas reunidas ali os conhecia. Os seis homens eram Gilbert Red Cap, Adam de Dell, Diccon Cruikshank, William de Leslie, Hubert de Cloud, e Swithin de Hertford. Dois outros eram do alegre condado de York, outro era um estrangeiro alto vestido de azul, que disse ter vindo da cidade de Londres, e o último era um estrangeiro maltrapilho trajado em escarlate, que usava um tapa-olho.

— Estás vendo Robin Hood entre esses dez? — perguntou o xerife ao soldado que estava a seu lado.

— Não, Excelência, ele não parece estar entre os dez — respondeu o homem. — Seis deles conheço bem. Desses homens de York, um é muito alto, o outro muito baixo para ser aquele patife. A barba de Robin é amarela como ouro, enquanto aquele mendigo de vermelho a tem marrom, além de ser caolho. Quanto ao estranho de azul, os ombros de Robin são dez centímetros mais largos que os dele.

— Nesse caso, aquele patife é um covarde, além de ser um ladino, e não ousa mostrar o rosto entre homens bons e justos — disse, irritado, o xerife.

Depois de terem descansado alguns instantes, os dez homens avançaram para atirar outra vez. Cada um disparou duas setas, e durante esse tempo nenhuma palavra foi proferida, e todos na multidão observaram em silêncio e atentos; porém quando o último disparou sua flecha, um grito de espanto elevou-se, e alguns atiraram o chapéu para o alto com alegria, pela pontaria maravilhosa.

— Pela graça de Nossa Senhora — exclamou o velho Sir Amyas de Dell, que, curvado pelos mais de oitenta anos, sentava-se ao lado do xerife. — Nunca vi tamanha habilidade em toda a minha vida, apesar de ter apreciado as melhores mãos em arcos longos por mais de sessenta anos.

Agora só restavam três homens entre os que atiraram da última vez. Um deles era Gill Red Cap, o outro era o mendigo caolho de vermelho, e o outro era Adam de Dell, da cidade de Tamworth. Então todos se puseram a torcer, alguns dizendo "Hurra para Gilbert Red Cap!" e, outros, "Viva Adam de Tamworth", porém, nenhum homem na multidão se manifestou a favor do estranho de vermelho.

— Atira bem, Gilbert — gritou o xerife. — E se fores o melhor arqueiro, darei cem pennies de prata a ti, além do prêmio.

— Farei o melhor que puder — prometeu Gilbert, animado. — Um homem não pode fazer mais do que o melhor, mas tentarei fazer isso hoje.

Assim dizendo, apanhou uma seta perfeita, com uma pena larga, e a ajustou com habilidade à corda; em seguida, curvando o arco com cuidado, disparou a seta. Esta partiu direta e alojou-se no alvo, a um dedo do centro geométrico.

— Gilbert! Gilbert! — gritou a multidão.

— Pela minha fé, esse foi um tiro habilidoso — disse o xerife, esfregando as mãos.

Nesse momento o estranho em andrajos avançou, e todos riram ao reparar num remendo amarelo que surgiu quando ele levantou o braço para atirar, e também ao ver como ele mirava com apenas um dos olhos. Puxou a corda com rapidez, e da mesma forma disparou; ainda assim, sua seta cravou-se mais próximo ao centro do que a de seu adversário, por duas vezes o tamanho de um grão de cevada.

— Por todos os santos no Paraíso! — exclamou o xerife. — Foi um tiro maravilhoso.

Em seguida Adam de Dell atirou, com cuidado e prudência, de modo que sua seta ficou ao lado daquela disparada pelo estrangeiro caolho. Então, depois de uma pequena pausa os três atiraram novamente, e mais uma vez cada seta atingiu o círculo central, porém dessa vez a de Adam de Dell foi a mais distante do centro, e novamente a flecha do estranho foi a melhor. Depois de mais alguns instantes de descanso, todos atiraram pela terceira vez. Dessa vez Gilbert tomou bastante cuidado em apontar, medindo com habilidade a distância, e disparando com cuidado e precisão. A flecha voou direta, e todos gritaram até que as bandeirolas que se agitavam ao vento estremecessem com o alarido e os corvos e gralhas voassem, ultrapassando os telhados da velha torre, pois a haste se alojara ao lado do ponto marcado como o centro exato do alvo.

— Muito bom, Gilbert! — gritou o xerife, com razão de estar contente. — Sou obrigado a acreditar que o prêmio é teu, e merecidamente ganho. Agora, seu patife rasgado, quero ver atirares melhor do que isso.

O estranho nada disse, apenas tomou seu lugar, em meio à agitação, e ninguém falou ou mesmo respirou alto, tamanho o silêncio que se seguiu, repleto de expectativa para saber o que ele faria. Entrementes, o estrangeiro permaneceu quieto, segurando o arco, enquanto se poderia contar até cinco; aí ele puxou a corda, fixou por um instante na pontaria e disparou a flecha. A trajetória foi tão precisa que arrancou uma das penas de ganso da seta de Gilbert, que caiu levemente, iluminada pela claridade do sol, enquanto a flecha se alojava ao lado da outra, só que no centro exato. Ninguém disse nenhuma palavra durante certo tempo e ninguém gritou, mas cada um olhou surpreso e em silêncio para seu vizinho.

— Não — disse Adam de Dell, respirando fundo e balançando a cabeça —, eu atiro com o arco longo há mais de quarenta anos, e talvez não tenha ido mal a maior parte das vezes, porém hoje não atiro mais, porque nenhum homem pode se igualar ao estrangeiro aqui, quem quer que seja.

Dizendo isso, recolocou a seta na aljava e soltou a corda do arco em silêncio.

Então o xerife desceu do palanque e aproximou-se, em todas as suas sedas e todos os seus veludos, para onde o estranho maltrapilho se apoiava sobre seu arco rijo, enquanto a boa gente se acumulava ao redor dele para ver o homem que atirava tão bem.

— Aqui, meu bom homem — disse o xerife. — Eis teu prêmio, que tão justamente mereceste e conquistaste. Qual seria teu nome, e de onde vens?

— Os homens me chamam de Jock de Teviotdale, e de lá venho — respondeu o estranho.

— Por Nossa Senhora, Jock... és o melhor arqueiro que meus olhos já contemplaram, e se quiseres entrar para meu serviço te vestirei com um casaco melhor do que esse que tens sobre ti; comerás e beberás do melhor, e todos os Natais receberás oitenta moedas por recompensa. Sei que és melhor arqueiro do que o patife covarde Robin Hood, que não ousou mostrar o rosto aqui hoje. Diz-me, bom homem, queres entrar para meu serviço?

— Isso não desejo — respondeu o estranho com franqueza. — Serei meu próprio senhor e nenhum outro homem em toda a alegre Inglaterra será meu mestre.

— Pois então some daqui, e que a sarna vá contigo! — explodiu o xerife, a voz tremendo de raiva. — Por minha fé e honestidade, tem uma boa parte dentro de mim que gostaria de mandar açoitar-te por tua insolência.

Dito isso, girou nos calcanhares e afastou-se.

Foi uma companhia desigual que se reuniu sob o nobre carvalho em Sherwood, naquele mesmo dia. Mais de vinte frades descalços, alguns que pareciam latoeiros e alguns que pareciam mendigos robustos e camponeses rústicos; sentado sobre um colchão de musgos estava um mendigo vestido de andrajos vermelhos, com um tapa-olho. Nas mãos ele segurava uma flecha de ouro, a mesma que tinha sido o prêmio do concurso de tiro. Entre conversas e risos, ele retirou o tapa-olho e despiu os trapos vermelhos, revelando o belo traje verde.

— Essas coisas saem fácil, mas a tintura de nogueira não sai tão fácil do cabelo loiro — disse ele.

Todos riram mais alto do que antes, já que fora o próprio Robin Hood quem recebera o prêmio, das próprias mãos do xerife.

Então todos se acomodaram na festa ao ar livre, e conversaram sobre a peça que fora pregada no xerife, e sobre as aventuras que cada membro do bando tivera com seu disfarce. Quando a festa terminou, Robin Hood afastou-se e puxou John Pequeno:

— Na verdade, estou um pouco irritado, porque o xerife disse hoje: "és melhor arqueiro do que o patife covarde Robin Hood, que não ousou mostrar o rosto aqui hoje". Gostaria que ele soubesse que fui eu quem apanhou a seta de ouro das mãos dele, e também saberá que não sou covarde como ele pensa.

— Bom mestre, eu e Will Stutely podemos levar as notícias ao gordo xerife, por um mensageiro que ele certamente não espera — afirmou John Pequeno.

Naquele dia, o xerife acomodou-se no grande salão de seu castelo na cidade de Nottingham. Mesas longas se distribuíam no salão, nas quais se acomodavam soldados, criados e temporários, em número de mais de oitenta. Lá conversavam sobre os feitos do dia, enquanto comiam carne e bebiam cerveja. O xerife sentava-se à cabeceira da mesa, sob um dossel, e ao seu lado sentava-se sua esposa.

— Por minha honra — disse ele —, reconheço que esse patife, o Robin Hood, deveria ter ido à competição hoje. Não pensei que ele fosse tão covarde. E quem diria que aquele patife que ganhou fosse atrevido daquele jeito nas minhas barbas? Não sei por que não mandei açoitá-lo; mas o caso é que havia alguma coisa nele que não parecia combinar com as roupas rasgadas.

Nesse instante, enquanto ele terminava de falar, algo caiu com estrondo entre os pratos da mesa, e os que estavam mais perto começaram a perguntar-se o que seria. Depois de algum tempo, um dos soldados criou coragem de apanhar o objeto e levar até o xerife. Em seguida todos viram que era uma seta rombuda, com um pergaminho enrolado próximo à ponta. O xerife o desenrolou e deu uma olhada, e as veias de seu pescoço incharam e as bochechas avermelharam-se de raiva enquanto lia:

Que o céu hoje abençoe vossa graça
Por toda a doce Floresta de Sherwood
Pois entregastes vosso precioso prêmio
Ao alegre Robin Hood.

— De onde veio isso? — indagou o xerife, com voz forte.
— Parece que veio pela janela, Excelência — respondeu o homem que apanhara a seta.

IV
WILL STUTELY SALVO POR SEUS BONS COMPANHEIROS

Quando o xerife descobriu que nem a lei nem a astúcia poderiam vencer Robin Hood, ficou perplexo e falou consigo mesmo: "Como sou tolo! Se não tivesse falado ao rei sobre Robin Hood, não teria me metido em tal problema; no entanto, agora preciso prendê-lo, ou atrair sobre minha cabeça a ira de Sua Majestade. Tentei a lei, tentei um estratagema, e falhei das duas formas; agora terei de tentar fazer isso por meio da força".

Assim refletindo, reuniu seus ajudantes e lhes disse o que passava pela sua cabeça:

— Cada um tome quatro homens, bem armados, e vão para a floresta, em diferentes pontos — disse ele. — E fiquem esperando por esse tal Robin Hood. Contudo, se qualquer ajudante encontrar muitos homens, que soe a trompa, e que os grupos ao alcance desse som venham a toda velocidade e se juntem aos homens que chamaram. Assim, imagino, conseguiremos apanhar esse patife que se veste de verde. Além disso, serão dadas cem libras em prata para o primeiro que encontrar Robin Hood, se o trouxer até mim, vivo ou morto; e para aquele que encontrar qualquer um de seu bando, serão dadas quarenta libras, se essa pessoa for trazida a mim, viva ou morta. Assim, sejam corajosos e sejam espertos.

Dessa forma, penetraram na Floresta de Sherwood em sessenta grupos de cinco homens, cada ajudante desejando ser ele a encontrar o ousado fora da lei, ou pelo menos um de seu bando. Por sete dias e noites eles percorreram os caminhos da floresta, mas não viram um só homem vestido de verde, porque notícias de tudo isso haviam sido levadas até Robin Hood pelo confiável Eadom, da Blue Boar.

Quando ouviu as novas pela primeira vez, Robin disse:

— Se o xerife ousar enviar força para enfrentar força, será pior para ele, e muitos homens bons irão perecer, pois o sangue irá correr e haverá grandes problemas para todos. Eu preferia não enfrentar esse sangue e esse combate, e preferia não trazer pesar às mulheres do povo e esposas, porque bons homens perderiam a vida. Uma vez matei um homem, e não pretendo matar ninguém outra vez, pois é difícil levar esse peso na alma. Portanto, agora andaremos em silêncio na Floresta de Sherwood, porque será melhor para todos; porém, se formos forçados a nos defender, ou a qualquer do nosso bando, então que cada homem leve o combate a ferro e a fogo.

Após esse discurso, muitos do bando balançaram a cabeça e disseram para si mesmos: "Agora o xerife irá pensar que somos covardes, e as pessoas que vivem no campo irão zombar, dizendo que temos receio de enfrentar esses homens".

Entretanto nada disseram em voz alta, engolindo as palavras, e fizeram o que Robin pediu.

Sendo assim, esconderam-se nas profundezas da Floresta de Sherwood por sete dias e sete noites, e não mostraram o rosto durante todo esse tempo; contudo, na manhã do oitavo dia, Robin Hood reuniu o bando e disse:

— Quem irá descobrir onde estão os homens do xerife agora? Sei muito bem que eles não irão ficar para sempre nas sombras de Sherwood.

Com isso um grande grito se ergueu, e cada homem agitou o arco e gritou que queria ser o escolhido para ir. O coração de Robin encheu-se de orgulho quando seus olhos percorreram o bando de homens corajosos.

— Vocês são bravos e rijos, meus homens, e formam um grupo admirável de bons companheiros; mas não podem ir todos, portanto irei escolher um entre vocês, e deve ser o bom Will Stutely, pois ele é tão sorrateiro como uma raposa velha na Floresta de Sherwood.

Nisso, Will Stutely saltou e riu alto, batendo palmas, de pura alegria por ter sido escolhido entre todos.

— Obrigado, meu bom chefe — disse ele. — E se eu não trouxer notícias desses patifes a ti, não me chamarás mais de Will Stutely sorrateiro.

Dito isso, vestiu-se com roupas de frade e sob a túnica pendurou uma boa espada larga, de modo que pudesse ser facilmente apanhada. Assim preparado, partiu em sua missão, até chegar à beira da floresta, e portanto à estrada. Viu dois bandos de homens do xerife, mas não se voltou nem à direita nem à esquerda, e apenas puxou o capuz sobre o rosto, cruzando as mãos como se estivesse em meditação. Finalmente chegou à Blue Boar. "Meu bom amigo Eadom me contará as novidades", pensou ele.

Ao pé do letreiro da Blue Boar encontrou um bando de homens do xerife bebendo, alegres; sem falar com ninguém, sentou-se num banco distante, com o cajado na mão e a cabeça curvada para a frente, como se orasse. Ficou esperando, até ver o estalajadeiro separado dos outros, e Eadom não o reconheceu, mas tomou-o por algum frade pobre e cansado, portanto deixou-o ficar ali sem dizer palavra nem o molestar, embora não gostasse do hábito; "porque", dizia ele para si mesmo, "é preciso um coração frio para expulsar o cão aleijado da soleira". Enquanto Stutely permanecia ali, veio um grande gato da casa e esfregou-se contra seu joelho, erguendo a túnica pelo espaço de quase um palmo. Stutely puxou rapidamente o hábito para baixo, porém o ajudante do xerife que comandava os soldados passava naquele exato instante e viu o belo tom de verde embaixo da túnica do frade. Naquele momento, não disse nada, mas pensou consigo mesmo: "Este não é um frade de ordem cinza, e também não parece muito honesto um homem comum se vestir de frade, nem deveria um ladrão fazer isso a troco de nada. Penso que é bem provável que seja um do bando de Robin Hood". No entanto, o que disse foi outra coisa:

— Ó santo frade, não desejas uma boa caneca de cerveja para matar tua sede na alma?

Stutely sacudiu a cabeça, numa negativa, e disse a si mesmo: "Talvez haja alguém aqui que conheça minha voz".

Então o ajudante do xerife tornou a falar:

— Aonde vais, meu santo frade, neste dia quente?

— Vou em peregrinação, até a cidade de Canterbury — respondeu Will Stutely com voz roufenha, para que ninguém reconhecesse sua voz.

E o homem falou, pela terceira vez:

— Diz-me, bom frade: os peregrinos que vão a Canterbury usam roupas verdes sob o hábito? Por minha fé, tomo a ti por um ladrão barato, talvez até um do próprio bando de Robin Hood! Pela graça de Nossa Senhora, se moveres a mão ou o pé, mergulho a espada em teu corpo!

Dizendo isso, desembainhou a espada brilhante e saltou sobre Will Stutely, pensando que o encontraria desprevenido. Contudo, Stutely tinha a própria espada sob a túnica e a sacou antes que o ajudante do xerife chegasse até ele. Nesse momento o atacante vibrou um golpe formidável; porém, não daria mais nenhum naquela contenda, pois Stutely, aparando o golpe por instinto, retribuiu o ataque com toda a sua força. Nesse instante poderia ter escapado, mas não o fez, porque o outro, ainda tonto com o ferimento e com a perda de sangue, agarrou-o pelos joelhos com os braços, enquanto caía. Nisso os outros saltaram sobre Stutely, e ele acertou mais um golpe, dessa vez sobre um dos homens do xerife, mas a couraça de aço aparou o ataque, e, embora a lâmina tenha cortado fundo, não o matou. Entrementes, o ajudante, desmaiando, arrastou Stutely para o solo, e os outros, vendo o bandoleiro caído, correram até ele, e um lhe acertou um golpe na cabeça, de modo que o sangue correu pela face e o cegou. Will tropeçou e caiu, quando todos saltaram sobre ele, dominando-o, embora ele tenha lutado bravamente para escapar. A seguir, ataram-no com fortes cordas de cânhamo, de maneira que não pudesse mover nem as mãos nem os pés, e assim o controlaram. Contudo, foi um dia funesto para dois do bando: para o ajudante do xerife que foi ferido e para o outro, que Stutely acertou na cabeça, e que ficou vários dias fora de ação, embora fosse um homem rijo e vigoroso.

Robin Hood estava sob a grande árvore, pensando na missão de Will Stutely e em como ele estaria se saindo, quando vieram dois de seus homens correndo pela trilha da floresta e entre eles a donzela Maken, da Blue Boar. O coração de Robin se apertou, porque ele sabia que seriam portadores de más notícias.

— Will Stutely foi apanhado! — anunciaram eles, assim que chegaram até onde ele estava.

— E tu vieste trazer essa notícia triste? — perguntou ele à donzela.

— Sim, porque estava presente, e vi tudo — concordou ela, ofegante como a lebre quando escapa aos cães. — E temo que esteja ferido, já que um dos homens o acertou na cabeça. Eles o amarraram e levaram para a cidade de Nottingham, e antes de sair da Blue Boar ouvi dizer que o enforcariam amanhã.

— Pois ele não vai ser enforcado amanhã — disse Robin. — Ou, se for, muitos irão comer grama pela raiz e muitos irão ter motivo para se arrepender.

Então levou a trompa aos lábios e soprou três vezes bem alto, e pouco depois os componentes do bando vieram correndo por entre as árvores, até que cento e quarenta homens vigorosos estivessem reunidos ao redor dele.

— Atenção, todos — gritou Robin. — Nosso querido companheiro Will Stutely foi apanhado pelos homens desse xerife mau-caráter, portanto cabe a nós apanhar o arco e a espada para trazê-lo de volta; acho que seria justo que arriscássemos a vida por ele, já que ele arriscou a vida por nós. Não é assim, meus bravos homens?

Um grito de "Sim!" encheu os ares.

Então, no dia seguinte, todos saíram da Floresta de Sherwood, mas por caminhos diferentes, visto que teriam de ser bastante cuidadosos; assim, o bando separou-se em grupos de dois e três, e todos deveriam se encontrar num pequeno vale coberto de vegetação, nas cercanias da cidade de Nottingham. Quando todos estavam reunidos nesse local, Robin falou:

— Agora ficamos aqui ocultos até que possamos ter notícias, porque é preciso ser astuciosos e precavidos se queremos tirar nosso amigo Will Stutely das garras do xerife.

Por isso ficaram escondidos por algum tempo, até que o sol estivesse alto no céu. Era um dia quente, e a estrada estava poeirenta, sem viajantes, com exceção de um velho peregrino que caminhava lentamente, acercando-se do muro cinzento da cidade de Nottingham. Quando Robin viu que nenhum outro viajante estava à vista, chamou David de Doncaster, que era um homem arguto, apesar da pouca idade, e disse a ele:

— Vai até lá, David, e fala com o peregrino que caminha ao lado da muralha, pois ele acaba de vir da cidade e pode dar notícias do bom Stutely.

Assim, David avançou e aproximou-se do peregrino, saudando-o:

— Bons dias, santo padre, podes me dizer quando Will Stutely será enforcado? Não queria perder esse espetáculo, já que vim de longe para ver o patife.

— Bem, meu jovem — gritou o peregrino —, não devias falar assim quando um bom homem está para ser enforcado apenas por defender a própria vida! — e bateu forte o cajado no solo. — Digo mesmo que isso não deveria estar acontecendo! Neste mesmo dia, quando o sol estiver baixando, ele deve ser enforcado, a quatrocentos metros do portão principal de Nottingham, onde se encontram três estradas; lá o xerife jurou que ele iria morrer como exemplo para todos os outros fora da lei no condado de Nottingham. Mas talvez, eu digo! Apesar de Robin Hood e seus homens serem fora da lei, só roubam dos ricos, dos fortes e dos desonestos, enquanto não há uma pobre viúva ou um camponês com muitos filhos que viva perto de Sherwood e que não tenha farinha suficiente para o ano todo por intermédio dele. Aperta-me o coração ver alguém tão galante quanto esse Stutely morrer, porque eu fui um camponês saxão na minha época, e depois me tornei peregrino; conheço bem uma mão firme e alguém que ataca com astúcia um cruel normando ou um monge orgulhoso com suas gordas sacolas de dinheiro. Se o bom mestre de Stutely souber que esse homem foi apanhado e corre perigo, talvez possa enviar socorro, para retirá-lo das mãos de seus inimigos.

— Sim, é verdade. Se Robin e seus homens estivessem perto desse lugar, aposto que eles iriam esforçar-se para tirá-lo do perigo. Mas adeus, meu velho, e saiba que, se Will Stutely morrer, será muito bem vingado.

Depois se voltou e afastou-se rapidamente; o peregrino olhou para ele enquanto se afastava, dizendo:

— Aposto que esse jovem não é um camponês que veio ver um bom homem morrer. Bem, bem... talvez Robin não esteja tão longe, e ainda teremos alguns feitos corajosos no dia de hoje — e então seguiu seu caminho, resmungando consigo mesmo.

Quando David de Doncaster disse a Robin Hood o que o peregrino havia contado, ele chamou o bando e falou a todos:

— Vamos entrar direto na cidade de Nottingham e nos misturar às pessoas, mas fiquem de olho uns nos outros, e estejam tão perto do prisioneiro e dos guardas quanto possível, quando eles saírem de dentro dos muros. Não ataquem nenhum homem sem necessidade, pois eu preferia não derramar sangue, mas, se atacarem, façam isso com firmeza, para que não seja necessário atacar outra vez. Mantenham-se juntos até chegarmos à Floresta de Sherwood outra vez, e não deixem nenhum homem abandonar seus companheiros.

O sol estava baixo quando soou das muralhas uma trompa. Então todos se movimentaram em Nottingham, e multidões encheram as ruas, porque todos sabiam que o famoso Will Stutely seria enforcado naquele dia. Os portões se abriram de par em par, e uma grande quantidade de soldados saiu, com estrondo e metal retinindo, e o xerife, completamente vestido com uma brilhante cota de malha, vinha liderando a tropa. No meio dos homens, num carro, estava Will Stutely. Seu rosto estava pálido por causa do ferimento e da perda de sangue, como a lua em plena luz do dia, e seu cabelo estava grudado à testa, nos pontos em que o sangue coagulara. Quando saiu do castelo, olhou para cima e para baixo e, embora tenha visto rostos que demonstravam piedade, não viu ninguém que conhecesse. Nesse momento seu coração tornou-se pesado como chumbo, porém, mesmo assim, disse com audácia:

— Dá-me uma espada, xerife, e embora esteja ferido, lutarei contigo e com todos os homens que vierem, até que as forças e a vida acabem.

— Não, patife — disse o xerife, voltando a cabeça e olhando diretamente para ele. — Não terás espada, e sofrerás a morte que um ladrão como tu merece.

— Então desamarra minhas mãos e lutarei sem armas, apenas com os punhos. Não preciso de armas, mas não tenho vontade de morrer enforcado hoje.

Então o xerife riu alto.

— Ora vejam — disse ele —, será que teu estômago orgulhoso está vacilando? Controla-te, vilão, porque quero que sejas pendurado à corda hoje, e isso vai acontecer na encruzilhada de três estradas, assim todos os homens poderão te ver pendurado, para seres bicado pelos corvos e gralhas.

— Que coração bastardo! — gritou Will Stutely, arreganhando os dentes na direção do xerife. — Corça covarde! Se meu bom chefe te encontrar, vais pagar caro pelo que estás fazendo! Ele zombará de ti, assim como todos os que possuem um coração corajoso. Não sabes que tu e teu nome são pilhérias nos lábios de todos os homens livres e corajosos? Alguém como tu, um poltrão, jamais será capaz de capturar Robin Hood.

— Ah! — gritou o xerife, irado. — Achas isso? Sou uma piada para teu chefe, como o chamas? Agora farei uma pilhéria contigo, e uma pilhéria de mau gosto, já que vou esquartejar todos os teus membros, depois que fores pendurado.

Em seguida voltou sua montaria para a frente e não se dirigiu mais a Will Stutely.

Finalmente chegaram ao grande portão da cidade, pelo qual Stutely via o campo além, com colinas e vales verdejantes, e bem distante a linha imprecisa dos limites da Floresta de Sherwood. Quando ele viu a luz do sol nos campos e nos alqueives, brilhando avermelhada aqui e ali, nas fazendas e nos chalés, quando escutou o doce canto dos pássaros do cair da tarde, e os carneiros balindo na encosta da colina, e contemplou as andorinhas voando no ar brilhante, chegou uma sensação de plenitude ao seu coração, de maneira que tudo se tornou borrado por causa das lágrimas, e ele curvou a cabeça para que as pessoas não o julgassem pouco másculo quando o vissem chorando. Assim sendo, manteve a cabeça baixa até que tivessem passado pelos portões e estivessem ao lado das muralhas da cidade. Mas quando ergueu os olhos novamente sentiu o coração saltar no peito de pura alegria, pois viu o rosto de um de seus queridos companheiros da alegre Sherwood; passando rapidamente o olhar ao redor viu rostos conhecidos em todos os lados, próximos aos soldados que o guardavam. De súbito, sentiu um rubor no rosto, porque viu de relance seu bom mestre na multidão e, ao vê-lo, soube que Robin Hood e todo o seu bando estavam ali. Ainda assim, entre eles havia uma linha de soldados.

— Para trás! — gritou o xerife, em voz potente, já que a multidão pressionava de todos os lados. — O que pretendem, empurrando desse jeito, seus biltres? Para trás, estou dizendo!

Então começou uma agitação, e alguém começou a empurrar os soldados para se aproximar do carro. Stutely identificou John Pequeno como o foco do movimento.

— Para trás! — disse um dos soldados, empurrado pelos cotovelos de John Pequeno.

— Para trás você! — disse John Pequeno, imediatamente vibrando um soco na cabeça do soldado, que o derrubou como uma marreta derruba um touro, e depois saltou para o carro que transportava Stutely.

— Espero que peças licença aos teus amigos quando resolveres morrer, Will — disse ele. — Ou talvez eu possa morrer contigo se precisas morrer mesmo, porque não poderia querer melhor companhia.

Dizendo isso, cortou com um só golpe as cordas que amarravam os braços e pernas do amigo. Stutely imediatamente pulou do carro.

— Agora, enquanto eu viver, patife — gritou o xerife —, saberei que és um rebelde! Peguem-no, todos! Não o deixem fugir!

Assim dizendo, esporeou seu cavalo contra John Pequeno e, erguendo-se nos estribos, atacou com toda a força, porém John Pequeno desviou-se com rapidez para baixo do cavalo, e o golpe passou, inofensivo, por sobre sua cabeça.

— Não, bom xerife... — disse ele, erguendo-se depois que a lâmina passou. Com rapidez, arrancou a espada das mãos do xerife. — Preciso de sua valorosa espada emprestada. Aqui está, Stutely. O xerife te empresta a espada! Vamos ficar um de costas para o outro, e defende-te, pois a ajuda está a caminho!

— Derrubem esses dois — berrava o xerife, raivoso como um touro; e incitou o cavalo na direção dos dois, que agora estavam costas contra costas, esquecendo-se, em sua raiva, de que não possuía arma para defender-se.

— Para trás, xerife! — gritou John Pequeno.

Enquanto essas palavras eram pronunciadas, uma trompa soou, aguda, e uma seta assobiou a poucos centímetros da cabeça do xerife. E sobrevieram um alarido, ameaças e gritos, gemidos e o clangor do aço, enquanto as espadas rebrilhavam ao sol poente e uma saraivada de setas percorria os ares: alguns pediam ajuda e outros anunciavam o salvamento.

— Traição! — trovejou o xerife, tão alto quanto pôde. — Recuar! Recuar! Ou seremos todos mortos!

Dizendo isso, puxou as rédeas e dirigiu o cavalo de volta, através da multidão densa.

Robin Hood e seu bando poderiam ter aniquilado metade dos homens do xerife, se o desejassem, mas permitiram que se retirassem da posição desvantajosa, e apenas atiraram uma saraivada de flechas atrás deles, destinada a apressar-lhes a fuga.

— Ora... fica! — gritou Will Stutely para o xerife. — Jamais vais conseguir apanhar o ousado Robin Hood, se não ficares para enfrentá-lo face a face.

Mas o xerife, curvando-se no cavalo, não respondeu e esporeou a montaria.

Nisso Will Stutely voltou-se para John Pequeno e fitou-o até que as lágrimas corressem de seus olhos e que chorasse alto, e beijasse as bochechas do amigo.

— Oh, John Pequeno! Meu amigo verdadeiro, de quem gosto mais do que todos no mundo! — disse ele, emocionado. — Não esperava ver teu rosto hoje, nem esperava encontrar-te deste lado do Paraíso.

John Pequeno não conseguiu responder, e também chorou.

Então Robin Hood reuniu seu bando num grupo coeso, com Will Stutely no meio, e se moveram lentamente na direção de Sherwood, desaparecendo, assim como uma nuvem desaparece do local onde a tempestade castigou a terra. Mas deixaram dez dos homens do xerife caídos no solo com ferimentos — alguns mais, outros menos feridos — ainda que ninguém soubesse quem os atingira.

Assim o xerife de Nottingham tentou três vezes apanhar Robin Hood e falhou nas três; e da última vez ficou assustado, pois sentiu que chegara perto de perder a vida; por isso disse consigo mesmo:

"Esses homens não temem Deus, nem homem, nem rei nem os representantes do rei. Melhor perder meu emprego do que minha vida, portanto não vou mais perturbá-los".

Assim, ele se manteve no castelo por vários dias e não ousou mostrar o rosto fora da própria casa, e todo esse tempo permaneceu taciturno e não quis falar com ninguém, porque ficou envergonhado com o que acontecera naquele dia.

V
ROBIN HOOD SE TORNA AÇOUGUEIRO

Depois que todas essas coisas aconteceram, e Robin Hood soube como o xerife tentara três vezes apanhá-lo, ele disse para si mesmo: "Se tiver chance, irei fazer nosso adorável xerife pagar bem caro pelo que fez a mim. Talvez possa trazê-lo em algum momento até a Floresta de Sherwood, e fazê-lo participar de um alegre banquete conosco". Pois quando Robin encontrava um barão ou um escudeiro, um gordo abade ou bispo, trazia-os até Sherwood para festejar antes de aliviá-los de suas bolsas.

Mas nesse ínterim Robin Hood e seu bando viveram quietos na Floresta de Sherwood, sem mostrar o rosto, porque Robin sabia que não era recomendável ser visto na vizinhança de Nottingham, aqueles que exerciam a autoridade estavam irritados com ele. Mas, embora não saíssem, viviam uma vida alegre no interior da floresta, passando os dias atirando em guirlandas penduradas num salgueiro ao final da clareira, e as alamedas cheias de folhas vibravam com as brincadeiras e risadas alegres: quem quer que errasse a guirlanda recebia um tapa sonoro, que, se era dado por John Pequeno, nunca deixava de derrubar o infeliz. Então faziam rodadas de luta e disputas com bastão, tornando-se a cada dia mais fortes e hábeis.

Assim ficaram por quase um ano, e nesse ínterim Robin Hood ficava pensando em muitas formas de acertar as contas com o xerife. Finalmente ele começou a ficar inquieto com esse confinamento; então um dia apanhou o seu bastão e partiu para procurar aventuras, caminhando sem pressa até chegar aos limites de Sherwood. Lá, à medida que caminhava pela estrada ensolarada, deparou-se com jovem e um corpulento açougueiro num carro novo, cheio de carne pendurada, puxado por uma bela égua. Ele assobiava alegremente, já que estava indo para o mercado e o dia estava fresco e agradável, tornando-lhe leve o coração.

— Bom dia, meu bom homem — cumprimentou Robin. — Pareces muito feliz nesta manhã alegre.

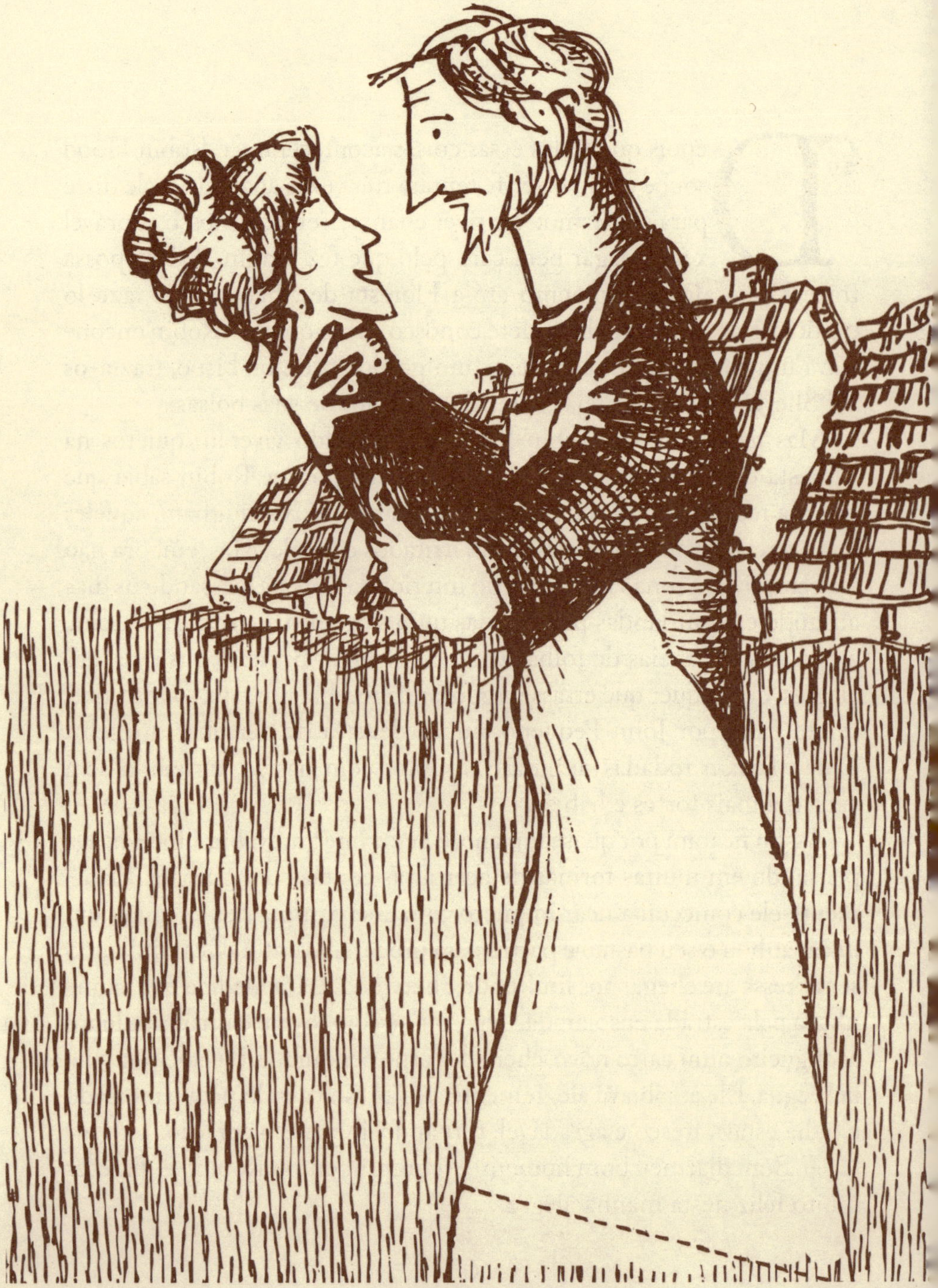

— Sim, estou mesmo — disse o açougueiro sorrindo. — E por que não estaria? Não tenho saúde perfeita? Não tenho a moça mais linda em todo o condado de Nottingham? E, por último, não vou casar com ela, na próxima quinta-feira, na doce cidade de Locksley?

— Ah... — disse Robin. — Vieste da cidade de Locksley? Conheço bem esse belo lugar por muitas milhas ao redor, e conheço bem cada riacho e cada sebe, e até mesmo os peixes brilhantes que lá vivem, pois nasci e fui criado lá. Agora, aonde vais com tua carne, meu bom amigo?

— Vou ao mercado de Nottingham, para vender minha carne de boi e de carneiro — respondeu o açougueiro. — Quem és, que vens da cidade de Locksley?

— Sou um homem da floresta, meu amigo, e os homens me chamam de Robin Hood.

— Por Nossa Senhora, conheço bem teu nome, e muitas vezes tenho ouvido teus feitos, cantados e contados — disse o açougueiro. — Que os céus não permitam que me tires meu sustento! Sou um homem honesto e nunca fiz mal a homem ou mulher; por isso não me perturbes, bom mestre, assim como nunca te perturbei.

— De fato, que os céus não permitam que eu roube alguém tão alegre como tu, bom homem! — respondeu Robin Hood. — Não levaria de ti uma só moeda, pois gosto de um rosto saxão como o teu; especialmente se vem da cidade de Locksley, e muito especialmente quando o homem que a ostenta vai casar com uma bela moça na próxima quinta-feira. Mas diz-me, rogo, que preço farias por toda a tua carne, a carroça e mais o cavalo?

— Em quatro moedas avalio a carne, carroça e cavalo — respondeu ele. — Contudo, se não vender a carne, o valor não será de quatro moedas.

Então Robin retirou uma bolsa de sua algibeira e falou:

— Aqui estão seis moedas. Eu gostaria de ser açougueiro por um dia e vender minha carne em Nottingham. Aceitas fazer comigo uma barganha e receber seis moedas por tudo?

— Que as bênçãos de todos os santos possam recair sobre tua cabeça honesta — disse o açougueiro, apeando da carroça alegremente e aceitando a bolsa que Robin estendia.

— Bem, muitos gostam de mim e muitos não gostam, mas poucos me chamariam de honesto — riu Robin. — Volta para tua garota, e dá-lhe um beijo por mim.

Assim dizendo, apanhou o avental do açougueiro e, subindo na carroça, tomou as rédeas e prosseguiu o caminho na direção da cidade de Nottingham.

Quando chegou a Nottingham, entrou na parte do mercado onde ficavam os açougueiros, e estabeleceu-se no melhor lugar que encontrou. Em seguida, abriu o estrado e colocou a carne sobre ele, apanhou o cutelo e a faca e, batendo um no outro, entoou uma canção em tons alegres:

> *Agora venham, donzelas e damas,*
> *Comprem de mim sua carne,*
> *Pois três* pennies *eu vendo*
> *Pelo preço de um.*

> *Cordeiro eu vendo, alimentado com nada*
> *Além das margaridas mais belas,*
> *Da doce violeta e do narciso*
> *Que crescem ao lado dos regatos.*

> *Carne eu tenho dos pastos verdejantes,*
> *E carneiros dos vales verdes,*
> *E vitela, branca como a tez da donzela*
> *Que veste a seda da mãe.*

> *Agora venham, donzelas e damas,*
> *Comprem de mim sua carne,*
> *Pois três* pennies *eu vendo*
> *Pelo preço de um.*

Assim ele cantou jovialmente, enquanto todos que estavam por perto escutavam surpresos. Então, quando terminou, começou a bater ainda mais forte o cutelo e a faca, gritando vigorosamente:

— Quem quer comprar? Tenho quatro preços fixos. Três *pennies* de carne vendo ao gordo frade ou padre por seis *pennies*, porque não quero essa clientela; dos vereadores saudáveis, cobro três, já que não me importo que comprem ou não; às damas rechonchudas vendo três *pennies* pelo preço de um, pois gosto que comprem de mim; mas para a donzela bonita que aprecia um bom e rijo açougueiro, não cobro nada, a não ser um beijo, porque é ela quem me agrada mais.

Todos começaram a olhar espantados e a se juntar ao redor dele, considerando que jamais tal cantiga de venda fora ouvida em toda a cidade de Nottingham. Quando começaram a comprar, viram que ele falava sério, logo deu às esposas ou damas tanta carne por um *penny* quanto podiam comprar em outro lugar por três, e quando uma viúva ou mulher pobre vinha a ele, lhe dava a carne de graça; mas quando uma bela donzela veio e lhe deu um beijo, não cobrou uma só moeda pela carne, e muitas vieram à sua banca, pois seus olhos eram azuis como os céus de junho, e ele ria alegremente, fazendo uma mesura completa a cada uma. Dessa forma, vendeu a carne tão depressa que nenhum açougueiro por perto conseguiu vender nada.

Então, começaram a conversar entre eles, e alguns disseram:

— Deve ser algum ladrão que roubou a carne, a carroça e o cavalo.

Outros disseram:

— Não, onde já se viu um ladrão que entrega o produto de seu roubo tão barato e com tanta alegria? Deve ser um filho que vendeu sua herança das terras do pai, e pretende viver alegremente enquanto durar o dinheiro.

Sendo maior o número dos que acreditavam nisso, um a um foram concordando com essa forma de pensar.

E alguns dos açougueiros foram até ele para conhecê-lo.

— Vamos, irmão, estamos todos no mesmo negócio, vamos jantar juntos? — disse um, que era o chefe de todos. — Hoje o xerife convidou toda a Guilda dos Açougueiros para festejar com ele no Salão da Guilda. Vai ser de graça e com muito para beber, e disso gostas, a não ser que eu muito me engane.

— Isso seria mesmo um grande engano — disse Robin, sorrindo. — Negaria ser um açougueiro. Irei almoçar com vocês, meus companheiros, tão rápido quanto possa me preparar.

Tendo vendido toda a carne, desmontou a bancada e foi com eles para o grande Salão da Guilda.

Lá, já estava o xerife, e com ele vários açougueiros. Quando Robin e aqueles que estavam com ele entraram, todos rindo de alguma piada que ele lhes havia contado, os que estavam mais próximos ao xerife sussurraram:

— Ali vem um sujeito que não regula bem, pois hoje mesmo vendeu mais carne por um penny do que a que podia vender por três, e para a donzela que lhe desse um beijo ele dava a carne de graça.

— Ele deve ser um pródigo que vendeu sua terra por bom dinheiro e deve estar gastando alegremente — disseram outros.

Nisso o xerife o chamou para sentar próximo a si, sem o reconhecer naqueles trajes de açougueiro, já que gostava de um pródigo rico... especialmente quando acreditava poder aliviar os bolsos desse pródigo em favor de sua própria bolsa. Sendo assim, ele se ocupou de Robin Hood, fazendo-o rir e conversando com ele mais do que com qualquer um dos outros.

Finalmente o almoço ficou pronto para ser servido, e o xerife convidou Robin a fazer a oração; ele se levantou e disse:

— Que os céus abençoem e aumentem a boa carne e a boa bebida nesta casa e possam todos os açougueiros permanecer homens tão honestos quanto eu sou.

Com isso todos riram, o xerife ainda mais alto do que os outros, e disse para si mesmo: "Eis aí, de fato, um pródigo, e talvez eu possa esvaziar o bolso do dinheiro que o tolo desperdiça tão livremente".

Depois falou em voz alta para Robin Hood, batendo-lhe no ombro:

— És um sujeito jovem e alegre, e gosto de ti.

Robin riu alto.

— Sim — disse ele —, eu sei que gostas de um sujeito alegre, pois não tiveste Robin Hood em teu concurso de tiro e não deste alegremente a ele a flecha de ouro que foi o prêmio?

Com isso o xerife ficou sério e os açougueiros também, de modo que ninguém riu a não ser Robin; apenas alguns piscavam discretamente uns para os outros.

— Vamos encher nossas carcaças — gritou Robin. — Vamos ser alegres enquanto podemos, porque o homem não passa de poeira, e só tem um curto período para viver antes que os vermes o peguem, como diz nosso bom mexeriqueiro Swanthold; deixe que a vida seja alegre enquanto durar. Então, xerife, deixa de lado a cara feia. Quem sabe se vais conseguir apanhar Robin Hood se beberes pior cerveja e queimares a gordura em volta da barriga e tirares a poeira de teu cérebro? Sê alegre, homem.

Aí o xerife riu novamente, mas não como se tivesse gostado da brincadeira, enquanto os açougueiros diziam, uns para os outros:

— Pelos céus, nunca vimos um sujeito tão maluco assim. Talvez ele irrite o xerife.

— Agora, meus irmãos... alegria! — disse Robin. — Nunca contem seus tostões, já que por isto e por aquilo pagarei por essa rodada eu mesmo, ainda que custe duzentas libras. Portanto, não deixem que um homem refreie seus lábios, nem que coloque seu indicador na bolsa, porque juro que nem açougueiro nem xerife pagará um penny que seja por esta festa.

— Bem vejo que és uma alma alegre — disse o xerife. — Acredito que devas ter muitas cabeças de gado e muitos acres de terra, para que gastes teu dinheiro com tanta generosidade.

— Sim, isso tenho mesmo — riu Robin, rindo alto outra vez. — Mais de quinhentas cabeças temos, eu e meus irmãos, e nenhuma fomos capazes de vender, por isso me tornei açougueiro. Quanto à minha terra, nunca perguntei ao meu administrador quantos acres tenho.

A essas palavras, os olhos do xerife piscaram e ele riu de si mesmo.

— Bem, meu alegre jovem, se não consegues vender teu gado, pode ser que eu possa ajudar a encontrar um homem capaz de retirá-lo de tuas mãos — disse o xerife, sorrindo. — Talvez até esse homem possa ser eu mesmo, já que gosto dos jovens e me agrada ajudá-los ao longo do caminho da vida. Qual é a quantia que desejas por teu gado?

— Bem, meu rebanho vale pelo menos quinhentas libras — disse Robin.

A essas palavras o xerife tornou-se pensativo, depois disse, devagar, como se considerasse a situação:

— Gosto de ti e gostaria de ajudar-te, mas quinhentas libras é uma soma elevada e, além do mais, não a tenho comigo. Apesar disso, te darei trezentas libras por todo o rebanho, e isso em moedas boas de ouro e prata.

— Ora, velho avarento — exclamou Robin. — Sabes que tantos bois valem setecentas libras e até mais... e mesmo isso seria pouco por eles. Ainda assim, com teus cabelos grisalhos e um pé na sepultura irias aproveitar-te da loucura de um jovem tresloucado.

Ao ouvir aquilo, o xerife fez-se sério e olhou para Robin, que continuou falando:

— Não precisas olhar para mim como se tivesses cerveja azeda na boca, homem. Aceito tua oferta, visto que meus irmãos e eu precisamos do dinheiro. Temos uma vida alegre, e ninguém leva uma vida assim com tostões, por isso fecho o negócio contigo. No entanto, vê, é bom que tragas as trezentas libras contigo, porque não confio em alguém que propõe uma barganha tão astuta.

— Levarei o dinheiro — disse o xerife. — Mas qual é teu nome, meu bom jovem?

— Os homens me chamam de Robert de Locksley — disse o ousado Robin.

— Pois então, meu bom Robert de Locksley, irei ver teu gado — disse o xerife. — Contudo, primeiro meu contador irá preparar um documento no qual te obrigarás a vender, porque não podes ficar com meu dinheiro sem que eu tenha os animais em troca.

Assim o negócio foi fechado; porém, muitos dos açougueiros conversaram entre si sobre o xerife, dizendo que era um truque baixo aproveitar-se de um jovem gastador daquela maneira.

A tarde chegara quando o xerife montou em seu cavalo e juntou-se a Robin Hood, que estava do lado de fora do portão, aguardando-o, já que vendera a carroça e a égua por duas moedas a um comerciante. Assim sendo, partiram, o xerife montado e Robin caminhando ao lado dele. Saíram da cidade de Nottingham e viajaram pela estrada poeirenta, rindo e brincando, como se fossem velhos amigos; apesar disso, o tempo todo o xerife dizia para si mesmo: "Sua brincadeira sobre Robin Hood vai custar caro, meu jovem, até a soma de quatrocentas libras, seu tolo". Ele calculava que isso seria o quanto lucraria nessa barganha.

Assim, viajaram até chegar à orla da Floresta de Sherwood, quando o xerife olhou para cima e para baixo, para a direita e para a esquerda, antes de ficar quieto e calado.

— Que os céus e todos os santos possam nos preservar neste dia de um patife chamado Robin Hood.

Robin riu.

— Pois podes sossegar — disse ele. — Conheço bem Robin Hood, e sei muito bem que não corres nenhum perigo por parte dele que seja maior do que o que corres comigo.

A essas palavras, o xerife olhou de lado para Robin e disse consigo mesmo: "Não gosto que conheças esse fora da lei, e desejaria estar muito longe da Floresta de Sherwood".

Ainda assim, continuaram a jornada pela sombra da floresta, e quanto mais fundo penetravam, mais calado ficava o xerife. Finalmente chegaram a um ponto onde a estrada fazia uma curva súbita, e perante eles surgiu uma manada de cervos cruzando o caminho. Então Robin acercou-se do xerife, e apontando um dedo para os animais, disse:

— Esse é meu gado, mestre xerife. O que achas? Não são gordos e belos de se ver?

O xerife puxou suas rédeas com rapidez.

— Eu queria estar fora desta floresta, já que não gosto da tua companhia. Segue teu caminho, amigo, e seguirei o meu.

Mas Robin riu e apanhou as rédeas do xerife.

— Não, fica um pouco mais — pediu ele. — Gostaria que conhecesses meus irmãos, que também são donos desse belo rebanho, assim como eu.

Levou a trompa aos lábios e produziu três notas alegres; em pouco tempo vieram pelo caminho cerca de cem homens robustos com John Pequeno como líder.

— O que desejas, chefe? — perguntou John Pequeno.

— Vejam... não estão vendo que trago para nós uma boa companhia, para festejar conosco hoje? — respondeu Robin. — Não estão conhecendo o nosso bom mestre, o xerife de Nottingham? Segura as rédeas para ele, John Pequeno, porque hoje ele nos dá a honra de sentar conosco para festejar!

Nisso todos tiraram o chapéu com humildade, sem sorrir ou dar a impressão de estarem zombando, enquanto John Pequeno apanhava as rédeas e conduzia a montaria ainda mais profundamente na floresta, todos marchando em ordem, com Robin Hood caminhando ao lado do xerife, com o chapéu na mão.

Todo esse tempo, o xerife não disse nada, apenas olhava ao seu redor como quem tinha acordado de um sono profundo; mas quando se viu penetrando nas profundezas da Floresta de Sherwood, seu coração ficou pesado ao pensar: "Certamente minhas trezentas libras me serão tomadas, mesmo que eles não me tirem a própria vida, já que ameacei a vida deles mais de uma vez". Contudo, todos pareciam mansos e humildes e nenhuma palavra ameaçadora foi proferida, nem à sua vida nem ao dinheiro.

Finalmente chegaram àquela parte da floresta onde um carvalho nobre alargava seus ramos sobre uma área enorme, sob o qual havia um assento feito de musgo, onde Robin sentou-se, acomodando o xerife à sua direita.

— Agora vamos, meus alegres companheiros, trazei o melhor que tivermos, tanto a carne quanto o vinho, porque sua excelência, o xerife, fez uma festa para mim no Salão da Guilda em Nottingham hoje, e eu não gostaria que ele voltasse sem comer e beber.

Durante todo esse tempo nada foi dito sobre o dinheiro do xerife, portanto ele chegou a pensar consigo mesmo: "Talvez Robin Hood tenha esquecido tudo sobre esse assunto".

Enquanto as fogueiras crepitavam na floresta e o cheiro agradável dos cervos assando enchia a clareira, e pastelões corados se aqueciam ao lado dos braseiros, Robin Hood entreteve o xerife de maneira exemplar. Em primeiro lugar, vários pares avançaram para a luta com bastões, e tão hábeis eram todos, tão rapidamente atacavam e defendiam, que o xerife, que adorava observar todos os esportes vigorosos como aquele, aplaudiu, batendo palmas e esquecendo onde estava.

— Muito bom, você aí com a barba negra! — gritou ele, sem perceber que o homem era o latoeiro que ele contratara para prender Robin Hood.

Vários homens, então, avançaram e colocaram toalhas sobre a relva, onde arrumaram um banquete real, enquanto outros se adiantaram e abriram barris de aguardente, de Malmsey e de boa cerveja, colocando--os em jarras sobre a toalha, com canecas para beber ao lado. E todos se acomodaram, comeram e beberam alegremente, até que o sol estivesse baixo e uma meia-lua brilhasse com uma luz pálida entre as folhas das árvores.

Aí o xerife levantou-se e disse:

— Agradeço a todos, boa gente, pelo divertimento que me trouxeram hoje. Trataram-me com muita cortesia, mostrando que possuem bastante respeito pelo nosso bom rei e seus representantes no condado de Nottingham. Mas as sombras se alongam, e preciso partir antes que venha a escuridão, para não me perder no interior da floresta.

Nesse momento Robin Hood e seus alegres companheiros também se levantaram.

— Se é chegada a hora de ir, Excelência, então tens de ir; só esqueceste uma coisa.

— Não... não esqueci nada — disse o xerife, sentindo o coração pesado.

— Digo que esqueceste — insistiu Robin. — Mantemos uma alegre hospedagem aqui na floresta, entretanto, quem quer que seja nosso hóspede tem de pagar por isso.

O xerife riu, porém sem muita vontade.

— Bem, meus alegres anfitriões, tivemos momentos alegres hoje, e mesmo que não tivesses pedido, pretendia dar mesmo vinte libras pelo entretenimento que tive.

— Não — disse Robin, com seriedade. — Não ficaria bem para nós tratarmos Vossa Excelência de maneira tão mesquinha. Por minha fé, senhor, eu ficaria com vergonha de mostrar meu rosto se não recolhesse do nosso nobre representante do rei trezentas libras. Não é assim, meus bons companheiros?

— Sim! — gritaram todos, a uma só voz.

— Trezentos demônios! — reclamou o xerife. — Acham por acaso que essa festa de mendigos valeu três libras? Quem diria trezentas?

— Não, não fales assim, Excelência — pediu Robin, sério. — Gosto de ti pela boa festa que me deste hoje na alegre cidade de Nottingham; contudo, existem aqui aqueles que não gostam tanto assim. Se olhares ao longo da toalha irás ver Will Stutely, em cujos olhos não vais encontrar muita simpatia; aqueles dois corpulentos ali, que não reconheces, foram feridos numa luta perto de Nottingham, há algum tempo — tu os enganaste; um deles foi ferido gravemente num dos braços, todavia conseguiu recuperar o uso dele. Meu bom xerife, te dou um conselho; paga tua parte sem mais relutância, ou talvez o pagamento te caia mal.

À medida que ele falava, o rosto avermelhado do xerife foi ficando pálido e ele não disse mais nada, baixando os olhos e mordendo o lábio inferior. E lentamente retirou a bolsa gorda do cinto e a atirou sobre a toalha em frente.

— Agora toma a bolsa, John Pequeno — pediu Robin Hood. — E vamos garantir que tudo esteja certo. Não iríamos duvidar de nosso bom xerife, mas ele não iria gostar se descobrisse que não nos pagou a quantia justa.

Então John Pequeno contou o dinheiro, e descobriu que a bolsa continha trezentas libras em prata e ouro. Entretanto, ao xerife parecia que cada tilintar de seu brilhante dinheiro era uma gota de sangue em suas veias; e quando o viu contado numa pilha de ouro e prata, enchendo um prato de madeira, voltou-se e montou silenciosamente no cavalo.

— Nunca tivemos um hóspede tão maravilhoso antes! — observou Robin. — Como o dia já vai avançado, mandarei um de meus jovens para guiar-te através da floresta.

— Que os céus não o permitam! — disse o xerife, apressadamente. — Posso encontrar o caminho sem ajuda.

— Nesse caso eu mesmo vou acompanhar-te até a trilha certa — afirmou Robin, tomando o cavalo do xerife pela rédea, e levando-o até a trilha principal da floresta. Antes de deixá-lo partir, disse: — Agora, viaja em paz, bom xerife, e quando pensares da próxima vez em te aproveitares de um pobre herdeiro, lembra-te do banquete na Floresta de Sherwood. "Nunca compres um cavalo, meu bom amigo, sem olhares primeiro os dentes", como diz nosso bom velhinho Swanthold. Mais uma vez, boa viagem.

Dizendo isso, deu um tapa no lombo do cavalo, e lá se foram ele e o xerife pelos meandros da floresta.

Nesse ponto, o xerife amaldiçoou amargamente o dia em que lidou com Robin Hood pela primeira vez, pois todos ririam dele e mais baladas seriam cantadas pelas pessoas país afora, sobre como o xerife fora buscar lã e saíra tosquiado. Assim os homens ultrapassam os limites por ganância e malícia.

VI
JOHN PEQUENO VAI À FEIRA DE NOTTINGHAM

A primavera se fora desde a festa do xerife em Sherwood, e o verão também; chegara o suave mês de outubro. O ar inteiro parecia fresco e renovado; as colheitas estavam estocadas nas casas, os pássaros jovens tinham penugem nova, o lúpulo estava colhido e as maçãs, maduras. Embora o tempo tivesse suavizado as coisas e os homens não mais falassem do *gado da floresta* que o xerife quis comprar, ele ainda estava sensível ao assunto e não podia suportar que o nome de Robin Hood fosse pronunciado em sua presença.

Com outubro, viera a época da realização da Grande Feira, que acontecia a cada cinco anos na cidade de Nottingham, para a qual as pessoas vinham de longe e de quase todo o país. Nessa época o esporte principal era o tiro com arco e flecha, porque os homens de Nottingham eram os melhores no arco longo em toda a alegre Inglaterra; contudo, naquele ano o xerife hesitou bastante antes de fazer o anúncio da realização da Feira, temendo que Robin Hood e seu bando fossem aparecer. No início, ele chegou a pensar em não realizar a Feira, mas depois pensou que os homens ririam dele e diriam que ele estava com medo de Robin Hood, portanto abandonou essa ideia. Finalmente resolveu oferecer um prêmio que eles não cobiçassem. Nessas épocas era costume oferecer dez moedas ou um barril de cerveja, portanto naquele ano ele ofereceu um prêmio de dois bois gordos ao melhor arqueiro.

Quando Robin Hood ficou sabendo o que fora anunciado, ficou aborrecido e comentou:

— Maldito seja esse xerife que oferece um prêmio que ninguém, a não ser filhos de pastores, se importaria em ganhar. Eu teria adorado fazer mais uma visita à alegre cidade de Nottingham, no entanto, ganhar esse prêmio não me daria prazer nem lucro.

— Não, mas escuta, chefe — disse John Pequeno. — Hoje mesmo Will Stutely, o jovem David de Doncaster e eu fomos até a Blue Boar e lá ouvimos todas as novidades dessa Feira; o xerife ofereceu esse prêmio para que nós, de Sherwood, não nos déssemos ao trabalho de competir; portanto, chefe, se me permites, gostaria de ir e me esforçar para vencer, mesmo esse pobre prêmio, entre os bravos concorrentes que irão participar do torneio na cidade de Nottingham.

— Bem, John Pequeno — disse Robin. — És um sujeito valoroso, ainda que te falte a esperteza que o bom Stutely tem, e eu não gostaria de ver nenhum mal cair sobre ti, em todo o condado de Nottingham. Mesmo assim, se queres de fato ir, usa um disfarce, porque pode existir lá alguém que te conheça.

— Que assim seja, chefe — disse John Pequeno. — Ainda assim, o disfarce que desejo é uma boa roupa escarlate, em vez desta verde que usamos. Vou puxar o capuz da túnica sobre a cabeça para esconder os cabelos castanhos e a barba, e então, acredito, ninguém irá me reconhecer.

— Isso é bastante contra minha vontade — disse Robin Hood. — Mesmo assim, se quiseres, vai, mas prepara-te de acordo, John Pequeno, pois és meu braço direito e eu não suportaria que qualquer mal acontecesse a ti.

Assim, John Pequeno vestiu-se de escarlate e partiu para a Feira da cidade de Nottingham.

Alegres foram os dias da Feira em Nottingham, quando o verde em frente aos portões principais ficou repleto de fileiras de barracas, com tendas de lona colorida, enfeitadas com bandeiras e guirlandas de flores, e todas as pessoas vieram do campo, tanto nobres quanto camponeses. Em algumas barracas havia dança, com música alegre, em outras a cerveja fluía à vontade e em outras ainda vendiam-se bolos doces e balas de cevada; e do lado de fora das barracas, havia jogos esportivos, onde algum menestrel cantava baladas dos velhos tempos, acompanhado por na harpa, ou onde lutadores se enfrentavam nos ringues de serragem; porém as pessoas se reuniam, acima de tudo, ao redor de uma plataforma elevada, onde sujeitos corpulentos lutavam com bastões.

Então, John Pequeno foi a Feira. Vermelhos eram sua calça e o colete, e vermelho era o chapéu de bico, com uma pena vermelha enfiada na lateral. No ombro pendia um rijo arco de teixo, e cruzado nas costas estava uma aljava de boas flechas. Muitos voltavam-se para observar um sujeito tão alto e corpulento, porque seus ombros eram pelo menos um palmo mais largos e ele era uma cabeça mais alto do que qualquer outro por ali. As donzelas, também, olhavam para ele de lado, pensando nunca ter visto um jovem mais vigoroso.

Primeiro, ele foi à barraca onde se vendia cerveja forte, e, ficando sobre um banco, convidou a todos que estavam próximos para beber com ele.

— Ei, companheiros, quem quer beber com um rapaz do campo? Venham! Venham todos! Vamos ficar alegres, pois o dia é agradável e a cerveja faz cócegas. Vem, bom homem, e tu, e tu, já que nenhum há de pagar um tostão. Vem, robusto mendigo, e tu, alegre latoeiro, vinde divertir-vos comigo.

Assim gritava ele, e todos se juntaram ao redor, rindo, enquanto a cerveja preta fluía; e chamavam John Pequeno de um grande sujeito, cada um jurando que gostava dele como se fosse o próprio irmão; quando se tem divertimento sem pagar nada, ama-se o homem que o proporciona.

Ele caminhou até a plataforma onde ocorriam as disputas com bastão, porque gostava muito desse tipo de luta, tanto quanto gostava de comer e beber; ali ocorreu uma aventura que seria cantada em baladas por todo o interior do país durante muito tempo.

Havia um sujeito que rachava os crânios de todos os que o desafiavam atirando o chapéu ao ringue. Era Eric de Lincoln, de grande fama, cujo nome vinha sendo cantado em baladas pelo interior. Quando John Pequeno atingiu o ringue não havia ninguém lutando, apenas Eric andando de um lado para outro, brandindo o bastão e gritando vigorosamente:

— Quem virá, por conta do amor que sente pela donzela que mais ama, para enfrentar um bom mancebo do condado de Lincoln? Que tal, rapazes? Venham, venham! Ou então os olhos das donzelas não vão brilhar, ou será que o sangue dos rapazes do condado de Nottingham é frio e sem vontade? Eu digo que é Lincoln contra Nottingham! Pois até hoje ninguém pisou aqui que nós de Lincoln chamássemos de lutador!

A essas palavras, um cutucava o outro com o cotovelo, dizendo: "Vá lá, Ned!" ou "Vá você, Thomas!", porém ninguém queria ter o crânio rachado à toa.

Eric acabou por enxergar John entre os outros, uma cabeça e ombros acima da multidão, e gritou para ele:

— Olá, sujeito pernudo vestido de vermelho! Teus ombros são largos e tua cabeça é dura; tua donzela não é bonita o suficiente para tomares o bastão na mão por ela? Acredito que os homens de Nottingham têm ossos e músculos, mas nenhum tem coragem, não achas? Então, grandalhão, não podes tomar o bastão e defender Nottingham?

— Sim, se eu tivesse meu bastão aqui, teria enorme prazer em arrebentar tua cachola dura, convencido de uma figa! Acho que faria muito bem para ti se alguém cortasse tua crista!

Assim ele falou, lentamente a princípio, porque era lento; mas sua raiva foi aumentando, como uma grande rocha rolando a colina, de modo que no final estava irado.

Eric de Lincoln riu alto:

— Bem falado, para alguém que tem medo de me enfrentar em igualdade, de homem para homem. Convencido és tu, e, se puseres os pés aqui no ringue, farei tua língua convencida se encolher atrás dos dentes!

— Será que há aqui um bom homem que me empreste um bastão bom e rijo para que eu possa experimentar a coragem daquele sujeito? — pediu ele. Imediatamente meia dúzia de homens estenderam seus bastões, e ele pegou o mais grosso e sólido entre eles. Examinou-o de alto a baixo. — Agora tenho nas mãos uma farpa de madeira — uma palha de cevada, parece —, mesmo assim vai me servir, então lá vai.

Dizendo isso, atirou o bastão ao ringue e, saltando com leveza, em seguida, tomou-o nas mãos outra vez.

Cada lutador permaneceu em seu lugar e avaliou o outro com olhar frio, até que aquele que dirigia a contenda disse:

— Comecem!

Ambos avançaram, cada um segurando seu bastão pelo meio. Aqueles que estavam por ali assistiram à mais disputada luta de bastões que já ocorreu na cidade de Nottingham. A princípio, Eric de Lincoln pensou que teria uma luta fácil, então avançou como se dissesse "Vede, pessoas, como depeno rápido esse frango"; mas logo descobriu que as coisas não seriam assim tão rápidas. Atacou com destreza e com habilidade, no entanto, encontrou um adversário à sua altura em John Pequeno. Uma, duas, três vezes John Pequeno desviou dos golpes para a esquerda e para a direita. Nisso, rapidamente e com um golpe requintado dado com um movimento inverso, apanhou Eric com a guarda aberta e de modo tão astuto que fez que a cabeça dele zunisse. Eric recuou para se recuperar, enquanto um grito enorme se elevava e todos ficavam contentes que Nottingham tivesse rachado o crânio de Lincoln; e assim terminou o primeiro assalto da contenda.

— Lutem — gritou o juiz.

Novamente se aproximaram, porém agora Eric se acautelava, pois descobrira que seu adversário era difícil de vencer, e também não tinha uma lembrança agradável do golpe que acabara de levar; nesse assalto, nem John Pequeno nem o homem de Lincoln apanhou o outro com a guarda baixa; assim, depois de algum tempo, separaram-se outra vez, e esse foi o segundo assalto.

Pela terceira vez se aproximaram, e a princípio Eric tentou ser consciente, como fora antes; mas, ficando irritado por se ver tão tolhido, perdeu a calma e começou a aplicar golpes tão rápidos e ferozes que produziam o ruído de chuva batendo no telhado, entretanto, a despeito de tudo, não conseguiu penetrar a guarda de John Pequeno. Nisso, finalmente John Pequeno enxergou sua chance e a aproveitou com inteligência. Mais uma vez, com um golpe rápido, acertou Eric na lateral da cabeça, e antes que este pudesse recuperar o equilíbrio, John Pequeno trocou da direita para a esquerda e, com um golpe giratório acertou o adversário tão dolorosamente que provocou sua queda, de um jeito que dava a impressão de que não se levantaria mais.

O povo gritava tão alto que as pessoas vieram correndo de todos os lados para ver o que estava acontecendo; enquanto isso, John Pequeno saltava do ringue e devolvia o bastão para a pessoa que lhe havia emprestado. Assim terminou a famosa disputa entre John Pequeno e Eric de Lincoln, de grande renome.

Mas então chegara o momento de os arqueiros que iriam competir com arco longo tomarem seus lugares, de modo que o povo começou a se agrupar no campo de tiro onde se realizaria a competição. Próximo ao alvo, em um ótimo local, sentava-se o xerife, numa plataforma elevada, com muitos fidalgos ao redor. Quando os arqueiros tomaram seus lugares, o arauto avançou e anunciou as regras da competição: cada um deveria atirar três setas, e aquele que atirasse melhor ganharia o prêmio de duas reses gordas. Um belo grupo de grandes atiradores estava reunido lá, e entre eles os melhores arqueiros com arco longo dos condados de Lincoln e Nottingham; e, entre eles, John Pequeno era o mais alto.

— Quem é o estrangeiro vestido de vermelho? — perguntavam alguns. Outros respondiam:

— Foi aquele que agora há pouco acertou a cabeça de Eric de Lincoln. Assim falava o povo, até que isso chegou aos ouvidos do xerife.

Agora cada homem avançava e atirava em sua vez; embora todos atirassem bem, John Pequeno foi o melhor dentre eles, pois três vezes acertou o alvo, e uma delas a uma distância de um grão de cevada do centro.

— Salve o arqueiro alto — gritava a multidão; e alguns dentre eles gritavam: — Salve Reynold Greenleaf — porque esse era o nome escolhido por John Pequeno para si mesmo naquele dia.

Nisso o xerife saiu do seu palanque e veio até onde estavam os arqueiros, enquanto todos retiravam o chapéu ao perceber sua aproximação. Olhou fixamente para John Pequeno, mas não o reconheceu, embora dissesse em seguida:

— Meu bom homem, me parece que tens um rosto que já vi em algum lugar.

— Isso pode ser. Muitas vezes já vi Vossa Excelência — respondeu John Pequeno, olhando diretamente nos olhos do xerife enquanto falava, de modo que ele não suspeitasse.

— Um sujeito habilidoso és, meu bom homem — disse o xerife. — E ouvi dizer que defendeste a honra de Nottingham contra Lincoln no dia de hoje. Qual teu nome, bom homem?

— Os homens me chamam de Reynold Greenleaf, Excelência.

Assim afirmava a antiga balada, que falava disso: "E na verdade ele era uma folha verde, mas de que árvore, o xerife não sabia".

— Pois então, Reynold Greenleaf,[2] és a melhor mão no arco longo que meus olhos já viram, próximo àquele falso velhaco, Robin Hood, de cuja vista o Céu me proteja! Entrarás para meu serviço, bom homem? Serás bem pago, já que três vestimentas te darei por ano, com boa comida e tanta cerveja quanto puderes beber; além disso, te pagarei quarenta moedas a cada Festa de São Miguel.

— Estou aqui como homem livre, e com muita alegria aceito o convite para estar a vosso serviço — disse John Pequeno, que já imaginara algumas brincadeiras divertidas se entrasse para o serviço do xerife.

— Com justiça ganhaste as duas reses gordas — disse o xerife. — Irei adicionar também um barril da boa cerveja de março, pela alegria

---

[2] *Greenleaf*, em inglês, "folha verde". (N.T.)

de ter comigo um homem como tu, já que atiras tão bem com o arco quanto o próprio Robin Hood.

— Nesse caso, pela alegria de entrar a teu serviço, darei os novilhos e a cerveja para essa boa gente, a fim de que se alegrem — disse John Pequeno, provocando um grande grito de alegria e muitos bonés atirados para o alto.

Alguns fizeram grandes fogos e assaram os novilhos, enquanto outros abriram o barril de cerveja escura, com o qual todos se alegraram; depois que comeram e beberam até se fartar, quando o dia se foi e a grande lua apareceu, vermelha e redonda, por sobre os pináculos e torres da cidade de Nottingham, deram-se as mãos e dançaram ao redor dos fogos, à música das harpas e gaitas de fole. No entanto, muito antes que essa alegria começasse, o xerife e seu novo servo, Reynold Greenleaf, estavam no castelo de Nottingham.

VII
COMO JOHN PEQUENO VIVEU NA CASA DO XERIFE

Assim John Pequeno entrou para o serviço do xerife e descobriu a vida fácil que lá se levava, pois o xerife o transformou no segundo em comando, e o tinha em grande estima. Ele se sentava ao lado do xerife às refeições e corria a seu lado quando iam caçar, de modo que, caçando com arco e flecha e com falcões um pouco, comendo pratos gordurosos, bebendo boas bebidas e dormindo até altas horas da manhã, ele engordou como um boi alimentado no estábulo. Assim, tudo flutuava com facilidade ao sabor da maré, até que um dia, quando o xerife resolveu ir caçar, aconteceu algo que quebrou o ritmo suave das coisas.

Naquela manhã o xerife e muitos de seus homens partiram para encontrar determinados nobres e ir caçar. Ele procurou em todos os lugares por seu braço direito, Reynold Greenleaf, e ficou contrariado em não encontrá-lo, porque queria mostrar as habilidades dele aos amigos nobres. Quanto a John Pequeno, estava na cama, roncando vigorosamente, até que o sol estivesse alto no céu. Finalmente abriu os olhos e olhou ao redor, mas não se moveu para levantar da cama. O sol brilhava forte em sua janela, e todo o ar parecia adocicado com o odor de madressilva que pendia em cachos pela parede, já que o frio inverno ficara para trás e a primavera retornara, e John Pequeno permanecia deitado, quieto, pensando em quanto tudo estava bem naquela bela manhã. Então ouviu, baixa e distante, uma nota de trompa, bem clara. O som não era muito alto, contudo, como uma pequena pedra atirada numa fonte imóvel, quebrou a placidez da superfície de seus pensamentos, até que toda a sua alma ficou cheia de perturbações. Seu espírito pareceu acordar da inatividade, e as lembranças o levaram de volta à vida alegre da floresta — como os pássaros cantavam alegremente quando a manhã era brilhante e como seus amados companheiros e amigos festejavam e ficavam contentes, ou talvez falando dele com sobriedade, pois quando ele entrara para o serviço do xerife o fizera como brincadeira, todavia a lareira era quente durante o inverno, e a paga era completa, portanto ele acabara ficando indolente, adiando o dia em que retornaria à Floresta de Sherwood, até que seis longos meses se haviam passado. Contudo, naquele momento pensava em seu bom chefe, em Will Stutely, de quem gostava mais que de qualquer outro no mundo, no jovem David de Doncaster, a quem ensinara tão bem todas as artes masculinas, e assim permaneceu até que viesse a seu coração uma grande saudade de todos eles, e que seus olhos estivessem cheios de lágrimas. Aí ele disse em voz alta:

— Aqui estou eu, gordo como um boi confinado e toda a minha hombridade desapareceu de mim e me tornei mole e bobalhão. Mas agora vou levantar e vou voltar para meus queridos amigos, e nunca mais vou sair de perto deles até que a vida se vá de meus lábios.

Assim dizendo, saltou da cama, porque começou a odiar sua preguiça.

Quando desceu as escadas, deparou-se com o copeiro em pé, próximo à porta da despensa — um homem grande e gordo, com um grande molho de chaves pendendo da cintura. Então John Pequeno disse:

— Mestre copeiro, sou um homem faminto, já que nada comi nesta manhã abençoada. Portanto, dá-me de comer.

O copeiro o olhou com raiva, e sacudiu seu molho de chaves à cintura, já que odiava John Pequeno por causa da estima que o xerife lhe dispensava.

— Então, mestre Reynold Greenleaf, tens fome, é? — respondeu ele. — Contudo, meu jovem, se viveres o suficiente, descobrirás que aquele que dorme demais, por ter a cabeça ociosa, fica com o estômago vazio. O que diz o ditado, mestre Greenleaf, não é: "A galinha atrasada só encontra ração estragada"?

— Seu grande saco de banha! — gritou John Pequeno. — Não peço por tua sabedoria de tolo, e sim pão e carne. Quem és, para me negares comida? Por São Dunstan, é melhor me dizeres onde está meu desjejum, porque podes livrar-te de alguns ossos quebrados!

— Teu desjejum, mestre Esquentado, está na despensa — respondeu o copeiro.

— Nesse caso, vai buscar de uma vez! — gritou John Pequeno, que começava a ficar realmente zangado.

— Vai e apanha tu mesmo! — disse o copeiro. — Acaso sou teu escravo para ir e apanhá-lo para ti?

— Pois eu digo: vai buscar!

— Sou eu quem diz: vai tu buscar!

— Pois é o que vou fazer! — gritou John Pequeno, num acesso de raiva.

Avançou até a porta da despensa e experimentou abri-la; encontrou-a fechada, e nesse instante o copeiro riu e sacudiu suas chaves. Então a fúria de John Pequeno se desencadeou, e, erguendo o punho fechado, acertou a porta, quebrando três painéis e fazendo uma abertura tão grande que ele pôde abaixar-se com facilidade e passar por ela.

Quando o copeiro viu o que ele fizera, ficou cego de raiva; quando John Pequeno entrou, ele adiantou-se e puxou-o para trás pela nuca, desequilibrando-o e atingindo-o na cabeça com as chaves, até que os ouvidos dele zunissem. Nesse instante John Pequeno se voltou e acertou tamanha bofetada no homem obeso que ele caiu no chão e lá permaneceu, como se não fosse mais levantar.

— Pronto — disse John Pequeno —, pensa sobre isso e nunca mais impeças um homem faminto de chegar até seu desjejum.

Assim dizendo, entrou na despensa e olhou ao redor, procurando alguma coisa que lhe agradasse o paladar. Viu um grande pastelão de cervo e dois frangos assados, ao lado dos quais havia um prato de ovos de tarambola; além disso, havia um frasco de vinho branco espanhol e um de vinho das Canárias — uma doce visão para um homem faminto. Apanhou esses itens da despensa e os colocou sobre um aparador, preparando-se alegremente para saborear tudo.

Mas o cozinheiro, na cozinha do outro lado do pátio, escutou a gritaria entre John Pequeno e o copeiro, e também o golpe que John Pequeno acertou nele, por isso atravessou correndo o pátio e subiu pelas escadas que conduziam até onde ficava o copeiro, trazendo ainda nas mãos o espeto com o assado. Entrementes o copeiro havia recuperado a consciência e levantado, de modo que quando o cozinheiro chegou à despensa encontrou o copeiro observando pela abertura da porta John Pequeno, que se preparava para um bom desjejum, assim como um cachorro observa outro que tem um osso. Quando o copeiro viu o cozinheiro, foi até ele e, passando um braço pelos ombros dele, que era um homem alto e corpulento, disse:

— Meu bom amigo, estás vendo o que esse vilão, Reynold Greenleaf, fez? Arrombou a despensa de provisões de nosso bom patrão, e acertou-me um bofetão na orelha, de maneira que pensei estar morto, caro cozinheiro. Gosto de ti, e terás um pote do melhor vinho de nosso patrão todos os dias, pois és um servo antigo e fiel. Também tenho dez xelins que posso dar a ti. Não odeias ver um vil emergente como esse Reynold Greenleaf falando de modo tão atrevido?

— Sim, odeio — concordou o cozinheiro ousadamente, porque gostara da oferta do vinho e dos dez xelins. — Vai direto para teu quarto, e vou trazer esse velhaco pelas orelhas.

Assim dizendo, ficou de lado e sacou a espada que trazia à cinta. O copeiro saiu tão rápido quanto pôde, já que detestava a visão de lâminas de aço fora da bainha.

Então o cozinheiro caminhou diretamente para a porta quebrada, através da qual enxergou John Pequeno enfiando um guardanapo sob o queixo e preparando-se para alegrar-se.

— Ora, vejam, se não é Reynold Greenleaf — disse o cozinheiro. — Não és melhor do que um ladrão comum, é o que digo. Vem para fora, homem, ou irei espetar-te como quem espeta um porco para o assado.

— Não, bom cozinheiro, comporta-te melhor, ou terei de sair ao teu encontro. Na maior parte das vezes sou como um cordeiro novo, mas quando alguém se intromete entre minha refeição e eu, fico irritado como um leão.

— Leão ou não, vem até aqui, ou posso achar que és um covarde, além de um ladrão barato — desafiou o valente cozinheiro.

— Ah! — gritou John Pequeno. — De covarde nunca fui chamado. Sendo assim, bom cozinheiro, cuida-te, pois saio daqui como o leão rugindo que acabo de descrever.

Sacou também sua espada e saiu da despensa; colocando-se em posição, os dois se aproximaram com olhares irados e agressivos; de repente John Pequeno baixou a ponta de sua espada:

— Um momento, bom cozinheiro — disse ele. — Penso que não é boa coisa lutarmos com essa vianda assim tão perto, e tal banquete iria satisfazer dois sujeitos vigorosos como nós. Então bom amigo, acho que poderíamos apreciar a refeição antes de lutarmos? O que dizes?

Com essa afirmação, o cozinheiro passou a olhar para os lados, e coçou a cabeça, porque adorava boa comida. Finalmente respirou fundo, e disse a John Pequeno:

— Bem, meu bom amigo, acho que tua ideia é boa; assim, digo... vamos comer com toda a vontade, já que um de nós dois poderá estar no Paraíso antes que venha a noite.

Ambos colocaram as espadas de volta na bainha e entraram na despensa; lá, depois de se terem acomodado, John Pequeno apanhou sua adaga e a cravou na torta.

— Um homem faminto tem de ser alimentado, portanto, meu caro, tomo a liberdade de me servir sem permissão — disse ele.

O cozinheiro não ficou atrás, pois na mesma hora suas mãos se ocuparam com a deliciosa massa. Depois disso, nenhum dos dois falou, visto que se puseram a usar os dentes para melhor propósito. Embora não falassem, olhavam um para o outro, cada um pensando consigo mesmo que não vira ainda um sujeito tão vigoroso como o que estava do outro lado da mesa.

Finalmente, depois de longo tempo passado, o cozinheiro respirou fundo, como se estivesse arrependido, e limpou as mãos no guardanapo; não conseguia comer mais. John Pequeno, igualmente, comera demais, e empurrou a torta, dizendo:

— Não quero mais ter a ti contra mim, meu bom amigo. Juro, por tudo o que é sagrado, que és o mais valoroso companheiro para comer que já tive. Vê! Bebo à tua saúde — com isso, apanhou o jarro de bebida e fechou os olhos, enquanto o bom vinho descia por sua garganta.

Em seguida passou o jarro para o cozinheiro, que também disse:

— Bebo à tua saúde, bom companheiro.

Ele não ficava atrás de John Pequeno nem em beber nem em comer.

— Tua voz parece doce e alegre, meu amigo. Não duvido que possas cantar muito bem uma balada, não é verdade? — disse John Pequeno.

— Verdade, costumo cantar de vez em quando. Embora não costume cantar sozinho — admitiu o cozinheiro.

— Bem, isso parece apenas cortesia — disse John Pequeno. — Canta tua cantiga, e depois, se eu puder, tentarei cantar uma à altura.

— Que seja, rapaz — concordou o cozinheiro. — Já ouviste a "Canção da pastora abandonada"?

— Na verdade não conheço — respondeu John Pequeno. — Mas canta e deixa-me ouvir.

O cozinheiro deu mais um gole da jarra e, limpando a garganta, cantou docemente:

Howard Pyle

A CANÇÃO DA
PASTORA ABANDONADA

No tempo da Quaresma, quando as folhas ficam verdes
  E os pássaros começam a acasalar
Quando a cotovia canta, e o tordo, acredito,
  E as pombas anseiam cedo e tarde,
A bela Phillis sentava-se ao lado de uma pedra,
E assim eu a ouvi a fazer seu lamento;
  Ó salgueiro, salgueiro, salgueiro!
Vou tomar de seus belos galhos
E entremear uma grinalda para segurar meus cabelos.

O tordo conseguiu sua fêmea,
  A cotovia também, assim como o pombo;
Meu Robin me abandonou,
  E me abandonou por outro amor,
Então aqui, ao lado do riacho, bem sozinha,
Eu me sento e faço meu lamento.
  Ó salgueiro, salgueiro, salgueiro!
Vou tomar de seus belos galhos
E entremear uma grinalda para segurar meus cabelos.

Mas nunca veio o arenque do mar,
  Porém, bom como sua palavra, à maré,
O jovem Corydon veio ao prado,
  E sentou-se ao lado de Phillis.
E agora ela mudou seu tom,
E vai cessar seus lamentos.
  Ó salgueiro, salgueiro, salgueiro!
Vou tomar de seus belos galhos
E entremear uma grinalda para segurar meus cabelos.

— Por minha fé, essa é uma bela canção — aplaudiu John Pequeno.
— Verdadeira, também.
— Fico contente que tenhas gostado, amigo — disse o cozinheiro.
— Agora canta uma também, pois nenhum homem deve se alegrar sozinho, ou cantar e não ouvir.

— Pois cantarei uma de um cavaleiro bom e justo da corte do rei Arthur, e como ele curou o ferimento em seu coração sem ter de se magoar outra vez, como fez tua Phillis; entendi que ela curou uma ferroada dando em si mesma outra. Escuta, enquanto eu canto...

O BOM CAVALEIRO E SEU AMOR

Quando Arthur, o rei, governava a terra,
　Um bom rei ele era,
E tinha um bando de muitos cavaleiros valorosos,
　Uma alegre companhia.

Entre eles todos, entre grandes e pequenos,
　Um cavaleiro bom e forte havia,
Um jovem robusto, e também alto,
　Que amava uma bela dama.

Mas nada ela desejava com ele,
　E virava-lhe o rosto;
Por isso ele partiu para países distantes
　E deixou a alegre dama.

Lá, sozinho, ele se lamentou,
　E também chorou e soluçou,
E pranteou até mover as pedras,
　Parecia que ia morrer.

Mas ainda seu coração sentia o violento pesar
　E também a terrível dor
E parecia apenas aumentar
　Enquanto o corpo diminuía.

Então ele voltou para onde havia bom vinho
　E companhia alegre,
E logo parou de lamentar...
　Quando leve e brilhante se tornou.

De onde me mantenho e me sinto ousado
   A dizer e até acreditar,
Que enganando a barriga a não esfriar
   O coração cessa de se lamentar.

— Por minha fé — exclamou o cozinheiro, batendo o jarro contra o lado da prateleira. — Gosto muito dessa canção, e principalmente do motivo dela, que parece a doce polpa da avelã dentro da casca.

— És um homem de opiniões agradáveis — respondeu John Pequeno. — Gosto de ti como se fosses meu irmão.

— Também gosto de ti. Mas o dia já vai alto e preciso cozinhar, antes que nosso patrão volte para casa; assim, vamos logo resolver essa briga que temos nas mãos.

— Sim, e vamos fazer isso logo — disse John Pequeno. — Nunca fui mais preguiçoso para lutar do que para comer e beber. Então vem e passemos pela abertura para o corredor, onde há mais espaço para se usar uma espada, e tentarei atender-te.

Nesse momento ambos se deslocaram para o largo corredor que levava à despensa do copeiro, onde cada um desembainhou outra vez a espada, e sem mais conversa caiu um sobre o outro como se pretendessem arrancar os membros do companheiro. As espadas chocaram-se uma contra a outra com grande alarido, e faíscas brotavam de cada choque de metais. Então lutaram acima e abaixo do corredor por mais de uma hora, sem que nenhum atingisse o outro, embora tentassem da melhor forma possível; ambos eram hábeis na defesa, e nada resultou de tanto esforço. De vez em quando descansavam, arfando; depois de recuperar o fôlego, retornavam mais ferozes que nunca. Finalmente, John Pequeno gritou:

— Espera, bom cozinheiro!

Ambos se apoiaram em suas espadas, ofegantes.

— Agora farei minha declaração — disse John Pequeno. — És o melhor espadachim que meus olhos já contemplaram. Na verdade, pensei que já te haveria retalhado a essa hora.

— E eu pensei que já teria feito o mesmo a ti — afirmou o cozinheiro. — De algum jeito, errei os golpes.

— Estou aqui, agora, pensando comigo mesmo — disse John Pequeno — para saber por que estamos lutando; confesso que não consegui lembrar.

— Bem, eu também não lembro — disse o cozinheiro. — Não gosto daquele copeiro gordo, mas achei que tínhamos começado a lutar e que devíamos terminar.

— Me parece que em vez de cortarmos a garganta um do outro, podíamos ser bons amigos — propôs John Pequeno. — O que me dizes, alegre cozinheiro, de ires comigo para a Floresta de Sherwood e te juntares ao bando de Robin Hood? Terás uma vida alegre na floresta e cento e quarenta bons companheiros terás, um dos quais, eu mesmo. Terás duas roupas verdes por ano e quarenta moedas por pagamento.

— Agora sim, estás falando ao meu coração! — gritou o cozinheiro, com vontade. — E se é assim como dizes, esse é o melhor serviço para mim! Irei contigo alegremente. Dá-me a mão, bom sujeito, e serei teu companheiro daqui em diante. Qual seria teu nome, jovem?

— Os homens me chamam de John Pequeno.

— Como? És de fato John Pequeno, o braço direito do próprio Robin Hood? Muitas vezes ouvi falar de ti, mas nunca esperei colocar em ti meus olhos. E de fato és o famoso John Pequeno! — disse o cozinheiro, perdido em seu espanto, olhando o companheiro com olhos arregalados.

— De fato sou John Pequeno, e irei levar a Robin Hood hoje um sujeito corajoso e hábil, para se juntar ao bando alegre. Vamos então, bom amigo, e me parece uma grande pena que, tendo uma quantidade tão grande da comida do bom xerife, não devamos carregar um pouco desses pratos de prata para Robin Hood, como testemunho do apreço Sua Excelência.

— Sim, concordo contigo — disse o cozinheiro.

Começaram a apanhar tanta prata quanto puderam, colocando tudo num saco, e, quando o encheram, partiram para a Floresta de Sherwood.

Penetrando na mata, finalmente chegaram a uma grande árvore em uma clareira, onde encontraram Robin Hood e sessenta de seus homens deitados sobre a grama verde. Quando Robin e seus homens viram quem se aproximava, ficaram em pé imediatamente.

— Sê bem-vindo, John Pequeno! Há muito tempo deixamos de saber notícias tuas, embora soubéssemos que tinhas entrado para o serviço do xerife. Como passaste todo esse tempo?

— Muito alegremente vivi com nosso lorde xerife — respondeu John Pequeno. — E tive uma vida direita todo esse tempo. Vê, bom chefe! Trouxe para ti o cozinheiro dele, e até a prataria.

E começou a contar para Robin Hood e seus homens alegres tudo o que lhe havia acontecido desde que partira para a Feira da cidade de Nottingham. Todos riram muito, a não ser Robin Hood, que parecia sério.

— John Pequeno, és um sujeito corajoso e um companheiro confiável. Estou contente que tenhas retornado a nós, e com um belo companheiro como o cozinheiro, a quem todos na Floresta de Sherwood damos as boas-vindas. Não gostei que tenhas roubado a prataria do xerife como se fosses um ladrão de menos importância. O xerife tem sido punido por nós, e perdeu trezentas libras, porque procurava roubar a outro; mas não nos fez nada que justificasse que lhe roubássemos a prataria.

Embora John Pequeno tivesse ficado envergonhado com isso, tentou deixar o assunto de lado com um gracejo.

— Ora, bom mestre, se pensas que o xerife não nos deu a prataria, então vou buscá-lo e ele mesmo dirá, com seus próprios lábios, que nos dá toda ela.

Dizendo isso, ele ficou em pé e saiu antes que Robin ou qualquer dos presentes o pudesse chamar de volta.

John Pequeno correu por oito quilômetros até chegar ao local onde o xerife de Nottingham e uma companhia alegre caçavam, perto da floresta. Quando se aproximou do xerife, tocou o chapéu e dobrou o joelho.

— Deus vos salve, meu patrão — disse ele.

— Ora, Reynold Greenleaf! — gritou o xerife. — Quando vieste e onde estiveste?

— Estive na floresta — respondeu John Pequeno, falando como se estivesse espantado. — E lá assisti a uma cena que nunca antes olhos humanos contemplaram! Vi um cervo jovem vestido de verde, desde o alto até o pé, e ao redor havia um bando de sessenta corças que também estavam de verde da cabeça aos pés. Mesmo assim não ousei atirar, bom mestre, por medo que me matassem.

— Bem, Reynold Greenleaf, estás sonhando ou estás maluco, para me contares tal história?

— Não estou maluco nem sonhando — garantiu John Pequeno. — E, se vierdes comigo, irei mostrar-vos essa bela visão, pois a vi com meus próprios olhos. Mas deveis vir sozinho, bom mestre, já que os outros assustariam os animais e eles fugiriam.

Então o grupo avançou e John Pequeno o liderou pelo interior da floresta.

— Agora, bom patrão, estamos próximos do lugar onde vi a manada — anunciou ele por fim.

O xerife desceu do cavalo e pediu a todos que esperassem até que ele voltasse; John Pequeno o conduziu adiante através do arvoredo, até chegarem a uma clareira aberta, ao final da qual Robin Hood sentava-se sob a sombra de um grande carvalho, com seus homens alegres atrás dele.

— Vê, bom mestre xerife, lá está o cervo do qual falei — disse ele, por fim.

Ouvindo isso, o xerife voltou-se para John Pequeno e disse amargamente:

— Há muito tempo, eu disse que me lembrava do teu rosto, mas agora estou te reconhecendo. Maldito sejas, John Pequeno, porque me traíste.

John Pequeno riu alto:

Nesse meio-tempo, Robin veio até eles.

— Sê bem-vindo, mestre xerife. Não queres participar de outra festa? — indagou ele.

— Que os céus não permitam — disse o xerife, em tom de arrependimento. — Não quero festa e não tenho fome hoje.

— Apesar disso, se não tens fome, talvez tenhas sede, e sei bem que tomarás um copo comigo — disse Robin. — Mas estou contrariado que não queiras festejar comigo, pois podes ter iguarias ao teu gosto, já que ali está teu cozinheiro.

Então conduziu o xerife, ignorando-lhe a vontade, para o assento que ele conhecia tão bem, sob a árvore.

— Amigos, enchei para nosso bom amigo, o xerife, um copo de bebida, e ide buscá-lo logo, porque ele está fraco e cansado.

Nisso um do bando trouxe para o xerife um copo de bebida, curvando-se ao entregá-lo; mas o xerife não conseguiu tocar no vinho, porque percebeu que era servido em um de seus próprios jarros de prata, sobre uma de suas bandejas de prata.

— Bem, o que achas de nossa nova baixela? — perguntou Robin. — Conseguimos um saco cheio hoje.

Dizendo isso, ergueu o saco de prataria que John Pequeno e o cozinheiro haviam trazido.

E o coração do xerife pesou dentro do peito; no entanto, sem ousar dizer coisa alguma, apenas olhou para o solo. Robin observou-o por algum tempo antes de falar outra vez. Depois disse:

— Mestre xerife, da última vez que vieste a Sherwood, vieste procurando aproveitar-te de um pobre gastador, e acabaste recebendo o mesmo tratamento; mas agora não vieste fazer nenhum mal, nem sei de nada sobre te teres aproveitado de algum homem. Tiro meu dízimo de gordos abades e valetes importantes, para ajudar àqueles que eles mesmos deixaram desprovidos e para reerguer aqueles que eles derrubaram; mas não sei de nenhum inquilino de propriedades tuas que tenhas prejudicado, e não pretendo retirar de ti hoje nem um vintém. Vem comigo, e vou levar-te pela floresta até os teus outra vez.

Depois de falar, colocou o saco sobre o ombro e voltou-se, com o xerife seguindo atrás dele, perplexo demais para dizer qualquer coisa. Assim, progrediram até quase duzentos metros do local onde os companheiros do xerife o estavam esperando. Então Robin entregou o saco de prataria a ele.

— Toma o que é teu outra vez — disse ele. — E me escuta, xerife, pois dou um bom conselho. Presta atenção em teus servos, e testa-os antes de admiti-los tão prontamente.

Então voltou-se, deixando o outro espantado, com o saco de prataria nas mãos.

A companhia que aguardava o xerife ficou espantada ao vê-lo sair da floresta carregando um saco ao ombro. Embora tenham perguntado, ele nada respondeu, agindo como uma pessoa que caminha num sonho. Sem dizer nada, colocou o saco na garupa do cavalo, montou e afastou-se, com todos seguindo-o; porém o tempo todo havia um grande turbilhão de pensamentos em sua cabeça, atropelando uns aos outros. E assim termina a alegre narrativa de quando John Pequeno entrou para o serviço do xerife.

VIII
JOHN PEQUENO E O CURTIDOR DE BLYTH

Num belo dia, não muito tempo depois que John Pequeno havia deixado seu serviço com o xerife e retornado à alegre floresta com o valoroso cozinheiro, Robin Hood e alguns escolhidos do bando deitavam-se sob a árvore onde viviam. O dia estava quente e abafado, por isso a maior parte do bando estava espalhada pela floresta, envolvida com esta ou aquela missão, porém aqueles rapazes vigorosos estavam preguiçosamente sob a sombra da árvore, na tarde amena, fazendo brincadeiras entre eles e contando histórias alegres, com risadas e alegria.

Todo o ar encontrava-se repleto da amarga fragrância de maio, e todas as sombras das árvores em volta vibravam com as doces canções dos pássaros — o tordo cantador, o cuco e o pombo-selvagem — e com as canções dos pássaros misturadas ao marulhar do regato que corria para fora das sombras da floresta e prosseguia célere entre as pedras acinzentadas e ásperas, ao longo da clareira iluminada pelo sol, junto da árvore do encontro. E uma bela visão era aquela dezena de homens fortes, todos usando o mesmo tom de verde, deitados sob os galhos amplos do grande carvalho, no meio das folhas farfalhantes, entre as quais a luz do sol penetrava e recaía em manchas luminosas que dançavam sobre a grama.

Repentinamente, Robin bateu no joelho.

— Por São Dunstan! — exclamou ele. — Me esqueci de como o trimestre passa rápido e não temos nenhum tecido verde em estoque. Devemos cuidar disso, e em pouco tempo. Vamos, avia-te, John Pequeno! Agita esses ossos preguiçosos, pois tens de ir ao nosso bom mexeriqueiro, o vendedor de tecidos, Hugh Longshanks de Ancaster. Pede a ele que nos mande agora mesmo trezentos e setenta metros do belo tecido verde de Lincoln; e talvez essa jornada possa retirar um pouco de gordura desses ossos, que conseguiste com aquela vida boa na casa de nosso bom xerife.

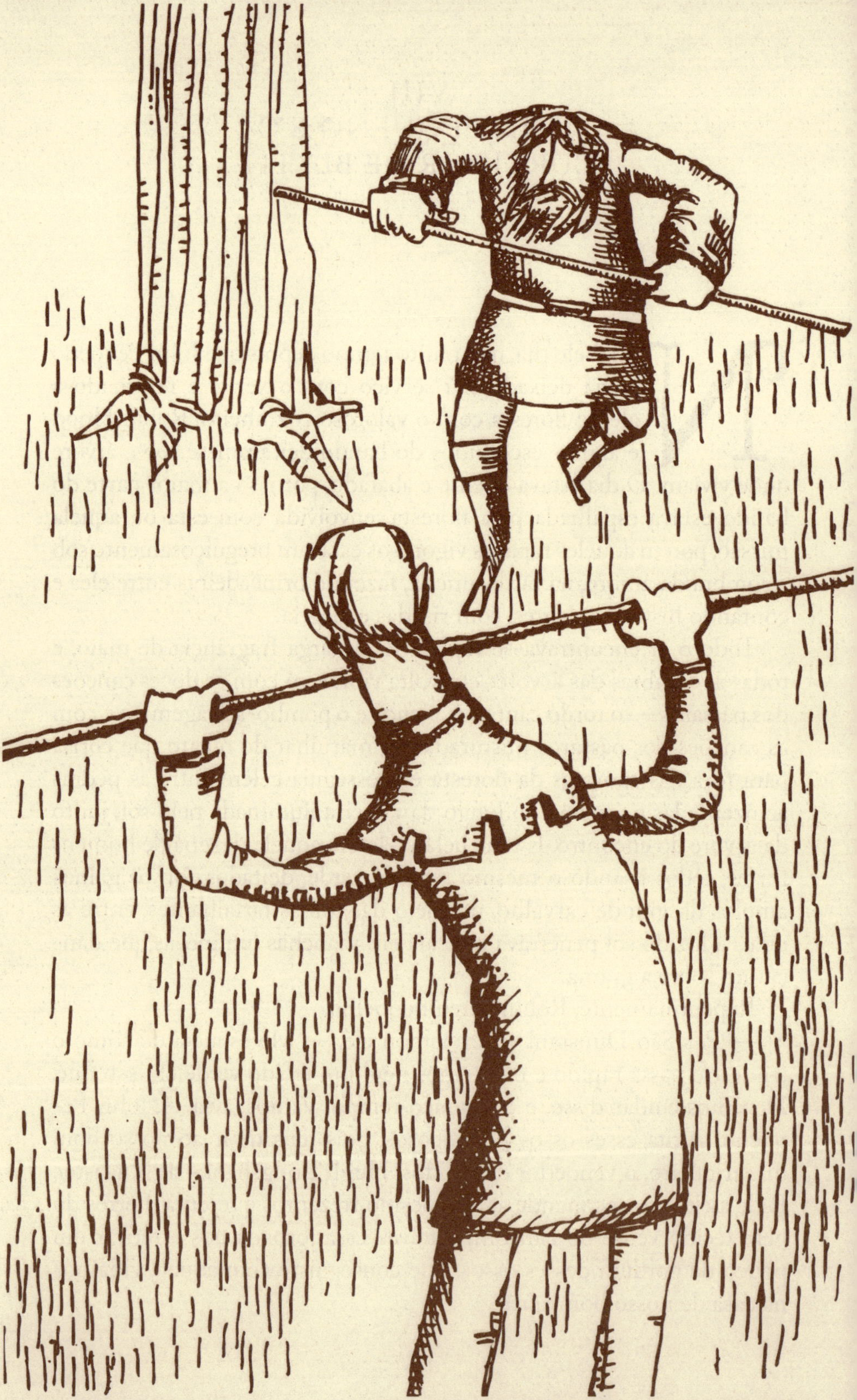

— Não — resmungou John Pequeno (porque ele já ouvira tanto sobre o assunto que ficara sensível a ele). — Não sei, mas talvez eu tenha ainda mais músculos nos ossos do que antes; com ou sem músculos, duvido que não pudesse ainda manter meu direito de passagem numa ponte estreita, contra qualquer um de Sherwood ou do condado de Nottingham, já que estamos no assunto, embora essa pessoa pudesse não ter mais gorduras sobre os ossos do que tu, bom chefe.

Risadas se ergueram a essa observação, e todos olharam para Robin Hood, visto que cada homem sabia que John Pequeno se referia a uma determinada luta que ocorrera entre o chefe e ele mesmo, quando ambos haviam se conhecido.

— Não — respondeu Robin Hood, rindo mais alto do que todos eles. — Deus me livre de que eu duvide de ti, pois não me agrada o teu bastão, John Pequeno. Só preciso lembrar que há outros no bando que podem manejar o bastão de dois metros com mais habilidade do que eu; ainda assim, nenhum homem do condado de Nottingham pode atirar uma seta com penas de ganso como meus dedos. Apesar disso, uma jornada para Ancaster pode não fazer mal para ti; assim, vai, peço-te, e acredito que seria melhor partir esta noite, porque desde que estiveste na casa de nosso xerife muitos conhecem teu rosto, e se fores à luz do dia poderás te meter em encrencas com soldados. Espera aqui até que eu traga o dinheiro para pagar nosso bom Hugh. Garanto que ele não tem melhor cliente em todo o condado de Nottingham do que nós.

Assim dizendo, Robin deixou-os, penetrando na floresta.

Não longe da árvore de reuniões havia uma grande rocha na qual fora escavada uma câmara, sendo a entrada barrada por uma porta maciça de carvalho com dois palmos de espessura, estaqueada com cravos e fechada com um grande cadeado. Era a caixa-forte do bando, e para lá Robin Hood dirigiu-se e, abrindo a porta, entrou na câmara, de onde trouxe um saco de ouro, que entregou a John Pequeno, para pagar a Hugh Longshanks pelo tecido verde.

Então John Pequeno levantou-se, apanhou o saco de ouro, colocou-o no peito, afivelou um cinturão aos quadris, apanhou um sólido bastão pontudo de dois metros com uma das mãos e partiu.

Foi assobiando pela floresta, no caminho sombreado de folhas que levava até a Fosse Way, sem virar nem à direita nem à esquerda, até que finalmente chegou a um local onde a trilha se dividia, uma levando para a Fosse Way, e a outra, como John Pequeno sabia, para a alegre estalagem Blue Boar. Ali ele parou de assobiar e de andar. Primeiro olhou para um lado, depois para o outro, inclinou o chapéu sobre um dos olhos, coçou lentamente a parte de trás da cabeça. E assim foi: à visão dos dois caminhos, duas vozes começaram a falar dentro dele, uma dizendo "Ali está o caminho para a Blue Boar, um caneco da cerveja escura de outubro e uma noite alegre com companhia divertida como a gente costuma encontrar por lá", e a outra voz dizendo "Lá está o caminho para Ancaster e a tarefa que prometeste realizar". Mas a primeira das duas vozes era de longe a mais alta, já que John Pequeno aprendera a apreciar boa comida e bebida no período em que vivera na casa do xerife; portanto, examinando o céu azul, onde nuvens brilhantes cruzavam como barcos prateados e andorinhas voavam em círculo, disse para si mesmo:

— É capaz de chover esta noite, por isso seria bom parar na Blue Boar até que passe o mau tempo, pois meu bom chefe não quer que eu me molhe.

Sem mais dúvidas, ele continuou, tomando o caminho que atendia a seus desejos. Na verdade, não havia sinal de mau tempo, mas, quando desejamos fazer alguma coisa, como John Pequeno desejava, sempre encontramos os motivos para justificar.

Quatro sujeitos alegres estavam na Blue Boar; um açougueiro, um mendigo e dois frades descalços. John Pequeno os ouviu cantando de longe, à medida que caminhava pela luz suave do crepúsculo, que agora escurecia a colina e o vale. Ficaram contentes em acolher um sujeito alegre como John Pequeno. Novos jarros de cerveja foram trazidos, e entre alegria, música e histórias alegres, as horas se passaram com asas céleres. Ninguém pensou em tempo até que a noite estivesse tão avançada que John Pequeno abandonou a ideia de prosseguir a jornada naquela noite, e assim permaneceu na estalagem Blue Boar até o dia seguinte.

Na verdade, foi muito azar para John Pequeno que ele tivesse deixado o dever pelo prazer, e ele pagou um preço alto por isso, como acontece com todos nós quando estamos no mesmo caso, conforme veremos.

Levantou-se ao amanhecer do dia seguinte e, tomando o bastão pontudo numa das mãos, partiu novamente em sua jornada, como se pretendesse recuperar o tempo perdido.

Na boa cidade de Blyth vivia um robusto curtidor, celebrado perto e longe por seus feitos de força e muitas lutas vencidas, tanto lutas livres como contendas com bastões. Por cinco anos ele manteve o cinturão de campeão do interior em luta livre, até que o grande Adam de Lincoln o derrubasse no ringue e quebrasse uma de suas costelas; mas em bastão jamais fora vencido em todo o país. Além disso, ele amava o arco longo e uma sorrateira incursão à floresta quando a lua estava cheia e na temporada das corças pardas; de modo que os guardas do rei mantinham um olho alerta sobre ele e seus feitos, porque a casa de Arthur A Bland tinha uma abundância de carne que parecia mais carne de cervo do que a lei permitia.

Arthur estivera na cidade de Nottingham no dia anterior ao dia em que John Pequeno partira em sua missão, para vender dez couros de boi curtidos. À aurora do mesmo dia em que John Pequeno deixara a estalagem, ele partiu de Nottingham, em direção a Blyth. Seu caminho o levou, na manhã orvalhada, além da fímbria da Floresta de Sherwood, onde os pássaros acolhiam o dia adorável com júbilo e alegria. Nos ombros do curtidor estava seu bastão, sempre pronto a ser apanhado com rapidez, e na cabeça estava um chapéu de couro dobrado, tão grosso que mal poderia ser cortado por uma lâmina de espada.

Arthur A Bland, chegando à parte da estrada que cortava por um canto da floresta, falou consigo mesmo:

— Sem dúvida, nessa época do ano as corças estão saindo da floresta fechada para os campos abertos. Talvez eu tenha uma chance de observar essas coisinhas deliciosas agora de manhã cedinho.

Pois não havia nada que ele gostasse mais do que observar rebanhos de corças, mesmo quando ele não podia lhes fazer cócegas nas costelas com uma seta longa. De acordo com essas ideias, deixou o caminho e foi observar pelo mato rasteiro, erguendo a cabeça de vez em quando, com todos os requintes de um mestre rastreador e de alguém que, por mais de uma vez, usara um traje verde.

Naquele momento, à medida que John Pequeno caminhava, pensando em nada, a não ser em coisas como a beleza dos brotos dos espinheiros que enfeitavam as sebes, ou nas macieiras silvestres que se erguiam aqui e ali, cobertas de belos botões cor-de-rosa, ou erguendo os olhos para a cotovia, que, saltando da grama orvalhada, pairava em asas que estremeciam à luz amarelada do sol, trinando como se a música caísse à maneira como uma estrela cai do céu, sua sorte levou-o para longe da estrada, não muito distante do local onde Arthur A Bland se esgueirava entre as folhas dos arbustos. Ouvindo um farfalhar nos ramos, John Pequeno parou, e acabou observando o boné marrom de couro do curtidor, movendo-se entre o mato rasteiro.

"Sei bem do que esse patife está atrás", disse ele para si mesmo, "para estar espionando assim, sorrateiramente. Acho que o velhaco não é melhor do que um ladrão comum e veio até aqui atrás dos cervos do nosso bom rei." Depois de tanto perambular pela floresta, John Pequeno começara a encarar todos os cervos da floresta como pertencendo a Robin Hood e seu bando, assim como ao bom rei Harry. "Acho que esse assunto precisa de uma investigação." Assim, deixando a estrada, ele também entrou no mato rasteiro e começou a espionar o robusto Arthur A Bland.

Por um longo tempo, os dois homens continuaram espreitando, John Pequeno atrás do curtidor, e o curtidor atrás dos cervos. Finalmente, John Pequeno pisou num galho seco, que estalou sob seus pés, e então, ouvindo o ruído, o curtidor voltou-se rapidamente e viu quem o seguia. Notando que o curtidor o percebera, John Pequeno resolveu mostrar-se:

— O que fazes aqui, sujeito furtivo? — disse ele. — Quem és para estar espreitando os caminhos de Sherwood? Na verdade, teu rosto parece mau, e acho mesmo que não és melhor do que um ladrão, que vens atrás dos cervos do nosso bom rei.

— Não — respondeu o curtidor, com atrevimento, porque, embora apanhado de surpresa, não era homem de se assustar com palavras. — Mentes. Não sou ladrão, mas um trabalhador honesto. Quanto ao meu rosto, é o que é; e já que o dizes, o teu não é muito bonito, sujeito atrevido.

— Ah! Ainda me respondes assim! — espantou-se John Pequeno. — Agora tenho vontade de rachar teu crânio. Quero que saibas, moço, que sou como um dos guardas do rei — murmurou para si mesmo. — Pelo menos eu e meus companheiros tomamos conta dos cervos do nosso bom soberano.

— Não me importo com quem sejas — respondeu o ousado curtidor. — E a menos que estejas com muitos mais contigo, não poderás fazer Arthur A Bland pedir clemência.

— É mesmo? — respondeu John Pequeno, enraivecido. — Agora, por minha fé, sujeito atrevido, tua língua te meteu numa encrenca da qual vais passar maus bocados para sair; pois te darei uma surra como nunca tiveste em toda a tua vida. Pega teu bastão, moço, já que não vou surrar um homem indefeso.

— Pareces uma sarna! — gritou o curtidor, que também ficara irritado. — Grandes palavras nunca mataram nem um camundongo. Quem és para falar desavergonhadamente em rachar a cabeça de Arthur A Bland? Se não curtir teu couro hoje como sempre costumo curtir o couro de uma vaca, faça meu bastão em pedaços para assar carneiro e não me chames mais de corajoso. Agora, em guarda, mandrião!

— Um momento! — disse John Pequeno. — Primeiro vamos medir nossos bastões. Reconheço que meu bastão é maior do que o teu, e não quero levar nem um centímetro de vantagem sobre ti.

— Não ligo para o comprimento — respondeu o curtidor. — Meu bastão é longo o suficiente para abater um boi, portanto cuida-te, mandrião, te aviso outra vez.

Sem mais falatórios, cada um segurou seu bastão pelo centro, e com olhar irado lentamente aproximaram-se um do outro.

Entrementes, Robin Hood recebera notícias sobre como John Pequeno, em vez de cumprir sua tarefa, trocara o dever pelo prazer, e decidira passar a noite com companhia alegre na estalagem Blue Boar, não indo diretamente para Ancaster. Pensando assim, partiu ao amanhecer para procurar John Pequeno na Blue Boar, ou pelo menos encontrá-lo no caminho, e tranquilizar-se sobre o assunto. Caminhava irritado, ensaiando as palavras que usaria para ralhar com John Pequeno, quando de repente escutou vozes iradas de homens trocando insultos um com o outro. Robin Hood parou e escutou.

"Com certeza", murmurou ele, "é a voz de John Pequeno, e ele está com raiva. A outra voz parece estranha aos meus ouvidos. Que os céus proíbam que meu confiável John Pequeno caia nas mãos dos guardas florestais do rei. Preciso ver esse assunto, e rápido".

Assim falou consigo Robin Hood, toda a raiva passando como um vento pela janela, com a ideia de que seu confiável segundo em comando estivesse talvez em perigo de vida. Dessa forma, aproximou-se cautelosamente pela vegetação densa, na direção de onde vinham as vozes, e, afastando as folhas, espiou o espaço aberto onde os dois homens, com os bastões na mão, se aproximavam lentamente.

"Ah... aqui está uma bela contenda", disse para si mesmo. "Eu daria três *angels* de ouro do meu próprio bolso se esse sujeito rijo desse em John Pequeno uma boa surra! Gostaria de o ver apanhar por ter falhado na tarefa que passei. Contudo, temo que não exista muita possibilidade de deleitar-me com essa visão agradável."

Assim pensando, esticou-se sobre o solo, de modo que não apenas pudesse ver melhor a luta, mas que a pudesse apreciar bem à vontade.

Como já devem ter visto quando dois cães pensam em brigar, eles se rodeiam bem devagar, sem que nenhum dos malandros deseje começar o combate, cada um procurando uma chance de apanhar o outro desprevenido, para então vibrar o primeiro golpe. Por fim, John Pequeno atacou como um raio, e, numa pancada rápida, o curtidor aparou o golpe e o desviou, depois atacou John Pequeno, que também devolveu o golpe; assim iniciou-se essa grande luta. Para cima, para baixo, para a frente e para trás eles lutaram, os golpes tão fortes e tão rápidos que, a distância, poder-se-ia pensar que meia dúzia de homens estavam lutando. Assim eles lutaram por quase meia hora, até que o chão estivesse todo marcado pelos pés dos dois, e o fôlego ficou tão pesado como se fossem dois touros no cio. Contudo, John Pequeno sofreu mais, pois se desacostumara a tanto trabalho pesado, e suas juntas não eram tão flexíveis como antes de ele ir morar com o xerife.

Durante todo esse tempo Robin Hood permaneceu sob o arbusto, contente de ver tão bela luta de bastão.

"Por minha fé", disse ele para si. "Nunca pensei ver John Pequeno confrontado com tanta igualdade em toda a minha vida. Provavelmente ele teria já vencido esse sujeito forte, se estivesse em forma."

Finalmente, John Pequeno viu sua chance e, usando toda a força que ele sentia esvair-se, acertou o curtidor em cheio e com potência. Nesse instante, o boné de couro do curtidor resistiu bem e, se não fosse por esse fato, talvez ele não segurasse mais um bastão pelo resto de seus dias. Da forma como aconteceu, entretanto, o golpe o apanhou na lateral da cabeça e o mandou cambaleante para a outra margem da clareira. Nesse momento, se John Pequeno tivesse usado sua força para aproveitar essa vantagem, teria sido fatal para o resistente Arthur. Mas este recobrou-se com rapidez e acertou um golpe em John Pequeno, dessa vez em cheio; John Pequeno veio abaixo, estendido, o bastão voando de suas mãos quando ele caiu. Nisso, erguendo seu bastão, o vigoroso Arthur lhe aplicou outro golpe à altura das costelas.

— Espera! — reclamou John Pequeno. — Acertarias um homem estando ele no chão?

— Ah, com certeza que sim — respondeu o curtidor, dando outra pancada com o bastão.

— Para! — gritou John Pequeno. — Para! Um momento, eu digo! Me rendo! Me rendo, bom sujeito!

— Tiveste o suficiente? — perguntou o curtidor, ameaçador, erguendo o bastão.

— Sim... mais do que o suficiente.

— E reconheces que sou o melhor entre nós dois?

— Sim, reconheço... e que tenhas sarna por isso! — disse John Pequeno, em voz alta a primeira parte, e a segunda entre os dentes.

— Pois então podes seguir teu caminho; e agradece a teu santo patrono por eu ser um homem piedoso — recomendou o curtidor.

— Uma praga ter uma piedade como a tua — reclamou John Pequeno, sentando-se e apalpando as costelas onde o adversário o atingira. — Posso dizer que minhas costelas parecem estar todas quebradas em vários pedaços. Digo-te, bom amigo, que não pensei que houvesse um homem em todo o condado de Nottingham capaz de me fazer o que me fizeste hoje.

— Pois eu também pensava assim — gritou Robin Hood, saindo dos arbustos e gargalhando até que as lágrimas escorressem por seu rosto. — Puxa... caíste como uma garrafa atirada na parede. Assisti a toda essa alegre disputa, e nunca te vi tombar e te renderes para homem algum em toda a Inglaterra. Estava te procurando, para ralhar contigo por teres deixado a tarefa não realizada; mas já pagaste toda a dívida aqui, ainda com juros e em excesso, com esse bom sujeito. Ele esticou o braço completamente enquanto tu olhavas para ele, e com um belo golpe te derrubou como nunca vi alguém ser derrubado antes — assim falou ousadamente Robin, e todo o tempo John Pequeno estava sentado no chão, como quem tivesse a boca cheia de leite azedo. Robin voltou-se para o curtidor: — E qual seria teu nome, bom homem?

— Os homens me chamam de Arthur A Bland — disse o curtidor, com orgulho. — E qual seria teu nome?

— Ah, Arthur A Bland — lembrou Robin. — Já ouvi teu nome antes, bom homem. Quebraste a cabeça de um amigo meu na feira em Ely, em outubro passado. As pessoas lá o chamam de Jock de Nottingham; nós o chamamos de Will Scathelock. Esse pobre sujeito, a quem surraste tão bem, é contado como a melhor mão em bastão em toda a alegre Inglaterra. O nome dele é John Pequeno, e o meu é Robin Hood.

— Como! És mesmo o grande Robin Hood, e esse é o famoso John Pequeno? — disse o curtidor. — Puxa, se eu soubesse quem eras, jamais teria tido a ousadia de levantar minha mão contra ti. Deixa-me ajudar-te a levantar, mestre John Pequeno, e deixa-me tirar a poeira do teu gibão.

— Não — recusou John Pequeno, erguendo-se com cuidado, como se seus ossos fossem feitos de vidro. — Eu posso me aguentar, bom homem, sem tua ajuda. E deixa-me dizer uma coisa; não fosse por esse teu chapéu perverso, esse dia teria acabado mal para ti hoje.

Com isso, Robin riu outra vez e, voltando-se para o curtidor, disse:

— Queres juntar-te ao meu bando, Arthur? Digo-te que és um dos homens mais rijos que meus olhos já viram.

— Se quero me juntar ao bando? — gritou alegremente o curtidor. — Eu adoraria! — completou ele, saltando e estalando os dedos. — É o tipo de vida que eu adoro! Chega de cascas para curtir, de tanques fedidos e couro de vaca! Eu te seguirei até os confins da terra, bom chefe, e nenhum rebanho de cervos aqui deixará de conhecer o sibilar do meu arco!

— Quanto a ti, John Pequeno — disse Robin, olhando para ele e rindo —, irás partir outra vez para Ancaster, e iremos junto contigo, pois não quero que vires outra vez para a direita em vez de seguires para a esquerda, até que te afastes da Floresta de Sherwood. Existem outras estalagens que conheces, por aqui.

Dito isso, deixaram o mato e tomaram outra vez a trilha, partindo para tratar de seus assuntos.

IX
ROBIN HOOD E
WILL ESCARLATE

Assim viajaram ao longo da estrada ensolarada três companheiros rijos como dificilmente se poderia encontrar em toda a alegra Inglaterra. Muitos paravam para olhá-los quando eles passavam, de tão largos os ombros e tão vigoroso seu porte.

Robin disse a John Pequeno:

— Por que não foste diretamente a Ancaster ontem, como te disse para fazer? Não terias te metido nessa enrascada se tivesses feito como pedi.

— Temi a chuva que ameaçava — disse John Pequeno em tom baixo, porque ficara envergonhado por ser tão cobrado por Robin sobre o que lhe acontecera.

— A chuva! A chuva! — espantou-se Robin, estacando na estrada e olhando admirado para John Pequeno. — Ora, seu grande néscio! Nem uma só gota de chuva caiu nesses três dias, nem ameaçou, nem vimos sinais de mau tempo na terra, no céu ou na água.

— Mesmo assim, São Swithin segurou as águas em sua vasilha no céu, e poderia tê-las derramado, mesmo com céu claro — resmungou John Pequeno. — Terias gostado se eu tivesse me molhado até os ossos?

Robin Hood estourou numa gargalhada.

— Ora, John Pequeno, quanta manteiga tens aí nessa tua cabeça! Quem poderia ficar zangado com alguém como tu?

Depois de ter viajado uma boa distância, o dia começou a tornar-se quente e poeirento, e Robin Hood ficou com sede; sendo assim, encontrando uma fonte de água tão fria quanto o gelo, logo depois da sebe, atravessaram a pequena escada que a transpunha e chegaram até onde a água borbulhava de sob uma pedra com limo. Ali, ajoelhando e fazendo as mãos em concha, beberam até se saciarem e, sendo o lugar sombreado e fresco, esticaram seus membros e descansaram por algum tempo.

À frente deles, além da sebe, a estrada poeirenta entendia-se através da planície; atrás deles os prados e campos verdes com cereal jovem permaneciam ao sol, e por sobre eles derramava-se a sombra das folhas farfalhantes da faia. Agradável às narinas elevava-se a fragrância suave das violetas e do tomilho silvestre que crescia na umidade da borda da pequena fonte, e alegre marulhava a água que corria suavemente. Tudo era tão agradável e tão cheio da alegria suave do mês de maio que por um bom tempo nenhum deles se importou em falar, mas todos ficaram deitados de costas, olhando através das folhas que estremeciam contra o céu brilhante acima. Finalmente, Robin, cujos pensamentos não estavam tão ocupados contando nuvens como os outros, e que estivera observando os arredores de vez em quando, quebrou o silêncio.

— Vejam! Lá vem um pássaro de plumas enfeitadas, por minha fé — disse ele.

Os outros olharam e viram um jovem caminhando devagar pela estrada. De fato, era uma figura alegre, de boa aparência e belos trajes, pois seu colete era de seda escarlate, assim como suas meias; uma bela espada pendia na lateral com a bainha de couro incrustada com fios de ouro; o boné era de veludo vermelho, e uma larga pena pendia para trás de uma orelha. O cabelo era longo e loiro, e se estendia até os ombros, e na mão ele trazia uma rosa fresca, que levava ao nariz de vez em quando.

— Por minha vida! — exclamou Robin, rindo. — Vocês já viram um sujeito mais almofadinha e delicado?

— Verdade, as roupas dele têm um pouco de beleza demais para o meu gosto — disse Arthur A Bland. — Ainda assim, os ombros são largos e os quadris estreitos. Vês, também, bom chefe, como os braços pendem ao lado do corpo? Pendem não como se ele fosse delicado, e sim rijos e curvados no cotovelo. Eu apostaria que não há músculos e tendões moles ali, e sim rijos.

— Pois eu acho que tens razão, amigo Arthur — disse John Pequeno. — Acredito que aquele rapaz não é uma pétala de rosa nem creme batido, como a gente poderia pensar, de olhar para ele.

— Bah! A visão desse sujeito me deixa um gosto ruim na boca! — disse Robin. — Veja como ele leva aquela flor entre o polegar e o indicador, como se dissesse: "Bela rosa, não gosto tanto assim de ti, mas posso suportar teu odor por algum tempo". Acho que ambos estão errados e acredito que, se um rato atravessasse o caminho à frente dele,

ele iria gritar "Ai!" ou "Socorro!" e logo ia desmaiar. Imagino quem ele possa ser.

— Provavelmente o filho de um grande barão. Duvido que não seja — comentou John Pequeno. — Com um bom dinheiro recheando a bolsa.

— Isso deve ser verdade, sem dúvida — disse Robin. — Uma pena que um homem como ele, que não pensa em outra coisa senão sair com essas roupas espalhafatosas, deva ter bons companheiros, cujos sapatos ele não é digno de amarrar, a fazer o que ele deseja. Por São Dunstan, Santo Alfred, São Withold e todos os bons homens do calendário saxão, me deixa irritado ver um fidalgote afeminado desses vir do outro lado do mar para pisar no pescoço dos bons saxões que possuíam a terra antes mesmo de os bisavós dele mastigarem carne dura! Pelo arco brilhante do céu, vou recolher esse dinheiro mal ganho, mesmo que por causa disso tenha de ser enforcado tão alto quanto numa árvore de Sherwood.

— Ora, chefe, que agitação é essa? — observou John Pequeno. — Deves diminuir a fervura da tua panela e tirar o bacon do fogo! Acho que o cabelo do teu amigo é um pouco claro demais para serem cachos normandos. Talvez ele seja um bom homem.

— Não — disse Robin —, aposto minha cabeça contra um níquel de chumbo que ele é o que digo. Assim, fiquem ambos aqui, eu digo, até eu mostrar como dou uma surra nesse sujeito.

Assim dizendo, Robin Hood saiu de sob a sombra da faia, atravessou as escadas sobre a sebe e permaneceu no centro da estrada, com as mãos na cintura, bem no caminho do estranho.

Entrementes o estranho, que por todo esse tempo esteve caminhando tão devagar que a conversa inteira se deu antes que ele chegasse mais perto de onde eles estavam, nem apressou ou diminuiu o passo nem lhe pareceu estranho ver um homem como Robin Hood no mundo. Assim, Robin permaneceu no meio da estrada, esperando enquanto o outro avançava lentamente, cheirando sua rosa e olhando para um lado, para o outro e para todos os lados, exceto para Robin.

— Alto lá! — disse Robin, quando finalmente o outro se aproximou dele. — Para! Fica onde estás!

— Por que devo parar, meu bom homem? — perguntou o estranho, numa voz calma e educada. — E por que devo ficar em pé onde estou?

Apesar de tudo, como desejas que eu faça isso, posso concordar por um instante, para que possa ouvir o que queres dizer a mim.

— Pois então, como acedes ao que peço com tão boa vontade, e te diriges a mim com um discurso tão educado, também vou tratar-te com cortesia. Quero que saibas, caro amigo, que sou devoto de São Wilfred, que podes conhecer, e que tomava todo o ouro dos pagãos e o derretia em formato de velas. Por isso, como vens até este paradeiro, cobro determinada taxa, que uso para um propósito melhor, eu espero, do que fazer velas. Sendo assim, bom homem, te peço que me entregues tua bolsa, para que eu a possa examinar, e julgar, pelo bem dos pobres, se tens mais riqueza do que permite nossa lei. Porque, assim como nosso bom ancião Swanthold afirma, "aquele que está gordo por viver bem demais precisa perder um pouco de sangue".

Todo esse tempo, o jovem continuou cheirando a rosa que segurava entre o polegar e o indicador.

— Vê... gosto da forma como falas — disse ele com um sorriso educado, quando Robin Hood terminou. — E, se ainda não terminaste, rogo-te que o faças. Ainda tenho algum tempo para ficar.

— Já disse tudo — respondeu Robin. — E agora, se me deres a bolsa, deixarei que partas sem nenhum impedimento, assim que eu verificar o interior. Não tomarei nada de ti se tiveres pouco.

— Ah! Muito me entristece — respondeu o outro. — não poder fazer o que pedes. Não tenho nada para te dar. Deixa-me seguir caminho, rogo-te. Não te fiz mal algum.

— Não vais até me mostrares a bolsa — respondeu Robin.

— Meu bom amigo, tenho negócios em outro lugar. Dei a ti bastante tempo e te ouvi com paciência. Peço-te que me deixes partir em paz.

— Já falei, amigo, e agora repito — respondeu Robin, com firmeza. — Não darás nem um passo até fazeres o que te pedi.

Assim dizendo, levantou o bastão acima da cabeça, numa atitude ameaçadora.

— Pois bem, me entristece que as coisas tenham de ser assim — disse o estranho, com ar triste. — Receio que terei de te matar, pobre companheiro.

Depois de falar, desembainhou a espada.

— Deixa de lado tua arma — disse Robin. — Não quero me aproveitar de ti. Tua espada não pode enfrentar um bastão de carvalho como o meu. Eu poderia quebrá-la como se fosse uma palha de cevada. Existem muitos carvalhos novos ao lado da estrada; toma um bastão e defende-te de maneira justa, se é que gostas de apanhar.

Primeiro o estranho mediu Robin com o olhar, e então avaliou o bastão.

— Tens razão, amigo, na verdade minha espada não é páreo para um bastão de carvalho como o teu. Espera um instante, enquanto corto um para mim — disse ele.

Atirou para longe a rosa que estivera ainda segurando, colocou a espada de volta na bainha e, com um passo mais apressado do que o que demonstrara até aquele momento, caminhou até a beira da estrada, onde cresciam os renovos de carvalho que Robin mencionara. Escolhendo entre eles, encontrou um que o satisfizesse. Não o cortou, mas, enrolando as mangas, segurou-o, firmou o calcanhar no solo e, com um movimento forte, arrancou a pequena árvore pela raiz. Então voltou, aparando com a espada as raízes e os poucos galhos, sem alarde, como se não tivesse feito nada de mais.

John Pequeno e o curtidor estiveram observando o que se passava, contudo, quando viram o estranho arrancar a árvore da terra, e escutaram as raízes cedendo e quebrando, o curtidor apertou os lábios e deu um longo assobio.

— Pelo fôlego do meu corpo! — comentou John Pequeno, assim que se refez do que tinha visto. — Viste isso, Arthur? Acho que nosso pobre chefe terá pouca chance com o sujeito. Por Nossa Senhora, ele arrancou aquele carvalho como se fosse um talo de cevada.

Independentemente do que tivesse pensado, Robin Hood permaneceu como estava, e agora ele e o estranho de vermelho ficavam frente a frente.

Robin Hood, naquele dia, se defendeu como um verdadeiro homem do campo. Lutaram aqui e ali, avançando e recuando, a habilidade de Robin contra a força do forasteiro. A poeira da estrada subiu ao redor deles como uma nuvem, e às vezes John Pequeno e o curtidor não conseguiam enxergar nada, mas apenas escutar os bastões chocando-se um contra o outro. Por três vezes Robin atingiu o forasteiro; uma delas foi no braço e as duas outras, nas costelas. Evitou todos os golpes do estranho, mas, se apenas um o tivesse atingido, Robin teria ficado estendido na poeira. Finalmente o forasteiro acertou o bastão de Robin com tanta força que ele mal pôde mantê-lo na mão; mais uma vez o golpe veio e Robin curvou-se perante o impacto; uma terceira vez veio o ataque, e, nesse momento, não apenas passou em parte pela guarda de Robin, como produziu tamanho choque que ele caiu na estrada poeirenta.

— Espera! — gritou Robin Hood, quando viu o forasteiro levantando o bastão mais uma vez. — Eu me rendo!

— Espera! — gritou John Pequeno, saindo de seu esconderijo, com o curtidor logo atrás. — Espera, eu digo!

— Bem — respondeu o estranho, calmamente —, se houver mais dois de vocês, e cada um tão rijo quanto esse companheiro aqui, acho que terei as mãos cheias — disse o estranho calmamente. Mesmo assim, podem vir, e tentarei servir-vos da melhor forma.

— Para! — gritou Robin Hood. — Não vamos lutar mais. Eu retiro o que disse, este é um mau dia para ti e para mim, John Pequeno. Acredito mesmo que meu pulso e talvez meu braço estejam paralisados pelo choque da pancada que esse forasteiro me acertou.

Então John Pequeno voltou-se para Robin Hood.

— E que tal isso agora, chefe? — disse ele. — Nossa, estás em mau estado. Teu colete está cheio de poeira da estrada. Deixa-me ajudar a te levantares.

— Ao diabo com tua ajuda! — gritou Robin, irritado. — Posso me levantar sem ajuda, meu bom companheiro.

— Pelo menos deixa-me bater o pó para ti. Sinto que teus pobres ossos estão abalados — disse John Pequeno, sóbrio, mas com uma piscadela astuta.

— Afasta-te! Meu casaco já está suficientemente empoeirado sem a tua ajuda! — disse Robin; depois voltou-se para o estranho: — Qual seria o teu nome, bom amigo?

— Meu nome é Gamwell — respondeu o outro.

— Ah! — gritou Robin. — É mesmo? Pois eu tenho parente com esse nome. De onde vens, belo amigo?

— Venho da cidade de Maxfield — respondeu o forasteiro. — Lá nasci e fui criado, e de lá saí para procurar o irmão mais novo de minha mãe, que os homens chamam de Robin Hood. Por isso, se acaso puderes me dirigir —

— Ah! Will Gamwell! — animou-se Robin, colocando ambas as mãos sobre os ombros dele. — Mas, claro, não poderia ser outro! Eu devia ter te conhecido pelo belo ar de donzela que tens — tuas maneiras delicadas, refinadas. Não me reconheces, rapaz? Olha bem para mim.

— Ora, por meu fôlego! — gritou o outro. — Acredito de coração que és meu tio Robin. Tenho certeza! — e abraçaram-se, cada um deles beijando o outro no rosto.

Então Robin mais uma vez segurou seu parente à distância de um braço e olhou-o de alto a baixo.

— Muito bem — disse ele —, o que temos de mudança aqui? Em verdade, há oito ou dez anos, eu te deixei como um rapaz ainda meninote, com juntas largas e membros desajeitados, e agora vê! Aqui estás, um rapaz tão forte como meus olhos jamais viram. Não lembras, rapaz, como te mostrei a forma certa de beliscar a pena de ganso entre os dedos e atirar firme com teu arco? Tinhas um ar promissor de ser bom arqueiro. E não lembras como te ensinei a aparar e desviar um golpe com um bastão?

— Sim, lembro — respondeu o jovem Gamwell. — Eu te admirava tanto, e tinha-te em tão maior conta do que os outros homens que, dou minha palavra, se soubesse quem eras, jamais ousaria erguer minha mão contra ti neste dia. Espero não te ter machucado.

— Não, não — respondeu Robin, apressado, olhando de lado para John Pequeno. — Não me machucaste. Peço-te, não vamos falar mais disso. Só vou dizer, rapaz, que espero nunca mais receber um golpe como o que me deste. Por Nossa Senhora, meu braço lateja desde as unhas até o cotovelo. Pensei estar mesmo aleijado para a vida toda. Posso te dizer que és o homem mais forte entre os que meus olhos já viram. Juro, senti meu estômago dar voltas quando te vi arrancar aquela árvore como fizeste. Mas diz-me, o que te levou a deixar Sir Edward e tua mãe?

— Ora, é uma história não muito agradável que tenho a contar-te — respondeu o jovem Gamwell. — O administrador de meu pai, que chegou depois que o velho Giles Crookleg morreu, era um patife descarado, e não sei por que meu pai o mantinha, a não ser pelo fato de ele fiscalizar com grande juízo. Eu ficava atormentado pela forma ousada como ele falava a meu pai, que, como sabes, sempre foi um homem paciente com todos ao seu redor, lento para ficar com raiva e usar palavras duras. Pois bem, um dia — foi um dia fatídico para esse patife — ele foi repreender meu pai, perto de mim, e não aguentei. Dei-lhe um murro no ouvido, e —acreditas nisso? — o sujeito morreu na hora. Disseram que quebrou o pescoço, ou algo parecido. Então me mandaram para ver-te e escapar da lei. Eu estava a caminho quando me encontraste, e aqui estou.

— Bem, para alguém fugindo da lei, por minha fé, és o mais relaxado que já vi na vida — disse Robin Hood. — Não se costuma ver alguém fugindo, porque matou outro, viajando pelo meio da estrada como uma delicada cortesã, cheirando uma rosa de vez em quando.

— Bem, tio — respondeu Will Gamwell — a pressa nunca bateu uma boa manteiga, como diz o velho ditado. Além do mais, acredito que essa força exagerada do meu corpo tirou a rapidez dos meus calcanhares. Aliás, me atingiste três vezes e eu não cheguei a passar tua defesa nem uma vez, e só venci pela força do golpe.

— Melhor não comentar mais esse assunto — disse Robin. — Estou contente em te ver, Will, e irás acrescentar grande honra e crédito ao meu bando de homens alegres... porém, deves mudar teu nome, porque serão apresentados mandados contra ti. Assim, por causa das tuas roupas alegres, serás chamado de Will Escarlate.

— Will Escarlate... — repetiu John Pequeno, avançando um passo e estendendo a mão, que o outro aceitou. — Will Escarlate, o nome te assenta bem. Fico contente por estares entre nós. Sou chamado de John Pequeno, e este é um novo membro que se juntou a nós, um curtidor valente que se chama Arthur A Bland. Irás adquirir fama, Will, pois haverá uma balada, cantada pelo país, e especialmente na Floresta de Sherwood, sobre como Robin Hood ensinou John Pequeno e Arthur A Bland a forma certa de usar o bastão; e, também, como foi que nosso bom chefe mordeu um pedaço tão grande de bolo que se engasgou com ele.

— Não, John Pequeno — disse Robin, com delicadeza, por não gostar que rissem dele. — Por que deveríamos divulgar um assunto tão sem importância? Peço-te, vamos deixar isso entre nós.

— De coração — respondeu John Pequeno —, meu bom chefe, achei que gostavas de uma boa pilhéria, já que tantas vezes falaste de um aumento de gordura em minhas juntas, da flacidez acumulada nos músculos por conta da mesa do bom xerife —

— Não, John Pequeno, acho que já falamos o suficiente disso — interrompeu Robin.

— Da minha parte, acho que também falamos o suficiente — concordou John Pequeno. — Portanto, acho que acreditas que fui sábio ao passar a noite na estalagem Blue Boar, em vez de me aventurar em tempo ruim, não é?

— Que recaia uma praga em ti e no que fazes! — gritou Robin Hood. — Se tiver de ser assim, acho que agiste bem em fazer o que escolheste.

— Mais uma vez, está tudo bem — disse John Pequeno. — Quanto a mim, parece que fiquei cego para o dia de hoje; não vi que caíste de cara na poeira; e, se algum homem disser que foi isso o que aconteceu, posso em sã consciência enfiar a língua dele entre os dentes.

— Vem — respondeu Robin, mordendo o lábio para não rir, enquanto os outros não controlavam a gargalhada. — Não iremos adiante hoje, mas voltaremos para Sherwood, e irás para Ancaster em outra hora, John Pequeno.

Assim falou Robin, pois, como seus ossos estavam doloridos, sentia que uma longa jornada seria algo ruim para ele. Então, dando meia-volta, todos retornaram para a clareira.

X
A AVENTURA COM
MIDGE, O FILHO DO MOLEIRO

Depois de um bom tempo em que os quatro viajavam na direção de Sherwood outra vez, tendo passado o meio-dia, começaram a sentir fome.

— Gostaria de ter algo para comer — disse Robin Hood. — Um belo pão branco, com um pedaço de queijo bem alvo, lavado a goles de uma cerveja cheia de espuma, seria um festim para um rei.

— Já que falaste no assunto, acho que eu mesmo ia gostar muito — comentou Will Escarlate. — É o que cada coisa dentro de mim clama: "Provisões, bons amigos, provisões!"

— Conheço uma casa aqui perto — disse Arthur A Bland. — Se tivesse dinheiro, nos traria o que desejamos: pão, um queijo honesto e um odre de cerveja escura.

— Para esse tipo de coisa, sabes que tenho o dinheiro, não sabes, chefe? — ofereceu John Pequeno.

— Então tens, John Pequeno? E quanto dinheiro seria necessário, bom Arthur, para nos comprar comida e bebida?

— Acho que seis *pennies* poderiam comprar comida suficiente para doze homens — disse o curtidor.

— Pois então dá a ele seis *pennies*, John Pequeno — pediu Robin. — Acho que comida para três homens iria me satisfazer bem. Agora vai, Arthur, com o dinheiro, e traz a comida para cá, porque aqui temos uma doce sombra, ao lado da estrada, onde podemos saborear uma refeição.

E assim John Pequeno deu a Arthur o dinheiro, e caminhou com Robin e Will Escarlate até o bosque, onde esperaram pelo retorno do curtidor.

Depois de algum tempo ele voltou, trazendo um grande pão preto e um belo queijo, além de um odre de pele de cabra repleto de cerveja forte e escura de março sobre os ombros. Nisso Will Escarlate tomou a espada e dividiu o pão e o queijo em quatro bons pedaços, e cada homem serviu-se. Robin tomou um longo gole de cerveja.

— Ah! Nunca provei uma bebida mais agradável do que essa — disse ele, aspirando o ar com satisfação.

Depois disso, nenhum dos homens falou, enquanto comiam com gosto o pão e o queijo, saboreando, de vez em quando, um gole de cerveja.

Por fim, Will Escarlate olhou para um pequeno pedaço de pão que ainda segurava e disse:

— Acho que vou dar isto aos pardais — atirou longe o pedaço e passou as mãos no colete, limpando as migalhas.

— Eu também — disse Robin. — Acho já comi o suficiente.

Quanto a John Pequeno e o curtidor, a essa altura já não tinham nenhum pedaço de pão ou queijo.

— Agora que me sinto um homem renovado, gostaria de ter algum prazer antes de retornar à estrada — continuou Robin. — Imagino, Will, que tenhas uma bela voz, que deve ser bem afinada para cantar. Rogo-te, canta um pouco antes que sigamos viagem.

— De fato, não me importo em cantar uma canção, mas não gostaria de ser o único — respondeu Will Escarlate.

— Outros te seguirão, Will — garantiu Robin.

— Nesse caso, tudo bem — disse Will Escarlate. — Vem-me à lembrança uma canção que certo menestrel costumava cantar nos salões de meu pai, de vez em quando. Não sei o nome certo, portanto não lhe posso dar nenhum; no entanto, assim é.

Limpando a garganta, ele cantou:

> *Na época alegre dos botões de flor,*
>   *Quando suspiros de amor preenchem nosso seio,*
> *Quando a flor está no limoeiro,*
>   *Quando o passarinho constrói seu ninho,*
> *O rouxinol canta docemente*
>   *E o tordo macho tão ousado;*
> *O cuco na clareira orvalhada,*
>   *E a rolinha na mata.*
> *Mas eu gosto mesmo é do tordo,*
> *Pois ele canta o ano inteiro.*

Tordo! Tordo!
Tordo alegre!
Assim quero meu amor:
Que não voe
Ao menor
Sinal de adversidade fria.

Quando a primavera traz delícias perfumadas,
Quando o rouxinol se eleva ao alto,
Os amantes têm noites suaves,
E os jovens se perdem nos olhos das donzelas,
Nessa época floresce a madressilva,
Margaridas surgem nas colinas,
Belas prímulas e aquilégias,
Violetas escuras perto dos riachos.
Mas a hera deve crescer
Quando o vento norte trouxer a neve.
Hera! Hera!
Leal e verdadeira!
Assim eu quero que o amor dela seja;
Que não morra
Com a proximidade
Do hálito frio da adversidade.

— Muito bem cantado — disse Robin. — No entanto, digo-te, prefiro ouvir um sujeito forte e bem-apanhado como tu cantar uma balada vigorosa do que uma música afetada como essa, sobre flores e pássaros. Ainda assim, cantaste bonito, e essa não foi uma melodia tão ruim assim. Agora, curtidor, é tua vez.

— Não sei — começou Arthur, sorrindo com a cabeça inclinada, como uma dama envergonhada tirada para dançar —, não sei o que cantaria para combinar com a música do nosso doce amigo; além do mais, acho que peguei um resfriado, e estou com a garganta arranhando um pouco.

— Não digas isso, canta — pediu John Pequeno, sentado próximo a ele, batendo-lhe no ombro. — Tens uma voz muito bonita, suave e aveludada, vamos ouvir um pouco dela.

— Não é boa assim — respondeu Arthur. — Mas vou fazer o melhor. Já ouviram falar do galanteio de Sir John Keith, o corajoso cavaleiro da Cornualha, nos tempos do bom rei Arthur?

— Acho que ouvi falar de algo parecido — observou Robin. — Mas começa e vamos ouvir. Se não me engano, era uma canção galante; vamos com ela, meu bom companheiro.

Limpando a garganta, o curtidor, sem mais delongas, começou a cantar:

O galanteio de Sir Keith

O rei Arthur sentava-se em seu salão real
  E próximos, de cada lado,
Estavam muitos lordes altos,
  Os maiores da terra.

Sentava-se Lancelot, com cachos negros,
  Gawaine, com cabelos loiros.
Sir Tristram, Kay, que guardava as chaves,
  E muitos outros por lá.

E através do brilho das janelas,
  Sob os beirais de telhas vermelhas,
A luz do sol pintava de cores luminosas
  Os capacetes e grevas dourados.

Mas subitamente instalou-se o silêncio
  Ao redor da Távola Redonda,
Pois pelo salão vinha uma dama
  Curvada até próximo ao chão.

Seu nariz era adunco, os olhos turvos,
  Seus cabelos eram esparsos e brancos;
Sob o queixo cresciam pelos;
  Era uma visão assustadora.

Assim, com passo hesitante ela veio
    E ajoelhou-se aos pés de Arthur;
Disse Kay:"Ela é a mulher mais asquerosa
    Que meus olhos já contemplaram".

"Ó poderoso rei, a ti venho pedir
    Um obséquio, de joelhos",
Assim ela falou. "O que queres",
    Disse Artur, "de mim?"

Disse ela: "Tenho uma doença horrível
    Que me corrói o coração,
E só uma coisa pode me aliviar
    Ou curar minha amarga dor.

Não há descanso ou paz para mim
    No norte, no leste, no oeste ou no sul,
Até que um cavaleiro cristão, de boa vontade,
    Me beije três vezes na boca.

Não pode ser casado esse homem
    Que irá me libertar
Nem pode ter compromisso, eu digo,
    Mas que me beije de boa vontade.

Há aqui um cavaleiro cristão
    De tão nobre estirpe
Que ceda a uma pessoa torturada
    Alívio de dor tão mortal?"

"Um homem casado", disse o rei Arthur,
    "homem casado eu sou.
De outra forma faria esse gesto nobre
    De te beijar de boa vontade.

Agora, Lancelot, de todos os homens à vista,
    És o chefe e líder

Da cavalaria. Vem, nobre cavaleiro,
    E dá a ela alívio rápido".

Mas Lancelot se virou para o lado
    E olhou o solo.
Porque magoava seu orgulho altivo
    Escutar a todos rindo.

"Vem, Sir Tristran", chamou o rei.
    Disse ele: "Não pode ser,
Pois meu estômago não posso controlar
    Para que ele faça isso de boa vontade".

"Terás, Sir Kay, tão desprendida coragem?"
    Disse Kay: "Não, por minha fé!
Que nobre dama beijaria um cavaleiro
    Que beijou uma boca tão repugnante?"

"E quanto a ti, Sir Gawaine?" "Não posso, meu rei."
    "Sir Geraint!" "Não, nem eu.
Meus beijos não trariam alívio,
    Pois mais cedo eu morreria."

Então levantou-se o mais jovem
    De todos à mesa.
"Um alívio que seja cristão
    Posso dar a ela, meu lorde."

Era Sir Keith, um cavaleiro jovem,
    Porém forte de corpo e espírito
Com uma barba no queixo, tão suave
    Como fios finos de ouro.

Disse Kay: "Ele não tem uma dama
    Que possa chamar de sua,
Mas aqui está uma fácil de obter,
    Como mostrou ela mesma".

Ele a beijou uma vez, beijou-a duas,
   Beijou-a três vezes.
E uma mudança miraculosa ocorreu,
   E ela não mais feia pareceu.

O rosto tornou-se vermelho como uma rosa,
   Sua fronte branca como algodão,
Seu seio como a neve do inverno,
   Seus olhos como os de uma corça.

O hálito tornou-se fresco como uma brisa de verão
   Que sopra sobre os regatos;
Sua voz revelou-se um farfalhar de folhas,
   Não mais áspera ou falha.

O cabelo ficou brilhante como ouro,
   As mãos tão brancas quanto leite;
Os trapos que usava, velhos e sujos,
   Se transformaram em sedas.

Com grande espanto os cavaleiros observaram,
   Disse Kay: "Faço meu voto,
Se te agrada, bela dama,
   Com prazer beijar-te-ei agora".

Mas o jovem Sir Keith ajoelhou-se num dos joelhos
   E beijou-lhe a barra dos trajes.
"Deixa que eu seja teu escravo,
   Pois ninguém a ti se compara."

Ela curvou-se e beijou-lhe a fronte
   Beijou-lhe os lábios e os olhos.
Disse-lhe: "És meu amo agora,
   Meu senhor, meu amor, levanta!

E toda a riqueza que tenho,
   Minhas terras, eu as dou a ti,

Porque nunca um cavaleiro demonstrou a uma dama
  Tão galante e nobre cortesia.

Eu estava enfeitiçada, em grandes dores,
  Mas me libertaste.
Agora, sou eu mesma outra vez,
  E me entrego a ti".

— Sim, realmente — disse Robin, quando o curtidor terminou a canção. — Se me lembro bem, é uma bela cantiga, e uma balada com a música agradável de uma canção.

— É como muitas vezes me parece — disse Will Escarlate. — Que tem um certo tema, e seria algo assim: que um dever muitas vezes nos parece difícil e duro, porém, quando o abraçamos com vontade, por assim dizer, não se revela uma coisa ruim, afinal de contas.

— Penso que tens razão — disse Robin. — E muitas vezes, ao contrário, quando abraçamos um prazer que nos parece agradável, acaba se tornando ruim para nós; não é assim, John Pequeno? Na verdade, isso foi algo que te trouxe costelas doloridas, não foi? Mas não prejudicou tua boca, não é? Limpa a garganta e canta para nós.

— Não tenho nada tão bonito quanto essa balada que Arthur cantou. Só conheço coisas simples. Além disso, minha voz não está afinada hoje, e eu não estragaria nem mesmo uma canção tolerável, entoando-a mal.

Com isso, todos se manifestaram a favor de John Pequeno cantar, até que, depois de muito se negar, ele se rendeu.

— Bem, como insistis, dar-vos-ei o que posso dar. Não posso dar o nome da minha cantiga, como o belo Will, mas é assim...

Limpando a garganta, ele começou:

Ó minha dama, a primavera está aqui,
  Com um hei nonny, nonny;
A doce estação do amor do ano
  Com um ninny ninny nonny;
    Agora o rapaz e a dama
    Deitam na grama
    Que cresce verde

Com flores entremeadas.
Os cervos ali repousam,
As folhas brotam
O galo canta,
A brisa sopra,
E todas as coisas riem —

— Quem pode estar vindo pela estrada? — disse Robin, interrompendo a cantiga.

— Não sei — disse John Pequeno, com voz irritada. — Mas sei que não se deve interromper o fluxo de uma boa canção.

— Não te amofines, John Pequeno, rogo-te; estou observando essa pessoa se aproximando, com esse saco grande ao ombro, desde que começaste a canção. Olha, John Pequeno, te peço, e vê se o conheces.

John Pequeno olhou para onde Robin apontava.

— De fato, acho que esse sujeito é um certo moleiro jovem que conheço, e vejo de vez em quando, nos arredores de Sherwood; um pobre-diabo, me parece, para se estragar uma boa cantiga.

— Agora que falaste, acredito que eu o tenha visto de vez em quando — observou Robin Hood. — Ele não tem um moinho além da cidade de Nottingham, perto da estrada para Salisbury?

— Sim. Esse é o homem — respondeu John Pequeno.

— Um homem bom e corajoso — falou Robin. — Eu o vi rachar o crânio de Ned de Bradford cerca de uma quinzena atrás, e nunca vi coisa mais benfeita.

A essa altura, o moleiro se aproximara tanto que o podiam enxergar claramente. As roupas estavam sujas de branco e nas costas ele trazia um grande saco de farinha, curvado ao seu peso nos ombros, e sobre o saco havia um bastão. Os membros pareciam fortes e vigorosos, e ele caminhava penosamente com o saco pesado sobre os ombros. As bochechas eram avermelhadas como um fruto maduro, os cabelos tinham a cor do linho, e no queixo havia barba do mesmo tom.

— Um homem bom e honesto, que pode ser um modelo para o camponês da Inglaterra — disse Robin. — Vejam, podemos fazer uma brincadeira com ele. Podemos nos adiantar como se fôssemos ladrões comuns e fingir que vamos roubar seus honestos ganhos. Então o levamos para a floresta e oferecemos um banquete como ele nunca teve em sua vida. Vamos inundar a garganta dele com boa carne e mandá-lo para casa com coroas na bolsa para cada *penny* que ele tenha. O que me dizeis, rapazes?

— Realmente é uma boa ideia — opinou Will Escarlate.

— É um bom plano, mas que todos os santos nos livrem de outras surras hoje — disse John Pequeno. — Meus ossos ainda doem tanto, que eu —

— Peço-te calma, John Pequeno. Tua língua tola ainda vai ser motivo de riso — observou Robin.

— Minha língua tola, ele diz — reclamou John Pequeno com Arthur A Bland. — Talvez ela ainda possa evitar que a gente se meta em outra confusão hoje.

Naquele instante o moleiro, caminhando pela estrada, chegara ao ponto oposto a onde os homens estavam escondidos, e os quatro saíram e o cercaram.

— Um momento, amigo — gritou Robin Hood ao moleiro.

Ele se voltou lentamente, em virtude do peso do saco nos ombros, e olhou para cada um, pois, embora fosse um homem forte e vigoroso, seus miolos não estalavam como castanhas assadas.

— E quem me pede para parar? — perguntou o moleiro, em voz grave e profunda, como se fosse o latido de um grande cão.

— Sou eu quem o faz — respondeu Robin Hood. — E deixa-me dizer, é melhor que atendas ao meu pedido.

— E quem és, meu bom amigo? — indagou o moleiro, atirando o saco pesado dos ombros para o solo. — Quem são esses, que estão contigo?

— Somos quatro bons cristãos — disse Robin. — E poderíamos ajudar-te a carregar parte dessa carga pesada para ti.

— Agradeço a todos, no entanto meu saco não é mais pesado do que posso carregar por mim mesmo — respondeu o moleiro.

— Não, entendeste errado — observou Robin. — Eu quis dizer que talvez tivesses uns níqueis ou *pennies*, sem falar de prata ou ouro. Nosso bom ancião Swanthold diz que o ouro é uma carga pesada demais para um jumento de duas pernas carregar; por isso nós os aliviamos de um pouco de sua carga.

— O que quereis fazer comigo? Não trago nada, nem mesmo uns tostões. Não me façais mal, peço, deixai-me partir em paz. Além do mais, deixai-me lembrar que estais em território de Robin Hood e, se ele vos encontrar tentando roubar um trabalhador honesto, irá juntar vossas orelhas à cabeça e mandar a todos até as muralhas de Nottingham.

— Na verdade, não temo esse Robin Hood mais do que temo a mim mesmo — brincou Robin. — Hoje, é necessário que me dês todas as moedas que carregas. E, se te moveres apenas um centímetro, irei acertar este bastão entre tuas orelhas.

— Não, não me acertes! — gritou o moleiro, erguendo o cotovelo como se temesse a pancada. — Podes me revistar como quiseres, mas não encontrarás nada em mim, no bolso, nem na bolsa, nem na pele.

— É mesmo? — disse Robin Hood, olhando-o com ar perscrutador. — Pois acredito que o que disseste não é uma história totalmente verdadeira. Se não estou enganado, trazes algo no fundo desse gordo saco de farinha. Bom Arthur, esvazia esse saco no chão; garanto que vais encontrar um xelim ou dois ao fundo.

— Por favor, não estragueis minha farinha — pediu o moleiro, caindo de joelhos. — Não vos trará nenhum bem e irá me arruinar. Poupem-na, e vos darei o dinheiro que está no fundo do saco.

— Ah... — disse Robin, cutucando Will Escarlate. — É mesmo? Descobri onde está o dinheiro. É que tenho um ótimo faro para essas imagens do nosso bom rei Harry. Pensei ter sentido o cheiro do ouro e da prata embaixo da cevada. Pois apanha-o, moleiro.

Lentamente o moleiro ficou em pé e também lentamente abriu a boca do saco, assim como lentamente colocou as mãos na farinha e começou a procurar, com os braços ali enfiados até os cotovelos na farinha fina de cevada. Os outros se reuniram ao redor, as cabeças juntas, observando e imaginando o que ele tiraria dali.

Assim permaneciam, com as cabeças juntas, olhando o interior do saco. Mas, enquanto fingia estar procurando o dinheiro, o moleiro agarrou um bocado de farinha com as mãos.

— Ah, aqui estão, as belas moedas — anunciou ele.

Então, à medida que os outros se inclinavam para observar melhor, ele repentinamente atirou a farinha em seus rostos, enchendo os olhos, o nariz e a boca com a farinha, cegando-os e quase sufocando-os. O pior se deu com Arthur A Bland, porque sua boca se abriu, maravilhado com o que estava para acontecer, de modo que uma grande nuvem de farinha entrou por sua garganta, deixando-o a tossir de tal forma que mal podia ficar em pé.

Nisso, enquanto os quatro tropeçavam, lutando contra a farinha que lhes entrara nos olhos, a esfregá-los até que as lágrimas escorressem, o moleiro agarrou outro punhado de farinha, depois outro e mais um terceiro, atirando todos no rosto deles, de modo que, se antes conseguiam ainda ver um brilho constante diante de si, agora estavam cegos como um pedinte em Nottingham, só que com os cabelos, barbas e roupas brancos como a neve.

Então, apanhando seu grande bastão, o moleiro começou a usá-lo como se tivesse ensandecido. Dessa forma, fez que os quatro saltassem como ervilhas sobre um tambor, mas eles não podiam defender-se, nem fugir. Tum! Tum! fazia o bastão do moleiro sobre os costados deles, a cada golpe levantando uma nuvem branca de farinha pelo ar, que pairava à brisa da tarde.

— Para! — pediu Robin, por fim. — Para, meu bom amigo, sou Robin Hood!

— Mentes, canalha — gritou o moleiro, acertando-o novamente nas costelas e levantando uma grande nuvem de farinha, como uma nuvem de fumaça. — O bravo Robin jamais roubou um homem honesto. Então querias algum dinheiro, não é? — e aplicou novo golpe. — Pois isso não vais conseguir, seu canalha de pernas longas. Essa é a parte que te cabe!

Falando assim, acertou John Pequeno nos ombros, de modo que o mandou cambaleando quase do outro lado da estrada.

— Não temas, já que é tua vez, barba negra. — aplicou então no curtidor um golpe que o fez urrar de dor. — E agora, casaco vermelho, deixa que eu tire a poeira de ti!

Com isso atingiu Will Escarlate. E continuou distribuindo palavras juntamente com seus golpes, até que os quatro mal pudessem ficar em pé; sempre que via um tentando levantar-se, renovava a quantidade de farinha em seus olhos.

Finalmente Robin Hood encontrou sua trompa, e levando-a aos lábios soprou três toques altos.

Por acaso, Will Stutely e um grupo de homens de Robin estavam numa clareira ali perto, onde ocorria uma alegre caçada. Escutando o som de vozes e de golpes que soavam como ruídos da debulha num paiol no inverno, pararam e escutaram, imaginando o que estava ocorrendo.

— Se não estou enganado, parece estar ocorrendo uma boa briga de bastão não muito longe daqui. Gostaria de ver essa bela cena — disse ele.

Assim falando, ele e seus companheiros voltaram os passos para a direção dos ruídos. Quando se aproximaram do local, escutaram os toques da trompa de Robin.

— Rápido! — gritou David de Doncaster. — Nosso chefe está precisando de nós!

Sem parar nem um instante, todos correram e irromperam no espaço aberto da estrada.

Mas uma bela cena foi o que viram. A estrada estava toda branca com farinha, e cinco homens em pé estavam enfarinhados de alto a baixo, pois uma boa parte da farinha de centeio também havia caído sobre o moleiro.

— Do que precisas, chefe? E o que significa isso? — quis saber Will Stutely.

— Ora, esse traidor aqui caiu sobre mim como se não houvesse outra pessoa no mundo. Se não viesses rápido, meu bom Stutely, teu chefe poderia estar morto.

E enquanto ele e os outros três esfregavam a farinha dos olhos e Will Stutely e seus homens limpavam suas roupas, Robin contou tudo; como ia brincar com o moleiro, que em retribuição caiu implacável sobre eles.

— Rápido, homens, apanhai o moleiro! — gritou Will Stutely, que estava quase se engasgando de rir, assim como o resto dos homens.

Vários homens caíram sobre o moleiro, agarrando-o e atando os braços atrás de suas costas com cordas de arco.

— Ah! Então querias matar-me? — disse Robin, quando lhe trouxeram o estremecido moleiro. — Por minha fé...

Ele interrompeu-se e olhou para o moleiro de maneira irada. Mas essa raiva não conseguiu manter-se, portanto primeiro os olhos brilharam, e depois, a despeito da situação, ele estourou numa gargalhada.

Quando viram o chefe rindo, os homens presentes não conseguiram mais controlar-se, e uma gargalhada geral elevou-se para o céu. Muitos não conseguiram conter-se e rolaram pelo solo, de pura alegria.

— Qual é o teu nome, meu bom amigo? — perguntou Robin finalmente ao moleiro, que abria e fechava a boca como se estivesse perplexo.

— Bem, senhor, sou Midge, o filho do moleiro — respondeu ele, com voz assustada.

— Garanto-te — disse Robin, dando-lhe um tapinha no ombro — que és o mais poderoso filho de moleiro que meus olhos já encontraram. O que achas de deixar o moinho para fazer parte do meu bando? Por minha fé, és um homem corajoso demais para passar o dia entre o funil e a tremonha.

— Bem, em verdade, se estiveres disposto a me perdoar pelas bordoadas que te dei, sem saber quem eras, aceito alegremente entrar para o bando.

— Pois então posso dizer que ganhei hoje: os três homens mais corajosos em todo o condado de Nottingham. Vamos nos retirar para a mata, e lá faremos uma bela festa em honra de nossos novos amigos, e talvez um copo ou dois de bom vinho branco espanhol e vinho das Canárias possa amenizar o sofrimento e a sensação dolorida em minhas pobres juntas e ossos, embora eu garanta que muitos dias se vão passar antes que eu volte a ser o homem que era.

Assim dizendo, ele se voltou e liderou, com os outros seguindo, e assim entraram na floresta mais uma vez e sumiram de vista.

E aquela noite foi iluminada por fogueiras crepitantes no interior da mata, porque embora Robin e os outros dos quais falamos, com exceção de Midge, o filho do moleiro, tivessem inchaços e manchas aqui e ali no corpo, não estavam tão machucados que não pudessem aproveitar a grande festa de acolhida aos novos membros do bando. Assim, com músicas, brincadeiras e risos que ecoaram pelas profundezas da floresta, a noite passou rapidamente, como costuma acontecer com as coisas divertidas, até que cada homem procurasse seu colchão, e o silêncio caísse sobre todas as coisas e todas as coisas parecessem dormir.

Porém a língua de John Pequeno não era fácil de controlar, de maneira que, centímetro a centímetro, toda a história de sua luta com o curtidor e a de Robin com Will Escarlate vazou. Assim, eu as narrei para que vocês pudessem rir comigo.

XI
ROBIN HOOD E ALLAN A DALE

A cabou de ser contado como infelizes aventuras sobrevieram a Robin Hood e John Pequeno certo dia, trazendo-lhes juntas inchadas e ossos doloridos. A seguir, contaremos como eles compensaram aqueles acontecimentos com uma boa ação, que não veio sem um pouco de dor para Robin Hood.

Dois dias haviam se passado, e boa parte da dor se fora das juntas de Robin Hood, apesar de que, quando ele se movia sem prestar atenção, a dor aqui e ali o incomodava, como se lhe gritasse:

— Tomaste uma surra, companheiro.

O dia estava brilhante e divertido, e o orvalho da manhã ainda se encontrava no solo. Sob a grande árvore da reunião sentava-se Robin; de um lado estava Will Escarlate, deitado de costas, olhando para o céu claro, com as mãos cruzadas atrás da cabeça; do outro lado, sentava-se John Pequeno, fabricando um bastão a partir do galho grosso de uma macieira silvestre; em vários lugares no gramado sentavam-se ou deitavam-se muitos outros do bando.

— Por minha fé — disse o alegre Robin. — Deves sempre procurar um pensamento elevado que te leve a olhar para o céu, e deves também manter o nariz na lama. Apesar de tudo, tens uma mente arguta, bom Stutely, e agora, que me trazes para as coisas mundanas, penso que não temos tido ninguém para jantar conosco há um bom tempo. Nosso dinheiro está ficando curto na bolsa, já que ninguém tem vindo para pagar uma conta há muitos dias. Agora apressa-te, bom Stutely, e escolhe seis homens, e vai para a Fosse Way ou outra estrada, e vê se consegues alguém para comer conosco essa noite. Enquanto isso, prepararemos uma grande festa para homenagear qualquer convidado que trouxeres. Acho bom que leves Will Escarlate contigo, porque é bom que ele se torne habituado às maneiras da floresta.

— Agradeço-te, bom chefe, por me escolheres para essa aventura — disse Will Stutely, colocando-se em pé. — Acho que meus membros vão se tornar preguiçosos se eu ficar aqui muito tempo. E quanto a dois

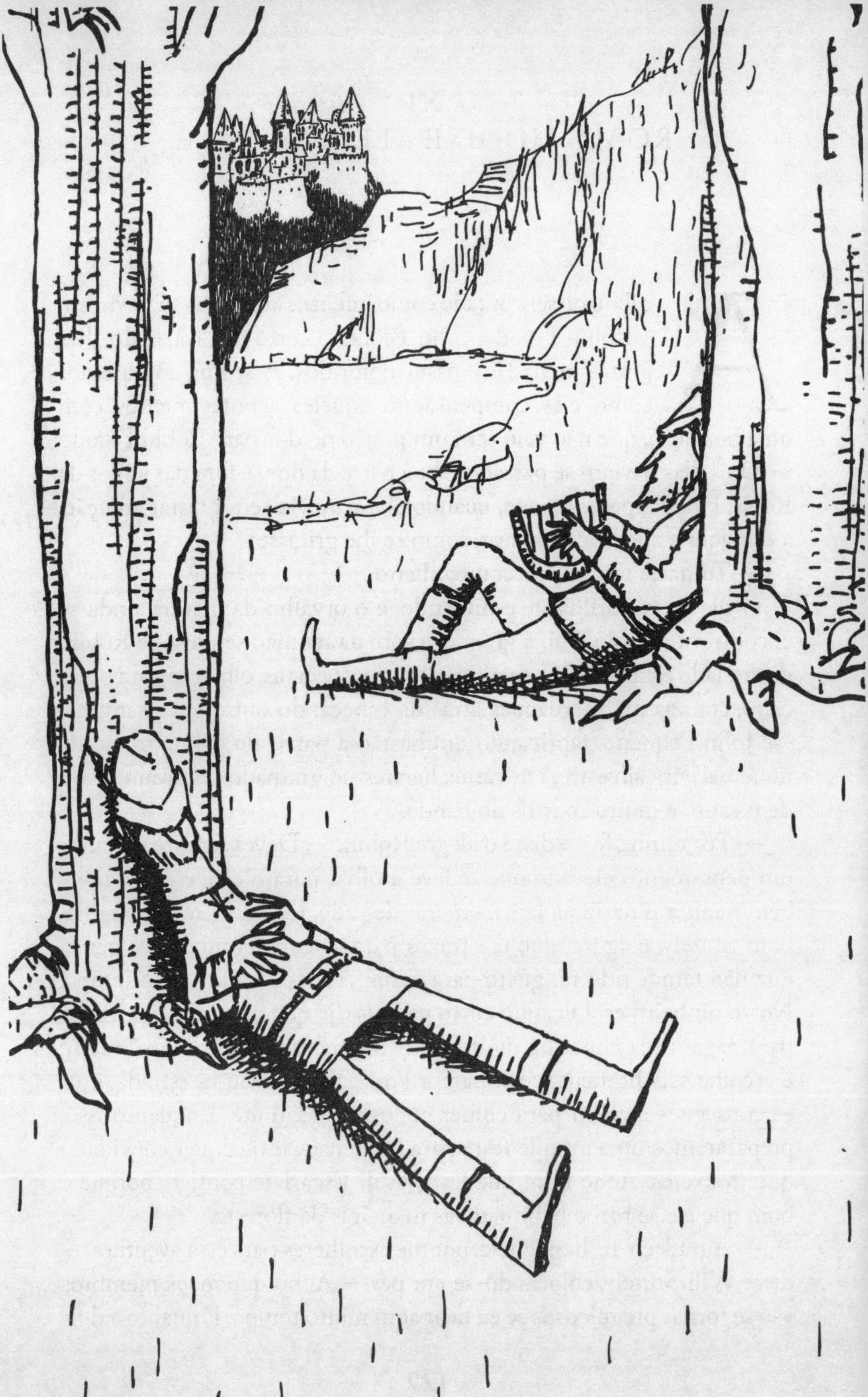

dos seis, escolho Midge, o moleiro, e Arthur A Bland, pois, como sabes, eles são dois dos melhores com bastões. Não é assim, John Pequeno?

Todos riram, a não ser John Pequeno e Robin, que virou o rosto.

— Posso falar pelo moleiro e também por meu sobrinho Escarlate — disse ele. — Hoje de manhã mesmo, olhei minhas costelas e elas pareciam ter tantas cores como um manto de mendigo.

Assim, tendo escolhido mais quatro homens corajosos, Will Stutely e seu bando partiram para a Fosse Way, para ver se encontravam algum convidado rico para festejar em Sherwood, com Robin e seu bando.

Por todo o dia estiveram próximos a essa estrada. Cada homem trouxera consigo um bom estoque de carne fria e uma garrafa da boa cerveja de março para aquietar o estômago até que voltassem para casa. Então, quando chegou o meio-dia todos se sentaram sobre a grama macia, sob um espinheiro de copa larga, e fizeram uma refeição saudável e jovial. Depois disso, um manteve vigia enquanto os outros tiravam um cochilo, considerando que era um dia quente e parado.

Assim passaram o tempo prazerosamente, mas sem convidados que desejassem mostrar o rosto, durante todo o tempo em que permaneceram escondidos lá. Muitos passavam pela estrada poeirenta à luz do sol forte: ora tratava-se de um grupo de donzelas tagarelando alegremente; ora tratava-se de um latoeiro trabalhador; ora um pastor alegre, ou um robusto fazendeiro; todos olhando ao longo da estrada, sem perceber os sete homens que tão perto se ocultavam. Assim eram os viajantes ao longo da estrada; mas um abade abastado, um valete rico ou um usurário carregado de dinheiro não passaram por ali.

Por fim, o sol começou a afundar nos céus, a luz tornou-se avermelhada e as sombras alongaram-se. O ar ficou pleno de silêncio, os pássaros piaram sonolentos e veio da distância a voz musical da ordenhadeira chamando as vacas para a ordenha.

Então Stutely ergueu-se de onde estava.

— É uma praga tanta má sorte — disse ele. — Ficamos aqui o dia inteiro e nenhum pássaro que valesse uma flechada, por assim dizer, chegou ao nosso alcance. Se eu tivesse saído em alguma empreitada inocente, teria encontrado uma dúzia de sacerdotes abastados, ou uma vintena de usurários endinheirados. É sempre assim: as corças nunca são tão escassas como quando estamos com a flecha pronta no arco. Vamos, rapazes, vamos arrumar as coisas e voltar para casa.

Ditas essas palavras, os outros levantaram-se, e, saindo da proteção do espinheiro, todos se colocaram em direção a Sherwood.

Depois que eles haviam percorrido alguma distância, Will Stutely, que liderava o grupo, estacou.

— Silêncio! — pediu ele, pois seus ouvidos eram apurados como os de uma raposa de cinco anos. — Alto, rapazes! Acho que escutei alguma coisa.

Com isso, todos pararam e escutaram com o fôlego contido, e por algum tempo não ouviram nada, porque a audição deles era menos sensível que a de Stutely. Finalmente escutaram um ruído melancólico, como alguém que se lamentasse.

— Ah! — disse Will Escarlate. — Precisamos ver o que é. — Existe alguém em dificuldade aqui perto.

— Não sei — disse Will Stutely, balançando a cabeça em sinal de dúvida. — Nosso chefe é bastante severo quando a gente coloca o dedo na panela quente; da minha parte, não vejo utilidade em nos meter em encrencas. Parece voz de homem, se não me engano, e um homem sempre deve ser capaz de sair de suas próprias perturbações.

Assim falou Will Stutely, sem muita convicção. Desde que escapara das garras do xerife, tinha se tornado cauteloso em excesso.

Will Escarlate respondeu com ousadia:

— Não fales dessa maneira, Stutely! Fica aqui, se quiseres. Vou ver qual é o problema com essa pobre criatura.

— Não — respondeu Stutely —, és tão ávido que és capaz de tropeçar e cair onde não deves. Quem disse que eu não iria? Vamos lá.

Assim falando, ele foi à frente, com os outros seguindo-o de perto, até que, depois de percorrer uma distância curta, chegaram a uma abertura na mata, onde um regato, desvencilhando-se da massa de galhos, irrompia numa clareira larga, formando uma piscina grande e espelhada com fundo de pedregulhos. Ao lado dessa piscina, sob os galhos de um salgueiro, estava um jovem deitado com o rosto escondido, chorando alto, produzindo o som que chegara aos ouvidos de Stutely. Seus cachos dourados estavam embaraçados, suas roupas estavam amarfanhadas, e tudo ao redor dele lembrava tristeza e amargura. Acima da cabeça dele pendia, dos galhos de um vimeiro, uma bela harpa de madeira polida, incrustada com ouro e prata em desenhos fantásticos. Ao lado dela estavam um rijo arco cinza e uma vintena de belas flechas.

— Olá! — gritou Will Stutely, quando saíram da floresta para o pequeno espaço aberto. — Quem és, meu jovem, que estás matando toda a grama verde com água salgada?

Escutando a voz, o jovem ficou em pé e, agarrando o arco, ajustou uma seta, colocando-se em prontidão para o que quer que viesse.

— Ah, conheço bem esse rapaz — afirmou um dos homens, quando o grupo se aproximou a ponto de ver as feições do jovem. — É um certo menestrel que vi nas cercanias mais de uma vez. Faz só uma semana que o vi caminhando pela colina, saltitando como uma andorinha de um ano. Uma bela visão era ele, com uma flor atrás da orelha e uma pena de galo no chapéu; mas, agora, acho que nosso frangote perdeu as belas plumas.

— Ora, enxuga esses olhos, homem! — disse Will Stutely, aproximando-se do estranho. — Detesto ver um homem alto e forte choramingando como uma garotinha de catorze anos por um chapim morto. Abaixa isso, não queremos te fazer mal.

Mas Will Escarlate, vendo como o estrangeiro, que tinha um ar jovem de menino, ficou tocado pelas palavras de Stutely, veio até o rapaz e colocou a mão no seu ombro.

— Estás em dificuldade, pobre rapaz — disse ele, com bondade. — Não ligues para o que esses sujeitos dizem. São rudes, mas querem teu bem. Talvez não entendam um rapaz como tu. Deves vir conosco, e talvez encontres alguém que te possa ajudar em teus problemas, quaisquer que possam ser.

— Sim, vem conosco — convidou Will Stutely, mal-humorado. — Não quero nenhum mal a ti, e pode te fazer bem. Pega teu instrumento de cantar dessa bela árvore e vem conosco.

O jovem fez o que lhe foi recomendado, e com a cabeça curva e o passo triste acompanhou os outros, caminhando ao lado de Will Escarlate.

Assim continuaram seu caminho através da floresta. A luz brilhante diminuiu no céu, e um cinza difuso caiu sobre todas as coisas. Dos mais profundos recessos da floresta os estranhos sons sussurrantes chegavam aos ouvidos; todo o resto estava em silêncio, com exceção apenas das pisadas entre as folhas secas e estalantes do último inverno. Finalmente um brilho avermelhado surgiu perante eles, por entre as árvores; pouco depois, eles chegaram à clareira, banhada pelo luar pálido. No centro do espaço aberto crepitava uma grande fogueira, espalhando um brilho avermelhado. Sobre as chamas assavam pedaços suculentos de carne de cervo, faisões, capões e peixes do rio. Todo o ar estava repleto com o cheiro agradável dos bons alimentos assando.

O pequeno bando atravessou a clareira, muitos dos homens se voltando com ar curioso e seguindo-o com o olhar, mas ninguém falou ou fez perguntas. Assim, com Will Escarlate de um lado e Will Stutely do outro, o forasteiro chegou até Robin Hood, que estava em um assento de musgo sob a árvore da reunião, com John Pequeno a seu lado.

— Boa noite, meu belo amigo — disse Robin Hood, erguendo-se quando o outro aproximou-se. — Vieste festejar comigo hoje?

— Na verdade não sei. Não sei dizer se estou ou não sonhando — disse o rapaz, como se falasse consigo mesmo, olhando ao redor com olhos espantados, surpreso com tudo o que via.

— Não, estás acordado, como logo irás descobrir, porque uma bela festa está em preparação para ti. Serás o nosso convidado de honra esta noite — disse Robin, rindo.

O jovem estrangeiro ainda olhava ao redor, como se estivesse num sonho. Voltou-se para Robin:

— Penso que sei onde estou, agora — disse ele. — Não és o famoso Robin Hood?

— Pois acertaste o centro do alvo — respondeu Robin, dando-lhe um tapinha no ombro. — Os homens aqui por perto de fato me chamam assim. Como me conheces, sabes também que aqueles que festejam devem pagar sua parte. Acredito que tenhas uma bolsa cheia contigo, belo forasteiro.

— Pois não tenho bolsa, ou dinheiro, a não ser metade de uma moeda, e a outra metade minha bela amada carrega pendurada ao pescoço por um cordão de seda.

Com essas palavras uma grande gargalhada elevou-se dos que estavam ao redor, e o pobre rapaz deu a impressão de que estava a ponto de morrer de vergonha; mas Robin voltou-se para Will Stutely.

— Ora, então é esse o convidado que trazes para encher nossa bolsa? A mim parece que trouxeste um galo magro ao mercado.

— Não, meu bom chefe — respondeu Will, sorrindo. — Ele não é meu convidado; foi Will Escarlate quem o convidou e trouxe.

Aí Will Escarlate contou a eles como encontrara o rapaz triste, e como o trouxera até Robin, pensando que ele poderia ser ajudado em caso de problemas. Então Robin Hood voltou-se para o jovem e, colocando a mão sobre seu ombro, manteve-o à distância de um braço, examinando-o.

— Um rosto jovem — disse em voz baixa, como se falasse para si mesmo. — Um belo rosto, de boas feições. Como uma donzela em termos de pureza, e um dos mais bonitos que já vi. Mas, se posso julgar pela tua aparência, diria que a tristeza vem aos jovens, assim como aos mais velhos — a essas palavras, pronunciadas com bondade, os olhos do pobre rapaz brilharam com lágrimas. — Não, não — disse Robin, apressado —, alegra-te, rapaz; garanto que o caso não é tão ruim assim que não possa ser reparado. Qual seria teu nome?

— Allan A Dale é meu nome, bom anfitrião.

— Allan A Dale... Allan A Dale — repetiu Robin, pensando. — Parece que esse nome não me é estranho aos ouvidos. Ainda assim, certamente és o menestrel de quem temos ouvido falar ultimamente, cuja voz encanta os ouvintes. Não vens do vale de Rotherstream, além de Stavely?

— Sim, é verdade, venho de lá — respondeu Allan.

— Que idade tens, Allan?

— Tenho vinte anos.

— Pois eu acho que és jovem demais para estares perturbado assim — disse Robin, com ar bondoso; depois, voltando-se para os outros, declarou: — Vamos lá, rapazes, vamos aprontar nosso banquete; só tu, Will Escarlate, e tu, John Pequeno, ficai aqui comigo.

Então, quando os outros saíram para que cada um realizasse seus afazeres, Robin mais uma vez voltou-se para o jovem.

— Agora, rapaz, conta-me o que te perturba, e fala livremente — disse ele. — Uma torrente de palavras sempre tem o poder de aliviar o coração de suas tristezas; é como abrir as comportas quando a represa está quase cheia. Vem, senta-te aqui perto de mim e fala à vontade.

Sem rodeios, o jovem contou aos três homens tudo o que lhe ia no coração; a princípio em frases e palavras incompletas, depois livremente e com maior fluência, quando viu que todos prestavam atenção ao que ele dizia. Contou que viera de York para o doce vale de Rother, viajando pelo campo como menestrel, parando ora num castelo, ora num salão, ora numa fazenda; e como passara uma noite deliciosa numa certa casa de fazenda, de construção baixa, onde cantou perante um robusto proprietário rural e uma donzela tão pura e adorável como a primeira gota de chuva da primavera; como tocara e cantara para ela e como a doce Ellen de Dale o escutara e o havia amado. Então, numa voz suave, pouco mais alta do que um murmúrio, contou que a observara e tivera oportunidade de encontrá-la aqui e ali quando ela saía, mas ficava intimidado demais para falar com ela, até que por fim, às margens do Rother, lhe falara sobre seu amor, e a doce Ellen sussurrara coisas que haviam feito as cordas de seu coração vibrar de alegria. Quebraram uma moeda os dois, e juraram ser fiéis um ao outro para sempre.

Em seguida ele contou como o pai dela descobriu o que estava acontecendo, e afastara dele sua filha, de modo que nunca a visse outra vez, e seu coração às vezes parecia que iria se partir; de como naquela manhã, apenas um mês e meio depois da última vez em que a vira, soubera que ela se casaria com o velho Sir Stephen de Trent, dali a dois dias, porque o pai de Ellen pensou que seria uma grande coisa que sua filha se casasse com uma pessoa tão importante, embora ela não o desejasse; nem seria de se espantar que um cavaleiro quisesse se casar com sua amada, já que ela era a jovem mais bela do mundo.

A isso os três homens escutaram em silêncio, com o ruído de muitas vozes rindo e brincando ao redor deles, e a luz avermelhada do fogo brilhando em seus rostos e em seus olhos. Tão simples eram as palavras do pobre rapaz, e tão profunda sua tristeza, que até John Pequeno sentiu um nó na garganta.

— Imagino — disse Robin, depois de um instante de silêncio — que tua amada verdadeiramente te amasse, pois pareces mesmo ter uma cruz de prata sob a língua, da mesma forma que o bom São Francisco, que podia encantar os pássaros do ar com sua fala.

— Pelo fôlego que há em meu corpo — começou John Pequeno, tentando encobrir seus sentimentos com palavras iradas. — Tem uma parte em mim que gostaria muito de ir e terminar a golpes de bastão a vida desse tal Sir Stephen. Ora — que diabos! — será que um sujeito seco e velho acha que doces donzelas podem ser compradas como frangos no mercado? Que ele se dane! Queria que se enxergasse!

Então disse Will Escarlate:

— Penso que não parece muito bem a donzela mudar tão rápido de opinião com a sugestão dos outros, especialmente quando se trata de se casar com um homem da idade desse Sir Stephen. Não gosto disso nela, Allan.

— Entretanto, estás julgando-a mal — disse Allan, fervorosamente. — Ela é tão gentil e suave como uma andorinha selvagem. Eu a conheço melhor do que qualquer pessoa no mundo. Ela pode fazer o que o pai deseja, mas se casar com Sir Stephen, sinto que seu coração vai se partir e ela vai morrer. Minha querida, eu — ele se interrompeu, incapaz de continuar.

Enquanto os outros estavam falando, Robin Hood permanecia imerso em pensamentos.

— Acho que tenho um plano que vai se ajustar ao teu caso, Allan — disse ele. — Primeiro me conta, rapaz: achas que teu amor verdadeiro teria coragem suficiente para casar contigo se estivésseis na igreja, com os proclamas publicados e o padre encontrado, mesmo se fosse contra a vontade do pai?

— Tenho certeza de que ela casaria — respondeu ele.

— Bem, então, se o pai dela for o homem que penso ser, suponho que ele dê sua bênção quando os vir marido e mulher, no lugar do velho Sir Stephen, na manhã do casamento. Contudo, resta... o padre. Na verdade, aqueles que usam hábito não gostam muito de mim, porque, quando se trata de fazer o que desejo nesses assuntos, o mais certo é que demonstrem teimosia. Quanto aos clérigos menores, temem me fazer um favor, por causa do abade ou do bispo.

— Escutai — disse Will Escarlate, rindo. — Sobre esse assunto, conheço um determinado padre que, se o puxarmos pelo lado sentimental, faria esse casamento, mesmo que fosse contra a vontade do próprio papa João e ameaças de excomunhão. É conhecido como frei Tuck da Abadia Fountain, e mora em Fountain Dale.

— Mas a Abadia Fountain é a mais de cento e cinquenta quilômetros daqui. Se fôssemos ajudar esse rapaz, não teríamos tempo para ir até lá e voltar antes que seu verdadeiro amor se case. Nada há a lucrar por aí, sobrinho.

— Bem, essa Abadia Fountain não é tão longe quanto a de que falas, tio — esclareceu Will Escarlate. — A Abadia Fountain à qual me refiro não é tão rica e orgulhosa quanto a outra, e sim bastante simples; ainda assim, um lugar aconchegante e popular a ponto de qualquer eremita poder se aproximar. Conheço bem o lugar, e posso levá-lo até lá. Embora seja uma boa distância, acho que um bom par de pernas possa levar um homem até lá e trazê-lo em um dia.

— Pois então me dá tua mão, Allan — disse Robin. — Deixa-me dizer que juro, pelo cabelo brilhante de Santa Elfrida, que daqui a dois dias Ellen A Dale será tua esposa. Vou procurar esse frei Tuck da Abadia Fountain amanhã, e te garanto que consigo chegar ao lado sentimental dele, mesmo que eu tenha de surrá-lo.

A essas palavras, Will Escarlate riu:

— Não tenhas tanta certeza, tio, embora, pelo que conheço dele, ache que esse frade casará esses dois, especialmente se houver boa comida e bebida depois.

Naquele instante, um dos homens do bando veio avisar que o banquete estava pronto e servido sobre a grama; assim, Robin, liderando os outros, caminhou até o local onde a comida os aguardava. A refeição foi alegre. Brincadeiras e histórias correram livres, e todos riram até balançar as folhas das árvores. Allan riu com o resto, e suas bochechas estavam coradas pela esperança que Robin Hood plantara nele.

Finalmente a festa terminou, e Robin Hood voltou-se para Allan, que estava sentado a seu lado.

— Agora, Allan, tanto foi falado a respeito de teu canto que gostaríamos de ter uma amostra de tua habilidade — pediu ele. — Não podes cantar alguma coisa para nós?

— Com certeza — respondeu Allan, já que não era um cantor amador que precisa ser solicitado mais de uma vez.

Tomando a harpa, ele correu os dedos levemente pelas cordas de som doce, e todos ao redor da mesa se agitaram. Então, acompanhando a voz com os belos acordes da harpa, ele cantou.

As aventuras de Robin Hood

O casamento de May Ellen

(Um relato sobre como foi ela amada
por um doce príncipe, que a levou para sua casa.)

1.

May Ellen sentou-se sob um espinheiro,
  E numa chuva ao redor
Os botões caíam a todas as brisas
  Como neve sobre o solo,
E num limoeiro próximo ouviu-se
A doce canção de um pássaro estranho e selvagem.

2.

Ó doce, doce, doce, ó agudamente doce,
  Ó melodia que permanece doce!
O coração de May Ellen dentro de seu peito
  Paralisou-se de dor contente:
E assim, ouvindo, o rosto para cima,
Estava como morta naquele belo lugar.

3.

Desça desses botões, pássaro!
  Desça da árvore,
E em meu coração deixarei que deite,
  E o amarei com ternura!
Assim dizia May Ellen, em voz suave e baixa,
De onde o espinheiro soltava sua neve.

4.

O pássaro desceu, com asas tremulantes,
   Do alto do espinheiro em flor,
E alojou-se em seu níveo colo.
   "Meu amor, meu amor", gemeu ela.
Então direto para casa, sob o sol e entre flores,
Ela o levou para seu quarto.

5.

E o dia transformou-se em noite suave,
   A lua flutuou sobre a campina,
E à sua luz solene e pálida
   Um jovem estava em pé, silencioso:
Um jovem de beleza estranha e rara,
No interior do quarto de May Ellen.

6.

Ele permanecia sobre o pavimento frio,
   Os raios de luar cintilavam ali.
May Ellen olhava com olhos arregalados de susto
   E não conseguia desviar o rosto,
Pois em sonhos místicos enxergava
Um espírito, que ali estava, silente.

7.

E numa voz baixa e sem fôlego,
   "De onde vens?", perguntou ela;
"És a criatura de um sonho
   Ou estou tendo uma visão?"

E ele disse suavemente, como a brisa noturna
Beija os juncos, ao lado do rio:

8.

"Vim, como pássaro, de asa emplumada,
 Da distante terra das fadas
Onde as águas murmurantes cantam suaves,
 Da margem dourada onde
As árvores são sempre verdes;
E lá, minha mãe é a rainha."

* * *

9.

May Ellen não saiu mais do quarto
 Para apreciar a beleza dos botões;
Mas à hora secreta da meia-noite
 Eles a ouviam falando lá,
Ou quando a lua brilhava, branca,
A ouviam cantando pela noite.

10.

"Coloque suas sedas e joias",
 Disse a mãe de May Ellen,
"Porque aí vem o Lorde de Lyne
 E esse lorde precisa casar."
May Ellen disse: "Não pode ser.
Ele nunca encontrará esposa em mim".

11.

Seu irmão falou, lúgubre e sério:
   "Agora, pelo céu azul brilhante:
Mais um dia se passou para ele,
   Esse pássaro maldito precisa morrer!
Pois ele te fez amargo mal
Por alguma estranha arte ou encanto".

12.

Então, com um canto triste e lamentoso,
   O pássaro voou para longe,
Por sobre as cumeeiras do castelo, e além,
   Para o céu cinzento e ventoso.
"Vem", chamou o irmão, severo,
"Porque tanto olhas o caminho dele?"

13.

É o dia do casamento de May Ellen,
   O céu está azul e belo,
E muitos lordes e damas alegres
   Na igreja estão reunidos.
O noivo era Sir Hugh the Bold,
Todo vestido em seda e brocado de ouro.

14.

A noiva entrou, em véu branco,
   Com uma tiara alva sobre a cabeça;
Seus olhos tinham um olhar parado,
   Seu rosto estava como o dos mortos,
E enquanto estava em pé na multidão
Cantou um cantiga estranha e prodigiosa.

15.

Nisso veio um som estranho e murmurante
    Como aquele que o vento traz,
E pelas janelas abertas
    Nove cisnes em pleno voo entraram
E alto, sobre as cabeças, voaram,
Um voo resplandecente nas trevas.

16.

Ao redor da cabeça de May Ellen voaram,
    Em voo largo e agitado,
E três vezes o círculo se repetiu.
    Os convidados se encolheram, assustados,
E o sacerdote, ao lado do altar,
Se persignava, em oração abafada.

17.

Contudo, na terceira vez que voaram,
    A bela Ellen se foi,
E em seu lugar, sobre o solo,
    Surgiu um cisne muito alvo.
E com uma cantiga estranha e prodigiosa
Juntou-se aos companheiros alados.

18.

Lá estavam homens acostumados a casamentos,
    Por mais de sessenta anos,
Mas um dia de matrimônio mais espantoso
    Nunca antes tinham visto.
Entretanto, ninguém pôde impedir, e ninguém parou
Os cisnes que levaram a noiva embora.

Nem um som quebrou o silêncio quando Allan A Dale terminou, mas todos permaneceram olhando para o belo cantor, porque sua voz era tão doce, e tão melodiosa a música, que cada homem parecia ter medo de respirar, como se receasse perder um pouco mais de música que viesse.

— Por minha fé e minha vida — exclamou Robin, por fim, respirando profundamente. — Meu rapaz, és — Não podes deixar nossa companhia, Allan! Não queres ficar aqui, na doce floresta? Em verdade, sinto meu coração inclinar-se em tua direção.

Nisso Allan tomou a mão de Robin e a beijou.

— Ficarei sempre contigo, querido chefe. Pois nunca senti tanta bondade quanto a que demonstraste hoje.

Então Will Escarlate estendeu a mão e apertou a de Allan, em sinal de amizade, assim como John Pequeno. Dessa forma, o famoso Allan A Dale tornou-se um do bando de Robin Hood.

XII
ROBIN PROCURA
FREI TUCK DE FOUNTAIN

Os homens rudes da Floresta de Sherwood sempre foram madrugadores, especialmente no verão, porque havia um frescor à aurora, quando o orvalho estava mais brilhante e o canto dos pequenos pássaros, mais doce.

Disse Robin:

— Agora procurarei esse frade da Abadia Fountain, de quem falamos ontem, e levarei comigo quatro de meus bons homens, que serão John Pequeno, Will Escarlate, David de Doncaster e Arthur A Bland. Os outros ficam aqui, e Will Stutely será o chefe enquanto eu estiver fora.

Imediatamente Robin Hood colocou um camisão de cota de malha, sobre o qual vestiu um casaco leve e verde. Colocou um capacete de aço, que cobriu com couro macio e branco, onde estava espetada uma pena de galo. Na cintura, pendurou uma boa espada larga de aço temperado, cuja lâmina azulada estava toda marcada com estranhas figuras de dragões, mulheres aladas e outras. Uma figura galante fazia Robin dessa forma vestido, alguns brilhos metálicos aparecendo ao refletir o sol no metal polido sob o casaco verde.

Tendo-se arrumado dessa forma, ele e os quatro homens puseram-se a caminho, Will Escarlate à frente, pois conhecia o caminho melhor do que os outros. Assim, quilômetro a quilômetro, progrediam eles, ora passando por um regato agitado, ora por uma agradável trilha na floresta, sob a copa farfalhante de árvores verdejantes, ao final da qual escutaram um bando de corças a fugir, trotando sobre folhas e galhos secos. Seguiam em frente com risos e brincadeiras até que o meio-dia passou, quando enfim chegaram à margem de uma corrente larga, tranquila e repleta de lírios. Ali, havia trilhas batidas ao longo das margens, nas quais trabalhavam os cavalos que puxavam as lentas barcaças pela corrente, carregadas com farinha de cevada, ou outro produto, do campo para a cidade de muitas torres. Contudo, no silêncio quente do meio-dia, nenhum cavalo ou trabalhador à vista. Atrás deles e à frente estendia-se o rio, o leito plácido sacudido aqui e ali pela brisa púrpura do entardecer. Belos salgueiros ladeavam as margens e, ao longe, os ladrilhos avermelhados de uma torre alta brilhavam ao sol, o cata-vento, uma centelha contra o céu azul. E agora viajavam com mais facilidade, já que a estrada estava firme e nivelada. Ao redor deles e sobre a superfície da água esvoaçavam as andorinhas, mergulhando de vez em quando, libélulas acinzentadas pairavam para lá e para cá, brilhando ao sol, e de vez em quando uma garça solitária erguia-se, espadanando água com um grito solitário, em seu esconderijo entre os juncos e taboas que cresciam à margem da corrente.

— Agora, meu bom tio — afirmou Will Escarlate por fim, depois de caminharem um bom tempo ao lado desse rio belo e iluminado —, logo depois da curva à nossa frente está um vau raso que não é mais profundo do que o meio de nossas coxas, e do outro lado do rio há um certo eremitério escondido entre a mata fechada de espinheiros onde habita o frade de Fountain Dale. Posso levá-los até lá porque conheço o caminho, embora não seja tão difícil assim de encontrar.

— Se eu tivesse pensado que iria atravessar um vau e me molhar, mesmo que fosse em águas cristalinas como essas, teria colocado outras roupas. Não importa agora, afinal de contas a água não vai dissolver a pele, mas o que tem de ser, tem de ser. Enfim, esperai aqui, pois eu quero passar esse tipo de aventura sozinho. Apesar de tudo, ficai atentos e, se escutardes meu chamado, vinde depressa.

— É sempre assim — disse John Pequeno, resmungando. — Sempre procuras essas aventuras sozinho, enquanto nós, que ficaríamos contentes em participar, devemos ficar aqui, girando nossos polegares para passar o tempo.

— John Pequeno, essa pequena aventura é uma que não oferece perigo para mim — explicou Robin. — Sei que gostas de te colocares em perigo; apesar disso, peço que fiques aqui.

Dizendo isso, Robin virou-se e foi embora, prosseguindo sozinho.

Mal ultrapassara o local onde o rio fazia uma curva, ocultando seus homens de sua vista, quando parou repentinamente, por acreditar ter ouvido vozes. Ficou imóvel e prestou atenção, discernindo palavras trocadas no que parecia ser uma conversa entre dois homens, apesar de as vozes serem impressionantemente parecidas. O som vinha da margem, coberta de gramado, íngreme e alta naquele trecho, que descia três metros em relação à estrada até o nível do rio.

— É estranho — murmurou Robin para si mesmo, depois que as vozes cessaram. — Certamente havia duas pessoas que falavam uma com a outra, e no entanto acho que as vozes delas eram praticamente idênticas. Juro que nunca escutei nada parecido antes, em toda a minha vida. Na verdade, grãos de ervilha poderiam ser tão parecidos. Vou examinar esse assunto.

Assim dizendo, ele foi devagar até a margem do rio e, deitando-se sobre a grama, espiou por sobre a beirada, através da vegetação, o que havia lá embaixo.

Estava fresco e sombreado sob o barranco. Um grande salgueiro crescia, não ereto, mas inclinando-se em direção à água e produzindo sombra sob a folhagem macia. Por todos os lados crescia uma massa de samambaias, como costuma ocorrer em lugares frescos, e chegou às narinas de Robin o odor suave do tomilho silvestre, que aprecia o ambiente das margens úmidas dos regatos de águas correntes. Ali, com as costas contra o tronco enrugado, meio escondido pelas samambaias ao redor, estava um sujeito robusto e bronzeado, mas não havia nenhum outro homem. A cabeça era redonda como uma bola, coberta com um tapete de cabelos curtos e cacheados, que lhe invadiam a testa. Mas o alto da cabeça era raspado, tão liso quanto a palma da mão, o que, juntamente com a túnica, o chapéu e o terço, mostrava aquilo que a aparência jamais teria mostrado, que ele era um frade. Suas bochechas eram vermelhas e brilhantes como uma maçã, embora fossem quase inteiramente cobertas por uma barba curta e encaracolada, assim como o queixo e o lábio superior. O pescoço era grosso como o de um touro do norte, e a cabeça, redonda, próxima aos ombros, que pareciam os do próprio John Pequeno. Sob as sobrancelhas hirsutas dançava um par de olhos pequenos e acinzentados que não paravam, sendo a própria essência do bom humor. Nenhum homem poderia ver o rosto dele e não sentir o coração aquecido pela alegria do olhar. Ao lado havia um capacete de aço, que ele retirara para refrescar a cabeça. As pernas estavam esticadas e abertas, e entre os joelhos ele segurava um grande pastelão, composto de carnes suculentas de vários tipos, temperadas com cebolas novas e macias, tudo misturado com um molho espesso. Na mão direita segurava um grande pedaço de pão integral, que mastigava ferozmente, e de vez em quando enfiava a mão esquerda na torta, para apanhar bocados; no momento, dava um grande gole numa garrafa de Malmsey.

— Por minha fé — disse Robin, para si mesmo. — Acredito que essa seja a mais alegre visão, a mais alegre criatura, o mais alegre lugar e o mais alegre banquete de toda a Inglaterra. Pensei que houvesse mais alguém aqui, mas entendo que deve ser esse santo homem falando consigo mesmo.

Assim, Robin observou o frade, e o frade, sem saber que estava sendo observado, comeu pacificamente sua refeição. Finalmente terminou e, tendo limpado as mãos engorduradas nas samambaias e no tomilho silvestre (nenhum rei em todo o mundo jamais teve guardanapo tão doce), ele apanhou a garrafa e começou a conversar consigo mesmo, como se falasse a outro homem, e respondendo como se fosse mais alguém.

— Meu caro rapaz, és o mais adorável entre todos. Amo a ti como um amante ama sua donzela. Bem, fico envergonhado de falar contigo num lugar como este, tão solitário, sem ninguém por perto; se me permites falar assim, amo a ti como me amas. Não aceitas, então, um gole do bom vinho de Malmsey? Depois de ti, bom rapaz, depois de ti. Insisto em que primeiro mates a sede em teus lábios (nesse ponto ele passou a garrafa da mão direita para a esquerda). E irás insistir até que eu faça o que queres, ainda assim, terei grande prazer em beber à tua saúde (e tomou um grande e profundo gole). E agora, meu bom rapaz, é tua vez (passou a garrafa de volta da mão esquerda para a direita). Pois eu aceito, doce rapaz, e te desejo tanto bem quanto me desejaste.

Dizendo isso, ele tomou outro gole e, verdadeiramente, bebia por dois.

Com isso Robin Hood, deitado sobre o barranco, ouvindo, sentia a estômago balançar de riso, de modo que foi obrigado a colocar a mão sobre a boca para evitar explodir numa gargalhada, já que não desejava estragar essa boa cena do condado de Nottingham.

Tendo recuperado o fôlego depois do último gole, o frade falou novamente consigo:

— Agora, meu jovem, não podes cantar um balada para mim? Ah, não sei, não estou com a voz boa hoje; peço-te que não insistas; não ouviste falar que coaxo como um sapo? Não, tua voz é doce como a de um canário. Vem cantar, rogo-te, preferia ouvir-te cantar do que comer demais. Preferia não cantar perante alguém que sabe entoar tão bem e já ouviu tantas baladas bonitas, mas, como me pedes, farei o melhor possível. No entanto, agora penso que tu e eu podemos cantar alguma bela música em dueto; não conheces uma canção saborosa, chamada "O jovem amante e a criada desdenhosa"? Bem, de fato, acho que não faz muito tempo que a ouvi. Não achas que podes fazer a parte da donzela enquanto faço a do rapaz? Não sei bem, mas tentarei; começa tu com o rapaz e seguirei com a donzela.

Então, cantando com uma voz profunda e rouca, e depois com outra aguda e em falsete, ele entoou a alegre canção:

O JOVEM AMANTE E A CRIADA DESDENHOSA

ELE

Ah, se vieres comigo, meu amor!
Ah, e se quiseres, amor, ser minha?
Pois eu te darei, meu amor,
Belos laços, e renda da boa.
Te porei, amor, nos meus joelhos,
E cantarei doces canções para ti, para ninguém além de ti.
Mas escuta! Escuta! Escuta!
A cotovia alada.
Escuta a rolinha que arrulha!
E o brilhante narciso
Cresce nos baixios do rio,
Então vem e sê meu amor.

ELA

Agora afasta-te, meu belo jovem;
Agora afasta-te, digo-te;
Porque meu amor verdadeiro nunca será teu,
Portanto é melhor não ficares.
Não és o melhor rapaz para mim,
E vou esperar até um rapaz melhor chegar.
Mas escuta! Escuta! Escuta!

A cotovia alada.
Escuta a rolinha que arrulha!
E o brilhante narciso
Cresce nos baixios do rio,
Mas nunca serei teu amor.

Ele

Vou logo procurar outra dama bonita,
Pois muitas donzelas posso achar,
E, como não ficarás comigo,
Por ti não vou me apaixonar.
Porque nunca um botão é tão raro no campo,
Podemos achar outros tão belos.
Mas escuta! Escuta! Escuta!
A cotovia alegre.
Escuta a rolinha que arrulha!
E o brilhante narciso
Cresce nos baixios do rio,
E buscarei outro amor.

Ela

Jovem, não te vás tão depressa
Outra donzela procurar.
Acho que falei depressa demais,
E nem ainda me decidi,
E se quiseres comigo ficar,
A nenhum outro, doce jovem, vou amar...

Nesse ponto, Robin não conseguiu mais conter-se e explodiu numa gargalhada; o santo frade continuou com a canção, entrando no refrão, e juntos cantaram ou, como poderia ser dito, gritaram:

Mas escuta! Escuta! Escuta!
A cotovia alegre.
Escuta a rolinha que arrulha!

E o brilhante narciso
Cresce nos baixios do rio,
E serei teu verdadeiro amor.

Dessa forma, cantaram juntos, e o robusto frade não deu mostras de ter escutado a gargalhada de Robin, nem pareceu reparar que ele se juntara a seu canto, mas, com olhos semicerrados e voltados para a frente, balançava a cabeça ao ritmo da música, mantendo-se assim até o final, ele e Robin terminando com berros que poderiam ser ouvidos por mais de um quilômetro. Contudo, assim que a última palavra foi cantada, o santo homem pôs na cabeça o capacete de aço e, colocando-se em pé, gritou com voz forte:

— Quem é o espião que temos aqui? Sai, ente do mal, e vou transformar-te em picadinho de pudim, daqueles que as mulheres do condado de York fazem aos domingos.

Nesse ponto ele retirou da túnica uma grande espada, do tamanho da de Robin.

— Podes afastar teu ferro de picar, meu amigo — disse Robin, erguendo-se, ainda com lágrimas nas bochechas. — Pessoas que cantaram tão bem em conjunto não devem brigar logo depois — dizendo isso, saltou para a margem onde estava o outro. — Digo-te, amigo... minha garganta está tão seca com essa música como palha de cevada em outubro. Porventura tens um resto de Malmsey nessa tua robusta garrafa?

— Sinceramente, deves perguntar a ti mesmo onde não és convidado — disse o frade, aborrecido. — Ainda assim, sou um cristão bom demais para não dar de beber a um homem quando ele tem sede. És bem-vindo para beber enquanto houver o que pedes.

E estendeu a garrafa a Robin.

Apanhando-a sem cerimônia e levando-a aos lábios, Robin virou a cabeça para trás, enquanto o líquido no interior parecia dizer "glug, glug, glug" no intervalo de mais de três piscadelas. O robusto frade observou Robin de maneira ansiosa e, quando ele terminou, apanhou a garrafa, sacudiu-a, ergueu-a perante os olhos e olhou de modo reprovador para o visitante, depois levou-a aos lábios. Quando retirou, nada mais havia no interior.

— Conheces o campo por aqui, meu bom e santo homem? — quis saber Robin, rindo.

— Sim, um pouco — respondeu o outro, em tom seco.

— E conheces um lugar chamado Abadia Fountain?

— Sim, um pouco.

— E por acaso conheces certa pessoa que atende pelo nome de frei Tuck na Abadia Fountain?

— Sim, um pouco.

— Nesse caso, meu bom homem, santo padre, ou seja o que fores — disse Robin Hood —, gostaria de saber se esse tal frade pode ser encontrado deste lado do rio ou do outro.

— Na verdade o rio só tem o outro lado — disse o frade.

— E como podes provar isso? — indagou Robin.

— Bem, assim — disse o frade, apontando para o outro lado com o dedo. — O outro lado do rio é o outro, concorda?

— Sim, é verdade.

— Ainda assim, o outro lado do rio não é senão um lado, certo?

— Nenhum homem poderia contestar isso — disse Robin.

— Então, se o outro lado do rio é um lado, esse lado é o outro lado, portanto ambos os lados são o outro lado. CQD [como queríamos demonstrar].

— Muito bem argumentado — aplaudiu Robin. — Ainda assim, estou tão no escuro em relação a esse frei Tuck quanto a se ele está do mesmo lado do rio que estamos ou do outro lado, onde não estamos.

— Essa é uma questão prática que as perspicazes regras da lógica não explicam. Aconselho-te a descobrir isso com a ajuda de teus próprios cinco sentidos: visão, tato e os outros.

— É que desejo atravessar o vau e encontrar esse tal frade — disse Robin, olhando pensativamente para ele.

— Sim, é um bom desejo da parte de alguém tão jovem — disse o outro, piamente. — Longe de mim impedir uma tarefa tão sagrada, amigo. O rio é livre para todos.

— Sim, bom frade, mas, como vês — disse Robin —, minhas roupas são finas e eu não gostaria de vê-las molhadas. Penso que teus ombros são largos e robustos; não poderias procurar em teu coração a vontade de me carregar para o outro lado?

— Pela mão branca da Sagrada Senhora da Fonte! — explodiu o frade, com raiva. — És, és... um moleque ínfimo, um... almofadinha emproado; és, és... como te vou chamar? Então pedes a mim, um santo sacerdote, para te carregar? Pois juro que... — nesse instante ele se interrompeu, e a raiva lhe passou da expressão; mais uma vez os olhos brilharam e ele se tranquilizou. — Pensando bem, por que não? São Cristóvão não carregou um estranho para o outro lado do rio? Por que eu, um pobre pecador, ficaria envergonhado de fazer o mesmo? Vem comigo, forasteiro, e cumprirei essa tarefa num estado de espírito humilde.

Assim dizendo, ele subiu o barranco, seguido de perto por Robin, e liderou o caminho até o vau raso de pedregulhos, rindo sozinho, como se estivesse apreciando uma boa brincadeira consigo mesmo.

Chegando ao vau, ele puxou o hábito até a virilha, colocou a espada sob o braço e curvou as costas para que Robin pudesse subir. De repente, endireitou o corpo.

— Penso que irás molhar tua arma — disse ele. — Deixa que eu a leve embaixo do braço, junto com a minha.

— Não, santo frade — respondeu Robin. — Não o sobrecarregaria com nada que não fosse eu mesmo.

— Acaso pensas que o bom São Cristóvão iria procurar conforto próprio? — disse o frade, com mansidão. — Não, dá-me tua arma como peço, já que a carregarei como penitência ao meu orgulho.

Com isso, sem mais palavras, Robin Hood desafivelou o cinto com a espada e entregou ao outro, que colocou junto com a sua, sob o braço. Então, mais uma vez o frade dobrou as costas, e Robin montou sobre os santos ombros; em seguida o religioso avançou para o rio e prosseguiu, espadanando água pela corrente, quebrando a uniformidade da superfície com círculos que aumentavam. Finalmente atingiram o outro lado e Robin saltou agilmente das costas do frade.

— Muito obrigado, meu bom frade — disse ele. — És, sem dúvida, um homem santo e bom. Rogo-te que me dês minha espada e me deixes partir, porque estou apressado.

Com isso, o robusto frade encarou Robin por um longo tempo, a cabeça inclinada, com uma expressão travessa; piscou o olho direito, lentamente.

— Pois é, meu bom jovem — disse ele lentamente. — Não duvido que estejas apressado com teus assuntos, e apesar disso não pensas nos meus.

Os teus são de natureza carnal; os meus são de natureza espiritual, um trabalho santo, por assim dizer; além do mais, meus assuntos pertencem ao outro lado dessa corrente. Vejo, pela tua busca desse santo recluso, que és um bom jovem e que tens respeito pela batina. Molhei-me vindo até aqui e ouso dizer que se me molhar novamente terei cãibras e dores nas juntas que iriam atrapalhar minhas devoções pelos dias que terei à frente. Sei que, como fiz humildemente o que pediste, irás carregar-me de volta. Vês como São Godrick, esse santo eremita que é patrono do dia de hoje, colocou duas espadas em minhas mãos e nenhuma nas tuas? Portanto, deixa-me persuadir-te, bom jovem, a me carregares de volta.

Robin Hood olhou-o de alto a baixo, mordendo o lábio inferior. Depois disse:

— És um frade ardiloso, apanhaste-me rápido e lindamente. Deixa-me dizer que nunca um de hábito me engambelou assim em toda a minha vida. Eu deveria ter sabido que por tua aparência não eras nenhum homem santo como fingiste ser...

— Bem — interrompeu o frade. — Rogo-te que não fales com tanta leviandade, a não ser que desejes sentir o gosto de cinco ou dez centímetros de aço na pele.

— Não fales assim, bom frade, o perdedor tem o direito de usar sua língua como lhe aprouver. Dá minha espada; prometo carregar-te de volta. E não levantarei minha arma contra ti.

— Pois vamos então, não te temo, jovem — disse o frade. — Eis tua lâmina; e apronta-te, tenho pressa em voltar.

Assim, Robin apanhou outra vez sua espada e afivelou-a no cinto; aí curvou suas costas fortes e aceitou o frade sobre elas.

Eu diria que Robin Hood teve uma carga mais pesada a sustentar do que o frade tivera. Além do mais, ele não conhecia o vau, portanto foi tateando entre as pedras, de vez em quando pisando num buraco mais profundo e quase tropeçando em pedras maiores, enquanto o suor escorria pelo esforço realizado e o peso de sua carga. Entrementes, o frade enfiava os calcanhares nas ilhargas de Robin e o apressava, chamando-o de nomes feios o tempo todo. A tudo isso Robin não disse uma palavra, porém, tendo percebido a fivela do cinto que segurava a espada do frade, trabalhou sem ser percebido no fecho, procurando soltá-lo. Assim ocorreu que, quando atingiu a margem oposta com sua carga, o cinto que segurava a espada do frade estava completamente solto, embora ele não soubesse; quando Robin pisou em terreno seco, segurou na espada, de modo que a lâmina, a bainha e o cinto caíssem do santo homem, deixando-o desarmado.

— Agora — disse Robin alegremente, ofegando enquanto limpava o suor da fronte — eu o tenho, sujeito. Desta vez o mesmo santo do qual falaste me deixou duas espadas nas mãos e te deixou sem nenhuma. Agora, se não me levares de volta, e depressa, juro que irei deixar tua pele cheia de furos, como uma calça retalhada.

O bom frade nada disse por um instante, mas observou Robin com uma careta.

— Bem — disse ele, por fim —, não achei que tua mente fosse assim afiada e que fosses tão esperto. Verdade, me pegaste pela cintura. Dá-me a espada e prometo que não a desembainharei contra ti, a não ser em autodefesa; também prometo fazer como pedes, colocar-te nas costas e carregar-te.

Assim, o alegre Robin deu a espada outra vez, e o frade a colocou de lado, verificando dessa vez se estava bem afivelada; e, levantando novamente a túnica, aceitou Robin sobre suas costas e sem uma palavra entrou na água, e continuou em silêncio, atravessando o rio com Robin nas costas. Finalmente atingiram o centro do vau onde a água era mais profunda. Ali ele parou por um segundo e, com um movimento súbito da mão e dos ombros, fez que Robin fosse projetado por sobre sua cabeça, como se fosse um saco de cereais.

E lá se foi Robin para a água com um grande espadanar.

— Pronto — disse o santo homem, voltando calmamente para a margem. — Vamos ver se isso esfria teu espírito esquentado.

Entrementes, depois de muito se debater, Robin colocara-se em pé e olhava ao redor, espantado, a superfície da água fazendo pequenos rodamoinhos em volta dele. Por fim ele retirou a água dos ouvidos e cuspiu a que ainda havia na boca, tentando recuperar o controle; viu o robusto frade rindo, já na margem. Nesse instante, devo admitir que Robin Hood estava muito bravo.

— Fica parado, vilão — vociferou ele. — Estou indo até aí e, se picar teu lombo hoje, que eu jamais erga um dedo novamente!

Assim dizendo, apressou-se em direção à margem.

— Não precisas apressar-te à toa — disse o robusto frade. — Não temas: ficarei aqui e, se não estiveres gritando por Deus daqui a pouco, que eu jamais possa contemplar através do matagal uma corça outra vez.

Robin, tendo atingido a margem, começou a enrolar as mangas. O frade fez o mesmo com o hábito, mostrando um braço rijo, em que os músculos se sobressaíam como a textura de uma árvore antiga. Então Robin viu o que ainda não tinha notado: o frade usava também uma cota de malha sob o hábito.

— Defende-te — disse Robin, desembainhando a espada.

— Pois não — respondeu o frade, que já tinha sua espada na mão.

Sem mais palavras, encontraram-se e começaram uma luta encarniçada e violenta. Lutaram para a direita e para a esquerda, para cima e para baixo, para a frente e para trás. As espadas brilhavam ao sol e encontravam-se com um retinir que soava longe. Não era uma rusga de treinamento com bastões, mas uma luta séria, de real valor. E assim eles lutaram por mais de uma hora, fazendo uma pausa de vez em quando para descansar, ocasião em que olhavam com espanto um para o outro, pensando nunca ter visto um sujeito tão vigoroso antes; e mais uma vez voltavam ao combate. Apesar de tudo, esse tempo inteiro não chegaram a machucar um ao outro, nem sangue foi derramado. Finalmente, Robin disse:

— Refreia tua mão, meu bom amigo!

Ambos baixaram as armas.

— Proponho uma pausa antes que comecemos outra vez — pediu Robin Hood, limpando o suor da testa.

Haviam lutado por tanto tempo que ele começava a achar que seria péssimo que ele fosse morto, ou que matasse um sujeito tão valoroso.

— O que queres de mim? — indagou o frade.

— Apenas isto: que me deixes soprar por três vezes minha trompa de caça.

O frade ergueu as sobrancelhas e olhou argutamente para Robin Hood.

— Acredito que preparas alguma peça para mim com isso — disse ele. — Apesar disso, não temo, e deixarei que faças o que desejares, desde que me deixes também soprar três vezes este apito.

— Com todo o meu coração — respondeu Robin. — Aqui vai minha parte.

Assim dizendo, levou aos lábios a trompa de prata, soprando três toques altos e claros.

O frade observava atentamente o que iria acontecer, segurando entre os dedos um belo apito de prata, como o que certos cavaleiros usavam para chamar seus falcões de volta, que estava pendurado ao cinto, junto com seu rosário.

Mal ecoara pelo rio última nota de Robin Hood, quatro homens de verde vieram correndo pela curva da estrada, cada um com um arco nas mãos e uma seta encaixada e pronta.

— Ah! É assim, seu velhaco traidor? — gritou o frade. — Cuida-te, então!

Assim dizendo, levou aos lábios o apito para falcões e soprou um toque alto e agudo. Chegou até eles um ruído entre os arbustos do outro lado da estrada, e em pouco tempo saíram da vegetação quatro grandes cães peludos.

— A ele, Sweet Lips! A ele, Bell Throat! A ele, Beauty! A ele, Fangs! — gritou o frade, apontando Robin.

Foi muito bom que houvesse uma grande árvore ao lado da estrada, ou Robin não teria chance. Antes que se pudesse dizer "Velho Downthedale" os cães estavam sobre ele, que só teve tempo de largar a espada e saltar para a árvore, ao redor da qual os grandes cães se reuniram, olhando para cima como se ele fosse um gato na árvore. No entanto, o frade logo os chamou.

— A eles! — gritou o bom frade, apontando para a estrada, onde os homens permaneciam parados, espantados com o que viam.

Da mesma forma que o falcão mergulha em direção à sua presa, correram os cães na direção dos homens; quando eles viram os mastins correndo daquela forma, todos, como se fosse de comum acordo, dispararam suas flechas, exceto Will Escarlate.

E a velha balada conta que coisas prodigiosas aconteceram pois consta que cada cão saltou levemente de lado e, quando a seta passou assobiando, apanhou-a com a boca e a reduziu a farpas de madeira. Teria sido um péssimo dia para os homens se Will Escarlate não se tivesse adiantado ao encontro dos cães, que vinham a toda velocidade.

— Ora, Presas... calma, beleza... calma! O que foi?

Ao som da voz dele, os mastins recuaram com rapidez, e vieram em sua direção, lambendo-lhe as mãos e fazendo festa, como cães que tivessem encontrado alguém conhecido. Os quatro homens se aproximaram, enquanto os animais saltavam alegremente ao redor de Will Escarlate.

— Ora, ora... o que significa isso? — perguntou o robusto frade, aproximando-se. — Quem és, ó mago, que tornas esses lobos em cordeiros? Ah! Posso confiar em meus olhos? Jovem mestre William Gamwell, em tal companhia?

Os quatro se aproximaram do local onde Robin agora descia da árvore na qual estivera a salvo, tendo percebido que o perigo se fora.

— Não, Tuck. Agora meu nome não é mais Will Gamwell, e sim Will Escarlate; e esse é meu bom tio, Robin Hood, com quem estou morando agora.

— Bom mestre, já ouvi teu nome cantado e em prosa, mas nunca pensei encontrar-te em combate — disse o frade, um tanto abalado e estendendo a mão para Robin. — Peço teu perdão, e agora sei por que encontrei um homem tão valoroso.

— Sim, bom frade — disse John Pequeno. — Sou mais grato do que já fui em toda a minha vida por nosso amigo Will Escarlate conhecer teus cães. Digo-te que meu coração ficou pesado quando vi as setas errando os alvos e esses mastins enormes vindo direto para mim.

— É bom ficares mesmo, amigo — comentou o frade, gravemente. — Diz-me, mestre Will, como foi que passaste a viver em Sherwood?

— Bem, Tuck, não ficaste sabendo de meu infortúnio com o contador de meu pai? — indagou Escarlate.

— Fiquei, no entanto, confesso que não sabia que tinhas sido levado a te esconderes por causa disso. Os tempos estão distorcidos quando um fidalgo precisa esconder-se por uma coisa tão ínfima.

— Bem, estamos perdendo tempo, e ainda preciso encontrar aquele frade eremita — disse Robin.

— Bem, tio, não precisas ir muito longe, já que ele está diante de ti — disse Will Escarlate, apontando para o frade.

— Como? Então és o homem que me apressei tanto para encontrar e por quem tomei um banho?

— Sim, é verdade — confirmou o frade. — Alguns me chamam de eremita de Fountain Dale, outros, brincando, me chamam de abade da Abadia Fountain e outros ainda me chamam de frei Tuck.

— Gosto mais do último nome — opinou Robin. — Pois é melhor de pronunciar. Mas por que não me disseste quem eras, em vez de me mandar buscar raios escuros de luar?

— Bem, na verdade, não perguntaste, bom mestre. O que desejas de mim? — quis saber Tuck.

— Bem, o dia já está alto, e não podemos ficar conversando aqui — disse Robin. — Por que não vem conosco até Sherwood, e contarei tudo à medida que caminhamos?

E sem mais demorar-se, todos partiram, com os mastins em seus calcanhares, pelo caminho que levava de volta a Sherwood; todavia, a noite já havia caído quando chegaram à árvore de reuniões, na floresta.

Agora ouçam, porque vou contar como Robin Hood providenciou a felicidade de dois amantes, ajudado pelo alegre frei Tuck, de Fountain Dale.

XIII
ROBIN HOOD PLANEJA UM CASAMENTO

Echegou a manhã em que a bela Ellen iria casar-se, na qual o alegre Robin prometera que Allan A Dale iria, por assim dizer, comer do prato que fora preparado para Sir Stephen de Trent. Robin Hood levantou-se contente e acordou seus homens um por um, sendo frei Tuck o último a acordar, piscando para espantar o sono dos olhos. Nesse momento, enquanto o ar parecia vibrar com o canto de vários pássaros, todos juntos numa sinfonia como se apreciassem a neblina da manhã, cada homem lavou o rosto e as mãos no córrego, e assim o dia começou.

— Agora é hora de partir para a tarefa que temos hoje pela frente — disse Robin, assim que quebraram o jejum e cada homem ficou satisfeito. — Escolherei alguns bons homens para irem comigo, porque posso precisar de ajuda; e tu, Will Escarlate, ficarás aqui e serás o chefe enquanto eu estiver fora.

Então, observando o bando todo, cada homem se adiantando na esperança de ser escolhido, Robin chamou pelo nome aqueles que desejava que o acompanhassem, até que tivesse uma vintena de rapazes robustos, a nata de seu bando. Além de John Pequeno e Will Stutely, estavam todos aqueles rapazes famosos sobre os quais já falei. Depois, enquanto os escolhidos correram, alegres, para se armarem com arco, flechas e espada, Robin Hood ocultou-se e colocou um casaco alegre, que poderia ter sido usado por um menestrel errante, e pendurou uma harpa no ombro, para melhor desempenhar esse papel.

Todo o bando olhava e muitos riam, pois jamais haviam visto seu chefe em disfarce tão fantástico.

— Verdade — disse Robin, erguendo os braços e baixando os olhos para si mesmo. — Acredito que seja mesmo um traje alegre, gritante e escandaloso; mas é apropriado para o que vamos fazer e não cairá mal para a aparência que pretendo ter, embora vá usá-lo apenas uma vez. Toma, John Pequeno, há duas sacolas que gostaria que carregasses contigo por segurança. Mal posso cuidar de mim mesmo embaixo destes retalhos.

— Ora, chefe — disse John Pequeno, apanhando as sacolas e sopesando-as. — É barulho de ouro.

— Bem, é o que parece. É meu próprio ouro, e o bando nada tem a ver com o que está aí. Vamos, apressem-se, rapazes. Aprontem-se também — recomendou ele, voltando-se rapidamente.

Então, reunindo num grupo os que iam, entre os quais estavam Allan A Dale e frei Tuck, ele os liderou para fora da floresta.

Assim caminharam por um bom tempo, até saírem de Sherwood, na direção do vale do rio Rother. Ali a paisagem era bem diferente daquela da floresta, sebes de espinheiros, campos de cevada, pastos até a vista chegar ao horizonte, pintalgados com rebanhos alvos de ovelhas, campos de feno de onde vinha o odor dos cortes recém-feitos que jaziam em feixes, sobre os quais revoavam rapidamente andorinhões; tais foram as coisas que viram, diferentes como eram das profundezas verdes das florestas, porém tão ricas quanto belas. Assim, Robin liderou seu bando, caminhando decidido com o peito estufado e queixo erguido, sentindo os odores da brisa suave que vinha da direção dos campos de feno.

— Em verdade, esse mundo é belo aqui como na sombra da floresta — disse ele. — Quem o enxerga como um vale de lágrimas? Acho que é apenas a escuridão da nossa mente que traz tristeza ao mundo. Era isso que dizia a bela canção que cantaste, John Pequeno, não era?

> *Pois quando brilham os olhos de meu amor,*
>   *E quando os lábios dela sorriem tão admiráveis,*
> *O dia é divertido e alegre, tão alegre,*
>   *Com chuva ou sol,*
> *E quando a cerveja forte flui rápido,*
> *Nossas tristezas e problemas são coisas do passado.*

— Não — disse frei Tuck, piamente —, pensas em coisas profanas e nada mais; na verdade, existem melhores salvaguardas contra a infelicidade do que beber cerveja e ter olhos brilhantes, como bom-senso, jejum e meditação. Olha para mim, eu pareço um homem triste?

Com essas palavras uma grande gargalhada ergueu-se de todos os lados, porque na noite anterior o bom frade havia esvaziado duas vezes mais canecas de cerveja do que qualquer um entre eles.

— É verdade — concordou Robin, quando pôde falar, depois de rir. — Eu diria que tuas tristezas são quase iguais à tua bondade.

Assim, eles prosseguiram, conversando, cantando, brincando e rindo, até chegarem a uma determinada igreja que pertencia à grande propriedade do priorado de Emmet. Ali a bela Ellen deveria se casar naquela manhã, e ali era o local ao qual os homens haviam dirigido seus pés. Do outro lado da estrada onde estava a igreja, entre campos ondulantes de cevada, corria um muro de pedra. Sobre esse muro havia uma linha de árvores e arbustos, e em pontos esparsos o próprio muro era coberto por uma massa de madressilvas em flor, que enchia o ar morno ao redor com seu doce perfume de verão. Então os homens saltaram o muro, pousando na grama alta e macia do outro lado, assustando um rebanho de ovelhas que repousava ali à sombra, que se espalharam em todas as direções. Havia uma sombra fresca, tanto do muro quanto do belo arvoredo, e ali se acomodaram os homens, contentes em descansar depois da longa jornada matutina.

— Agora, queria que um de vocês observasse e me dissesse quando alguém estiver vindo para a igreja — disse Robin. — Escolho o jovem David de Doncaster. Sobe no muro, David, e esconde-te embaixo da folhagem, para vigiar.

O jovem David fez o que lhe fora pedido, enquanto os outros se esticavam sobre a grama, alguns conversando e outros dormindo. E tudo ficou quieto, com exceção das vozes baixas dos que conversavam, dos passos incessantes de Allan de um lado para outro, pois sua alma estava tão perturbada que ele não conseguia ficar parado, e do ronco de frei Tuck, que aproveitava seu sono com um ruído como o de quem serrasse madeira macia lentamente. Robin permanecia deitado de costas, o olhar perdido nas folhas das árvores, o pensamento a quilômetros de distância; assim, um longo tempo se passou.

— Dize, David de Doncaster, o que vês agora? — quis saber Robin.
Então David respondeu:
— Vejo nuvens brancas flutuando e sinto o vento soprando e três corvos negros estão voando sobre os campos; nada mais vejo, bom chefe.

Nisso sobreveio o silêncio mais uma vez e algum tempo se passou, ouvindo-se apenas os ruídos que já comentei, até a nova pergunta de Robin, impaciente:

— Diz-me, jovem David, o que vês agora?

— Vejo os moinhos girando e altos álamos balançando contra o céu, e um bando de tordos voando sobre a colina; nada mais vejo, bom chefe.

Mais algum tempo se passou, até que Robin perguntou novamente ao jovem David o que ele enxergava; David respondeu:

— Escuto o cantar do cuco e vejo como o vento faz ondas nos campos de cevada; agora, pela colina chega um velho frade, que nas mãos carrega um grande molho de chaves; e veja! Agora se aproxima da porta da igreja.

Robin Hood então se levantou e sacudiu frei Tuck pelo ombro.

— Vamos, acorda, santo homem! — gritou ele; resmungando, o robusto Tuck se levantou. — Apronta-te, rápido, pois à porta da igreja está um religioso. Vai até ele, conversa e entra na igreja, precisas estar lá dentro quando fores necessário; em pouco tempo, John Pequeno, Will Stutely e eu te seguiremos.

Assim, frei Tuck pulou o muro, atravessou a estrada e chegou à igreja, onde o velho frade ainda lidava com a grande chave, sendo a fechadura um tanto enferrujada e ele, velho e fraco.

— Olá, irmão, deixa-me ajudar-te — disse ele.

Tirando a chave das mãos do outro, abriu rapidamente a porta com um giro rápido na fechadura.

— Quem és, bom irmão? De onde vens e para onde vais? — perguntou o velho frade, com voz asmática, piscando e olhando frei Tuck como uma coruja ao sol.

— Assim respondo a tuas perguntas, meu irmão. Meu nome é Tuck, e não pretendo ir além deste local, se me deixares ficar enquanto o casamento se realiza. Venho de Fountain Dale e, na verdade, sou um eremita pobre, como se pode dizer, já que vivo numa cela próxima à fonte abençoada por Santa Etheldreda.

Mas, segundo entendi, haverá aqui um casamento e, se não te importares, queria descansar à sombra fresca daqui de dentro, e gostaria de assistir a essa cerimônia.

— Nesse caso és bem-vindo, irmão — disse o ancião, conduzindo-o para dentro.

Nesse ínterim, Robin, em seu disfarce de harpista, juntamente com John Pequeno e Will Stutely, foi até a igreja. Robin sentou-se num banco próximo à porta, enquanto John Pequeno, carregando os dois sacos de ouro, entrou, seguido por Will Stutely.

Robin permaneceu sentado, observando os dois lados da estrada, e depois de um tempo seis cavaleiros se aproximaram lenta e desanimadamente, como lhes cabia, já que eram religiosos de postos elevados. Quando se aproximaram, Robin pôde ver quem eram e, os reconheceu. O primeiro era o bispo de Hereford, e ele fazia uma bela figura, eu diria. Suas vestes eram da seda mais fina, e ao redor de seu pescoço havia uma corrente de ouro batido. O solidéu que ocultava sua tonsura era de veludo negro, e ao redor das bordas havia fileiras de joias que brilhavam ao sol, estando cada uma delas incrustada em ouro. As calças justas eram de seda brilhante, e os sapatos eram de veludo negro, com as longas pontas viradas para o alto e atadas aos joelhos, e em cada peito do pé estava bordada uma cruz, em ouro. Ao lado do bispo cavalgava o prior de Emmet, sobre um elegante palafrém. Também rico em suas roupas, ainda que não tão alegres quanto as do rotundo bispo. Atrás deles estavam dois dos mais altos confrades de Emmet, e, atrás deles, dois serventes do bispo; pois o lorde bispo de Hereford tentava ser tão parecido com os grandes barões quanto seria possível a um religioso.

Quando Robin viu essa comitiva se aproximando, com brilhos de joias, seda e guizos de prata nos arreios decorados das montarias, olhou com desagrado e disse para si mesmo:

— O senhor bispo é um tanto pomposo demais para um homem santo. Imagino se o patrono dele, que, se não me engano, é São Tomás, era dado a usar correntes de ouro ao pescoço, roupas de seda sobre o corpo e sapatos pontudos nos pés; o dinheiro para tudo isso, Deus sabe, veio do suor dos pobres devotos. Bispo, bispo, teu orgulho pode levar a uma queda que vais ver...

E assim os religiosos chegaram à igreja, o bispo e o prelado rindo e brincando entre eles sobre damas bonitas, suas palavras mais apropriadas a lábios profanos do que a santos clérigos. Então desmontaram, e o bispo, olhando ao redor, avistou Robin Hood parado à porta.

— Olá, meu bom rapaz — disse ele, em voz jovial. — Quem és, que te vestes em roupas e penas tão alegres?

— Um harpista eu sou, do norte do país — respondeu Robin. — Posso tocar as cordas, imagino, como nunca um homem conseguiu fazer em toda a Inglaterra. Na verdade, lorde bispo, muitos, cavaleiros e burgueses, clérigos e leigos, dançaram ao som da minha música, querendo ou não, e na maior parte das vezes contra sua vontade; tal é a magia da minha harpa. Hoje, lorde bispo, se eu puder tocar nesse casamento, prometo que farei a bela noiva amar o homem com quem vai se casar com amor que durará tanto tempo quanto esse casal viver junto.

— Ah! É mesmo? — respondeu o bispo. — Deveras? — e olhou atentamente para Robin, que devolver o olhar. — Se conseguires de fato fazer que essa donzela (que enfeitiçou meu primo Stephen) ame de fato o homem com o qual vai se casar, conforme dizes, darei a ti o que desejares, dentro do razoável. Deixa-me ouvir um pouco da tua habilidade, rapaz.

— Minha música só aparece quando eu escolho, apesar de um pedido de meu lorde bispo. Em verdade, só tocarei hoje quando vierem a noiva e o noivo.

— És um patife atrevido por falar assim nas minhas barbas — disse o bispo, franzindo o cenho para Robin. — Ainda assim, irei lidar contigo. Vê, prior, ali vêm meu primo, Sir Stephen, e sua adorada.

Naquele instante, à curva da estrada, vinham outros, cavalgando. O primeiro deles era um homem alto e magro, de aparência cavaleiresca, todo vestido em seda negra, com um chapéu de veludo negro, bordejado de escarlate. Robin olhou e não teve dúvida de que era Sir Stephen, tanto pelo porte quanto pelos cabelos grisalhos. Ao lado dele cavalgava um robusto proprietário de terras saxão, o pai de Ellen, Edward de Deirwold; atrás deles vinha uma liteira levada por dois cavalos, e nela estava uma donzela que Robin sabia ser Ellen. Atrás da liteira cavalgavam cinco soldados, o sol rebrilhando nos capacetes de aço enquanto eles cavalgavam pela estrada poeirenta.

Eles também vieram para a igreja, e Sir Stephen saltou do cavalo e, aproximando-se da liteira, deu a mão à bela Ellen, para que ela apeasse. Então Robin Hood olhou para ela, e logo percebeu por que um cavaleiro tão orgulhoso como Sir Stephen de Trent desejou casar-se com a filha de um fazendeiro comum; nem imaginou que houvesse outro argumento, porque ela era a donzela mais bonita que ele já contemplara. Apesar de toda a beleza, Ellen parecia pálida e abatida, como um lírio branco cortado e colhido; dessa forma, com a cabeça curvada e um olhar triste, ela entrou na igreja, Sir Stephen levando-a pela mão.

— Por que não tocas, amigo? — perguntou o bispo, olhando diretamente para Robin.

— Calma — pediu Robin. — Tocarei com mais sabedoria do que Vossa Excelência imagina; mas não até que chegue a hora adequada.

— Quando esse casamento terminar, mandarei açoitar esse insolente por sua língua atrevida e sua ousadia — disse o bispo, entre os dentes, para si mesmo.

Num instante, a bela Ellen e Sir Stephen paravam em frente ao altar, e o próprio bispo veio com seus paramentos e abriu seu livro; foi quando a bela Ellen ergueu os olhos e olhou ao redor, com desespero, como a corça que contempla os mastins em seu encalço. Nisso, com todos os seus enfeites e fitas vermelhos e amarelos, Robin Hood avançou. Deu três passos a partir da coluna onde ele se apoiava, e ficou em pé entre o noivo e a noiva.

— Deixa-me olhar essa donzela — disse ele, em voz alta. — Nossa! o que temos aqui? Parecem lírios no rosto dela... e não rosas, como seria adequado a uma noiva saudável. Esse casamento não combina. Senhor cavaleiro, sois tão velho e ela é tão nova, mesmo assim pensais em fazê-la vossa esposa? Digo que não deveria ser assim, pois não és o amor verdadeiro dela.

Com essas palavras, todos ficaram espantados, sem saber o que dizer ou fazer, porque perderam o poder de ação; nesse momento, enquanto todos olhavam para Robin como se estivessem petrificados, ele levou sua trompa aos lábios e soprou três vezes, sons tão fortes e claros que ecoaram do solo até o teto, como se tivesse soado a trombeta do juízo final. Então John Pequeno e Will Stutely vieram saltando e ficaram um de cada lado de Robin Hood, desembainhando com rapidez suas espadas, enquanto uma voz forte surgiu por sobre a cabeça de todos.

— Aqui estou, meu bom mestre, quando precisares — disse a voz de frei Tuck, no patamar do órgão.

Houve burburinho e agitação. O robusto Edward avançou irado e teria agarrado sua filha para levá-la dali, mas John Pequeno interceptou seu caminho e fez que o homem recuasse.

— Para trás, homem. És um cavalo amarrado, hoje — disse ele.

— Pegai esses vilões! — gritou Sir Stephen.

Tentou pegar a espada, mas no dia de seu casamento ela não pendia à sua cintura.

Aí os soldados sacaram suas espadas, e parecia que o sangue seria derramado sobre as pedras; subitamente houve uma comoção às portas, o aço brilhou e o ruído de golpes soou. Os soldados recuaram, e pela nave entraram dezoito homens vigorosos, todos vestidos de verde, com Allan A Dale à frente. Em suas mãos ele trazia o bom e fiel arco de Robin Hood, que foi entregue ao dono, enquanto o portador se ajoelhava numa das pernas.

Nisso, Edward de Deirwold falou, em voz profunda e raivosa:

— Foste tu, Allan A Dale, que preparaste tudo isso numa igreja?

— Não — respondeu Robin. — Fui eu que fiz isso, e não me importa quem saiba, porque meu nome é Robin Hood.

Quando o nome foi pronunciado, sobreveio silêncio. O prior de Emmet e aqueles que o acompanhavam juntaram-se, como um rebanho de ovelhas assustadas ao sentir cheiro de lobo, à noite, enquanto o bispo de Hereford, deixando de lado seu livro, persignou-se com devoção:

— Que o céu nos proteja, neste dia de hoje, desse homem mau — disse ele.

— Não pretendo fazer nenhum mal — afirmou Robin Hood. — Aqui está o noivo amado pela bela Ellen, e ela deverá se casar com ele, ou alguns de vocês sofrerão dores.

— Não, eu digo não! — respondeu o robusto Edward, em voz alta e irritada. — Ela deverá se casar com Sir Stephen, e mais ninguém.

Esse tempo todo, enquanto tudo parecia agitado à sua volta, Sir Stephen permanecia em pé, mantendo um silêncio orgulhoso e desdenhoso.

— Não, companheiro — disse ele, com frieza. — Deves tomar tua filha de volta; eu não me casaria com ela depois do que ocorreu hoje aqui, mesmo que minha recompensa fosse o reino da Inglaterra. Digo-te com franqueza, amei tua filha e, apesar da minha idade, eu a teria tomado como uma joia, ainda assim, não sabia que ela amava esse sujeito, e que ele a amava. Donzela, se preferes um menestrel rasgado a um cavaleiro de alta estirpe, faze como queres. Sinto-me envergonhado por ter falado perante essa manada, portanto vou deixar-vos — assim dizendo, ele se voltou, reuniu seus homens e caminhou orgulhosamente pela nave.

Todos os homens foram silenciados pelo desprezo nas palavras dele, e apenas frei Tuck inclinou-se por sobre o balcão do coro, falando ao nobre antes que saísse:

— Muito bem, senhor cavaleiro. Ossos sábios devem render lugar ao sangue jovem.

Entretanto, Sir Stephen não respondeu nem olhou para trás, e saiu da igreja como se nada tivesse ouvido, seguido por seus homens.

Então o bispo de Hereford falou apressadamente:

— Também não tenho mais negócios aqui, por isso vou partir.

Virou-se como se fosse sair, mas Robin segurou-o pelas vestes.

— Fica, meu lorde bispo. Tenho algo ainda a dizer-te.

O rosto do bispo fechou-se, mas ele ficou, como Robin quis, pois percebeu que não poderia ir.

Robin voltou-se para Edward de Deirwold e disse:

— Dá tua bênção ao casamento de tua filha com esse homem, e tudo ficará bem. John Pequeno, dá-me os sacos de ouro. Olha, fazendeiro, aqui estão duzentos angels brilhantes de ouro; dá tua bênção, como digo, e poderás contá-los como teus, como dote de tua filha. Não dês a bênção, e ela se casará da mesma forma, porém, nem um só níquel chegará à tua mão. Faz tua escolha.

Edward olhou para o chão com as sobrancelhas franzidas, pensando no assunto; contudo, era um homem arguto e sensato, que fazia o melhor uso de uma panela rachada. Assim sendo, olhou para cima e falou, embora não usasse um tom alegre:

— Se essa criada quer fazer do jeito dela, que seja. Pensei em fazer dela uma dama; ainda assim, se ela escolhe ser o que parece ser, que vá. Não tenho mais nada a ver com isso daqui em diante. Apesar de tudo, darei minha bênção a ela quando estiver devidamente casada.

— Não pode ser — falou um dos de Emmet. — Os proclamas não foram publicados, nem há aqui sacerdote para casá-la.

— O que dizes? — trovejou Tuck do balcão. — Nenhum sacerdote? Pois aqui está um homem tão santo quanto és, em qualquer dia da semana, um sacerdote ordenado. Quero que saibas disso. E quanto aos proclamas, não te incomodes por isso, irmão, porque irei fazê-los públicos.

Assim dizendo, ele repetiu os proclamas; e como dizem as velhas baladas, pelo menos três vezes são o suficiente, e ele os disse por nove vezes. Aí desceu e realizou a cerimônia. Dessa forma, Allan e Ellen se casaram apropriadamente.

Robin contou os duzentos angels de ouro para Edward de Deirwold, e ele, cumprindo sua parte, deu sua bênção; ainda assim, se bem que não mencionasse, não foi de muito boa vontade. Os homens se reuniram e apertaram a mão de Allan, que, segurando as de Ellen entre as suas, olhava ao redor, ébrio de felicidade.

Finalmente, Robin voltou-se para o bispo de Hereford, que estivera olhando tudo o que se passava com uma expressão de desgosto:

— Meu lorde bispo, é preciso manter em mente o que me prometeste, que se eu tocasse de modo a fazer a noiva amar seu noivo, disseste que me darias qualquer coisa que eu quisesse. Pois toquei... e ela ama o marido com o qual se casou, o que não seria possível se não fosse por mim; assim, cumpri minha promessa. Por isso, acho que poderias cumprir tua parte e dar a ela a corrente de ouro que tens ao pescoço, como presente de casamento para essa bela noiva.

As bochechas do bispo se avermelharam de raiva e seus olhos faiscaram. Olhou para Robin de maneira ameaçadora, mas o que viu o levou a reconsiderar. Lentamente tirou a corrente do pescoço e entregou-a a Robin, que a colocou por sobre a cabeça de Ellen, de modo que ficou a brilhar sobre os ombros. Então o alegre Robin comentou:

— Eu te agradeço, por parte da noiva, pelo belo presente, e me parece que estás melhor sem ela. Agora, se alguma vez vieres a Sherwood, espero oferecer uma festa tamanha como nunca tiveste em toda a tua vida.

— Que os céus proíbam! — persignou-se o bispo, com honestidade.

Ele sabia bem que tipo de festa Robin Hood oferecia a seus convidados na Floresta de Sherwood.

Robin reuniu seus homens e, com Allan e sua jovem noiva, eles voltaram seus passos na direção da floresta. No caminho, frei Tuck acercou-se de Robin e chamou-lhe a atenção, puxando-lhe a manga.

— Tens uma vida alegre, bom chefe — disse ele. — Mas não deves considerar que seria pelo bem-estar de todas as almas a presença de um bom capelão, tal como eu, para cuidar dos assuntos santificados? Gosto muito dessa vida!

A essas palavras, Robin Hood riu com gosto e pediu que ele ficasse e se tornasse um do bando, se assim fosse seu desejo.

Naquela noite houve uma grande festa na clareira, como nunca se viu no condado de Nottingham. Para essa festa eu e você não fomos convidados, e isso foi uma pena; do contrário poderíamos examinar o assunto mais de perto; mas não direi mais nada.

XIV
ROBIN HOOD AJUDA UM CAVALEIRO TRISTE

Assim, passou-se a primavera suave, na beleza dos botões, seus aguaceiros prateados e o brilho do sol, com seus campos verdes e suas flores. Da mesma forma passou-se o verão com sua luz dourada, o calor tremeluzente e profundo, a folhagem dos bosques, seus longos poentes e noites suaves, nas quais os sapos coaxavam e os seres do mundo das fadas saíam pelas encostas das colinas. Tudo isso passou e o tempo do outono chegou, trazendo seus próprios prazeres e alegrias; enquanto a colheita era levada para casa, muitos grupos de respigadores percorriam os campos, cantando alto nas estradas durante o dia e dormindo sob as sebes e sobre os montes de feno à noite. Agora os brotos coloriam-se de vermelho, e nos espinheiros emaranhados os frutos nas sebes se tornavam negros, as palhas colhidas ficavam a céu aberto e as folhas verdes estavam se tornando avermelhadas e marrons. Também, nessa alegre estação, as boas coisas do ano estavam estocadas nos celeiros. A cerveja escura amadurecia nos porões, presuntos e *bacons* pendiam nos defumadores, e as maçãs estavam estocadas na palha, para serem assadas no inverno, quando o vento norte empilha a neve ao redor das cumeeiras e o fogo crepita na lareira.

Assim se passaram as estações, assim elas passam e assim irão passar nos tempos vindouros, enquanto nós chegamos e partimos, como folhas das árvores que caem e logo são esquecidas.

Farejando o ar, disse Robin:

— Eis aqui um belo dia, John Pequeno, e um que não podemos perder no ócio. Escolhe os homens que desejares, e vai em direção ao leste, enquanto irei para oeste, e vamos ver o que cada um de nós traz para jantar hoje, sob nossa árvore de reunião.

— Ótimo, tua vontade se encaixa com a minha, assim como a empunhadura se encaixa com a lâmina — respondeu John Pequeno, batendo as mãos de alegria. — Trarei um convidado, ou eu mesmo não voltarei.

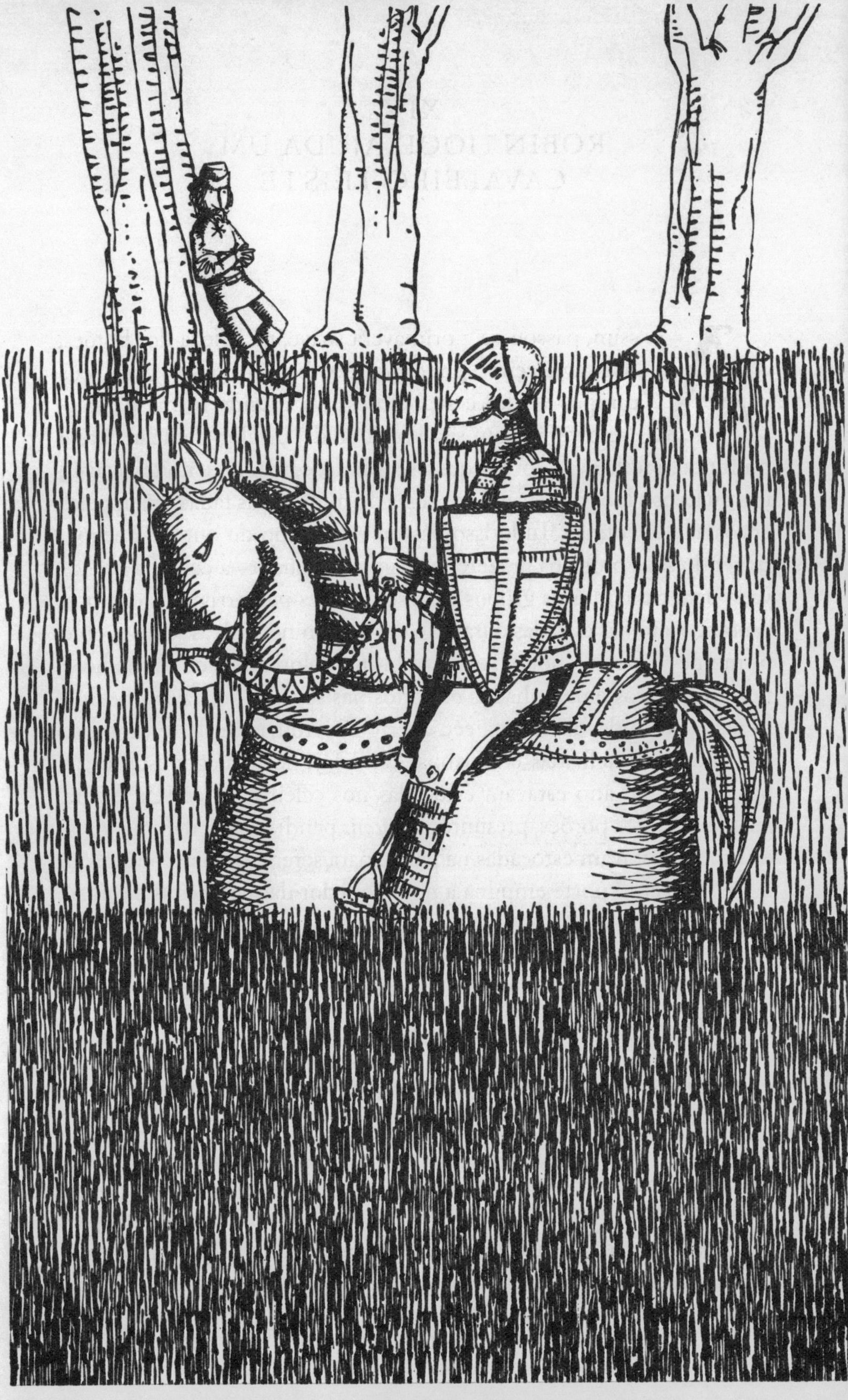

Então cada um deles escolheu entre os homens do bando segundo a própria vontade e foram por diferentes caminhos na floresta.

Bem, nós não podemos ir às duas direções ao mesmo tempo enquanto acompanhamos esses acontecimentos; portanto, vamos deixar John Pequeno seguir seu caminho enquanto seguramos nossas vestes para ir atrás de Robin Hood. E aqui temos boa companhia: Robin Hood, Will Escarlate, Allan A Dale, Will Scathelock, Midge, o filho do moleiro, e outros. Uma vintena ou mais de homens decididos haviam ficado na floresta com frei Tuck, para preparar sua volta a casa, enquanto o restante saíra com Robin Hood ou John Pequeno.

Todos prosseguiam, Robin seguindo sua intuição e os outros seguindo Robin. Num momento passaram através de um vale aberto, com uma cabana e uma fazenda no interior, e em seguida entraram novamente na floresta. Passaram pela bela cidade de Mansfield, com suas torres e pináculos brilhando ao sol, e finalmente saíram da floresta. Viajaram pela estrada, através de vilas, onde boas esposas e belas donzelas espiavam pelos postigos a passagem de tantos jovens, até que finalmente foram além de Alverton, no condado de Derby. A essa altura, chegara o meio-dia, e ainda não tinham encontrado nenhum convidado digno de ser levado para Sherwood; assim, chegando a um determinado local onde havia um santuário no cruzamento de duas estradas, Robin ordenou uma parada, pois ali cada lado da estrada ficava abrigado por altas sebes, atrás das quais havia um bom esconderijo, que lhes permitia observar a estrada à vontade, enquanto faziam sua refeição do meio-dia.

— Penso que aqui seja um bom local — disse Robin —, onde pessoas pacíficas podem comer em paz; portanto, vamos descansar aqui e ver o que o acaso nos põe no colo.

Assim, atravessaram uma escada e ficaram atrás da sebe, onde a luz suave do sol era brilhante e acolhedora, onde a grama era macia e todos se sentaram. Então cada homem retirou as provisões da bolsa que trouxera, já que uma caminhada alegre como aquela sempre desperta apetite até que este seja tão incisivo quanto os ventos de março. Dessa forma, não conversaram mais, porque ocuparam a boca com a comida — mastigando o pão preto e a carne fria com vontade.

À frente deles, uma das estradas passava pela encosta de uma colina e repentinamente caía com a inclinação, bem definida, entre a sebe e a grama comprida sob o céu. Por sobre o topo ventoso da colina surgiam algumas casas da vila no vale que deixaram para trás; ali, também se enxergava um pedaço de um moinho, as pás lentamente elevando-se e baixando atrás da colina contra o azul firme do céu claro, à medida que o vento as movia com um ranger e balanço esforçados.

Assim, os homens permaneceram atrás da sebe e terminaram a refeição do meio-dia; porém, à medida que o tempo se escoava, ninguém passou. Finalmente veio um homem cavalgando sobre a colina e ao longo da estrada de pedra, na direção do local onde Robin e seu bando estavam escondidos. Parecia um bom e vigoroso cavaleiro, mas seu rosto era triste e sua figura, de aparência deprimida. As roupas eram ricas, mas não havia corrente de ouro ao pescoço ou joia alguma, tal como as pessoas da posição dele usam a maior parte do tempo; ainda assim não se podia deixar de perceber que ele era orgulhoso e de sangue nobre. A cabeça ficava curvada sobre o peito e as mãos pendiam inertes ao lado do corpo; o homem veio cavalgando lentamente, como se mergulhado em pensamentos tristes, enquanto até mesmo seu belo cavalo, com as rédeas soltas, caminhava com a cabeça pendente, como se compartilhasse a depressão de seu dono.

— Aí está um cavaleiro com aparência triste, que não parece muito feliz nesta manhã — observou Robin. — Apesar disso, vou até lá conversar com ele, pois talvez haja aqui alguma coisa para um tolo faminto. Acho que ele tem vestimentas ricas, embora pareça tão triste. Fiquem aqui até que eu dê uma espiada nesse assunto.

Assim dizendo, levantou-se e deixou ali os homens, atravessou a estrada até o santuário e lá ficou, aguardando que o cavaleiro triste se aproximasse. Quando o cavaleiro chegou perto o suficiente, Robin deu um passo adiante e colocou uma das mãos sobre a rédea.

— Um momento, senhor cavaleiro. Rogo-vos um pequeno momento, já que tenho algumas palavras a vos dizer.

— Quem és, amigo, que paras um viajante dessa maneira numa estrada de Sua Majestade? — perguntou o cavaleiro.

— Essa é uma questão difícil de responder — disse Robin. — Um homem me chama de bondoso, outro me chama de cruel; este me chama de bom, honesto e amigo, enquanto aquele diz que sou um ladrão vil. Na verdade, o mundo possui tantos olhos para encarar um homem quanto um sapo tem pintas; assim, qual o par de olhos que se volta para mim depende inteiramente de cada um. Meu nome é Robin Hood.

— Muito bom, Robin — disse o cavaleiro, curvando levemente os lábios no canto da boca. — Tens um conceito singular sobre ti. Com relação ao par de olhos que te contempla, eu diria que eles são tão favoráveis quanto possível, pois escuto muitas coisas boas sobre ti e nenhuma ruim. O que desejas de mim?

— Agora, senhor cavaleiro, direi o que me vai pela mente — respondeu Robin. — Certamente retiraste tua sabedoria do bom ancião Swanthold, porque ele diz: "Belas palavras são tão fáceis de falar quanto as ruins, e trazem boa vontade, em vez de pancadas". Agora irei mostrar a verdade desse velho ditado, já que, se fores comigo hoje até a Floresta de Sherwood, irás participar da festa mais alegre que já tiveste em toda a tua vida.

— És mesmo bondoso, porém acredito que descobririas que não sou senão um convidado de mau humor e cheio de tristeza. O melhor seria deixar que eu seguisse meu caminho em paz.

— Bem, poderias seguir teu caminho em paz, não fosse por uma coisa, que irei dizer — explicou Robin. — Mantemos uma espécie de estalagem, nas profundezas da Floresta de Sherwood, distante das estradas do rei e das trilhas conhecidas, e por isso os convidados não vêm até nós; assim, eu e meus amigos saímos alegremente e os buscamos quando nos cansamos de nós mesmos. Dessa forma, o assunto permanece, senhor cavaleiro; ainda assim devo dizer que esperamos que nossos convidados paguem uma taxa.

— Entendi o que dizes, meu amigo — disse gravemente o cavaleiro. — Mas não sou quem procuras, não tenho dinheiro comigo.

— É como dizes? — repetiu Robin, perscrutando atentamente o cavaleiro. — Dificilmente eu poderia duvidar disso; ainda assim, senhor cavaleiro, existem aqueles de tua ordem em quem não se deve confiar. Espero que não leves a mal se eu examinar por mim mesmo esse assunto.

Então, ainda segurando as rédeas do cavalo, ele levou os dedos aos lábios e emitiu um assovio agudo; cerca de oitenta homens vieram saltando pelas escadas que transpunham a sebe, acercando-se do local onde estavam Robin e o cavaleiro.

— Esses são alguns de meus alegres homens — disse Robin, olhando para eles, orgulhoso. — Eles compartilham comigo todas as alegrias e problemas, ganhos e perdas. Senhor cavaleiro, rogo-te que me digas quanto dinheiro tens contigo.

Por algum tempo o cavaleiro não disse palavra, contudo um rubor forte lhe assomou ao rosto; finalmente olhou para Robin e respondeu:

— Não sei por que deveria estar envergonhado, não deveria haver vergonha em mim; no entanto, meu amigo, digo-te a verdade, quando declaro que em minha bolsa estão dez xelins, e que essa é a única fortuna que Sir Richard de Lea tem no mundo.

Quando Sir Richard terminou de falar, um silêncio se fez, até que Robin dissesse:

— E empenhas tua palavra de cavaleiro que é tudo o que tens contigo?

— Sim, dou minha mais solene palavra, como cavaleiro, de que esse é todo o dinheiro que tenho no mundo. Aqui está minha bolsa, podes ver por ti mesmo que estou dizendo a verdade — disse ele, e estendeu a bolsa para Robin.

— Podes guardar tua bolsa, Sir Richard — disse Robin. — Longe de mim duvidar da palavra de um cavaleiro tão gentil. Costumo baixar o orgulho de quem demonstra tê-lo, mas àqueles que estão sofrendo, costumo ajudar se puder. Vem, Sir Richard, alegra teu coração e vem conosco para a floresta. Talvez eu possa até te ajudar, pois certamente sabes como o bom Athelstane foi salvo pela toupeira cega, que cavou uma vala sobre a qual aquele que procurava tirar a vida do rei tropeçou.

— Verdade, amigo — disse Sir Richard. — Acredito que me desejas o bem à tua maneira; apesar disso, meus problemas são de tal natureza que não é provável que possas curá-los. Ainda assim irei contigo hoje até Sherwood.

Nesse ponto ele virou seu cavalo e todos se dirigiram para a floresta, Robin caminhando de um lado do cavaleiro e Will Escarlate do outro, enquanto o restante do bando seguia atrás.

Depois de terem viajado assim por um tempo, Robin Hood falou:

— Senhor cavaleiro, não queria perturbar com perguntas fúteis, mas não tens vontade, em teu coração, de contar tuas desventuras?

— Na verdade, Robin, não vejo motivo para não fazer isso. É assim: meu castelo e minhas terras estão penhorados para pagar uma dívida que tenho. Em três dias deverei ter o dinheiro, ou tudo em minha propriedade estará perdido para sempre, porque cairá nas mãos do priorado de Emmet, e o que eles absorvem nunca mais é devolvido.

— Não entendo por que as pessoas do teu tipo vivem de tal maneira que a riqueza passa como se fosse neve sob o sol de primavera — disse Robin.

— Não me entendas mal, Robin — disse o cavaleiro. — Escuta: tenho um filho com cerca de vinte invernos de idade, embora já tenha conseguido suas esporas de cavaleiro. No ano passado, num dia malfadado, as justas ocorriam em Chester, e para lá se dirigiu meu filho, assim como eu e minha esposa. Reconheço que era um motivo de orgulho para nós, pois ele derrubou cada cavaleiro contra o qual se bateu. Ao final, ele competiu contra certo grande cavaleiro, Sir Walter de Lancaster, e, a despeito de meu filho ser tão jovem, manteve-se na sela, apesar de ambas as lanças terem sido estilhaçadas até o cabo; contudo, aconteceu de uma das farpas da lança de meu filho ter penetrado na viseira do elmo de Sir Walter, e entrou pelo olho até o cérebro, de modo que ele morreu antes que o escudeiro tivesse tido chance de retirar o elmo. Acontece, Robin, que Sir Walter tinha grandes amigos na corte, portanto seus amigos ajeitaram as coisas de tal forma contra meu filho que, para salvá-lo da prisão, tive de pagar um resgate de seiscentas libras em ouro. Mesmo assim, tudo poderia ter saído bem, não fosse pelos caminhos, descaminhos e corrupções da lei, pelos quais fui tosquiado como um carneiro amarrado à cerca. Por isso tive de empenhar minhas terras para o priorado de Emmet a fim de obter mais dinheiro, obrigado que fui a fazer um mau negócio na hora de necessidade. Ainda assim, devo dizer que lamento por minhas terras apenas por causa de minha querida esposa.

— E onde está teu filho agora? — quis saber Robin, atento a tudo que o cavaleiro dissera.

— Na Palestina — disse Sir Richard. — Combatendo como um bravo soldado cristão pela cruz e pelo Santo Sepulcro. Na verdade, a Inglaterra não era um lugar seguro para ele por causa da morte de Sir Walter e do ódio dos homens de Lancaster.

— Realmente, é uma sina difícil, essa — disse Robin, comovido. — Mas, diz-me, quanto é devido ao priorado de Emmet por tuas terras?

— Apenas quatrocentas libras — disse Sir Richard.

Nesse ponto, Robin, irado, deu um tapa na coxa.

— Esses sanguessugas! Uma propriedade nobre por quatrocentas libras! O que ocorrerá a ti se perderes as terras, Sir Richard?

— Não é minha parte que me preocupa nesse caso, mas a de minha esposa — disse o cavaleiro. — Se eu perder minhas terras, ela terá de se hospedar com algum parente e lá habitar por caridade, o que, me parece, partiria o coração orgulhoso dela. Quanto a mim, atravessarei o mar e irei até a Palestina para me juntar a meu filho nos combates pelo Santo Sepulcro.

— Não tens amigos que te auxiliem nessa hora de necessidade? — quis saber Will Escarlate.

— Nenhum — respondeu Sir Richard. — Quando eu era rico o suficiente, e tinha amigos, todos diziam como gostavam de mim. Entretanto, quando o carvalho cai na floresta, os porcos correm de baixo, para não serem abatidos também. Então meus amigos me abandonaram, porque não apenas sou pobre agora, mas tenho grandes inimigos.

— Dizes que não tens amigos, Sir Richard. Não quero me gabar, mas muitos encontraram em Robin Hood um amigo na hora de dificuldade. Alegra-te, senhor cavaleiro, talvez eu possa ajudar-te ainda.

O cavaleiro balançou a cabeça com um sorriso triste, mas as palavras de Robin o tornaram mais alegre de coração, já que uma esperança verdadeira, ainda que leve, traz luz à escuridão, como uma vela pequena e fraca, que não custasse mais do que um vintém.

O dia já ia adiantado quando chegaram à árvore das reuniões. Mesmo a distância, perceberam que os homens de John Pequeno haviam trazido algum convidado, e, quando se aproximaram, descobriram que era nada menos do que o bispo de Hereford! O bom bispo estava bastante preocupado, devo dizer. Caminhava de um lado para outro sob a grande árvore, como uma raposa apanhada num galinheiro. Atrás dele estavam três frades de negro, muito próximos uns do outros, como um grupo assustado, à maneira de três ovelhas negras numa tempestade. Amarrados aos galhos baixos e próximos, havia seis cavalos, um deles um cavalo berbere, com enfeites alegres, que era a montaria do bispo, e os outros carregados com pacotes e volumes de diversos formatos, um dos quais fez os olhos de Robin brilharem, porque era uma caixa não muito grande, mas de grande peso, com reforços e estrutura de ferro.

Quando o bispo viu Robin e aqueles que vieram com ele na clareira, fez um movimento como se fosse correr até ele, porém o sujeito que o guardava, assim como aos três frades, impediu-o com o bastão, de modo que Sua Excelência foi obrigado a recuar e o fez com o rosto zangado e um discurso irritado.

— Fica, meu lorde bispo — disse Robin em voz alta, quando viu o que se passava. — Irei a ti com rapidez, pois não há outro homem na alegre Inglaterra que eu gostaria mais de ver neste momento.

Dizendo assim, apressou o passo, e logo foi até onde o bispo estava, zangado.

— Ora, é assim que tu e teu bando tratam uma pessoa tão elevada na Igreja? — perguntou ele em voz alta e irritada. — Eu e meus irmãos estávamos pacificamente viajando pela estrada com nossos cavalos de carga, quando veio esse sujeito de mais de dois metros, com quatro vintenas de homens, e me ordenou que parasse — a mim, o bispo de Hereford, vê bem! Foi então que meus guardas armados — que sejam amaldiçoados por sua covardia — fugiram. Nota bem: não só esse sujeito me parou, como também disse que Robin Hood iria me deixar nu como uma sebe no inverno. Depois, além de tudo isso, me chamou de vários nomes feios, como "padre gordo", "bispo comedor de homens" e "usurário devorador de dinheiro" e tudo o mais, como se eu não passasse de um mendigo ou latoeiro.

A essas palavras o bispo olhou para o bom frade como um gato irritado, enquanto até Sir Richard ria; só Robin Hood manteve o rosto sério.

— Afasta-te, Tuck, não deves enfrentar Sua Excelência dessa forma. Meu lorde, foste muito maltratado por meu bando — disse Robin. — Contudo, devo dizer que temos grande reverência pela batina. John Pequeno, venha até aqui.

A essas palavras John Pequeno adiantou-se, com uma expressão jocosa no olhar, enquanto respondia:

— Tem misericórdia comigo, bom chefe.

Robin, então, voltou-se para o bispo de Hereford e disse:

— Foi esse o homem que falou com tanto atrevimento a Vossa Excelência?

— Esse mesmo — confirmou o bispo. — Um insolente, eu diria.

— John Pequeno — disse Robin, com voz entristecida. — Chamaste Sua Excelência de "padre gordo"?

— Sim — respondeu John Pequeno, com ar contrito.

— E de "bispo comedor de homens"?

— Sim — disse John Pequeno, mais contrito ainda.

— E de "usurário devorador de dinheiro"?

— Sim — disse John Pequeno, em voz tão pesarosa que poderia fazer chorar o dragão de Wentley.

Robin voltou-se para o bispo.

— Nesse caso, devem ser verdadeiras essas palavras, pois John Pequeno nunca mente.

Um coro de gargalhadas ergueu-se, e o sangue subiu ao rosto do bispo até que ficasse rubro do queixo à testa. Mas ele não disse nada, engoliu suas palavras, embora parecesse engasgado.

— Não, meu lorde bispo, somos pessoas simples, no entanto não somos pessoas más como pensas, afinal. Não há um só homem aqui que fosse fazer mal a um só fio de cabelo de Vossa Excelência. Sei que ficaste abalado com nossas brincadeiras, mas aqui na floresta somos todos iguais, não existem bispos ou barões ou escudeiros entre nós, apenas homens, portanto é preciso compartilhar tua vida conosco dessa forma, enquanto estiveres aqui. Vamos, meus homens, vamos aprontar nossa festa. Até lá, vamos mostrar aos convidados nossos esportes.

Assim, enquanto alguns foram cuidar das fogueiras para assar as carnes, outros correram para apanhar seus bastões e arcos. Então Robin fez avançar Sir Richard de Lea.

— Meu lorde bispo, eis outro convidado que temos conosco hoje. Gostaria que o conhecesses melhor, porque eu e meus homens procuraremos honrar a ambos com esses alegres divertimentos.

— Sir Richard — disse o bispo em tom de reprovação. — Parece que eu e o senhor somos companheiros de sofrimento neste covil de...

Ele interrompeu-se subitamente e olhou para Robin Hood.

— Podes falar, bispo. Aqui em Sherwood não ligamos para o fluxo fácil das palavras. Estavas a ponto de dizer "covil de ladrões".

— Talvez fosse mesmo isso que eu iria dizer, Sir Richard — concordou o bispo. — Mas direi que acabei de ver-te rindo com as brincadeiras vulgares dessa gente. Teria sido mais apropriado para ti, acredito, teres mantido a seriedade em vez de incentivar esses homens com gargalhadas.

— Não foi por mal — disse Sir Richard. — Mas uma brincadeira é sempre uma brincadeira, e posso dizer que teria rido ainda que o objeto fosse eu.

Naquele instante, Robin dava ordens a alguns do bando, a fim de que trouxessem musgo macio e espalhassem peles de corça sobre ele. Então convidou os hóspedes a se sentarem, e assim os três se acomodaram, mais alguns dos homens de chefia, como John Pequeno, Will Escarlate, Allan A Dalle e outros, que se acomodaram por perto, também no chão.

Nisso, uma guirlanda foi colocada no outro extremo da clareira, e nela os arqueiros dispararam, e nesse dia, uma competição tão bela foi realizada que teria feito saltar o coração de qualquer um. Enquanto isso, Robin conversou tão naturalmente com o bispo e com o cavaleiro que eles esqueceram suas preocupações e sofrimentos, rindo alto várias vezes.

Nesse instante Allan A Dale avançou e tomou a harpa, e tudo se silenciou, porque ele cantou, com sua voz maravilhosa, canções de amor, de guerra, de glória, de tristeza, e todos ouviram sem um só ruído ou movimento. Assim, Allan cantou até que o disco prateado da lua brilhasse com sua luz branca por entre o labirinto de galhos das árvores. Finalmente, dois dos homens vieram anunciar que o banquete estava pronto, e Robin conduziu pelas mãos seus convidados até o local onde havia grandes pratos fumegantes, de onde se desprendiam odores para longe e para perto, tudo sobre uma toalha de linho colocada sobre a grama. À volta, havia tochas que iluminavam tudo com uma luz avermelhada. Sentando-se imediatamente, iniciaram o banquete, com agitação e burburinho, o ruído dos pratos e talheres misturando-se com o som alto das conversas e risadas. Um bom tempo durou a refeição, mas enfim terminou, e o vinho estimulante e a cerveja espumante passaram rapidamente. Então Robin Hood pediu silêncio em voz alta, e tudo se aquietou até que ele falasse.

— Tenho uma história para contar, portanto escutai o que vou dizer — anunciou ele.

Sem mais delongas, contou a história de Sir Richard, e sobre como suas terras estavam empenhadas. Contudo, à medida que progredia, o rosto do bispo, que estivera sorrindo e vermelho de alegria, tornou-se sério, e ele colocou de lado o chifre de vinho que segurava, pois conhecia a história de Sir Richard, e seu coração pesou, pelos acontecimentos funestos. Quando Robin terminou, voltou-se para o bispo de Hereford.

— Agora, meu lorde bispo — disse ele. — não achas que isso é muito malfeito, da parte de uma pessoa da Igreja, que deveria viver em humildade e caridade?

A isso o bispo não respondeu, mas olhou para o solo, com olhar pensativo.

— Tu és o bispo mais rico em toda a Inglaterra; não podes ajudar esse irmão em necessidade?

Contudo, o bispo não respondeu.

Nisso Robin voltou-se para John Pequeno e disse:

— Ide tu e Will Stutely e trazei aqueles cinco cavalos carregados.

Os dois homens fizeram o que lhes foi pedido.

Os que estavam próximos à toalha abriram espaço sobre a grama, onde a luz estava mais brilhante, para os cinco cavalos que John Pequeno e Will Stutely trouxeram.

— Quem tem a lista de carga? — perguntou Robin, olhando para os frades de negro.

Ergueu-se o menor entre eles, e falou em voz trêmula, porque era um ancião, com um rosto suave e enrugado.

— Eu a tenho. No entanto, rogo-vos, não me façais mal.

— Não, jamais em toda a minha vida fiz mal a homens inofensivos; dá para mim, meu bom frade.

Assim, o ancião fez o que foi solicitado e passou a Robin a tabela na qual estavam anotados os vários pacotes sobre os cavalos. Em seguida, Robin entregou-a a Will Escarlate, pedindo a ele que lesse. Will, alteando a voz, para que todos ouvissem, começou:

— Três fardos de seda, para Quentin, o comerciante de tecidos em Ancaster.

— Não tocamos nisso — disse Robin. — Pois esse Quentin é um homem honesto, que se ergueu com seu próprio trabalho.

Assim, os fardos de seda foram colocados de lado, sem serem abertos.

— Um fardo de veludo de seda para a Abadia de Beaumont.

— O que esses sacerdotes querem com veludo de seda? — indagou Robin. — Apesar de eles não precisarem disso, não vou tomar tudo deles. Separa em três partes, uma para caridade, outra para nós e outra para a abadia.

Assim foi feito, como Robin Hood pediu.

— Quarenta velas grandes de cera para a Capela de São Tomás.

— Isso pertence, com toda a justiça, à capela. Deixa de lado. Longe de nós tomar do abençoado São Tomás o que pertence a ele.

Novamente foi feito como Robin recomendou, e as velas foram colocadas de lado, juntamente com os fardos fechados de seda do honesto Quentin. Assim, a lista foi conferida, e os bens arrumados de acordo com o que Robin achava ser o mais apropriado. Algumas coisas ficaram de lado, intocadas, e muitas foram abertas e divididas em três partes iguais, uma para caridade, outra para eles mesmos e a terceira para os proprietários. E agora todo o solo próximo às tochas estava coberto com sedas, veludos e tecidos dourados, além de caixas de vinhos finos, até que chegaram ao último item da tabela...

— Uma caixa, pertencendo ao bispo de Hereford.

Com essas palavras, o bispo estremeceu, e a caixa foi colocada no solo.

— Meu lorde bispo, porventura tens a chave dessa caixa?

O bispo sacudiu a cabeça, numa negativa.

— Vai, Will Escarlate — disse Robin. — És o homem mais forte aqui. Traz uma espada agora e abre essa caixa, se for possível.

Will Escarlate levantou-se e deixou-os, voltando em pouco tempo, trazendo uma espada larga, de usar com as duas mãos. Por duas vezes ele atingiu a caixa, reforçada com cintas de ferro, e no terceiro golpe ela se abriu; uma grande pilha de ouro saiu rolando do interior, com brilhos avermelhados à luz das tochas. A essa visão, um murmúrio percorreu o bando, como o som do vento nas árvores distantes; mas nenhum homem se adiantou nem tocou o dinheiro.

— Tu, Will Escarlate, tu, Allan A Dale, e tu, John Pequeno, contai as moedas.

Levou um bom tempo para contar o dinheiro, e quando estava devidamente empilhado, Will Escarlate anunciou que havia mil e quinhentas libras de ouro no total. E assim Will Escarlate leu em voz alta, e todos ficaram sabendo que aquele dinheiro era correspondente ao aluguel, multas e atrasos de certas propriedades do bispado de Hereford.

— Meu lorde bispo — disse Robin Hood —, não vou deixar-te, como disse John Pequeno, como uma sebe no inverno, já que deves ficar com um terço do teu dinheiro. Um terço dele podes deixar conosco por teu entretenimento e o de teus acompanhantes, porque és muito rico; um terço podes gastar com caridade, pois, bispo, tenho ouvido que és um patrão duro para os que estão abaixo de ti, e um amealhador de lucros, os quais poderiam estar mais bem empregados e com mais créditos para ti se entregues à caridade do que a teus próprios desejos.

A essas palavras o bispo olhou para cima, mas não conseguiu dizer palavra; ainda assim, ficou agradecido por manter um terço de sua fortuna.

Então Robin voltou-se para Sir Richard de Lea, dizendo a ele:

— Bem, Sir Richard, a Igreja parecia desejar despojar-te, portanto, alguns dos ganhos dessa Igreja podem ser usados para ajudar-te. Deves levar as quinhentas libras deixadas para pessoas mais em necessidade do que o bispo e para pagares tuas dívidas a Emmet.

Sir Richard olhou para Robin Hood e algo lhe surgiu nos olhos, borrando a visão de todas as luzes e todos os rostos.

— Agradeço-te, amigo, de coração, pelo que fazes a mim; não fiques agastado, porém, se eu não puder aceitar gratuitamente teu presente. Farei isto: aceitarei o dinheiro e pagarei minhas dívidas, e dentro de um ano e um dia ressarcirei a ti ou ao lorde bispo de Hereford. Aqui empenho minha mais solene palavra de cavaleiro. Eu me sinto livre para tomar emprestado, porque não conheço um homem que possa estar mais ligado a mim do que um tão elevado na Igreja que dirigiu essa barganha comigo.

— Verdadeiramente, senhor cavaleiro, não compreendo os finos escrúpulos que são motivadores de tua espécie; apesar disso, deverá ser como tu desejas. Entretanto, seria melhor trazeres o dinheiro a mim quando terminar esse ano, pois pode ser que eu tenha melhor uso para ele do que o bispo.

Em seguida, voltando-se para aqueles próximos a ele, deu suas ordens e quinhentas libras foram contadas e colocadas num saco de couro para Sir Richard. O restante do tesouro foi dividido, e parte dele levada para a casa do tesouro do bando, enquanto a outra parte foi separada com as coisas do bispo.

Nisso Sir Richard levantou-se.

— Não posso ficar até mais tarde, bons amigos, já que minha esposa fica nervosa enquanto não chego; por isso tenho de partir — desculpou--se ele.

Então Robin e seus homens levantaram-se.

— Não podemos deixar que vás sozinho, Sir Richard.

— Bom mestre — disse John Pequeno, — deixa-me escolher uma vintena de homens do bando, e vamos nos armar de maneira adequada, para servir como escolta para Sir Richard, até que ele consiga outros para nos substituir.

— Falaste bem, John Pequeno, e assim será feito — concordou Robin.

— Vamos dar a ele uma corrente de ouro, como se aplica a alguém de sangue nobre, e também esporas de ouro para os calcanhares.

— Falaste bem, Will Escarlate, e assim também será feito.

Foi a vez de Will Stutely se pronunciar:

— Vamos dar um fardo de veludo e um rolo de pano dourado para que ele leve para a esposa, como presente de Robin Hood e seu bando.

Todos aplaudiram a sugestão com palmas de alegria. Robin manifestou-se:

— Falaste bem, Will Stutely, e assim será feito.

Então Sir Richard de Lea olhou ao redor e tentou falar, porém mal conseguia fazer isso por causa dos sentimentos que lhe embargavam a voz; por fim conseguiu pronunciar-se, com voz alterada e rouca:

— Todos verão, bons amigos, que Sir Richard de Lea sempre se recordará de vossa boa vontade neste dia. E, se em qualquer momento houver alguém com dificuldades ou problemas, pode vir até mim e minha esposa, e os muros do castelo de Lea serão derrubados antes que um mal sobrevenha a vós. Eu — ele se interrompeu, pois não conseguia mais falar, e voltou-se apressadamente.

No mesmo instante John Pequeno e mais dezenove homens rijos, que ele escolheu, avançaram, prontos para a jornada. Cada homem usava ao peito uma cota de malha, sobre a cabeça um capacete de aço e uma boa espada à cinta. Uma bela figura faziam eles, todos enfileirados. Então Robin veio e colocou uma corrente de ouro no pescoço de Sir Richard, e Will Escarlate ajoelhou-se e prendeu as esporas de ouro aos calcanhares dele; John Pequeno veio trazendo o cavalo de Sir Richard, e o cavaleiro o montou. Olhou para Robin por algum tempo, depois se curvou e beijou-lhe o rosto. Toda a floresta estremeceu com os gritos que os homens davam quando o cavaleiro e os homens se encaminharam através da floresta, sob a luz dos archotes e o brilho dos metais, e em pouco tempo tinham partido.

Em seguida, o bispo de Hereford disse, com voz lamentosa:

— Também preciso retornar, bons amigos, já que a noite avança.

Mas Robin colocou a mão sobre o braço do bispo e o impediu de prosseguir:

— Não tenhas tanta pressa, meu lorde bispo. Em três dias Sir Richard deve pagar suas dívidas a Emmet; até essa data, deves ficar comigo, a fim de não criares empecilhos para o cavaleiro. Prometo a ti que irás divertir-te muito, pois sei que aprecias a arte da caça. Coloca de lado teu manto de melancolia e faze força para aproveitar uma vida saudável por três dias agradáveis. Prometo-te que terás pena de partir quando chegar o momento.

Assim, o bispo e sua comitiva permaneceram com Robin por três dias, e Sua Excelência teve muita caça nesse tempo, de maneira que, conforme dissera Robin, quando chegou o momento de sair da floresta, ele lamentou. Ao final de três dias Robin deixou que ele fosse livre e enviou-o para fora da floresta com uma escolta de homens, para evitar que assaltantes levassem o que sobrara dos pacotes e fardos.

Mas, à medida que o bispo se afastava, jurou a si mesmo que em algum momento faria Robin arrepender-se do dia em que o parara em Sherwood.

Agora vamos seguir Sir Richard; portanto, ouçam, e ficarão sabendo sobre o que ocorreu com ele, e como ele pagou suas dívidas ao priorado de Emmet e, da mesma forma, a seu devido tempo, também a Robin Hood.

XV
COMO SIR RICHARD DE LEA
PAGOU SUAS DÍVIDAS

A longa estrada se estendia reta, acinzentada e poeirenta sob o sol. De ambos os lados havia diques, repletos de água bordejada por vimeiros, e a distância ficavam as torres do priorado de Emmet, com álamos altos ao redor.

Ao longo da estrada cavalgava um cavaleiro com uma vintena de vigorosos soldados atrás. O cavaleiro estava vestido com uma longa túnica cinza, cingida à cintura por um cinto largo de couro, de onde pendiam um adaga longa e uma espada. Embora ele mesmo estivesse vestido dessa forma simples, o cavalo era um berbere de estirpe nobre, e seus arreios eram enfeitados de seda e de sinos de prata.

Assim, o bando viajava pelo caminho entre os diques, até que por fim chegou ao grande portão do priorado de Emmet. Lá o cavaleiro falou a um de seus subordinados, pedindo que batesse ao gabinete do porteiro com o cabo da espada.

O porteiro cochilava em seu banco, no interior do gabinete, mas com a batida ele se ergueu rapidamente e, abrindo a portinhola, saiu, curvando-se e cumprimentando o cavaleiro, enquanto um estorninho domesticado, que pendia numa gaiola de vime no interior, piava: *"In coelo quies! In coelo quies!"*, sendo essas as palavras que o velho porteiro o ensinara a pronunciar.

— Onde está o prior? — perguntou o cavaleiro ao velho porteiro.

— Ele está à vossa espera, bom cavaleiro, aguardando vossa chegada — disse o porteiro. — Pois, se não me engano, sois Sir Richard de Lea.

— Sou Sir Richard de Lea; nesse caso, vou procurá-lo.

— Mas não quereis que eu leve vossa montaria para o estábulo? — ofereceu o porteiro. — Por Nossa Senhora, é a mais nobre montaria que já vi na vida, e também a mais ricamente ajaezada.

Enquanto falava, acariciava o flanco do cavalo com a palma da mão.

— Não, os estábulos desse lugar não são para mim, por isso te rogo que saias do caminho — disse o cavaleiro.

Continuou e, estando os portões abertos, entrou no pátio de pedra do priorado, com seus homens atrás. Todos entraram, em meio aos ruídos de metais, o bater das espadas e o retinir das ferraduras nos pedregulhos, ao mesmo tempo em que um bando de pombos que estivera ao sol revoava, batendo as asas na direção dos altos beirais das torres arredondadas.

Enquanto o cavaleiro se dirigia para Emmet, uma festa alegre tinha lugar no refeitório de lá. O sol da tarde penetrava pelas grandes janelas arqueadas, formando quadriláteros de luz no chão de pedra e sobre a mesa coberta com uma toalha de linho branca como a neve, onde estava depositado um banquete digno de um príncipe. À cabeceira da mesa sentava-se o prior Vincent de Emmet, todo vestido em roupas macias de tecidos finos e de seda; à sua cabeça havia um chapéu de veludo negro entremeado de ouro, e ao redor do pescoço pendia uma pesada corrente de ouro, com um grande camafeu. Além dele, no braço de sua poltrona pousava seu falcão favorito, porque o prior apreciava a arte nobre da falcoaria. À sua direita sentava-se o xerife de Nottingham, em ricos trajes púrpura, todo orlado de peles, e à sua esquerda um famoso jurista, usando um traje escuro e sóbrio. Entre eles sentavam-se o adegueiro-chefe de Emmet e outros chefes entre os irmãos.

O riso e a alegria corriam pelo grupo, e tudo era tão alegre quanto podia ser. O rosto de doninha do jurista estava torcido com um sorriso enrugado, visto que em seu bolso estavam oitenta angels de ouro que o prior lhe dera pelo caso entre ele e Sir Richard de Lea. O instruído doutor fora pago em adiantado, já que não tinha tanta confiança assim no sagrado Vincent de Emmet.

Disse o xerife de Nottingham:

— Tens certeza, senhor prior, de que as terras são seguramente tuas?

— Pois sim — disse o prior, lambendo os beiços depois de um bom gole de vinho. — Tenho mantido um olho vigilante sobre ele, embora não tenha percebido, e sei bem que não tem o dinheiro para me pagar.

— É verdade — disse o jurista numa voz rouca e seca. — As terras com certeza serão confiscadas se ele não pagar; todavia, senhor prior, é preciso conseguir um documento com a assinatura dele, ou talvez não possas manter a terra sem encontrar problemas legais.

— Sim, me disseste isso hoje, mas sei também que esse cavaleiro é tão pobre que irá assinar rapidamente um documento entregando as terras por duzentas libras de dinheiro em espécie.

Foi a vez de o adegueiro-chefe falar:

— Eu acho uma pena levar para o poço um cavaleiro desafortunado. Acho que é uma lástima que a propriedade mais nobre do condado de Derby deva ser retirada dele por míseras quinhentas libras. Na verdade, eu...

— Alto lá — interrompeu o prelado, com voz trêmula, os olhos brilhando e o rosto vermelho de raiva. — Vais tagarelar nas minhas barbas, senhor? Por São Hubert, é melhor economizares fôlego para esfriar o caldo, ou poderás queimar a boca.

— Eu ousaria afirmar que esse tal cavaleiro não virá para cumprir seu acordo hoje, mas mostrará ser covarde — disse o jurista, com suavidade. — Apesar disso, devemos encontrar uma forma de retirar as terras dele, por isso não te preocupes.

No momento em que o homem falava, ouviu-se ruído de cavalos e de metais retinindo no pátio abaixo. Então o prior manifestou-se, falando com um dos irmãos que estavam na mesa, e pediu que ele olhasse pela janela, embora soubesse que não podia ser outro senão Sir Richard.

Assim, o irmão ergueu-se e foi observar, dizendo:

— Vejo abaixo uns vinte soldados e um cavaleiro, que está desmontando neste momento. Está vestido com uma túnica longa e cinza, que me parece bem simples; mas o cavalo que ele cavalga tem os arreios mais ricos que já vi. O cavaleiro desmontou e está vindo nesta direção, já deve estar entrando no grande salão.

— Lá está ele, agora — disse o prior Vincent. — Aqui temos um cavaleiro com uma bolsa tão magra que não pode comprar um pedaço de pão, ainda assim mantém um bando de empregados e coloca arreios caros e com enfeites no cavalo, enquanto suas próprias roupas são simples. Não está certo que um homem assim seja levado à ruína?

— Tens certeza de que esse cavaleiro não vai nos fazer mal? — disse o pequeno jurista, trêmulo. — E se ele ficar nervoso por ter sido enganado, com todos esses homens rudes nos calcanhares? Talvez possamos considerar uma prorrogação do prazo para ele.

Assim disse ele, pois tinha medo que Sir Richard lhe fizesse mal.

— Não precisas temer — disse o prior, olhando para o homenzinho. — O cavaleiro é manso o seu lado e faria mal a ti tanto quanto a uma velhinha antes de machucar a ti.

Assim que o prior falou, a porta do outro lado do refeitório se abriu, e Sir Richard entrou, com as mãos cruzadas e a cabeça baixa. Nessa atitude humilde ele atravessou o saguão, enquanto seus homens ficavam perto da porta. Quando ele chegou até onde estava o prior, ajoelhou sobre um dos joelhos e disse:

— Que os céus o protejam, senhor prior. Vim para manter minha palavra.

— Trouxeste meu dinheiro? — foi a primeira palavra dirigida pelo prelado.

— Não tenho nem um *penny* comigo neste momento — disse o cavaleiro.

Os olhos do prior brilharam.

— És um devedor esperto. Senhor xerife, bebo a ti.

Ainda assim o cavaleiro permaneceu ajoelhado sobre a pedra, de modo que o prior voltou-se para ele:

— O que desejas? — indagou ele.

A essas palavras, uma lenta vermelhidão subiu ao rosto do cavaleiro; ainda assim, continuou de joelhos:

— Peço vossa mercê. Assim como esperais a misericórdia dos céus, demonstrai misericórdia para comigo. Não me tireis as terras, reduzindo assim um verdadeiro cavaleiro à pobreza.

— O dia está acabando, e vossas terras estão confiscadas — disse o jurista, animado com o discurso humilde do cavaleiro.

— Tu, homem de leis, não virás para o meu lado, nessa hora de necessidade?

— Fico com esse santo prior — respondeu o outro —, que me pagou em ouro, para que eu assim fizesse.

— Não serás meu amigo, senhor xerife? — quis saber o cavaleiro.

— Não, pelos céus — disse o xerife de Nottingham. — Esse assunto não me diz respeito, farei o que eu posso — ele tocou o prior por baixo do pano, com o joelho. — Não irás perdoar a ele parte da dívida, senhor prior?

A isso o prior sorriu debilmente.

— Paga-me trezentas libras, Sir Richard. E considerarei teu débito quitado — disse ele.

— Sabes, senhor prior, que para mim tanto faz pagar trezentas quanto quatrocentas libras — afirmou Sir Richard. — Mas não podes me conceder mais doze meses para pagar meu débito?

— Nem mais um dia — respondeu o prior, com seriedade.
— E isso é tudo o que farás por mim? — quis saber o cavaleiro.
— Assunto encerrado, falso cavaleiro! — explodiu o prior, irritado.
— Ou pagas o débito ou entregas as terras, e peço que saias de meu salão.

Nesse momento, Sir Richard colocou-se em pé.

— És um sacerdote falso e mentiroso! — afirmou ele, com voz tão forte que o jurista encolheu-se, amedrontado. — Não sou um cavaleiro falso, como sabes muito bem, e sempre mantive meu lugar entre os homens e nos torneios. Demonstraste tão pouca educação que mantiveste um cavaleiro de verdade ajoelhado todo esse tempo, vendo-o entrar em teu salão sem lhe ofereceres comida nem bebida.

O jurista nesse momento interveio, com voz trêmula.

— Essa é, com certeza, uma forma ruim de tratar assuntos relativos a negócios; sejamos comedidos nas palavras. Quanto pagareis a esse cavaleiro, senhor prior, para que ele vos dê as terras?

— Eu teria dado duzentas libras, mas como ele falou de maneira tão ofensiva, nas minhas barbas, não vai obter um vintém além de cem libras — disse o prior.

— Mesmo que tivesses oferecido mil libras, falso sacerdote, não terias um metro sequer de minhas terras — declarou o cavaleiro. Então se voltou para onde estavam seus soldados, próximos à porta, e chamou:
— Aproxima-te.

O mais alto entre eles adiantou-se e entregou a ele um grande saco de couro. Sir Richard apanhou o saco e derramou sobre a mesa à sua frente uma cornucópia brilhante de moedas douradas.

— Lembra-te, senhor prior, que me prometeste a quitação por trezentas libras. Nem um vintém acima disso é o que vais obter.

Dizendo isso, contou trezentas moedas e as empurrou na direção do prior.

As mãos do prelado caíram para os lados do corpo e a cabeça pendeu-lhe sobre o peito, pois não apenas perdera a esperança de colocar as mãos nas terras, mas perdoara ao cavaleiro cem libras de suas dívidas, e pagara ao advogado oitenta *angels*. Voltou-se para ele:

— Devolve-me o dinheiro que tens!

— Não, foi o preço combinado para meus honorários que pagaste, e não vou devolver — respondeu o homenzinho, apertando as roupas de encontro ao corpo.

— Agora, senhor prior, fiz minha parte e paguei tudo o que foi exigido de mim, de modo que nada mais há entre nós. Sendo assim, deixo este lugar vil — declarou o cavaleiro, girando nos calcanhares e afastando-se.

Esse tempo todo o xerife esteve olhando com os olhos arregalados e a boca aberta para o soldado alto, que permanecia imóvel, em pé, como se fosse feito de pedra. Por fim, ele exclamou:

— Reynold Greenleaf!

A essas palavras o soldado alto, que não era outro senão John Pequeno, voltou-se sorrindo para o xerife.

— Eu vos desejo uma boa refeição e bom mexerico — disse ele. — Eu diria, meu caro xerife, que escutei tua fala bonita hoje, e ela irá diretamente para Robin Hood. Por isso, até logo, por enquanto, até que nos encontremos outra vez, na Floresta de Sherwood.

Com isso ele se voltou e seguiu Sir Richard pelo salão, deixando o xerife boquiaberto e afundado em sua poltrona.

Era uma festa alegre quando Sir Richard entrou, mas uma ocasião funesta ele deixou para trás, e pouca fome restara para a comida principesca servida à mesa. Apenas o jurista estava contente, pois mantivera seu dinheiro.

Já um ano e um dia se passara desde que o prior Vincent de Emmet celebrara esse banquete, e mais uma vez viera o suave outono. O ano trouxera grandes mudanças, declaro, à propriedade de Sir Richard de Lea, visto que, onde antes havia apenas uma grama selvagem crescendo pelas campinas, estendia-se agora um campo dourado, sinalizando que uma colheita rica e abundante fora obtida. Um ano trouxera grandes mudanças também ao castelo, pois, onde havia fossos vazios e negligência, agora tudo era ordenado e bem cuidado.

O sol brilhava sobre as ameias e a torre, e no ar azulado revoou um bando de gralhas ao redor do cata-vento e do pináculo dourado. Então, na manhã clara, a ponte levadiça desceu sobre o fosso com um rangido e o ruído das correntes, enquanto o portão do castelo era aberto, e um bom número de soldados em armaduras, com um cavaleiro todo vestido em cota de malha, tão branco como o gelo sobre roseiras e espinheiros no inverno, saíram do pátio do castelo. Em suas mãos o cavaleiro levava uma lança, em cuja ponta drapejava um pendão vermelho-sangue, tão largo como a palma da mão. Assim essa tropa saiu do castelo, e no meio deles estavam três cavalos carregados com pacotes de vários tamanhos e tipos.

Assim saía o bom Sir Richard de Lea para pagar sua dívida a Robin Hood, naquela manhã brilhante e alegre. Nessa estrada eles se dirigiam, com passos sincronizados, e o clangor e retinir de espadas e ranger de arreios. Para a frente progrediram até chegar às cercanias de Denby, onde, do alto da colina, viram na cidade várias bandeiras e bandeirolas flutuando no ar claro.

Sir Richard voltou-se para o soldado que estava perto dele:

— O que está havendo em Denby hoje?

— Excelência — respondeu o homem —, é uma feira que está sendo realizada hoje, e um grande concurso de luta livre, para o qual vieram muitos, pois o prêmio oferecido foi um barril de vinho tinto, um belo anel de ouro e um par de luvas, tudo para o melhor lutador.

— Por minha fé — disse Sir Richard, que adorava esportes viris. — Acho que deve ser uma boa coisa para se assistir. Acredito que temos tempo em nossa jornada para parar um pouco e assistir a esses divertimentos.

Dizendo isso, ele virou a montaria na direção de Denby e da feira e para lá se dirigiu com seus homens.

Lá encontraram grande agitação e alegria. Bandeiras e bandeirolas flutuavam, acrobatas exerciam sua arte no gramado, tocadores de gaita de fole produziam música e rapazes e donzelas dançavam ao som dela. Mas a multidão estava reunida principalmente ao redor de um ringue onde se realizava o campeonato de luta livre, e para lá Sir Richard e seus homens se dirigiram.

Quando os juízes da luta viram Sir Richard aproximando-se e reconheceram quem era, o chefe deles adiantou-se, saindo do banco onde ele e os outros estavam, e tomou-o pela mão, convidando-o a sentar-se com eles e apreciar o esporte. Assim, Sir Richard desmontou e foi com os outros para o banco ao lado do ringue.

Houvera grandes feitos naquela manhã, já que um certo homem chamado Egbert, que viera de Stoke, no condado de Stafford, derrotara com facilidade os que foram seus adversários; contudo, um homem de Denby, conhecido pelos arredores como William da Cicatriz, que estivera conversando com a pessoa que cuidava do fogo, saltou para o ringue, quando viu que Egbert derrotara todos os outros. Seguiu-se então uma luta e tanto, e finalmente ele derrubou Egbert, provocando grande gritaria e agitação de mãos, pois todos os homens de Denby estavam orgulhosos de seu lutador.

Quando Sir Richard chegou, encontrou o vigoroso William inflado pelos gritos dos amigos, andando de um lado para outro do ringue, desafiando qualquer um a lutar com ele.

— Venham, venham! Aqui estou eu, William da Cicatriz, pronto para lutar com qualquer homem, seja de Nottingham, Stafford ou York, e, se eu não puder fazer todos eles beijarem o chão, como um porco na floresta, não me chamem mais de William, o lutador.

A essas palavras, todos riram; mas acima das risadas uma voz alta se fez ouvir:

— Já que falas tanto, aqui está um do condado de Nottingham para tentar uma queda contigo, companheiro.

Com isso, um jovem alto, com um rijo bastão na mão, veio abrindo caminho através da multidão, e saltou com facilidade as cordas para o interior do ringue. Não parecia tão pesado quanto William, porém era mais alto e mais largo de ombros, e todas as juntas pareciam bem flexíveis. Sir Richard olhou para ele de modo penetrante, e então perguntou a um dos juízes:

— Conheces esse jovem? Parece que já o vi antes.

— Não, ele me é estranho — respondeu o homem.

Entrementes, sem dizer palavra, o jovem, deixando de lado o bastão, começou a retirar o gibão e a roupa do corpo, até ficar com os braços e o torso nus; ele era uma visão agradável, pois seus músculos eram bem definidos e fluídos como água correndo rápida.

Nisso, cada um dos homens cuspiu nas mãos e, colocando-as sobre os joelhos, agachou-se, observando atentamente o adversário, pronto a tirar vantagem de sua habilidade. Em seguida, como num raio, os dois saltaram e se juntaram, ao som de um grito da plateia, e William ficou em melhor posição. Por um tempo eles se cansaram, lutaram e pelejaram, depois o vigoroso William utilizou toda a sua habilidade num movimento, mas o estrangeiro o recebeu com destreza maior ainda e anulou o golpe. De repente, com um giro e uma torção, o estrangeiro libertou-se e o da cicatriz encontrou-se imobilizado por um par de braços que quase lhe quebrava as costelas. Assim, respiração aquecida e pesada, eles permaneceram imóveis por algum tempo, o corpo brilhando de suor, grandes gotas escorrendo pelo rosto. Contudo, o abraço do estranho era tão forte que finalmente os músculos de William amoleceram com o aperto e ele deu uma espécie de soluço. Então o jovem usou toda a sua força e, num forte impulso com o calcanhar, aplicou um jogo sobre o quadril direito; lá se foi o robusto William, com um ruído nauseante, e permaneceu deitado, imóvel, como se nunca mais fosse mover um membro outra vez.

Porém nenhum grito se elevou pelo estrangeiro, apenas um murmúrio irritado foi ouvido na plateia, por ele ter vencido com tanta facilidade. Um dos juízes, que era parente de William da Cicatriz, ergueu-se, com os lábios tremendo e o olhar cheio de ódio.

— Se mataste esse homem, as coisas vão ficar ruins para ti, meu amigo! — avisou ele.

— Ele aceitou os riscos comigo e eu aceitei com ele — respondeu ousadamente o estrangeiro. — Não existe nenhuma lei que possa me condenar; mesmo que eu o tenha matado, isso foi feito de maneira justa no ringue de luta.

— Isso veremos — respondeu o juiz, fechando o cenho para o jovem, enquanto mais uma vez um murmúrio de revolta percorria a multidão.

Como já afirmei, os homens de Denby tinham orgulho de William da Cicatriz.

Sir Richard disse, com suavidade:

— O jovem está certo: se o outro morreu, morreu dentro do ringue, de acordo com as regras, onde ele arriscou, assim como seu adversário.

Mas nesse meio-tempo, três homens haviam se adiantado e erguido o vigoroso William do solo, descobrindo que ele não estava morto, embora estivesse bastante abalado pela queda violenta. Então o juiz principal ergueu-se e disse:

— Meu jovem, o prêmio é teu. Aqui está o anel de ouro vermelho, e aqui estão as luvas, e ali está o barril de vinho para que faças com ele o que bem entenderes.

A essas palavras, o jovem, que colocara suas roupas e apanhara outra vez seu bastão, curvou-se, sem dizer palavra, apanhando o anel e as luvas, colocando-as no cinto e o anel no polegar, voltou-se e, saltando outra vez sobre as cordas, abriu caminho entre a multidão e foi-se.

— Fico imaginando quem poderia ser esse jovem — disse o juiz, voltando-se para Sir Richard. — Parecia um saxão, por suas bochechas vermelhas e pelo belo cabelo. Esse vosso William é um homem muito forte também, e nunca o vi derrubado no ringue antes, embora ele não tivesse lutado ainda contra os grandes lutadores, como Thomas da Cornualha, Diccon de York e contra o jovem David de Doncaster. Ele não tem um pé firme no ringue, Sir Richard?

— Verdade, e mesmo assim esse jovem o derrubou honestamente e com uma facilidade espantosa. Imagino quem possa ser — disse Sir Richard, com voz pensativa.

Por algum tempo, o cavaleiro ficou conversando com os que estavam próximos, até que se levantou-se e aprontou-se para partir, chamando seus homens a apertando a correia de sua sela; ao terminar, montou novamente.

Enquanto isso, o jovem estranho abriu caminho pela multidão e, enquanto passava, escutava ao seu redor palavras resmungadas como: "Vejam esse frangote..." ou "É mesmo, você não viu o visgo nas mãos dele?" "Seria bom cortar a crista dele". A nada disso o estrangeiro prestou atenção, mas caminhava orgulhosamente como se nada tivesse ouvido. Atravessou a grama até o ponto onde as barracas estavam montadas e havia dança, ficando à porta e olhando para o interior. Enquanto estava ali, uma pedra atingiu seu braço com um som agudo e, voltando-se, ele viu uma multidão irritada de homens que o haviam seguido desde o ringue de lutas. Quando ele os viu, um alarido elevou-se de todos os lados, de modo que os que estavam no interior da tenda de danças vieram ver o que estava acontecendo. Finalmente um ferreiro alto, de ombros largos, avançou, destacando-se da multidão, balançando um grande bastão de abrunheiro na mão.

— Vieste para a bela cidade de Denby, seu Jack-da-Caixa, para derrubar um sujeito bom e honesto com truques vis e traiçoeiros? — grunhiu ele, numa voz de touro zangado. — Toma isso, então!

E repentinamente desferiu no jovem uma pancada que poderia ter derrubado um touro. Mas ele desviou o golpe e devolveu, de maneira tão intensa que o homem de Denby caiu com um gemido, como se abatido por um raio. Quando viu seu líder cair, a multidão gritou, irritada; porém o estranho ficou de costas contra a barraca próxima aonde ele estava, balançando seu terrível cajado, e tão forte fora a pancada que acertara no rijo ferreiro que ninguém ousava se aproximar além da medida de seu bastão, assim mantinham distância, como uma matilha de cães fica longe de um urso encurralado. Entretanto, alguma mão covarde atirou por trás uma pedra cheia de arestas que atingiu o estranho na cabeça, de modo que ele cambaleou, e o sangue jorrou do corte e escorreu pelo rosto até o colete. Vendo que ele ficara cego com o golpe traiçoeiro, a multidão avançou, e ele foi derrubado.

As coisas poderiam ter corrido mal para o jovem, até o ponto de perder a vida, se Sir Richard não tivesse ido à feira; pois um grito foi ouvido, o aço brilhou no ar, e foram distribuídos alguns golpes com a parte achatada das espadas, enquanto, no meio da multidão, Sir Richard de Lea veio esporeando seu cavalo branco. Então a multidão, vendo o cavaleiro em armadura e os homens armados, dissolveu-se como neve sobre lareira quente, deixando o jovem ensanguentado e empoeirado no solo.

Vendo-se livre, o jovem ergueu o corpo e, com o sangue no rosto, olhou para cima.

— Sir Richard de Lea, talvez tenhas salvado minha vida hoje.

— Quem és, que conheces tão bem Sir Richard de Lea? Parece que já vi teu rosto antes, jovem — declarou o cavaleiro.

— Sim, viste. Os homens me chamam de David de Doncaster.

— Ah! — disse Sir Richard. — Eu sabia que te conhecia, David; mas tua barba cresceu e pareces mais adulto que há doze meses atrás. Vamos entrar na barraca e lavar esse sangue de teu rosto. E tu, Ralph, traz um gibão limpo. Lamento muito por ti, embora esteja grato em poder retribuir uma parte do meu débito de bondade a teu bom chefe, Robin Hood, já que as coisas poderiam ter corrido mal para ti se eu não estivesse por perto, jovem.

Assim dizendo, o cavaleiro levou David para o interior da barraca, e lá o jovem lavou o sangue do rosto e colocou um gibão limpo.

Entrementes, um murmúrio elevou-se dentre os que estavam mais próximos, repetindo que aquele era o grande David de Doncaster, o melhor lutador em todo o interior do país, que na última primavera havia vencido Adam de Lincoln na arena de Selby, no condado de York, e agora ostentava o cinturão de campeão do interior do país. Assim, aconteceu que, quando o jovem David saiu da barraca juntamente com Sir Richard, o sangue lavado do rosto e o gibão amassado substituído por um limpo, não se ouviram mais gritos de irritação, no entanto todos se apertavam para ver o jovem, orgulhosos de que um dos melhores lutadores da Inglaterra tivesse vindo à feira de Denby. Pois inconstante é a multidão.

Nisso, Sir Richard dirigiu-se a todos:

— Amigos, esse é David de Doncaster; por isso lembrem que não é vergonha que seu campeão de Denby tenha sido vencido por tal lutador. Ele não guarda ressentimento sobre o que aconteceu, mas que isso sirva de alerta sobre como tratar estrangeiros daqui em diante. Se ele tivesse sido morto, teria sido um dia maldito para vós, porque Robin Hood teria arrasado vossa cidade como um falcão arrasa um pombal. Eu comprei dele o barril de vinho, e agora o ofereço para que comemorem. Nunca mais, daqui em diante, ataquem um homem por ser um bravo.

Com isso, todos elevaram seus gritos; em verdade agradeciam mais o vinho do que as palavras do cavaleiro. Então Sir Richard, com David a seu lado e seus soldados ao redor, deixou a feira.

Mas tempos depois, quando os homens que assistiram àquela luta estavam com as costas curvadas pela idade, sacudiriam a cabeça ao ouvir falar de alguma luta e diriam:

— Ah, vocês precisavam ver o grande David de Doncaster lutar contra William da Cicatriz na feira de Denby.

Robin Hood estava sob a árvore de reuniões com John Pequeno e seus bravos homens ao redor, esperando a chegada de Sir Richard. Um último brilho de aço era visto através das folhas da floresta, e dentre as árvores para o aberto avançou Sir Richard à frente de seus homens. Veio direto para Robin Hood e, apeando do cavalo, tomou o bandoleiro em seus braços.

Ora, vejam só — disse Robin depois de um tempo, afastando Sir Richard e olhando-o de cima a baixo. — Pareces um passarinho mais alegre do que o que eu vi da última vez.

— Sim, agradeço-te, Robin — disse o cavaleiro, colocando a mão no ombro dele. — Não fosse por ti, eu estaria vagando em miséria num país distante a essa hora. No entanto, mantive minha palavra, Robin, e trouxe de volta o dinheiro que me emprestaste, e o qual quadrupliquei, e assim me tornei rico outra vez. Junto com esse dinheiro trouxe um pequeno presente para ti e teus bravos homens, por parte de mim e de minha esposa. Tragam os cavalos de carga! — disse para seus homens.

Mas Robin os impediu com um gesto.

— Um momento, Sir Richard — pediu ele. — Não penses mal de mim por interromper o assunto, mas aqui em Sherwood não fazemos negócio até termos comido e bebido.

Tendo dito isso, levou Sir Richard pela mão para que sentassem sob a árvore das reuniões, enquanto os outros homens importantes do bando vieram acomodar-se ao redor deles. Robin, então, voltou-se outra vez para seu hóspede:

— Como pode ser que eu tenha visto o jovem David de Doncaster contigo e teus homens, senhor cavaleiro?

E Sir Richard contou tudo sobre o encontro em Denby naquele dia e os acontecimentos na feira, e como foi quando os acontecimentos se precipitaram com o jovem David. Depois concluiu:

— Foi isso, meu bom Robin, que me atrasou a vinda, de outra forma eu teria chegado uma hora atrás.

Quando terminou, Robin estendeu sua mão e apertou a mão do cavaleiro. Ao falar, sua voz estremecia:

— Tenho contigo um débito que não poderei jamais quitar, Sir Richard, pois devo dizer que preferia perder minha mão direita do que ver algum mal cair sobre o jovem David de Doncaster, como ia acontecer em Denby.

Conversaram até que depois de algum tempo veio um dos homens para avisar que o banquete estava pronto; nesse instante, todos se levantaram e foram comer. Quando finalmente terminaram e estavam satisfeitos, o cavaleiro chamou seus homens para que trouxessem os cavalos carregados, o que fizeram, de acordo com o que ele pediu. Um dos homens trouxe ao cavaleiro uma caixa resistente, que foi aberta e de onde foi retirada uma bolsa de couro, e foram contadas quinhentas libras, a soma emprestada por Robin.

— Sir Richard, nos daria muito prazer se ficasse com esse dinheiro como um presente de todos nós e de Sherwood — disse Robin. — Não é assim, companheiros?

Todos gritaram, "Sim" a uma só voz.

— Agradeço muito a todos, contudo, não penseis mal de mim se eu não aceitar — disse o cavaleiro. — Fiquei muito contente em emprestar de vós, mas como presente não posso aceitar.

Robin não insistiu e entregou o dinheiro a John Pequeno, que o levou para o tesouro do bando, considerando que tinha discernimento para saber que os bem-nascidos não devem ser forçados a aceitar presentes, sob pena de se ofenderem.

Então Sir Richards pediu que os pacotes fossem colocados no chão e abertos, o que provocou exclamações, um grande grito que fez a floresta reviver, pois havia no interior duzentos arcos do mais fino teixo espanhol, todos polidos até brilharem outra vez, cada um incrustado com belas figuras em prata, mas não a ponto de abalar sua força. Ao lado dos arcos, havia duzentas aljavas de couro, incrustadas com fios de ouro, e em cada aljava havia vinte setas com pontas polidas, que brilhavam como prata; cada seta era emplumada com penas de pavão e balanceada com prata.

Sir Richard deu a cada um dos homens um arco e uma aljava de flechas, e para Robin deu um arco resistente, com um belíssimo trabalho de incrustação em ouro, e cada seta de sua aljava era também incrustada em ouro.

Finalmente, chegou o momento de Sir Richard partir, e Robin Hood chamou todo o seu bando, e cada um dos homens levou uma tocha, para iluminar a floresta. Assim eles foram à orla de Sherwood, onde o cavaleiro beijou Robin no rosto e partiu.

Dessa forma, Robin Hood ajudou um nobre cavaleiro a sair de seus infortúnios, que, de outra forma, teriam ceifado a felicidade de sua vida.

XVI
JOHN PEQUENO SE TORNA UM FRADE DESCALÇO

O gélido inverno se fora, e a primavera chegou. Não havia ainda a cobertura verde de folhas na floresta, mas os brotos das folhas pendiam como uma neblina suave sobre as árvores. Nos campos abertos aparecia um verde resplandecente, as plantações de cereais apresentavam uma cor escura e aveludada, porque estavam repletas de folhas crescendo. O rapaz do arado gritava ao sol e, entre os sulcos violeta, bandos de pássaros procuravam minhocas gordas. Toda a terra úmida e fértil sorria à luz morna, e era como se cada colina verde batesse palmas de alegria.

Sobre um couro de corça, esticado no espaço aberto próximo à árvore de reuniões, sentava-se Robin Hood, tomando sol como um velho cão caçador de raposas. Inclinando-se para trás com as mãos cruzadas sobre os joelhos, observava preguiçosamente John Pequeno enrolar uma resistente corda de arco, a partir de longas fibras de cânhamo, molhando a palma das mãos de vez em quando e enrolando a corda sobre a coxa. Próximo dali estava Allan A Dale, colocando uma corda nova em sua harpa.

Enfim, Robin falou:

— Acho que prefiro explorar essa floresta na doce primavera do que ser rei de toda a alegre Inglaterra. Que palácio em todo o mundo é tão belo quanto essa floresta neste momento, e que rei em todo o mundo tem tamanho apetite por ovos de tarambola e lampreias como eu por uma boa carne de cervo e cerveja borbulhante? O velho Swanthold fala a verdade quando diz: "Melhor um pão com contentamento do que mel com o coração triste".

— Sim — concordou John Pequeno, enquanto passava cera de abelha em sua nova corda de arco. — A vida que levamos é a vida para mim. Falas da primavera, mas também penso que o inverno tenha suas alegrias. Tu e eu, bom chefe, tivemos mais do que um dia alegre no inverno passado, na Blue Boar. Não te lembras daquela noite em que

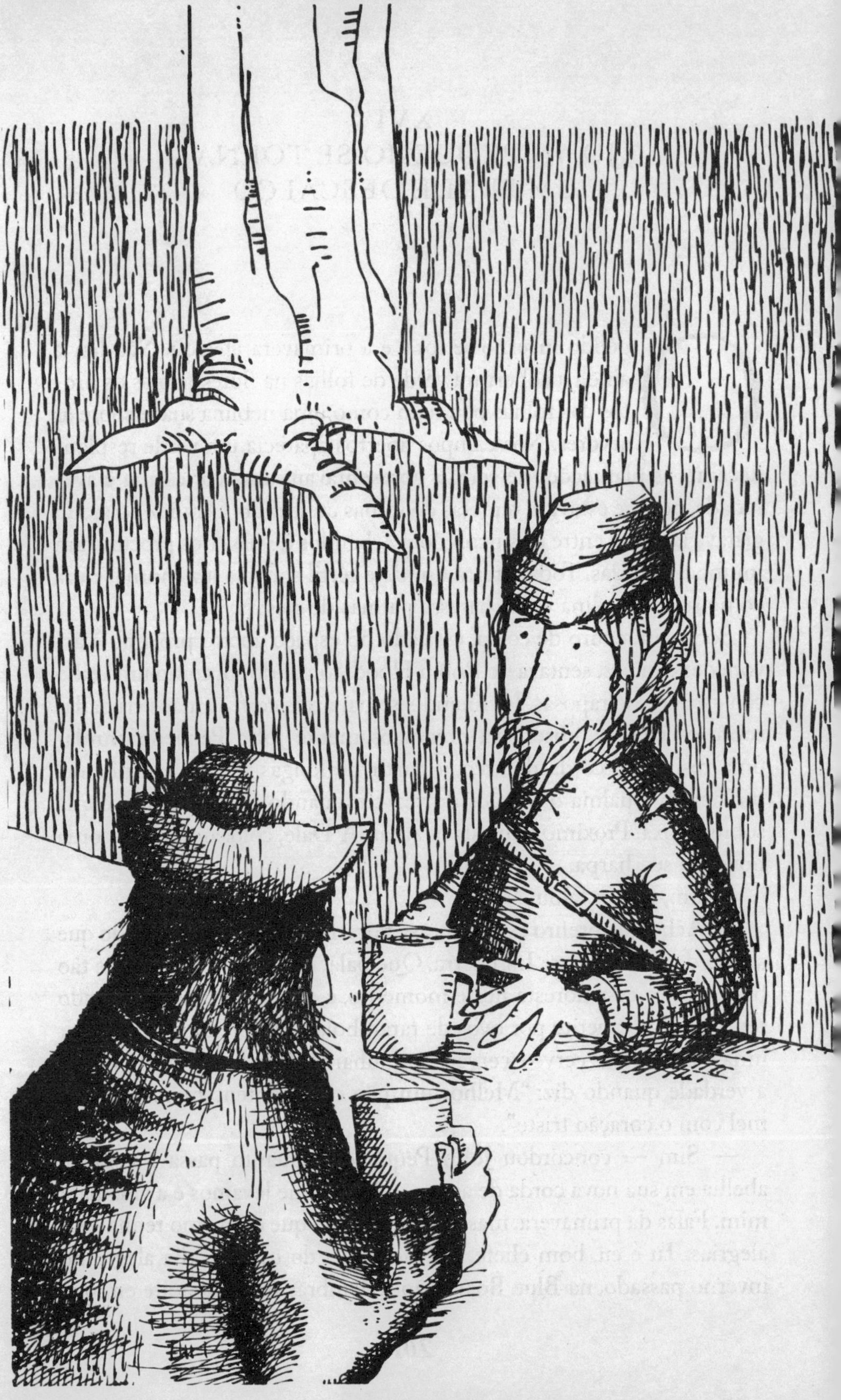

Will Stutely, frei Tuck e eu passamos nessa hospedaria com os dois mendigos e o frade andarilho?

— Lembro — disse Robin, rindo. — Foi na noite em que Will Stutely sentiu vontade de roubar um beijo da nossa robusta anfitriã e teve uma caneca de cerveja esvaziada na cabeça.

— Foi, sim, a mesma noite — respondeu John Pequeno, rindo também. — Acho que foi uma bela música que aquele frade cantou. Frei Tuck, tens um bom ouvido para canções, não te lembras?

— Acho que me lembro sim de alguma coisa... deixa ver — disse Tuck.

Colocou o indicador na testa para pensar, cantarolando para si mesmo e parando de vez em quando, para encaixar o que lembrava com o que já sabia. Finalmente deu a impressão de ter encontrado, e cantou alegremente:

> *Na sebe a florir o pintarroxo macho canta,*
> *Pois o sol está alegre e brilhante,*
> *E ele salta alegremente e bate as asas,*
>   *Pois seu coração está cheio de contentamento.*
>   *Pois maio brota em beleza,*
>   *E há pouco para se preocupar,*
> *E há muito para comer em maio.*
>   *Quando todas as flores morrem,*
>   *Então ele vai voar para longe,*
>   *Para se manter aquecido,*
>   *Em algum celeiro velho e alegre*
> *Onde a neve e o vento do inverno nunca o esfriam, nem o*
>   *[atingem.*
>
> *Assim é a vida do frade peregrino,*
>   *Com muito para comer e beber:*
> *Pois a esposa lhe guarda um assento próximo ao fogo,*
>   *E as meninas sorriem quando ele pisca.*
>   *Então ele canta com vigor,*
>   *À medida que avança,*
>   *Cantarolando para salvar almas.*
>   *Quando o vento sopra,*

Com a vinda da neve,
Há um lugar junto ao fogo
Para o frade paternal
E uma maçã na panela para acalmar seu coração.

Assim frei Tuck cantou, em voz rica e suave, balançando a cabeça de um lado para outro junto com a música; quando terminou, todos bateram palmas e gritaram de alegria, já que a música se encaixava com ele.

— Na verdade, é uma bela música, e, se eu não fosse um homem da Floresta de Sherwood, gostaria de ser um frade andarilho mais do que qualquer coisa no mundo — opinou John Pequeno.

— Sim, é mesmo uma bela música — disse Robin Hood. — No entanto, acho que aqueles dois pedintes tinham histórias mais alegres e levavam uma vida melhor. Não se lembra do que aquele sujeito grande, de barba negra, contou sobre quando estava pedindo na feira em York?

— Eu me lembro. Mas o que contou aquele frade andarilho sobre a colheita no condado de Kent? — comentou John Pequeno. — Aposto que ele tem uma vida mais alegre do que os outros dois.

— Bem, pela honra do meu hábito, seguro minha língua para não fazer maledicência, John Pequeno — afirmou frei Tuck.

— Prefiro continuar com minha opinião — disse Robin. — Contudo, o que me dizes, John Pequeno, de ter uma alegre aventura hoje? Toma uma roupa de frade em nosso baú de roupas estranhas e vista, enquanto eu irei parar o primeiro pedinte que encontrar e trocar de roupas com ele. Então vamos vagar pelos campos neste belo dia e ver o que acontece a cada um de nós.

— Me parece bom, vamos fazer isso — concordou John Pequeno.

E John Pequeno e frei Tuck foram até o depósito do bando e lá escolheram uma túnica cinza de frade. Saíram, depois, e uma grande gargalhada se elevou, pois não apenas os homens do bando nunca haviam visto John Pequeno em tal traje antes, como também o hábito estava curto cerca de um palmo. Mas as mãos de John Pequeno estavam ocultas nas mangas largas, seus olhos estavam postos no solo e no cinto havia um grande rosário.

Nisso ele tomou seu bastão, e pendurou na ponta um pequeno odre compacto, tal como os peregrinos costumam carregar na ponta do cajado; porém, no interior, aposto, havia algo como o bom vinho de Malmsey em vez de água pura da fonte, que os peregrinos geralmente levam. Robin Hood se levantou e apanhou também o seu bastão, colocando no bolso dez angels de ouro; como não havia trajes de mendigo entre as roupas guardadas no depósito, ele pretendia encontrar um mendigo e comprar dele o traje.

Assim, estando tudo pronto, os dois partiram, caminhando com disposição na manhã enevoada. Andaram pelas trilhas da floresta até chegarem à estrada, depois continuaram nela, até atingirem uma bifurcação, levando um dos caminhos até Blyth e o outro até Gainsborough. Ali, eles pararam.

— Toma a estrada para Gainsborough, e tomarei o caminho para Blyth — disse Robin. — Até mais ver, santo padre, e que não tenhas motivo para "desfiar o rosário" quando nos encontrarmos novamente.

— Boa caminhada, caro futuro mendigo — respondeu John Pequeno. — E que não tenhas motivo para suplicar por misericórdia quando nos virmos da próxima vez.

Cada um tomou seu caminho, até que uma grande colina se interpôs entre eles, escondendo um da vista do outro.

John Pequeno caminhou, assobiando, pois não havia ninguém na estrada. Nas sebes brotando, pequenos pássaros cantavam alegremente, e do outro lado as colinas pareciam ondular até o céu, onde grandes nuvens de primavera velejavam lenta e preguiçosamente pelo azul. Subindo colinas e descendo vales, John Pequeno caminhava, com o vento fresco soprando no rosto e a túnica drapejando, até que ele chegou a um cruzamento que levava a Tuxford. Ali encontrou três belas donzelas, cada uma levando uma cesta de ovos ao mercado.

— Aonde ides, moças bonitas? — indagou ele, em pé no caminho, pernas separadas, segurando o bastão à frente para impedir que continuassem.

Elas então se aproximaram umas das outras e cutucaram-se com os cotovelos; por fim, uma delas falou:

— Estamos indo para o mercado de Tuxford, santo frade, para vender nossos ovos.

— Isso não está certo — disse John Pequeno, olhando para elas com a cabeça inclinada. — Com certeza é uma pena que donzelas tão bonitas sejam forçadas a carregar ovos até o mercado. Digo-vos, se eu tivesse o poder de determinar as coisas deste mundo, as três estariam vestidas com as melhores sedas, montadas em cavalos brancos como o leite, com pajens ao lado, e comeriam nada além do mais puro creme batido com morangos; essa seria uma vida que combinaria com vossa aparência.

Com esse discurso, as três donzelas olharam para o chão, corando e soltando risinhos.

— Ora... — disse uma.

— Estás a brincar conosco!

— Escutai só esse santo homem! — disse a terceira.

Mas, ao mesmo tempo, olhavam para John Pequeno com o canto dos olhos.

— Bem, santo ou não, conheço uma moça bonita quando vejo uma e, se por aqui algum homem disser que não são as mais bonitas no condado de Nottingham, faço-os engolir os dentes com este bastão.

As três riram.

— Não posso ver três donzelas delicadas como vós carregando cestas numa estrada. Permiti que eu as leve, e uma das três pode carregar o bastão para mim.

— Mas não podes carregar três cestas ao mesmo tempo — disse uma delas.

— Posso, sim, e vou mostrar. Agradeço ao bom São Wilfred, que me deu inteligência. Vede. Pego essa cesta grande, assim; aqui amarro meu rosário ao redor da alça, e aqui passo o rosário pela minha cabeça e passo a cesta para as costas, assim...

E John Pequeno ia fazendo de acordo com o que falava, a cesta pendurada atrás dele como uma trouxa de mendigo; então, dando o cajado para outra das donzelas e apanhando uma cesta em cada mão, voltou-se na direção da cidade de Tuxford e continuou alegremente, com uma donzela sorridente de cada lado e uma caminhando à frente, carregando o bastão. Dessa forma progrediram, e cada um que encontravam parava e ficava olhando para eles, rindo, porque nunca tinham visto uma cena tão alegre como aquela, um frade cinzento tão corpulento, com a batina curta, rodeado de ovos e passando pela estrada com três donzelas. John Pequeno não ligava nem um pouco para essas coisas, contudo, quando os passantes brincavam, ele respondia à mesma altura, alegremente, palavra a palavra.

Assim caminhavam pela estrada na direção de Tuxford, conversando e rindo, até que se aproximaram da cidade. Ali, John Pequeno parou e colocou as cestas no chão, pois não desejava entrar na cidade, a menos que fosse obrigado, para não encontrar um dos homens do xerife.

— Belas donzelas, é aqui que vos deixo — disse ele. — Não pretendia vir para esse lado, mas estou contente por ter feito isso. Agora, que nos despedimos, devemos beber à nossa amizade.

Dizendo isso, ele desatou o odre de couro do bastão, e, sacando a tampa, passou para a donzela que havia carregado o bastão, primeiro limpando na manga o bocal. Então cada uma das moças tomou um bom gole do que estava no interior e, depois que passou por todas, John Pequeno terminou o que restava do conteúdo, de modo que não seria possível extrair dele nem mais uma gota. Assim, beijando cada uma delas com carinho, desejou bons negócios, deixando-as. Contudo, as donzelas continuaram olhando para ele, à medida que se afastava assobiando.

— Uma pena — disse uma delas — que um rapaz tão vigoroso e saudável esteja no serviço sagrado.

Esse não foi um acontecimento ruim — disse John Pequeno, para si mesmo. — Que São Dunstan me mande mais deles.

Depois de continuar caminhando por algum tempo, ele começou a sentir sede por causa do calor do dia. Balançou o odre ao lado do ouvido, mas nenhum som veio dele. Então o colocou nos lábios e ergueu-o, porém não havia nenhuma gota.

— John Pequeno, John Pequeno — disse ele para si mesmo, balançando a cabeça. — As mulheres ainda serão sua ruína, se não tomares cuidado contigo mesmo.

Ao final, atingiu o cimo de uma determinada colina e viu uma bela e aconchegante estalagem, repousando no vale abaixo dele, na direção do qual a estrada inclinava-se. A essa visão, uma voz interior manifestou-se: "Alegra-te, meu amigo, porque a alegria está nas delícias do coração, num doce descanso e numa caneca de cerveja escura". Assim sendo, caminhou rapidamente colina abaixo e chegou à pequena estalagem, onde pendia uma tabuleta com a cabeça de um cervo. Em frente à porta, uma galinha cacarejando estava ciscando na poeira, com uma ninhada de pintinhos ao redor, os pardais piavam em seus afazeres diários sob os beirais, e tudo parecia tão pacífico e agradável que o coração de John Pequeno sorriu em seu interior. Ao lado da porta estavam dois cavalos de patas curtas com selas macias e acolchoadas, bem adaptadas para viajar com facilidade e revelando a presença de convidados ricos no salão.

Em frente à porta estavam três pessoas alegres, um latoeiro, um mascate e um mendigo, sentados num banco ao sol, tomando cerveja escura em grandes goles.

— Desejo-vos bom dia, amigos — cumprimentou John Pequeno, aproximando-se de onde eles estavam.

— Um bom dia também, santo padre — disse o alegre mendigo, com um sorriso. — Tua batina está curta demais. O melhor seria cortar um pouco no alto e baixar tudo, para que o comprimento fique certo. Vem, senta-te aqui e experimenta um gole de cerveja, se teus votos não proíbem.

— Não, o abençoado São Dunstan me deu uma dispensa para todas as indulgências desse tipo — disse John Pequeno, colocando a mão no bolso para apanhar dinheiro e pagar sua parte.

— Verdade — disse o latoeiro —, não pretendo desmentir a ti, santo padre, o bom São Dunstan era sábio, já que sem essa dispensa teus devotos estariam cumprindo uma penitência. Mas tira a mão do bolso, não pagarás essa rodada. Estalajadeiro, traz uma caneca de cerveja!

Assim, a cerveja foi trazida e servida a John Pequeno, que soprou um pouco de espuma para fazer espaço para seus lábios, levantou cada vez mais a caneca, até que o fundo apontasse para o céu; teve de fechar os olhos para evitar o brilho do sol. Então afastou a caneca, pois nada havia mais em seu interior, e suspirou profundamente, olhando os outros com os olhos úmidos e balançando solenemente a cabeça.

— Estalajadeiro! Traz para esse bom sujeito outra caneca de cerveja, porque verdadeiramente é um privilégio para todos ter alguém entre nós que consegue esvaziar um canecão com tamanho vigor.

Com isso, conversaram animadamente, até que, depois de algum tempo, John Pequeno perguntou:

— Quem está cavalgando aqueles dois pangarés?

— Dois homens santos, como tu, irmão — respondeu o mendigo. — Estão agora saboreando um banquete lá dentro, porque acabei de sentir o cheiro de frango assado agora. A senhoria diz que eles vieram da Abadia Fountain, no condado de York, e estão indo para Lincoln, a negócios.

— São como um casal alegre — disse o latoeiro. — Um é muito alto, e o outro é gordo como um pudim de sebo.

— Falando em gordura, não pareces nada mal alimentado, santo padre — observou o mascate.

— Na verdade, não, nesse caso vês em mim o que São Dunstan pode fazer por aquele que o serve apenas com um punhado de ervilhas secas e um pouco de água fresca.

Com isso uma grande gargalhada elevou-se.

— Realmente, é mesmo uma coisa miraculosa — disse o mendigo.

— Eu mesmo teria feito os votos, para ver a habilidade como dispensas para dentro um canecão de cerveja, e apesar disso não teres provado nada além de água fresca por alguns meses. Não teria o mesmo São Dunstan ensinado a ti uma cantiga ou duas?

— Bem, quanto a isso, talvez ele tenha me permitido aprender algumas — admitiu John Pequeno.

— Rogo-te, então, que compartilhes conosco o que ele compartilhou contigo — pediu o latoeiro.

Com isso, John Pequeno limpou a garganta e, depois de uma palavra ou duas sobre certa rouquidão que o perturbava, assim cantou:

> *Ah, bela, bela donzela, onde foste?*
> *Te peço, te peço, espera também por teu amante,*
> *E vamos colher rosas*
> *No doce soprar do vento,*
> *Pois os ventos alegres, alegres, estão sopra-a-ando.*

A impressão era de que a canção de John Pequeno não seria jamais cantada, porque ele chegou nesse ponto quando a porta da estalagem se abriu e saíram os dois frades da Abadia Fountain, o estalajadeiro seguindo-os, e, por assim dizer, lavando as mãos com o sabão da humildade. Mas quando os irmãos da Abadia Fountain viram quem estava cantando, e como estava vestido com trajes de um frade cinza, pararam de súbito, o frade mais gordo juntando suas sobrancelhas numa careta de reprovação enquanto o frade mais magro olhava para o alto como se tivesse cerveja azeda na boca. E, enquanto John Pequeno tomava fôlego para o verso seguinte: — Ora essa! — disse o frade gordo, a voz parecendo um grande trovão de uma nuvem pequena. — Sujeito impertinente, achas que esse é um lugar para alguém de hábito beber e ainda cantar músicas profanas?

— Bem, se não posso beber e cantar, como faz Vossa Excelência, num lugar tão sagrado quanto a Abadia Fountain, então posso beber e cantar onde estou — respondeu John Pequeno.

— Um minuto... um minuto — disse o frade mais magro, com voz ríspida. — Está muito errado desgraçar o hábito com esse tipo de comportamento e de fala.

— Desgraçar, dizes? Eu acho que é mais desgraça para um de nosso hábito gastar tostões recebidos do esforço de nossos fiéis pobres num lugar como esse. Não achais, irmãos?

Com essas palavras, o latoeiro, o mascate e o mendigo cutucaram um ao outro, sorrindo, e os frades olharam feio para John Pequeno; porém, não conseguiram pensar em nada para responder, portanto voltaram aos seus cavalos. Nisso John Pequeno levantou-se do banco e foi até o local onde os dois frades estavam montando.

— Deixai que eu segure as rédeas dos cavalos para vós — disse ele. — Em verdade, vossas palavras atingiram meu coração pecador, portanto não ficarei mais nesse antro maléfico, mas seguirei caminho convosco. Não terei mais tentações vis, em vossa santa companhia.

— Não — disse o frade mais magro, pois percebeu que o tom era jocoso. — Não queremos tua companhia, portanto podes ir.

— Bem, fico muito triste por não desejardes minha companhia — declarou John Pequeno. — Quanto a deixar vossa companhia, não sei se pode ser, já que meu coração está tão emocionado que, de qualquer forma, terei de ir convosco para o bem de vossa santa companhia.

Com essa conversa, todos os companheiros do banco sorriram até os dentes brilharem, e mesmo o estalajadeiro não evitou um sorriso. Quanto aos frades, olharam um para o outro de maneira intrigada, sem saber o que fazer. Eram tão orgulhosos que ficaram doentes de vergonha só de pensar em estar na estrada com um frade errante, com um hábito curto demais, correndo ao lado deles, e ainda assim não podiam fazer com que John Pequeno ficasse, contra a vontade, porque sabiam que ele poderia quebrar os ossos dos dois numa piscada de olhos, se resolvesse. Então o frade mais gordo falou, com maior suavidade do que antes:

— Não, bom irmão, iremos viajar depressa, e irás cansar-te muito — afirmou ele.

— Verdadeiramente, fico comovido com vossos pensamentos a meu respeito — disse John Pequeno. — Mas não temas, irmão; minhas pernas são fortes, e eu poderia correr como uma lebre daqui até Gainsborough.

Com essas palavras, o som de risadas veio do banco, enquanto a ira do irmão magro se fazia perceber, chiando como água no fogo, com grande alarido:

— Fora daqui, sujeito impertinente. Não tens vergonha de desgraçar teu hábito? Fica aqui, com esses porcos. Não és companhia adequada para nós.

— Ouviste muito bem! — disse John Pequeno. — Ouviste bem, estalajadeiro; não és companhia adequada a esses homens santos; volta à tua casa de bebidas. Se esses santos homens me pedirem, bato em tua cabeça com este bastão até que ela fique mole como ovos batidos!

A essas palavras um coro de gargalhadas ergueu-se do banco, e o rosto do estalajadeiro ficou vermelho como uma cereja por segurar a risada; contudo, manteve seu entusiasmo sob controle, já que não queria trazer sobre si a ira dos irmãos da Abadia Fountain por uma alegria imprópria. Assim, os dois irmãos, como não podiam fazer mais nada, tendo montado em seus pôneis, voltaram-se na direção de Lincoln e afastaram-se.

— Não posso ficar mais tempo convosco, amigos — disse John Pequeno, enquanto se colocava entre as duas montarias. — Por isso vos desejo um bom dia. Lá vamos nós três.

Dizendo isso, colocou o bastão sobre o ombro e saiu trotando, medindo seu passo com o dos dois cavalos.

Os dois religiosos olharam para John Pequeno, que se interpunha entre eles, e se afastaram o quanto podiam dele, de modo que seu acompanhante seguia no meio da estrada, enquanto eles seguiam pelos lados. E conforme se afastaram, o latoeiro, o mascate e o mendigo correram até o meio da estrada, cada um com uma caneca de cerveja na mão, observando-os e rindo.

Enquanto estavam à vista da estalagem, os dois irmãos cavalgaram com sobriedade, sem se importar em tornar as coisas ainda piores, parecendo tentar fugir de John Pequeno, porque não sabiam o que poderiam pensar seus irmãos, se ouvissem falar que estavam fugindo de um frade errante como o Diabo, quando o bendito São Dunstan soltou o alicate incandescente com que lhe prensara o nariz, porém, quando ultrapassaram o alto da colina e ficaram fora da vista da estalagem, o irmão gordo disse para o irmão magro:

— Irmão Ambrose, não seria melhor apressarmos o passo?

— Bem, já que mencionaram, acho que seria bom mesmo acelerarmos o ritmo, pois o dia está passando rápido — declarou John Pequeno. — Por isso, se não for sacudir demais vossa banha, eu digo: vamos em frente!

A isso os dois frades não responderam, mas olharam outra vez para John Pequeno com olhares duvidosos; sem mais uma palavra, incentivaram os cavalos, e ambos passaram a meio galope. Assim continuaram por um quilômetro, e John Pequeno corria entre ambos, leve como um cervo, sem ao menos despentear os cabelos. Finalmente o irmão gordo puxou as rédeas com um grunhido, porque não conseguia mais suportar os sacolejos.

— Veja, eu bem que achei que esse passo rápido iria sacudir demais essa pobre pança — comentou John Pequeno, sem ao menos alterar o fôlego.

O frade gordo não respondeu, no entanto, ficou olhando para a frente, mordendo o lábio inferior. Depois disso viajaram mais silenciosos, John Pequeno entre ambos, no meio da estrada, com seu hábito curto, assobiando com alegria, e os dois frades nos lados, sem dizer palavra.

Acabaram por cruzar com três menestréis, todos de vermelho, que ficaram surpresos ao ver um frade de cinza, com túnica curta, caminhando no meio da estrada, enquanto os dois outros, montados, mantinham a cabeça baixa envergonhados, cavalgando cavalos ricamente ajaezados. Quando se aproximaram dos menestréis, John Pequeno acenou com o bastão como um arauto, abrindo caminho com voz elevada:

— Abri caminho! Abri caminho! Aqui vamos nós. Nós três!

Os menestréis ficaram a observar, e como riram! Porém, o frade gordo chacoalhava como se tivesse maleita, e o frade magro curvou a cabeça sobre o pescoço do cavalo.

O terceiro encontro foi com dois nobres cavaleiros em roupas ricas, com falcão em punho, e duas belas donzelas vestidas em sedas e veludos, todos cavalgando nobres montarias. Abriram espaço, olhando John Pequeno e os dois frades aproximando-se pela estrada. Para eles, John Pequeno curvou-se humildemente:

— Cumprimento-vos, lordes e damas; aqui vamos nós. Nós três.

Todos riram, e uma das belas damas perguntou:

— A que três te referes, alegre homem?

John Pequeno olhou por sobre o ombro, pois haviam já passado:

— Jack Grande, Jack Magro e Jack Pudim.

A essas palavras, o frade gordo deu um gemido e pareceu que ia cair da sela de vergonha; o outro não disse nada, contudo, olhava para a frente, sério, com o olhar petrificado.

Pouco adiante deles, a estrada fazia uma curva súbita em volta de uma sebe alta e, cerca de quarenta passos além da curva, outra estrada cruzava aquela pela qual cavalgavam. Quando chegaram à encruzilhada e estavam bastante distantes das pessoas que encontraram, o frade magro puxou as rédeas repentinamente.

— Escute aqui, amigo — disse ele, a voz tremendo de raiva. — Já aturamos demais tua vil companhia, e não queremos mais ser motivo de riso. Segue teu caminho e deixa que sigamos o nosso em paz.

— Ora, eu achei que fostes uma companhia tão boa, e agora tu chias como gordura na panela — disse John Pequeno. — De verdade, acho que tive o suficiente de vós por hoje, embora seja duro desistir da vossa companhia. Sei que sentireis falta de mim, mas, se quiserdes me ver outra vez, sussurrai ao Vento Bom e ele vos dará notícias minhas. Como vedes, sou um homem pobre e vós sois ricos. Peço que me deis um ou dois *pennies* para que eu compre um pouco de pão com queijo na próxima estalagem.

— Não tenho dinheiro — disse o frade magro, com rispidez. — Vamos, irmão Thomas, vamos em frente.

Porém, John Pequeno segurou os cavalos pelas rédeas, um em cada mão.

— Não tendes mesmo dinheiro algum? Eu peço, irmãos, por caridade, que me deis o suficiente para comprar uma côdea de pão, mesmo que seja apenas uma moeda.

— Estou te dizendo, sujeito, que não temos dinheiro — gritou o frade gordo, com voz alta.

— Jurais pela mais santa verdade, não tendes dinheiro? — repetiu John Pequeno.

— Nem um tostão — disse o frade magro, de mau humor.

— Nem um vintém — confirmou o frade gordo, com bastante clareza.

— Isso não pode ser — declarou John Pequeno. — Longe de mim deixar que dois homens tão santos partam da minha presença sem dinheiro. Tenho de pedir que desmonteis e que nos ajoelhemos aqui nesta encruzilhada para rezar ao abençoado São Dunstan, para que nos envie dinheiro, a fim de que o levemos em nossa jornada.

— O que dizes, ser do mal? — perguntou o frade magro, rangendo os dentes de raiva. — Estás querendo que eu, o mais elevado despenseiro da Abadia Fountain, desça do cavalo para me ajoelhar na estrada suja e rezar para algum santo mendigo saxão?

— Há uma parte em mim que deseja arrebentar tua cabeça por falares assim do bom São Dunstan! Descei logo, pois minha paciência não deve durar muito tempo mais e posso esquecer que todos estamos nas ordens sagradas.

Dizendo isso, ele agitou o bastão sobre a cabeça até que assobiasse outra vez.

Com essas palavras, ambos os religiosos ficaram pálidos como farinha.

O frade gordo desmontou de um lado, e o frade magro desmontou do outro.

— Agora, irmãos, de joelhos e vamos rezar — disse John Pequeno.

Colocando as mãos sobre os ombros de cada um, ele os forçou a ficar de joelhos, ajoelhando-se também. Nisso John Pequeno começou a rogar por dinheiro a São Dunstan, o que foi feito em voz bastante alta. Depois de suplicar ao santo por um bom tempo, ele convidou os frades a olharem no interior de seus bolsos para ver se o santo providenciara algum dinheiro; cada um deles colocou devagar a mão no interior do bolso, mas a trouxe vazia.

— Ora! Vossas orações possuem tão poucas virtudes? Vamos tentar outra vez — convidou John Pequeno.

Imediatamente ele começou a clamar por São Dunstan, algo parecido com:

— Ó gracioso São Dunstan! Enviai um pouco de dinheiro imediatamente para essa gente tão pobre, ou então o gordo irá perder a gordura e ficará tão magro quanto o magro, e o magro irá sumir completamente, antes que cheguem à cidade de Lincoln; mandai apenas dez xelins para cada um, senão eles ficarão inchados de orgulho. Qualquer coisa mais do que isso, mandai para mim.

— Agora vamos ver quanto cada homem tem — disse ele, levantando-se e enfiando a mão no bolso, de onde tirou quatro *angels* de ouro. — Quanto vós tendes, irmãos?

Mais uma vez, cada uma dos frades enfiou a mão no bolso, e mais uma vez a mão voltou sem nada.

— Não tendes nada? — espantou-se John Pequeno. — Pois eu garanto que existe alguma coisa que deve ter entrado pelas costuras de vossos bolsos, e deveis ter deixado passar. Deixai que eu olhe.

Primeiro ele se dirigiu ao frade magro e, enfiando a mão no bolso dele, retirou um saco de couro e contou ali cento e dez libras em moedas de ouro.

— Pensei que tivesses deixado de perceber, em algum cantinho do bolso, o dinheiro que o abençoado santo te tivesse enviado. Agora me deixa ver se também não recebeste algum, irmão — disse ele, enfiando a mão no bolso do frade gordo e retirando de lá outra bolsa de couro, cuja contagem foi de setenta libras de ouro. — Ora, veja só... eu sabia que nosso bom santo teria piedade de ti também. E não percebeste.

Então, dando uma libra para dividir entre os dois, ele colocou o restante do dinheiro em seus próprios bolsos, dizendo:

— Destes vossa palavra sagrada de que não havia dinheiro. Sendo homens do hábito, confio em que não iríeis faltar com a palavra, portanto sei que o bom São Dunstan enviou a resposta às minha orações. Mas como eu só rezei para que dez xelins fossem enviados a cada um de vós e o resto fosse para mim, vou levar comigo. Dou-vos bom dia, irmãos, e possamos todos nós ter uma boa jornada daqui em diante.

Assim dizendo, ele se voltou e afastou-se. Os frades olharam um para o outro com um olhar angustiado e, lenta e tristemente, montaram e se afastaram sem dizer palavra.

Mas John Pequeno voltava seus passos para a Floresta de Sherwood, assobiando alegremente pelo caminho.

Agora veremos o que aconteceu a Robin em sua aventura como mendigo.

XVII
ROBIN HOOD SE TORNA MENDIGO

Depois que o alegre Robin Hood deixou John Pequeno na encruzilhada, seguiu em frente, caminhando pela luz do sol que o banhava. Aqui e ali ele saltitava e saltava, ou cantava um trecho de canção, por pura alegria; pois, além da alegria da primavera, seu coração estava tão vigoroso quanto o de um potro recém-nascido na grama. Algumas vezes ele andava uma boa distância, contemplando as grandes nuvens brancas que se moviam lentamente pelo céu azul; às vezes parava e mergulhava na riqueza da vida de todas as coisas, já que as sebes brotavam suavemente e as folhas de grama nos pastos tornavam-se longas e verdes; de vez em quando parava e escutava os belos cantos dos pássaros nos arbustos ou o canto claro do galo desafiando o céu a chover, ocasiões nas quais ria, porque era necessário muito pouco para despertar o coração de Robin para a alegria. E ele caminhava, sempre querendo parar por esse ou aquele motivo, e sempre pronto a conversar com belas donzelas que encontrasse. Assim a manhã se passou, ainda que ele não tivesse encontrado nenhum mendigo com o qual pudesse trocar de roupa. Disse ele:

— Se eu não apressar minha sorte, pode ser que eu tenha um dia sem ela, já que quase metade se passou e, embora eu esteja dando um belo passeio pelo campo, ainda não sei nada sobre a vida de um mendigo.

Depois de algum tempo ele começou a ficar com fome, e sua mente voltou-se de primavera, flores e pássaros para frangos ensopados, vinho de Malmsey, pão branco e coisas do gênero, com grande carinho. Disse para si mesmo:

— Gostaria de ter o casaco de desejos de Willie Wynkin; sei muito bem o que deveria desejar para mim, e seria estes — então ele usou o dedo indicador da mão direita para contar, nos dedos da esquerda, seus desejos: — em primeiro lugar, teria uma torta integral de cotovias macias; vê bem, não seca, mas com uma boa dose de molho para ficar úmida e macia. Em seguida, teria um bom frango, bem ensopado, com acompanhamento de ovos de pombo, cortados com delicadeza, guarnecendo o prato. Com isso eu comeria um filão fino de pão, tostado no fogo da lareira, dourado, da cor do cabelo de minha própria donzela, Marian, e a casca quebradiça como o gelo fino que fica nos campos nas manhãs de inverno. Assim estaria bom para os alimentos sólidos; com eles eu deveria tomar três canecas, bem cheias, uma de Malmsey, uma de vinho das Canárias e uma do meu próprio destilado forte.

Assim falou Robin consigo mesmo, a boca chegando a ficar úmida nos cantos, com os pensamentos das coisas boas que haviam despertado em sua mente.

Dessa forma, conversando consigo mesmo ele chegou a um local onde a estrada poeirenta fazia uma curva abrupta ao redor da sebe, toda esverdeada com as folhas novas brotando, e viu à sua frente um sujeito robusto, sentado sobre um degrau da escada que transpunha a sebe, balançando as pernas, sem ter o que fazer. Sobre esse indivíduo vigoroso pendiam várias bolsas e sacos, de diferentes tamanhos e tipos, uma dúzia ou mais, com bocas grandes, largas e abertas, como um bando de gralhas famintas. O casaco era acinturado e remendado com tantas cores quanto há listras no mastro da festa da primavera. Sobre a cabeça, usava um chapéu alto, de couro, e sobre os joelhos havia um bastão tão longo e pesado quanto o de Robin. Era um mendigo alegre, como nunca trilhou os caminhos e meandros do condado de Nottingham, e os olhos dele eram acinzentados como ardósia, fechavam, piscavam e dançavam felizes, e o cabelo crespo crescia por toda a cabeça em pequenos anéis cacheados.

— Olá, amigo — cumprimentou Robin, quando chegou perto o suficiente. — O que estás fazendo aqui neste dia alegre, quando as flores estão surgindo e os brotos crescendo?

O outro piscou um olho, e imediatamente cantarolou com voz alegre:

Sento sobre a escada,
Canto um pouquinho,
Espero por minha amada, oh,
Pois o sol está brilhando,
E as folhas estão dançando leves,
E os pássaros cantam que ela está perto, oh.

— Assim é comigo, camarada, a não ser que minha amada não venha.

— Uma canção alegre — disse Robin. — E eu estaria disposto a ouvir-te, poderia bem ouvir mais; mas tenho duas coisas sérias a pedir-te; portanto escuta-me, rogo-te.

O mendigo alegre inclinou a cabeça para um lado, como uma gralha malandra, e disse:

— Sou um mau recipiente para assuntos sérios, bom amigo, e, se não estou enganado, tens poucas palavras sérias para desperdiçar, em qualquer ocasião.

— O que tenho a dizer é assunto sério para mim — respondeu Robin. — Onde posso conseguir algo para comer e beber?

— Bem, não costumo pensar seriamente sobre esse assunto — disse o mendigo, sorrindo. — Como quando consigo, e mastigo a casca quando não consigo o pão inteiro; da mesma forma, quando não tenho cerveja, lavo a poeira da garganta com água da fonte. Estava sentado aqui, quando chegaste, pensando comigo mesmo se devo ou não quebrar o jejum. Gosto de deixar minha fome crescer antes de comer, porque então uma casca de pão é tão boa para mim como torta de cervo com passas é para nosso bom rei Harry. Tenho muita fome agora, mas acho que não demora muito para que se transforme num apetite suave.

— Na verdade, tens uma língua singular entre teus dentes. Mas não tens, de fato, coisa alguma a não ser casca de pão contigo? — quis saber Robin. — Acredito que tuas bolsas e sacos estejam inchados e recheados demais para uma carga tão parca.

— Bem, talvez haja um pouco de outros tipos de comida fria aqui — afirmou o mendigo, com ar astuto.

— E não tens nada para beber, a não ser água fria?

— Nem uma gota — disse o mendigo. — Ali, além daquele grupo de árvores, há uma estalagem bela e agradável, como jamais puseste os olhos em outra igual; porém, não posso ir até lá, pois eles não me tratam muito bem. Uma vez, quando o bom prior de Emmet estava jantando lá, a estalajadeira colocou uma bela torta de maçãs assadas e açúcar de cevada na janela para esfriar, e eu, vendo-a ali, temi que se fosse estragar e levei-a comigo até encontrar o verdadeiro dono. Desde então eles têm tido pouca boa vontade em relação a mim; ainda assim, a verdade me obriga a dizer que eles vendem a melhor cerveja que já tocou minha língua.

Robin riu alto com aquelas palavras.

— Eles te trataram mal por tua bondade. Diz a verdade: o que tens em teus bolsos?

O mendigo espreitou as bocas dos sacos:

— Bem... encontro aqui um maravilhoso pedaço de torta de pombo, embrulhado numa folha de repolho, para manter o molho. Aqui encontro um pedaço de bolo de mocotó e carne de porco em fatias, e ali um pedaço razoável de pão branco. Ali encontro quatro bolos de aveia e um pedaço frio de presunto. Ah! Na verdade isso é estranho, todavia, contemplo aqui seis ovos que devem ter vindo por acidente de algum galinheiro das cercanias. Estão crus, mas, se forem assados na brasa e receberem um pedaço de manteiga que vejo —

— Paz, meu bom amigo! — gritou Robin, erguendo a mão. — Fazes meu estômago estremecer de alegria pelo que me contas tão casualmente. Se me deres de comer, irei imediatamente até aquela pequena estalagem que mencionaste agora e trarei um odre de cerveja para nós dois bebermos.

— Amigo, falaste o suficiente — disse o mendigo, descendo da escada. — Vou louvar-te com o que tenho de melhor, e ainda agradecerei a São Cedric por tua companhia. Rogo que tragas três quartos de cerveja, pelo menos, um para beberes e dois para mim, porque minha sede é tanta que acho que posso beber cerveja como as areias do rio Dee bebem a água salgada.

Assim Robin imediatamente deixou o mendigo, que, por sua vez, foi até um arbusto de limão atrás da sebe e lá espalhou seu banquete sobre a grama e assou os ovos num fogo de gravetos, com uma habilidade conseguida por longos anos de prática naquela atividade. Depois de um tempo, Robin voltou, trazendo um considerável odre de cerveja no ombro, que colocou sobre a grama. Então, olhando para o banquete preparado no solo, que considerou um belo espetáculo, lentamente passou a mão sobre o estômago, pois aos seus olhos estava tendo uma das mais belas visões da sua vida.

— Amigo, deixa que eu sinta o peso desse odre — pediu o mendigo.

— Com certeza. Bebe, companheiro, e deixa-me ver, enquanto isso, se essa torta de pombo está fresca ou não — respondeu Robin.

Nesse momento um se pôs a saborear a cerveja e o outro a experimentar a torta de pombo, e nada mais foi ouvido por algum tempo, a não ser o mastigar da comida e o gorgolejar da cerveja saindo do odre.

Finalmente, depois de um longo tempo, Robin afastou a comida e deixou escapar um grande suspiro de contentamento, porque se sentiu como se fosse um novo homem.

— E agora, meu bom amigo — disse ele, gostaria de falar-te sobre aquele assunto sério que mencionei há pouco.

— Ora! — disse o mendigo, em sinal de reprovação. — Não podes falar de coisas sérias diante de uma cerveja como esta!

— Não — disse Robin, rindo. — Eu não estragaria tua sede, bom amigo; bebe enquanto falo. É o seguinte: estou gostando desse teu ofício e gostaria de experimentar como é a vida de um mendigo.

— Fiquei maravilhado por teres gostado da minha forma de viver, meu bom amigo, mas "gostar" e "fazer" são duas coisas diferentes — disse o mendigo. — Afirmo que é preciso um longo aprendizado para fingir doença, ou mesmo para pedinchar fingindo ser louco. Digo-te, rapaz, és velho demais para entrar agora no que poderia levar três anos para pegar o jeito.

— Pode ser que sim, pode ser que não — disse Robin. — Lembro que o velho Swanthold dizia: "Jack Sapateiro fazia pães ruins; Tom Padeiro fazia sapatos ruins". Mesmo assim, tenho a ideia de experimentar a vida de mendigo, e preciso apenas da roupa para ser um tão bom quanto outro qualquer.

— Pois eu te digo: se saísses vestido como o bom São Wynten, o patrono do nosso ofício, jamais serias um mendigo de verdade. O primeiro viajante alegre que encontrasses bateria em ti até ficares como um pudim por meteres o nariz num ofício que não pertence a ti.

— Mesmo assim eu gostaria de tentar. Acho que trocarei de roupa contigo, já que tua vestimenta parece ser bonita, para não dizer alegre — observou Robin. — Sendo assim, não só trocarei de roupas contigo, como te darei dois *angels* de ouro por tudo. Trouxe meu bastão comigo porque achei que poderia ter de surrar algum irmão teu de ofício numa discussão sobre esse assunto, mas gostei tanto de ti pelo banquete que me deste que não levantaria meu dedo menor contra ti, assim, não precisas temer.

A isso o mendigo ouviu com as mãos na cintura, e quando Robin terminou ele inclinou a cabeça para um lado e empurrou a língua contra a parte interna da bochecha.

— Ora veja... levantar teu dedo contra mim, disseste? Estás fora do juízo perfeito, homem? Meu nome é Riccon Hazel, e venho de

Holywell, no condado de Flint, perto do rio Dee. Pois te digo, patife, que já arrebentei a cabeça de muitos homens bem melhores do que tu, e mesmo agora poderia rachar-te o crânio, não fosse a cerveja que me trouxeste. E agora não terás nem mesmo um pedaço do meu casaco, ainda que te fosse salvar da forca.

— Bom homem, não me cairia bem estragar-te a bela cabeça, digo-te sem rodeios — afirmou Robin. — Não fosse por esse banquete, eu faria que parasses de andar pelo país por muitos dias. Mantém teus lábios fechados, rapaz, ou tua sorte irá sair-te pela boca, com teu discurso.

— Agora chega, e infeliz de ti, homem, porque te deste mal neste dia! — gritou o mendigo, apanhando seu bastão. — Toma esse cajado e te defende, já que não apenas vou derrotar-te, como também irei tomar de ti todo o dinheiro, e não deixarei nem um vintém furado para comprares um pouco de gordura de ganso para passares na cabeça rachada. Defende-te, eu digo.

Com isso, Robin levantou-se e apanhou seu bastão também.

— Pois toma meu dinheiro, se puderes. Prometo entregar-te tudo se chegares mesmo a tocar em mim — disse ele, girando a madeira nos dedos até que assobiasse.

Então o mendigo também girou sua arma e dirigiu um golpe poderoso contra Robin, que o desviou. Três golpes o mendigo vibrou, e nenhum deles tocou ao menos um fio de cabelo de Robin. Nesse momento este viu sua chance e, antes que se pudesse contar até três, o bastão de Riccon voou por sobre a cerca e o próprio Riccon estirou-se sobre a grama verde, sem mais movimentos do que um saco de pudim vazio.

— E agora? Terás meu couro ou meu dinheiro, bom homem? — perguntou Robin, rindo.

O outro não respondeu. E, percebendo que ele ficara sem sentidos com a pancada, ainda rindo, foi até o odre de cerveja e a derramou sobre a cabeça do mendigo, e um pouco por sua garganta, de modo que ele terminou por abrir os olhos e olhar ao redor, como se perguntasse a si mesmo o que fazia ali, deitado.

Robin, percebendo que ele recuperara o uso dos miolos, disse:

— Agora, meu amigo, vais trocar de roupa comigo, ou tenho de te acertar de novo? Aqui estão dois angels de ouro, se me deres todos os teus andrajos, teu chapéu mais tuas coisas. Se não deres de livre vontade, terei de — e nesse ponto Robin olhou seu bastão de cima a baixo.

Nisso Riccon sentou-se e esfregou o galo no crânio.

— Não, chega! — disse ele. — Eu não pensava em te espancar, amigo. Não sei como aconteceu, mas parece que trouxeste mais cerveja do que posso tomar. Se tenho de dar minhas roupas, então tenho de dar, mas primeiro me promete, com tua palavra de homem, que não irás tirar de mim mais do que minhas roupas.

— Prometo com minha palavra de homem — disse Robin, imaginando que o sujeito teria alguns vinténs para proteger.

Nesse ponto o mendigo sacou uma pequena faca de um bolso, e rasgando o forro do casaco, retirou dali dez libras brilhantes de ouro, que colocou sobre o solo a seu lado, com uma piscadela astuta a Robin.

— Agora podes ter minhas roupas, e sê bem-vindo. E poderias tê-las em troca pelas tuas sem ter de gastar um só vintém, quanto mais dois *angels* de ouro.

— Amigo — disse Robin, rindo —, és um sujeito sorrateiro, e, para dizer a verdade, se eu soubesse que tinhas tanto dinheiro contigo, talvez não o levasses, porque sou capaz de garantir que não o conseguiste de maneira honesta.

Então cada um despiu suas roupas e colocou a do outro, e Robin Hood ficou tal e qual um mendigo num dia de verão. Mas o robusto Riccon de Holywell saltava e dançava de alegria pela bela roupa verde que conseguira. Disse:

— Agora sou um pássaro de belas penas verdes. Minha amada Moll Peascod nunca me reconheceria nestes trajes. Podes guardar a comida do banquete, amigo, pois pretendo viver bem e luxuosamente enquanto durar meu dinheiro e enquanto minhas roupas forem alegres.

Disse isso e, deixando Robin, atravessou a escada e partiu; Robin ainda o ouviu cantar além da sebe, enquanto ele se afastava:

> *Polly está sorrindo e Molly fica alegre*
> *Quando o mendigo vem à porta,*
> *E Jack e Dick o chamam de um homem forte e bom*
> *E a anfitriã vai buscar uma rodada.*

> *Então, ei, Willy Waddykin,*
> *Fica, Billy Waddykin,*
> *E deixa a cerveja preta correr solta, correr solta,*
> *O mendigo é o homem para mim.*

Robin ouviu até a música sumir ao longe, e aí também atravessou a escada para a estrada, mas voltou os passos na direção oposta àquela que o mendigo tomara. A estrada subia levemente e Robin caminhou pela colina, com meia dúzia ou mais de sacos balançando ao redor das pernas. Seguiu em frente por um bom tempo, mas não encontrou outra aventura.

A estrada estava vazia, só ele caminhava, levantando pequenas nuvens de poeira a cada passo; era fim de tarde, a hora mais pacífica do dia, próximo do anoitecer. Toda a terra estava silenciosa no descanso da hora depois de comer; os cavalos de arado estavam nos campos, mastigando, com grandes sacos de comida pendurados na cabeça, para que o focinho ficasse dentro e o animal comesse caminhando; o arador, sentado sob a sebe, e o menino ajudante também mastigavam, cada um segurando um grande pedaço de pão numa das mãos e um pedaço de queijo na outra.

Assim, Robin, com a estrada apenas para si, caminhava assobiando alegremente, os sacos e bolsas balançando e batendo contra as coxas. Finalmente chegou até onde um belo caminho gramado saía da estrada, que, passando por uma colina abaixo, levava a um pequeno vale isolado, através de um ribeirão. No vale acima, esse caminho chegava a um moinho de vento que se erguia no topo, onde o vento curvava as árvores em movimentos ondulantes. Robin olhou para o lugar e gostou dele, em seguida, movido apenas por um capricho de sua vontade, tomou a pequena trilha e desceu a encosta de grama até o riacho; chegou à pequena garganta e, antes que percebesse, deparou-se com quatro robustos indivíduos, sentados com as pernas esticadas ao redor de um banquete servido no solo.

Eram quatro alegres mendigos, e cada um tinha pendurada ao pescoço uma pequena tábua que ficava sobre o peito. Uma delas dizia: "Sou cego", outra, "sou mudo", outra , "sou surdo", e a quarta, "tenha piedade do aleijado". Embora todos esses defeitos inscritos nas tábuas parecessem tão graves, os quatro sujeitos estavam sentados, festejando alegremente, como se a esposa de Caim nunca tivesse aberto a caixa com os infortúnios, nem os tivesse deixado escapar como uma nuvem de moscas, para nos amolar.

O surdo foi o primeiro a ouvir Robin, pois disse:

— Atenção, irmãos, ouço alguém chegando.

O cego foi o primeiro a vê-lo:

— É um homem honesto, irmãos, um de nossa profissão, como nós.

O mudo saudou, com voz forte:

— Bem-vindo, irmão. Vem e senta conosco, enquanto ainda sobra comida e ainda há vinho de Malmsey na chaleira.

Nesse instante o aleijado, que retirara a perna de pau e soltara a própria perna, esticada sobre a grama para descansar, abriu espaço para Robin entre eles.

— Estamos contentes em ver-te, irmão — declarou ele, estendendo o frasco com Malmsey.

— Olá — saudou Robin, rindo e sopesando o frasco na mão antes de beber —, acho que deveis estar contentes em me ver, percebendo que sou uma bela visão para o cego, a fala para o mudo, audição para o surdo, e uma perna tão saudável para o aleijado. Bebo à vossa felicidade, irmãos, e não posso beber à vossa saúde, vendo que já estão sãos, fortes e sadios.

A essas palavras, todos riram e o mendigo cego, que parecia ser o líder entre eles, tinha os ombros mais largos e parecia mais forte, apertou Robin contra o peito, jurando que ele era um alegre gaiato.

— De onde vens, amigo? — indagou o mudo.

— Bem, passei a noite na Floresta de Sherwood.

— É mesmo? — respondeu o surdo. — Nem por todo o dinheiro que nós quatro carregamos até a cidade de Lincoln eu dormiria uma noite em Sherwood. Se Robin Hood apanhasse um dos nossos em seu território, acho que lhe cortaria as orelhas.

— Também acho que ele faria isso — concordou Robin. — Mas de que dinheiro falas?

O aleijado respondeu:

— Nosso rei, Peter de York, nos enviou para Lincoln com o dinheiro que —

— Calma, irmão Hodge — interrompeu o cego. — Não duvido de nosso irmão aqui, mas lembra que não o conhecemos. O que és, irmão? Upright-man, Jurkman, Clapper-dudgeon, Dommerer ou Abraham-man?

A essas palavras Robin olhou de um homem para o outro, com a boca aberta.

— Acho que sou um homem correto. Tento ser, pelo menos; mas não sei o que queres dizer com esse jargão, irmão. Seria bem melhor se vosso mudo, que tem uma bela voz, cantasse uma música.

Com essas palavras, todos ficaram em silêncio e, depois de algum tempo, o cego falou:

— Certamente estás brincando quando dizes não conhecer essas palavras. Responda-me: já lorotaste um golpe na moleira do romano para um lure no tampador?*

— Bem, acho que estás brincando comigo quando falas essas bobagens — disse Robin, irritado. — Se continuares, não vai ser bom, isso eu posso dizer. Estou pensando seriamente em arrebentar a cabeça dos quatro, e faria isso, não fosse pelo bom vinho de Malmsey que me destes. Passa-me de novo, irmão.

Mas os quatro mendigos se colocaram em pé quando Robin terminou de falar, e o cego apanhou um bastão cheio de nós que estava a seu lado na grama, e os outros fizeram o mesmo. Então Robin, vendo que as coisas pareciam correr mal, embora não soubesse bem o que havia, também se ergueu, apanhou seu confiável bastão, colocou-se de costas contra a árvore e ficou em guarda contra eles.

— Ora essa! — gritou ele, girando o bastão entre os dedos. — Quatro sujeitos fortes contra um? Para trás, patifes, ou vou arrebentar vossos crânios até que fiquem com tantas marcas quanto uma porta de botequim! Estais loucos? Não fiz nenhum mal.

— Mentes! — disse o que fingia ser cego, e que, sendo o maior, era o líder dos outros. — Mentes, porque vieste a nós como um espião vil. Mas teus ouvidos escutaram demais para o bem do teu corpo, e não sairás deste lugar pelos teus próprios pés, pois hoje deves morrer! Vamos, irmãos, derrubai-o!

Dizendo isso, ele caiu sobre Robin como um touro furioso ataca o pano vermelho. Contudo, Robin estava preparado para tudo.

— Crick! crack!

Foram dois golpes mais rápidos que uma piscadela, e lá se foi para o chão o cego, rolando sobre a grama.

Com isso, os outros recuaram e permaneceram a uma pequena distância, olhando de cara feia para Robin.

— Vinde, vagabundos! Aqui tem bolos e cerveja para todos. Quem será o próximo a ser servido?

---

*Um velho cântico mendigo:
"*Hast thou ever fibbed a chouse quarrons in the Rome pad for the loure in his bung?*"
Surrar um homem na estrada para apanhar o dinheiro em sua bolsa. (N.T.)

Os mendigos não responderam, mas olharam para Robin como o grande Blunderbore olhava para Jack, o matador de gigantes, como se quisessem devorá-lo, corpo e ossos; apesar disso, não ousavam aproximar-se dele e seu terrível bastão. Então, vendo-os hesitar, Robin, de súbito, saltou no meio deles, atacando enquanto saltava. Caiu o mudo e seu bastão escapou-lhe da mão com a queda. Os outros recuaram para evitar novos golpes e, girando nos calcanhares, fugiram, cada um para um lado, como se tivessem as botas do vento oeste nos pés. Robin observou-os, rindo, pensando que nunca vira alguém correr tanto como o aleijado; mas nenhum dos mendigos parou nem se voltou, já que cada um tinha na lembrança o zunido produzido pelo bastão de Robin.

Nisso Robin voltou-se para os dois estendidos no solo e disse:

— Esses sujeitos disseram algo sobre uma determinada quantia de dinheiro que estavam levando para Lincoln; acho que vou encontrar algo nesse sujeito grandão que é o cego, porque ele tem um olhar de homem da floresta treinado no condado de Nottingham ou de York. Seria uma pena deixar tanto dinheiro no bolso desses patifes ladrões.

Assim dizendo, ele se abaixou sobre o corpulento mendigo e procurou entre os trapos e farrapos, até que seus dedos encontraram um saco de couro pendurado sob o casaco remendado e esfarrapado. Retirou-o e sopesou-o, pensando consigo mesmo que era bastante pesado.

— Seria uma boa coisa se isso estivesse cheio de ouro em vez de cobre — disse para si mesmo.

E, sentando-se na grama, abriu a bolsa e olhou o interior. Encontrou quatro pacotes cilíndricos, embrulhados em pele de carneiro seca; um deles foi aberto; a boca pendeu e os olhos se arregalaram, como se nunca mais fossem se fechar, porque viu no interior nada menos que cinquenta libras em moedas de ouro brilhante! Abriu os outros e encontrou a mesma coisa: cinquenta libras recém-cunhadas!

— Eu tinha ouvido falar muitas vezes que a Associação dos Mendigos era rica, mas nunca pensei que enviassem somas como essa ao seu tesouro. Vou levar isso comigo, já que farei melhor uso para caridade e para meu bando do que enriquecer esses patifes.

Assim dizendo, ele enrolou de novo o dinheiro e colocou os pacotes de volta na bolsa, dizendo:

— Caros amigos, bebo à vossa saúde e agradeço de coração pelo que me oferecestes hoje, por isso vos desejo um bom dia.

Apanhando seu bastão, deixou o local e prosseguiu alegremente.

Quando os dois vigorosos mendigos que haviam sido derrubados acordaram e se sentaram, e quando os outros recuperaram a coragem e se aproximaram, todos ficaram tristes e acabrunhados como quatro sapos em tempo seco, porque dois deles tinham a cabeça rachada, todo o Malmsey se fora, e não tinham nem uma moeda para colocar na palma da mão.

Porém, depois que Robin Hood saiu do vale, continuou alegremente, cantando enquanto seguia; e tão jovial parecia e tão vigoroso mendigo, além disso tão fresco e limpo, que todas as donzelas que encontrava tinham para ele uma boa palavra e não sentiam medo, e até os cães, que na maior parte das vezes não suportam a visão de um mendigo, farejavam sua pernas em atitude amistosa e abanavam o rabo prazerosamente; pois cães conhecem um homem honesto quando sentem seu cheiro, e Robin era um homem honesto — à sua própria maneira.

Assim ele continuou até o vau ao lado da estrada perto de Ollerton, e sentiu-se um tanto cansado, até que finalmente sentou-se para descansar na margem gramada.

— Está anoitecendo e vou indo de volta a Sherwood; ainda assim me agradaria ter mais uma aventura antes de retornar ao meu alegre bando.

Olhou para os dois lados da estrada, a fim de ver quem vinha, até que finalmente divisou alguém cavalgando. Quando o viajante se aproximou o suficiente para que ele visse quem era, Robin riu, porque se tratava de uma estranha figura. Era um homem magro e, ao olhar para ele, não se podia dizer se tinha trinta anos ou sessenta, visto que era só pele e ossos. Quanto ao ginete, era tão magro quanto o cavaleiro, e ambos pareciam ter sido preparados no Forno de Mamãe Huddle, onde as pessoas eram secas para poderem viver para sempre.

Ainda que Robin risse, sabia que o viajante era um determinado comerciante de cereais rico de Worksop, que mais de uma vez comprara todo o grão pelo campo e o retivera até que atingisse um preço exorbitante, conseguindo assim muito mais dinheiro dos pobres, pelo que era odiado longe e perto, por todos que sabiam o suficiente sobre ele.

Depois de algum tempo, o monopolizador de grãos aproximou-se de onde Robin estava sentado; nesse momento, Robin caminhou para a frente, com seus trapos e farrapos, bolsas e sacolas pendentes ao redor, e colocou uma das mãos sobre as rédeas do cavalo, pedindo que o outro parasse.

— Quem és, sujeito, que ousas me parar dessa forma na estrada do rei? — indagou o homem magro, com voz irritada.

— Tem piedade de um pobre mendigo — disse Robin. — Me dês uma moeda para que eu possa comprar um pedaço de pão.

— Vai-te daqui! — reclamou o outro. — Um patife tão saudável quanto tu estaria melhor numa prisão, ou dançando e balançando no ar, na ponta de uma corda, do que andando livremente pela estrada.

— Como tu falas! Tu e eu somos irmãos, homem. Não tomamos aos pobres o que eles nem têm? Não passamos nossa vida sem fazer nada de bom? Não vivemos ambos sem jamais chegar perto de trabalho honesto? Não temos, cada um de nós, passado a mão sobre moedas ganhas honestamente? Somos irmãos, eu digo, só que tu és rico e eu sou pobre; por isso mesmo, peço a ti mais uma vez: dê--me um *penny*.

— Tagarelas comigo, indivíduo? — disse, indignado, o comerciante de grãos. — Agora terei de mandar açoitar-te para valer, se alguma vez te perceber numa cidade onde a lei possa apanhar-te. Quanto a dar um *penny* que seja, juro a ti que não tenho mesmo uma só moeda na bolsa. Se o próprio Robin Hood fosse me revistar, poderia procurar da cabeça aos pés e não encontraria dinheiro algum em mim. Acho que sou esperto demais para viajar tão perto de Sherwood com dinheiro nos bolsos, estando aquele ladrão à solta na floresta.

Nesse ponto, Robin olhou para os dois lados da estrada, como para verificar se não havia ninguém por perto, e aproximou-se do monopolizador de cereais. Ficou na ponta dos pés e falou aos seus ouvidos:

— Achas que sou o mendigo que pareço ser? Olha bem. Não há um grão de sujeira em minhas mãos, nem em meu rosto, nem em meu corpo; já viste um mendigo assim antes? Digo-te, sou um homem tão honesto como tu. Vê amigo — disse ele, retirando a bolsa de dinheiro das vestes, e mostrando aos olhos ofuscados do monopolizador as moedas brilhantes de ouro. — Meu amigo, estes trapos servem apenas para esconder um homem rico dos olhos de Robin Hood.

— Guarda o dinheiro, rapaz — disse o outro, rapidamente. — És um tolo, para crer que trapos de mendigo te escondam de Robin Hood? Se ele te apanhasse, deixar-te-ia nu, pois odeia mendigos saudáveis, assim como odeia frades gordos e aqueles do meu tipo.

— É mesmo? — indagou Robin. — Se eu soubesse disso, talvez não viesse até este lugar vestido assim. Mas agora preciso prosseguir; muito depende da minha jornada. Para onde vais, amigo?

— Vou para Grantham, no entanto, devo pernoitar esta noite em Newark; se puder chegar até lá.

— Bem, eu também vou até Newark — disse o alegre Robin. — E me parece que dois homens honestos juntos são melhores do que um, nesta estrada perturbada por um sujeito como esse Robin Hood. Caminharei a teu lado, se me permitires a companhia.

— Bem, como és uma pessoa honesta e rica, não me importo com tua companhia — disse o monopolizador. — Mas, na verdade, não tenho uma apreciação especial por mendigos.

— Pois então vamos em frente — disse Robin. — O dia estará escuro quando chegarmos a Newark.

Assim prosseguiram, o cavalo magro manquitolando como antes, e Robin correndo ao lado. Embora estivesse gargalhando interiormente, não ousava rir alto, já que o monopolizador poderia suspeitar de alguma coisa. Assim viajaram, até atingir uma colina que ficava à fímbria de Sherwood. Ali o homem magro deixou que seu cavalo marchasse a passo lento, porque a estrada era íngreme, e ele quis economizar as forças da montaria, sabendo o quanto iria percorrer até chegar a Newark. Então se virou na sela e falou novamente com Robin:

— Aqui é o maior perigo, meu amigo, estamos próximos ao local onde habita aquele ladrão vil, Robin Hood. Depois disso, entramos outra vez em território honesto e, portanto, mais seguro em nossa viagem.

— Pois é! Eu gostaria de ter tão pouco dinheiro como tu, já que hoje temo que Robin Hood vá se apoderar de cada moeda do que tenho.

Nisso o outro olhou para Robin e piscou astutamente:

— Eu te digo, amigo, que tenho tanto como tu tens, porém está escondido de tal forma que nenhum patife de Sherwood iria encontrar.

— Certamente não brincas — comentou Robin. — Como poderias esconder duzentas libras em tua pessoa?

— Como és uma pessoa tão honesta, e muito mais jovem do que eu, vou dizer o que não disse ainda a nenhum outro homem no mundo — confidenciou o monopolizador. — Assim podes aprender a nunca mais cometer a tolice de confiar num traje de mendigo para te protegeres contra Robin Hood. Vês esses tamancos em meus pés?

— Sim — disse Robin, rindo. — São grandes demais para qualquer homem ver, mesmo que sua visão seja tão embaçada como a de Peter Patter, que nunca enxergava quando era hora de ir trabalhar.

— Quieto, amigo, não é um assunto para brincar — respondeu o monopolizador. — As solas desses tamancos não são o que parecem ser, porque cada um é uma bela caixinha, que pode ser aberta virando-se o segundo prego a partir do polegar. A parte superior do tamanco e parte da sola levantam como uma tampa, e nos espaços do interior estão noventa libras de ouro brilhante em cada um, tudo envolto em cabelo, para evitar que tilintem e denunciem sua presença.

Quando o monopolizador de cereais disse isso, Robin irrompeu numa gargalhada e, colocando as mãos sobre o bridão, parou o cavalo triste.

— Espera, bom amigo. És a raposa mais astuta que já conheci em toda a minha vida! — disse ele, entre gargalhadas. — Na sola dos tamancos... quem diria! Se eu confiar outra vez num homem com aparência pobre, vou raspar minha cabeça e pintá-la de azul! Um comprador de cereais, cavaleiro, corretor e uma gralha em espertza, é o que digo!

E riu de novo boas gargalhadas.

Todo esse tempo, o monopolizador de cereais estivera olhando para Robin, boquiaberto.

— És maluco? Falando dessa forma, tão alto e num lugar como este? Vamos em frente, e economiza tuas risadas até que estejamos seguros em Newark.

— Não — respondeu Robin, com lágrimas correndo pelas bochechas. — Pensando bem, não irei adiante, porque tenho bons amigos nas imediações. Podes seguir, se queres, bom e doce amigo, mas deves fazer isso descalço, já que sinto que teus tamancos precisam ser deixados para trás. Pode tirá-los, amigo, pois te digo que passei a apreciá-los muito.

A essas palavras o comerciante de cereais ficou pálido como um guardanapo de linho.

— Quem és, para falares assim? — indagou ele.

O alegre Robin riu outra vez e disse:

— Meus amigos por aqui me chamam de Robin Hood; portanto, bom amigo, seria melhor fazeres o que peço e me dares os tamancos, e deves apressar-te, ou não chegarás à bela Newark antes do anoitecer.

Ao som do nome de Robin Hood o comerciante de cereais estremeceu de medo, de tal forma que precisou agarrar-se à crina do cavalo para evitar que caísse de costas. Endireitando-se, e sem mais palavras, retirou os tamancos e deixou-os cair na estrada. Robin, ainda segurando as rédeas, abaixou-se a apanhou-os; depois disse:

— Meu bom amigo, estou acostumado a convidar as pessoas com quem faço negócios para vir e festejar em Sherwood comigo. Mas não convidarei a ti por causa de nossa agradável viagem juntos; digo-te que existem aqueles em Sherwood que não são tão gentis como estou sendo. O nome do monopolizador de cereais deixa um gosto ruim na língua de todos os homens honestos. Aceita meu conselho de tolo, e não chegues mais perto de Sherwood, ou talvez algum dia possas descobrir de repente uma seta entre tuas costelas. Sendo assim, eu te desejo um bom dia.

Dizendo isso, vibrou uma palmada no flanco do cavalo, e lá se foram montaria e cavaleiro. O homem suava de medo
e nunca mais, eu diria, ele foi encontrado tão perto de Sherwood como naquele dia.

Robin ficou observando e, quando o outro havia quase desaparecido, voltou-se rindo e entrou na floresta carregando os tamancos nas mãos.

Naquela noite, na doce Sherwood, as fogueiras avermelhadas brilharam forte, enviando sua luz bruxuleante às árvores e arbustos, e ao redor sentavam-se ou deitavam-se os vigorosos rapazes do bando para ouvir Robin Hood e John Pequeno contarem suas aventuras. Todos ouviram atentos, e de vez em quando a floresta era sacudida por gritos e risos.

Depois que tudo foi contado, frei Tuck falou:

— Bom chefe, tiveste um bom divertimento, mas ainda me mantenho em minha opinião, de que a vida do frade descalço é a mais alegre das duas.

— Pois eu me mantenho com o chefe, porque ele teve as aventuras mais agradáveis dos dois, já que teve duas lutas com bastão num só dia — opinou Will Stutely.

Alguns do bando ficaram com Robin Hood e alguns com John Pequeno. Quanto a mim, acho que — contudo, deixo para vocês dizerem por si com quem ficariam.

XVIII
ROBIN ATIRA PERANTE A RAINHA ELEANOR

A estrada se estendia, branca e poeirenta, sob o sol quente da tarde, e as árvores permaneciam imóveis ao longo da estrada. Por todo o campo o ar quente dançava e tremia; nas águas límpidas do regato no fundo do vale, atravessado por uma ponte, os peixes permaneciam imóveis sobre o fundo de cascalho amarelo, e as libélulas pousavam imóveis, agarradas às pontas finas das folhas dos juncos, com as asas brilhando ao sol.

Ao longo da estrada vinha um jovem montando um belo cavalo berbere, branco como o leite, e as pessoas que passavam paravam e se voltavam para observá-lo, pois nunca haviam visto rapaz tão bonito, ou vestido com tanto apuro, no condado de Nottingham. Ele não teria mais do que dezesseis anos de idade e era belo como qualquer donzela. Seus longos cabelos loiros esvoaçavam à medida que ele cavalgava, todo trajado em seda e veludo, com joias brilhando e a adaga balançando contra a parte mais alta da sela. Assim vinha o pajem da rainha, o jovem Richard Partington, da famosa Londres ao condado de Nottingham, a pedido de Sua Majestade, procurar Robin Hood na Floresta de Sherwood.

A estrada estava quente e poeirenta, e a jornada fora longa, já que naquele dia ele tinha vindo desde a cidade de Leicester, a mais de trinta quilômetros, por isso o jovem Partington ficou contente ao se deparar com uma pequena e agradável estalagem, sombreada e fresca, sob as árvores, em cuja porta havia uma tabuleta pendente, com uma figura azul de um javali. Ali ele puxou as rédeas e pediu em voz alta que lhe trouxessem um jarro de vinho do Reno, pois a cerveja forte do campo era uma bebida rústica demais para esse jovem cavalheiro. Cinco homens vigorosos sentavam-se no banco sob a sombra agradável do enorme carvalho à porta da estalagem, bebendo cerveja, e todos olhavam para o galante rapaz. Dois dos mais vigorosos usavam traje verde, e havia um grande e pesado bastão ao lado de cada um, apoiado contra o tronco envelhecido do carvalho.

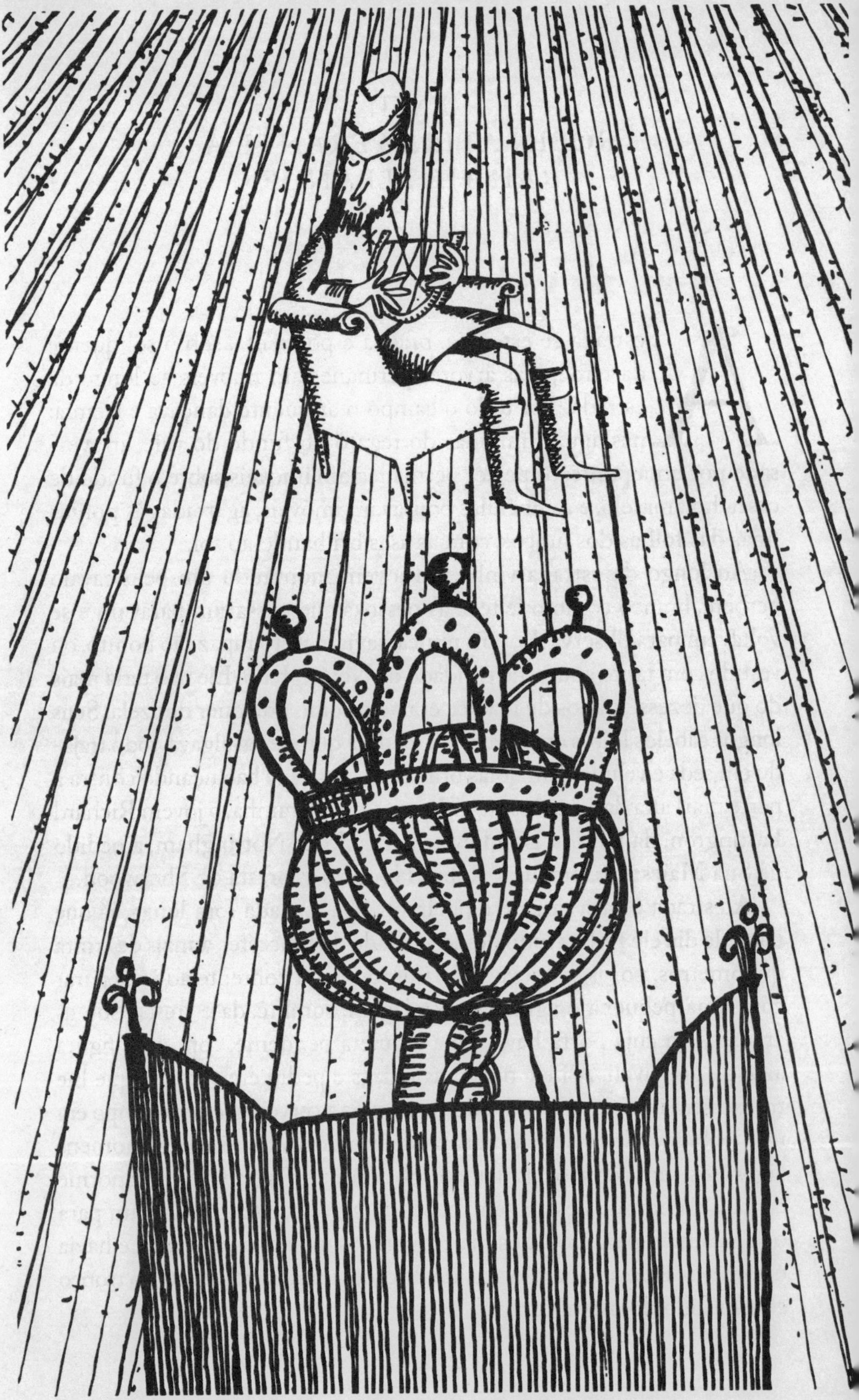

O estalajadeiro trouxe uma jarra de vinho e uma taça longa sobre uma bandeja, que entregou ao pajem enquanto ele se sentava ao lado do cavalo. O jovem Partington derramou sobre a taça o vinho brilhante e amarelado e, erguendo-a fez um brinde:

— À saúde e longa vida de minha patroa real, a nobre rainha Eleanor; e que possam minha jornada e os desejos dela logo se concluir, quando eu encontrar certa pessoa, a quem os homens chamam de Robin Hood.

A essas palavras todos olharam, e os dois homens vestidos de verde começaram a murmurar entre si. Então um deles, que Partington julgou ser o mais alto e forte que já contemplara, falou em voz alta:

— O que queres com Robin Hood, senhor pajem? E o que nossa boa rainha Eleanor deseja dele? Não pergunto isso à toa, porém, tenho um motivo, sei algumas coisas sobre esse homem.

— Se tu conheces algo sobre ele, bom homem — respondeu o jovem Partington —, prestarás grande ajuda a ele e darás prazer à nossa rainha, se me ajudares a encontrá-lo.

Então o outro de verde, que estava com ele, um sujeito bem-apessoado, com o rosto queimado de sol e cabelos cacheados, falou:

— Tens um rosto honesto, senhor pajem, e nossa rainha é boa e sincera com todos os súditos. Pode ser que eu e meu amigo aqui possamos levá-lo até Robin Hood, porque sabemos onde ele pode ser encontrado. Ainda assim, digo-te abertamente que não gostaríamos, pela Inglaterra, de ver nenhum mal ocorrendo a ele.

— Podes aquietar teus temores; nada de mau trago comigo — disse Richard Partington. — Trago uma mensagem benfazeja para ele de nossa rainha; portanto, se sabes onde ele pode ser encontrado, rogo-te que me leves até ele.

Nisso os dois homens se entreolharam, e o mais alto disse:

— Certamente seria seguro fazer isso, Will.

O outro concordou, e ambos levantaram. O mais alto disse:

— Pensamos que dizes a verdade, senhor pajem, e não queres mal a ele, portanto vamos levar-te até Robin Hood, conforme desejas.

Partington pagou a despesa, e os três seguiram seu caminho.

Sob a árvore de reunião, à sombra fresca que se espalhava ao redor, pela clareira, havia luzes bruxuleantes aqui e ali, e Robin Hood, com muitos de seus amigos, acomodavam-se na grama macia, enquanto

Allan A Dale cantava e tocava com sua harpa de som agradável. Todos ouviam em silêncio, pois o canto do jovem Allan era uma das maiores alegrias no mundo para eles; contudo, à medida que escutavam, chegou até eles repentinamente o som de patas de cavalo aproximando-se, e enfim John Pequeno e Will Stutely chegaram pela trilha da floresta à clareira, o jovem Partington entre eles com seu cavalo branco. Os três avançaram até onde Robin Hood estava sentado, o bando inteiro observando assombrado, já que nunca haviam visto alguém como aquele jovem pajem, tão ricamente vestido com sedas e veludos, ouro e joias. Então Robin Hood levantou-se e adiantou-se para recebê-los, e Partington apeou do cavalo e, retirando o chapéu de veludo, se encontrou com Robin, que se aproximava.

— Bem-vindo — saudou Robin. — Bem-vindo, belo jovem; diga-me, rogo-te, o que traz alguém tão belo e usando tais nobres trajes à nossa pobre Floresta de Sherwood?

— Se não me engano, és o famoso Robin Hood, e esse é o decidido bando de fora da lei — disse Partington. — A ti trago saudações da nobre rainha Eleanor. Muito ela ouviu falar de ti e de tuas alegres aventuras, e ela te vê com bons olhos; portanto, ela me envia para dizer que, se fores à cidade de Londres, ela fará tudo o que estiver em seu poder para te guardar contra o mal e cuidará para que retornes em segurança à Floresta de Sherwood outra vez. Daqui a quatro dias, em Finsbury Fields, nosso bom rei Henry, de grande renome, promoverá um grande concurso de tiro, e os mais famosos arqueiros de toda a Inglaterra estarão presentes. Nossa rainha gostaria de ver-te defrontando-te com eles, e sabendo que se fores, por tua vontade, sem dúvida irás conquistar o prêmio. Portanto, ela me manda com palavras de saudações, e envia a ti, como sinal de boa vontade, o anel de ouro de seu belo dedo, que agora passo a tuas mãos.

Então Robin Hood curvou a cabeça e, aceitando o anel, beijou-o lealmente, colocando-o depois em seu próprio dedo. Disse:

— Seria mais fácil eu perder minha vida do que este anel; e, se porventura ele se separar de mim, minha mão estará fria ou decepada. Belo senhor pajem, farei como nossa rainha solicita, e irei contigo para Londres; porém, antes de irmos, oferecerei um banquete a ti aqui na floresta, com o melhor que temos.

— Não pode ser — disse o Pajem. — Não temos tempo para ficar, portanto apronta-te imediatamente; e, se existir alguém de teu bando que queiras levar contigo, nossa rainha pede para dizer que eles serão igualmente bem acolhidos!

— De fato, tens razão, temos pouco tempo — respondeu Robin. — Portanto, vou-me aprontar agora mesmo. Escolherei três homens para me acompanhar, apenas, e serão: John Pequeno, meu braço direito, Will Escarlate, meu sobrinho, e Allan A Dale, meu menestrel. Vamos, rapazes, e aprontai-vos imediatamente, com toda a rapidez possível. Will Stutely deve ser o chefe do bando enquanto eu estiver fora.

John Pequeno, Will Escarlate e Allan A Dale saltaram, alegres, para se prepararem para a jornada, assim como Robin. Depois de algum tempo, quando os quatro se adiantaram, faziam bela figura, pois Robin estava trajando azul dos pés à cabeça, John Pequeno e Will Escarlate vestiam verde e Allan A Dale usava vermelho dos pés até as pontas dos sapatos pontiagudos. Cada homem usava sob o boné um pequeno capacete de aço polido, incrustado com filetes de ouro, e sob o gibão um camisão de cota de malha, tão fino como lã tecida, apesar de tão resistente que nenhuma seta o penetraria. Vendo tudo pronto, o jovem Partington montou novamente e os cinco homens, tendo trocado cumprimentos com os que estavam ao redor, partiram.

Naquela noite, alojaram-se em Melton Mowbray, no condado de Leicester; na noite seguinte, alojaram-se em Kettering, no condado de Northampton; na noite seguinte na cidade de Bedford; na seguinte, em St. Albans, no condado de Hertford. Desse local, partiram não muito depois do meio da noite e viajaram rápido através da suave aurora do dia de verão, quando o orvalho brilhava na umidade dos campos e nevoeiros esparsos pairavam nas campinas, quando os pássaros cantavam as mais doces melodias e as teias de aranha sob os espinheiros brilhavam como tecido feito de prata, e finalmente chegaram às torres e muralhas da famosa cidade de Londres, enquanto a manhã ainda começava e o brilho dourado surgia a leste.

A rainha Eleanor sentava-se em seu caramanchão real, através de cujas treliças penetrava a claridade em grandes lâminas amareladas de luz do sol. Ao redor dela estavam damas que aguardavam conversando em voz baixa, enquanto ela sentava-se com ar sonhador onde o ar penetrava, trazendo os doces perfumes das belas rosas vermelhas que cresciam no grande jardim sob os muros. A ela veio uma dama que anunciou a presença do jovem pajem, Richard Partington, e de quatro homens vigorosos, que aguardavam sua presença no pátio abaixo. Então a rainha Eleanor ergueu-se alegremente e pediu que eles fossem trazidos à sua presença.

Assim, Robin Hood, John Pequeno, Will Escarlate e Allan A Dale compareceram perante a rainha, em seu próprio caramanchão real. Robin ajoelhou-se perante a rainha, com as mãos cruzadas sobre o peito, dizendo, de maneira simples:

— Aqui estou eu, Robin Hood. Convocastes-me a vir, e vos atendo, como servo fiel, pronto a cumprir vossas ordens, mesmo que signifique derramar minha última gota de sangue.

Mas a boa rainha Eleanor sorriu agradavelmente para ele, pedindo que se levantasse; ela fez que todos se sentassem para descansar da longa viagem. Comida abundante foi trazida, além de vinhos nobres, e ela fez que os próprios pajens atendessem aos convidados. Finalmente, depois de terem comido tudo o que desejavam, ela começou a perguntar sobre as aventuras. Eles contaram as histórias pitorescas das quais se falava, e entre outras, aquela relativa ao bispo de Hereford e Sir Richard de Lea, e como o bispo ficara hospedado três dias na Floresta de Sherwood. Com isso, a rainha e suas damas riram bastante, já que imaginavam a cena do rotundo bispo habitando na floresta e andando pela mata com Robin e seu bando. Então, quando haviam contado tudo o que lhes viera à mente, a rainha pediu que Allan cantasse para ela, pois sua fama como menestrel atingira até mesmo a corte da cidade de Londres. Imediatamente Allan apanhou sua harpa e, sem esperar novos pedidos, tocou levemente as cordas até que todas soassem alegremente, e cantou:

> *Belo rio, belo rio,*
> *Brilhantes suas águas de cristal fluem,*
> *Deslizando por onde as faias estremecem,*
> *Passando por onde os lírios florescem,*
>
> *Cantando pelas praias de seixos,*
> *Beijando os botões que se debruçam,*
> *Quebrando onde as andorinhas mergulham,*
> *Elevando-se onde a brisa sopra.*

Flutuando em teu seio para sempre,
Corrente abaixo deslizo;
O pesar e a dor não podem me alcançar
No brilho da tua corrente suave.

Assim meu coração dolorido procura o teu, amor,
Para encontrar descanso e paz,
Pois pelo amor, o êxtase é meu, amor,
E meus problemas cessam.

Assim cantou Allan e, enquanto ele cantava, todos os olhos se dirigiam para ele e nenhum som quebrava a quietude, e, até mesmo depois de terminar, o silêncio durou por um tempo. Assim o tempo passou até que a hora do grande torneio de tiro com arco se aproximasse, em Finsbury Fields.

O famoso Finsbury Fields naquela manhã brilhante e ensolarada de um vigoroso verão era uma bela visão. Ao longo da beira dos campos estavam as barracas para os diferentes grupos de arqueiros, porque os homens do rei estavam divididos em companhias de oitenta homens, e cada companhia tinha um capitão; assim, sobre os gramados verdejantes, erguiam-se dez tendas de lonas listradas, uma para cada grupo de arqueiros reais, e ao topo de cada uma drapejava a bandeira no ar suave, e a cor da bandeira era a do capitão de cada grupo. Na tenda central estava o pendão amarelo de Tepus, o famoso arqueiro do rei; próximo, de um lado estava a bandeira azul de Gilbert da Mão Branca, e do outro o pendão encarnado do vigoroso e jovem Clifton, do condado de Buckingham. Os sete outros capitães eram também homens de grande renome: entre eles estavam Egbert de Kent e William de Southampton; entretanto, os primeiramente mencionados eram os mais famosos de todos. O ruído de muitas vozes conversando e rindo vinha das tendas, e os criados iam e vinham como formigas num formigueiro. Alguns traziam cerveja, e outros traziam feixes de cordas de arcos ou de flechas. De cada lado do campo de tiro havia fileiras e fileiras de cadeiras, chegando até o alto, e no centro da parte norte estava um palanque elevado para o rei e a rainha, sombreado por uma lona de cores alegres e adornada com pingentes azuis e vermelhos, e verdes e brancos. O rei e a rainha ainda não haviam chegado, mas os outros bancos já estavam repletos de pessoas, elevando-se acima dos bancos comuns, e entontecia olhar para eles no alto. A cento e sessenta metros de distância da marca de onde os arqueiros deveriam atirar, estavam dez alvos, cada um deles marcado por uma cor de bandeira relativa aos dez capitães que participariam do torneio. Tudo parecia pronto para a vinda do rei e da rainha.

Finalmente, um clamor de trompas se fez ouvir, e entraram seis arautos com trombetas de prata com pingentes de veludo tramado com ouro e prata. Atrás dos arautos vinha o rei Henry sobre um garanhão acinzentado, com a rainha ao lado, montando um palafrém branco como o leite. A cada lado deles caminhavam os soldados da guarda, o sol rebrilhando nas lâminas polidas das alabardas de aço que eles portavam. Atrás deles vinha a corte, na forma de uma grande multidão, de modo que o gramado logo se avivou com as cores brilhantes, com a seda e o veludo, com as plumas esvoaçantes e o ouro brilhante, com joias faiscantes e empunhaduras de espadas; um belo espetáculo naquele dia claro de verão.

Então todas as pessoas se ergueram e saudaram, de maneira que as vozes juntas soaram como a tempestade sobre a costa da Cornualha, quando as ondas escuras vinham contra o litoral, saltavam e quebravam, atirando-se contra as rochas; assim, entre o rugir dos gritos na multidão, entre o agitar dos lenços e cachecóis, o rei e a rainha chegaram ao seu lugar e, apeando de suas montarias, subiram as escadas largas que conduziam à plataforma elevada, e lá se acomodaram em seus tronos estofados em seda púrpura e tecidos entremeados de prata e ouro.

Quando tudo silenciou, um clarim soou, e imediatamente os arqueiros avançaram, a partir de suas tendas. Eram mais de oitocentos, um bando de homens vigorosos como não se podia encontrar igual no mundo inteiro. Eles vieram em ordem e permaneceram em frente ao palanque onde estavam o rei e a rainha. O rei Henry olhava de cima a baixo as fileiras o coração cheio de orgulho pela visão de um grupo de homens tão galante. Então convidou seu arauto, Sir Hugh de Mowbray, a avançar e anunciar as regras que iriam dirigir a disputa. Sir Hugh avançou até a borda da plataforma e falou em voz alta e clara, de modo que todos o podiam ouvir, até os que estavam mais distantes:

— Que cada homem atire sete flechas ao alvo que pertence a seu grupo e, dos oitenta homens de cada grupo, os três que melhor atirarem serão escolhidos. Esses três deverão atirar três flechas cada um, e aquele que obtiver os melhores resultados será escolhido. Cada um desses deve novamente atirar três setas, e aquele que atirar melhor ganhará o primeiro prêmio, o segundo melhor ganhará o segundo prêmio, e o terceiro melhor ganhará o terceiro prêmio. Cada um dos outros deve ganhar oitenta *pennies* de prata por ter atirado. O primeiro prêmio será de cinquenta libras de ouro, uma trompa de prata incrustada em ouro, e uma aljava com dez flechas brancas com ponta de ouro e provida de penas brancas de asa de cisne. O segundo prêmio será de cem dos mais rápidos cavalos que correm em Dallen Lea, a serem laçados quando o ganhador escolher. O terceiro prêmio será de dois tonéis do bom vinho do Reno.

Assim falou Sir Hugh, e, quando terminou, todos os arqueiros ergueram seus arcos e gritaram. E cada grupo retornou em ordem a seu lugar.

E os tiros começaram, os capitães tomando posição primeiro e disparando suas flechas, abrindo em seguida espaço para seus homens, que ordenadamente dispararam depois, cada um por sua vez. Duzentas e oitenta foram disparadas no total, e com tanta habilidade que, quando terminaram, cada alvo parecia as costas de um porco-espinho depois que o cão da fazenda os fareja. Um bom tempo se passou nessa fase, e, quando terminou, os juízes se adiantaram e disseram, em voz alta, quais as setas que eram as melhores em cada alvo separado. Então um grande alarido se ergueu, cada homem celebrando seu arqueiro favorito. Dez alvos novos foram trazidos, e os sons se aquietaram quando os arqueiros tomaram seu lugar novamente.

Dessa vez os disparos foram feitos com maior rapidez, pois apenas nove setas foram disparadas em cada grupo. Nem uma só seta errou os alvos, mas no de Gilbert da Mão Branca cinco foram colocadas no pequeno círculo branco que delimitava o centro; dessas cinco, três haviam sido disparadas pelo próprio Gilbert. Aí os juízes avançaram novamente e verificaram os alvos, chamando em voz alta o nome do arqueiro escolhido como o melhor de cada grupo. Desses, Gilbert da Mão Branca liderava, porque seis das dez setas que ele disparara tinham se alojado no centro; porém o vigoroso Tepus e o jovem Clifton vinham nos calcanhares dele; ainda assim, os outros tinham uma chance razoável para o segundo ou terceiro lugar.

Entre o alarido da multidão, aqueles dez valorosos concorrentes retornaram às suas barracas para descansar por algum tempo e mudar os encordoamentos dos arcos, já que nada poderia falhar nessa rodada seguinte, nenhuma mão poderia tremer e nenhum olho enxergar menos por causa de cansaço.

Enquanto o burburinho e o vozerio da multidão retornavam, como o ruído do vento pelas folhas da floresta, a rainha Eleanor voltou-se para o rei e falou:

— Achas que esses homens escolhidos sejam os melhores arqueiros em toda a Inglaterra?

— De fato, é verdade — concordou o rei, satisfeito com o que vira. — E digo-te que, não apenas são os melhores arqueiros da Inglaterra, mas, além disso, de todo o mundo.

— E o que dirias, se eu encontrasse três arqueiros que rivalizassem com os melhores três da tua guarda? — perguntou a rainha Eleanor.

— Eu diria que fizeste muito bem o que não consegui fazer — respondeu o rei, rindo. — Não há no mundo três arqueiros melhores do que Tepus, Gilbert e Clifton, do condado de Buckingham.

— Pois bem, conheço três homens que, na verdade, encontrei há não muito tempo — disse a rainha — que não temeria colocar contra quaisquer três que tu escolhas entre teus oitocentos arqueiros; e mais do que isso, eu os colocarei para competir com teus homens, desde que lhes garanta perdão para todos que possam vir pela minha parte.

A essas palavras o rei riu alto e longamente.

— Falas de maneira estranha para uma rainha. Se tu trouxeres esses três dos quais falas, eu darei a eles meu perdão por quarenta dias, para que vão e venham da forma que desejarem, e não tocarei num só fio de cabelo deles. Além disso, se os homens que trouxeres atirarem melhor do que meus homens, homem a homem, terão os prêmios para si mesmos, de acordo com sua habilidade. De repente te interessas por esse tipo de jogos, tens também prazer em apostar?

O rei riu novamente, já que apreciava uma boa brincadeira; por isso, entre risos, falou:

— Aposto dez tonéis de vinho do Reno, dez tonéis da cerveja mais forte, e duzentos arcos de teixo espanhol, temperado, com aljavas e flechas para combinar.

Todos os que estavam por perto sorriram, pois parecia uma aposta alegre que o rei fizesse com sua rainha; mas a rainha Eleanor curvou a cabeça, aceitando.

— Aceito tua aposta. Sei bem onde colocar esses prêmios que ofereces. E quanto ao meu lado? — disse ela, olhando ao redor; porém ninguém ao redor queria assumir o lado da rainha contra arqueiros como Tepus, Gilbert e Clifton. — Quem cobriria meu lado da aposta? Farias isso, lorde bispo de Hereford?

— Não — respondeu o bispo apressadamente —, tais assuntos não combinam com alguém de batina. Além do mais, não existem arqueiros melhores do que os de Sua Majestade em todo o mundo; por isso, eu perderia meu dinheiro.

— Penso que vosso amor ao ouro pesa mais do que os cuidados com os danos à batina — disse a rainha, sorrindo; a isso se seguiram risos, porque todos conheciam o valor que o bispo dava a seu dinheiro. Então a rainha voltou-se para um cavaleiro a seu lado, cujo nome era Sir Robert Lee. — Poderias apoiar-me nesse assunto? Certamente és rico o suficiente para arriscar bastante em intenção de uma dama.

— Para dar prazer à minha rainha eu o faria — respondeu Sir Robert Lee. — No entanto, por nenhum outro motivo no mundo arriscaria um vintém, pois nenhum homem pode enfrentar Tepus, Gilbert e Clifton.

A rainha voltou-se para o rei:

— Não desejo ajuda tal como Sir Robert me ofereceu; mas contra teu vinho e tua cerveja, contra os arcos de teixo, aposto este meu cinto, incrustado com joias, que está à minha cintura; e certamente vale mais do que tua aposta.

— Aceito — disse o rei. — Chama imediatamente teus arqueiros. Ali vêm os competidores; deixa que atirem, e irei comparar os três melhores com os teus.

— Que assim seja — concordou a rainha.

Ela chamou o jovem Richard Partington, sussurrou algo ao ouvido dele, e imediatamente o pajem se curvou e deixou o local, cruzando o prado até o outro lado, onde terminou por misturar-se à multidão. Com isso, os que estavam ao redor murmuraram entre si, imaginando o que significaria tudo aquilo, e que três homens a rainha estaria a ponto de trazer contra os famosos arqueiros da guarda do rei.

Agora os dez arqueiros competidores da guarda do rei assumiam novamente seus postos, e toda a grande multidão fez um silêncio mortal. Lenta e cuidadosamente cada homem atirou suas flechas, e tão profundo era o silêncio que se podia ouvir cada seta ao atingir o alvo.

Então, quando a última seta partiu, uma grande alarido se ergueu; o resultado foi digno da celebração. Mais uma vez Gilbert alojara suas setas na zona branca central do alvo; Tepus viera em segundo, com duas setas no centro e uma no anel negro que o circundava; porém Clifton baixara seu desempenho e Hubert de Suffolk assumira o terceiro lugar, pois, apesar de ambos terem colocado duas setas na zona branca, Clifton perdera um disparo no quarto anel, enquanto Hubert conseguira atingir o terceiro.

Todos os arqueiros ao redor da tenda de Gilbert gritaram de alegria até que a garganta enrouquecesse, atiraram o chapéu para o alto e trocavam apertos de mão.

No meio desse festejo e alarido, cinco homens vieram caminhando na direção do pavilhão do rei. O primeiro era Richard Partington, e era conhecido da maior parte das pessoas ali, mas os outros eram estranhos a todos. Ao lado de Richard vinha um homem totalmente trajado de azul, e atrás dele caminhavam três outros, dois usando verde e o outro, vermelho. Esse último trazia três belos arcos de teixo, dois belamente incrustados em prata e um em ouro. Enquanto esses cinco homens caminhavam pelo campo, um mensageiro veio correndo da parte do rei, chamando Gilbert, Tepus e Hubert a acompanhá-lo. Foi quando a gritaria cessou, porque todos perceberam que algo inesperado estava para ocorrer, por isso os homens se levantaram e inclinaram-se para a frente, a fim de ver o que acontecia.

Quando Partington e os outros chegaram à frente de onde estavam o rei e a rainha, os quatro homens se ajoelharam e tiraram o chapéu para ela. O rei Henry inclinou-se para a frente e observou-os detidamente, porém o bispo de Hereford, quando os viu, ficou como que picado por uma vespa. Abriu a boca como se fosse falar, contudo, ao erguer os olhos, viu a rainha observando-o, com um sorriso nos lábios, portanto nada disse, mas mordeu o lábio inferior, enquanto o rosto ficou vermelho como uma cereja.

Nesse momento a rainha inclinou-se para a frente e disse com voz clara:

— Locksley, apostei com o rei que tu e dois de teus homens poderíeis vencer quaisquer três homens que ele pudesse escolher contra vós. Faríeis isso por mim?

— Sim, minha rainha — respondeu Robin Hood, com quem ela falara. — Farei o melhor para defender-vos e, se falhar, faço uma promessa de jamais tocar a corda de um arco outra vez.

Embora John Pequeno estivesse um tanto abalado com a presença da rainha, sentiu-se como costumava sentir-se quando a sola de seus pés tocava a grama verde; por isso, ousadamente disse:

— Muitas bênçãos ao vosso belo rosto, é o que digo. E se vive um homem que não fizesse o melhor por vós — não direi nada, a não ser que poderia quebrar-lhe o crânio.

— Quieto, John Pequeno! — disse Robin, apressadamente, em voz baixa; porém a boa rainha Eleanor riu em voz alta, e uma onde de alegria surgiu por todo o palanque.

O bispo de Hereford não riu, nem o rei, mas voltou-se para a rainha:

— Quem são esses homens que trouxeste perante nossa presença?

Nesse instante o bispo falou, sem conseguir mais se conter:

— Majestade, esse sujeito em azul certamente é um ladrão fora da lei do centro do país, chamado Robin Hood; o outro patife, alto, atende pelo nome de John Pequeno, o outro sujeito em verde é certo cavalheiro foragido, conhecido como Will Escarlate; o homem em vermelho é um menestrel vagabundo do norte, chamado Allan A Dale.

Com esse discurso, as sobrancelhas do rei cerraram-se, seu semblante escureceu-se, e ele voltou-se para a rainha:

— Isso é verdade?

— Sim — respondeu ela. — O bispo disse a verdade; e sei que ele os conhece bem, pois ele e dois frades passaram três dias em alegres caçadas com Robin Hood, na Floresta de Sherwood. Não achei que o bom bispo fosse trair seus amigos. Mantém em mente que prometeste teu salvo-conduto para esses homens por quarenta dias.

— Manterei minha promessa — disse o rei, numa voz profunda que demonstrava a raiva que lhe ia no coração. — Quando esses quarenta dias terminarem, que esses fora da lei se cuidem, porque as coisas podem não correr tão bem para eles quanto gostariam — voltou-se então para seus arqueiros, que estavam próximos aos homens de Sherwood, ouvindo tudo o que se passava. Disse a eles: — Gilbert, e tu, Tepus, e tu, Hubert, prometi que iríeis competir com esses sujeitos. Se ganhardes, encherei vossos chapéus com moedas de prata; se perderdes, ficareis sem os prêmios que conquistastes com tanta justiça e eles irão para os que os enfrentaram, homem a homem. Fazei o melhor, rapazes, e, se vencerdes ficareis contentes com isso até o final de vossas vidas. Ide agora para vossos alvos.

Os três arqueiros do rei voltaram-se e foram até seus postos, e Robin com seus homens se encaminharam para seus lugares, nos pontos de onde deviam atirar. Encordoaram seus arcos e se aprontaram, escolhendo as flechas mais arredondadas e mais emplumadas.

Mas, quando os arqueiros do rei voltaram às barracas, contaram aos amigos o que se passava, e como aqueles homens eram o famoso Robin Hood e três de seu bando, John Pequeno, Will Escarlate e Allan A Dale. As novas percorreram os arqueiros nas tendas, pois não havia um só homem que não tivesse ouvido falar desses famosos bandoleiros. Dos arqueiros, as novas foram levadas até a multidão que assistia à competição, de modo que todos se ergueram, esticando o pescoço para ver os famosos fora da lei.

Seis alvos novos foram montados, um para cada homem que iria competir; nesse instante Gilbert, Tepus e Hubert saíram de suas tendas. Então Robin Hood e Gilbert da Mão Branca atiraram uma moeda para saber qual grupo teria a iniciativa, e isso coube a Gilbert; ele chamou Hubert de Suffolk para começar.

Hubert tomou posição, firmou os pés e ajustou suavemente uma seta à corda; respirando sobre a ponta dos dedos, retesou lenta e cuidadosamente a corda. A seta partiu equilibrada e alojou-se no centro do alvo; novamente ele atirou e novamente atingiu a mosca; uma terceira seta partiu, porém dessa vez falhou em atingir o centro e atingiu a faixa preta, ainda que tenha sido a menos de um dedo da parte branca. Ergueu-se um alarido no público, já que fora o melhor desempenho de Hubert naquele dia.

O alegre Robin Hood riu, e disse:

— Terás um momento difícil tentando rivalizar esses tiros, Will, pois é tua vez a seguir. Afina teus músculos, rapaz, e não envergonhes Sherwood.

Will Escarlate assumiu seu lugar; mas por excesso de precaução, errou o centro do alvo à primeira flechada, porque atingiu o anel seguinte, o segundo a contar do centro. Robin mordeu os lábios.

— Rapaz! Não segures tanto tempo a corda! Nunca falei o que o velho Swanthold dizia sempre: "cuidado demais acaba derramando o leite"?

Com essas palavras, Will Escarlate prestou mais atenção e a flechada seguinte foi bem no centro do alvo; mais um tiro, e outra vez o centro;

apesar de tudo, Hubert o havia ultrapassado, conseguindo melhor contagem. Todos os que assistiam aplaudiram contentes porque Hubert havia vencido o estrangeiro.

— Se teus arqueiros não atiram melhor do que isso, estás perto de perder tua aposta — disse o rei para a rainha.

Ela, no entanto, sorriu, visto que sabia que viriam coisas melhores de Robin Hood e de John Pequeno.

Agora Tepus assumia seu posto para atirar. Ele também tomou cuidado demais com a primeira flecha, e incorreu no mesmo erro de Will Escarlate. O primeiro tiro acertou o centro, porém o segundo errou, e acertou o círculo preto; a última seta teve melhor sorte, já que atingiu o centro perfeito do alvo, na marca negra que o demarcava.

— Esse foi o melhor tiro do dia de hoje, mas mesmo assim, amigo Tepus, acho que teu bolo queimou — disse Robin Hood. — O próximo é John Pequeno.

Assim, John Pequeno tomou seu lugar conforme foi combinado, e atirou com rapidez suas setas. Não chegou a baixar o braço com o arco, e ajustou cada flecha com o arco elevado; ainda assim suas três setas atingiram o centro a uma distância razoável da parte escura. Não se ouviu nenhum som ou aclamação; embora fosse o melhor desempenho do dia, as pessoas da cidade de Londres não gostavam de ver o bravo Tepus sendo derrotado por alguém do interior, mesmo que fosse alguém tão famoso como John Pequeno.

Agora o corajoso Gilbert da Mão Branca assumia seu lugar e atirava com grande cuidado; novamente, pela terceira vez naquele dia, colocou três setas na parte central do alvo.

— Muito bem, Gilbert — aplaudiu Robin Hood, dando um tapinha no seu ombro. — Posso te garantir que és um dos melhores arqueiros que meus olhos já contemplaram. Deverias ser um homem livre e alegre como nós, pois pareces mais apto a viver na floresta do que nas ruas e muralhas de Londres.

Assim dizendo, ele assumiu seu lugar e apanhou uma seta arredondada na aljava, que ele girou nos dedos até encaixar na corda do arco.

Então o rei resmungou para si mesmo:

— Abençoado seja São Hubert. Se queres apenas deslocar o cotovelo desse patife para fazer que ele erre apenas a segunda seta, prometo acender cento e sessenta velas da grossura de três dedos em tua capela em Matching.

Mas parece que os ouvidos de São Hubert estavam cheios de estopa, porque ele não pareceu escutar as preces do rei Henry naquele dia.

Tendo encontrado três flechas que aprovasse, o alegre Robin olhou cuidadosamente para a corda do arco.

— É, devias ir visitar nossa Floresta de Sherwood — disse ele, esticando a corda até o ouvido. — Em Londres, não se pode atingir senão corvos e gralhas — disse ele, e soltou a corda. — Lá a gente pode atingir as costelas dos mais nobres cervos na Inglaterra.

Apesar de ter atirado enquanto falava, a seta alojou-se a não mais de dois centímetros do centro exato.

— Por minha alma, és o diabo vestido de azul para atirares assim? — exclamou Gilbert.

— Não, não tão bem assim — respondeu Robin.

Assestou outra flecha na corda e dessa vez ela se cravou no centro; uma terceira seta foi atirada e acertou exatamente entre as duas anteriores, de maneira que as penas das três ficaram encostando umas nas outras, no que parecia a distância uma única flecha.

Um murmúrio percorreu a grande multidão, porque nunca antes Londres assistira a tais disparos; e nunca mais veria, depois que os dias de Robin Hood chegassem ao fim. Todos viram que os arqueiros do rei tinham sido vencidos, e o bravo Gilbert estendeu a mão a Robin, admitindo que jamais esperaria atirar daquela forma, como Robin Hood, ou John Pequeno. Mas o rei, cheio de raiva, não queria deixar as coisas assim, embora soubesse que seus homens jamais poderiam enfrentar aqueles competidores.

— Não, Gilbert ainda não perdeu — exclamou ele, apertando as mãos sobre os braços da poltrona. — Pois ele não acertou três vezes o alvo? Ainda que eu tenha perdido minha aposta, ele não perdeu o primeiro prêmio. Irão atirar de novo, e mais uma vez, até que ele ou esse patife do Robin Hood leve a melhor. Vai, Sir Hugh, e providencia mais uma rodada, e outra, e outra, até que um seja vencido.

Sir Hugh, vendo como o rei estava irado, não disse uma palavra, e foi diretamente fazer o que fora ordenado; aproximou-se de onde estavam Robin Hood e o outro, e disse a eles o que o rei ordenara.

— Acedo, de todo o meu coração — disse Robin Hood. — Atiro desde já até o dia de amanhã, se agradar a meu lorde e senhor soberano. Toma teu lugar, Gilbert, e começa.

Assim, mais uma vez Gilbert tomou seu lugar, entretanto, naquele disparou, falhou, porque uma brisa súbita surgiu, e a seta errou o anel central, se bem que pela espessura de uma palha.

— Teu ovo rachou, Gilbert — comentou Robin, rindo.

Imediatamente disparou, e mais uma vez sua flecha atingiu o centro do círculo.

Nesse instante o rei ergueu-se de seu lugar e olhou ao redor com cara de poucos amigos, e seria um dia nefasto para quem ele pilhasse sorrindo ou alegre. Então ele, a rainha e toda a corte saíram de lá, porém o coração do rei estava cheio de raiva em seu interior.

Depois que o rei partiu, todos os homens da guarda real vieram acotovelar-se ao redor de Robin, John Pequeno, Will e Allan, para observar esses famosos sujeitos do interior; com eles vieram muitos apreciadores do esporte, pelo mesmo motivo. Assim aconteceu que os homens com quem Gilbert continuou conversando viram-se cercados por uma multidão, que formou um anel em volta deles.

Depois de algum tempo os três juízes que conferiram os prêmios se aproximaram, e o chefe deles se aproximou de Robin e disse:

— De acordo com o que fora estipulado, o primeiro prêmio pertence a ti; portanto, entrego-te a trompa de prata, aqui a aljava com dez setas de ouro, e aqui a bolsa com cinquenta libras de ouro — enquanto falava, ele entregava os itens mencionados a Robin Hood, voltando-se em seguida para John Pequeno. — A ti pertence o segundo prêmio, cem dos mais rápidos potros que correm em Dallen Lea. Podes colocá-los em competição quando desejares — por último voltou-se para o bravo Hubert. — Quanto a ti, mantiveste teu prêmio contra o arqueiro que enfrentaste, e assim manténs o que tinhas ganhado, a saber: os dois tonéis de bom vinho do Reno. Serão entregues onde quiseres.

Em seguida ele chamou os outros sete arqueiros que haviam competido na última rodada e deu a cada um oitenta pennies de prata.

Nisso Robin falou:

— Mantenho essa trompa de prata, em honra desta competição; mas tu, Gilbert, és o melhor arqueiro da guarda do rei, e a ti entrego de boa vontade esta bolsa de ouro. Aceita, homem, e mereces que fosse dez vezes mais, já que és um homem justo, bom e verdadeiro. Além do mais, a cada um dos que participaram da última fase desse concurso, entrego uma seta de ouro. Mantende-a sempre, para que possais contar a vossos netos, e que sejais sempre abençoados com elas, porque sois os melhores arqueiros do mundo.

Essas palavras foram saudadas com gritos de alegria, pois lhes agradou o que Robin disse.

Então foi a vez de John Pequeno falar:

— Bom amigo Tepus, não quero manter os potros de Dallen Lea que esse bom juiz mencionou, porque na verdade temos mais do que o suficiente em nossa vida na floresta. Cinquenta eu dou a ti por teus disparos, e dou cinco a cada grupo para seu prazer.

Mais um grito de alegria elevou-se, e muitos atiraram o boné para cima, proclamando que não caminhavam sobre a terra pessoas melhores do que Robin Hood e seus companheiros.

Enquanto eles gritavam, um homem alto entre os homens da guarda do rei aproximou-se e puxou Robin pela manga:

— Mestre Robin, tenho algo a dizer-te ao ouvido. É uma coisa tola, de um homem para outro, porém um jovem pajem, que parece um belo pavão, chamado Richard Partington, estava procurando-te na multidão, sem te encontrar, e me recomendou que trouxesse a ti a mensagem de uma determinada dama que conheces. Essa mensagem, ele me pediu que a desse em particular, ao pé da letra, e assim farei. Vamos ver se lembro de tudo... creio que foi assim: "O leão ruge. Cuidado com tua cabeça".

— É mesmo? — indagou Robin, piscando; ele soube imediatamente que fora a rainha quem mandara a mensagem, e que falava sobre a ira do rei. — Agradeço-te, bom amigo, tu me prestaste um favor maior do que imaginas, hoje.

Em seguida chamou em particular seus três amigos e lhes disse que seria melhor partirem, que não seria bom ficarem na cidade de Londres. Assim, sem mais demora, os três atravessaram a multidão até saírem para espaço aberto. E sem parar, deixaram a cidade de Londres e seguiram em direção ao norte.

XIX
A PERSEGUIÇÃO DE ROBIN HOOD

Assim, Robin Hood e os outros deixaram o campo de tiro, em Finsbury Fields, e, sem se desviar, partiram de volta a casa. Foi muito bom terem feito isso, pois ainda não tinham andado cinco ou seis quilômetros quando seis dos homens da guarda do rei se aproximaram da multidão que ali permanecia, procurando Robin e seus homens para apanhá-los e levá-los como prisioneiros. Na verdade era algo ruim para o rei quebrar sua promessa, no entanto, isso tudo ocorreu por interferência do bispo de Hereford, e assim se passou:

Depois que o rei deixou o local da competição, foi diretamente para seu gabinete, e com ele foram o bispo de Hereford e Sir Robert Lee; porém, o rei não disse uma palavra, apenas se sentou, mordendo o lábio inferior, já que seu coração estava tumultuado com o que ocorrera. Finalmente o bispo de Hereford falou, em voz baixa e pesarosa:

— É uma coisa triste, Majestade, que esse enganoso fora da lei possa escapar incólume; deixá-lo voltar são e salvo para a Floresta de Sherwood é como se ele zombasse do rei e seus homens.

A essas palavras o rei ergueu os olhos e encarou seriamente o bispo:

— O que dizes? Irei mostrar a ti, com o tempo, o quanto estás enganado. Assim que os quarenta dias se esgotarem, pretendo apanhar esse fora da lei, mesmo que tenha de derrubar toda a Floresta de Sherwood para encontrá-lo. Pensas que as leis do rei da Inglaterra são para serem desafiadas por um patife sem amigos nem dinheiro?

Então o bispo falou novamente, em sua voz suave e insinuante:

— Desculpai meu atrevimento, Majestade, e acreditai que não tenho nada, a não ser o bem da Inglaterra e os desejos de Vossa Majestade, no coração; mas que bem faria se meu senhor arrancasse as árvores de Sherwood? Não existem outros lugares onde Robin Hood pode se esconder? Cannock Chase não é longe de Sherwood, e a grande floresta de Arden não é longe de Cannock Chase. Além dessas, existem muitas outras florestas em Nottingham e Derby, Lincoln e York, e, em qualquer delas, pensar em apanhar Robin Hood é como pensar em apanhar um rato no meio da poeira e das coisas quebradas de um sótão. Não, Majestade, se ele chegar de novo à floresta, estará para sempre fora do alcance da lei.

A essas palavras o rei começou a tamborilar com os dedos no tampo da mesa, inquieto.

— O que estás querendo que eu faça, bispo? Não me ouviste empenhar a palavra com a rainha? Tua conversa é improdutiva como o vento do fole em carvões apagados.

— Longe de mim apontar o caminho a alguém tão sábio como Vossa Majestade — afirmou o astuto bispo. — Porém, se eu fosse o rei da Inglaterra, deveria examinar esse assunto desta forma: prometi à minha rainha, vamos dizer, que durante quarenta dias aquele patife terá liberdade de ir e vir por toda a Inglaterra; contudo... tenho esse fora da lei ao meu alcance. Deveria eu, tolamente, deixar que uma promessa feita às pressas resolvesse o assunto? Suponha que eu tenha prometido fazer o que Sua Majestade dissesse e ela me dissesse para matar a mim mesmo; eu deveria então fechar meus olhos e correr cegamente de encontro à minha espada? Assim eu discutiria comigo mesmo. Além disso, eu diria para mim mesmo que uma mulher não sabe nada sobre grandes ocorrências em relação a um governo de Estado; da mesma forma, sei que uma mulher é suscetível a cismas, assim como apanha uma flor na estrada, depois a joga fora quando o odor se vai; portanto, embora ela tenha cismado com esse fora da lei, logo isso se dissolve e ele será esquecido. Quanto a mim, tenho o maior bandido da Inglaterra ao meu alcance; devo abrir minha mão e deixar que ele escorregue por entre meus dedos? Isso, Majestade, é o que eu diria a mim mesmo, se eu fosse o rei da Inglaterra.

Foi esse o discurso do bispo, e o rei deixou que seus ouvidos escutassem o malfadado conselho, até que, depois de algum tempo, ele se voltou para Sir Robert Lee e pediu que enviasse seis homens da guarda para aprisionar Robin Hood e seus três homens.

Mas Sir Robert Lee era um gentil cavaleiro nobre, e seu coração se apertou ao ver que o rei quebrava sua promessa; apesar disso, nada disse, pois viu o quão amargamente o rei se sentia em relação a Robin Hood, mas não enviou imediatamente seus homens, e sim foi primeiro à rainha e lhe contou o que se havia passado, e lhe pediu que enviasse um recado a Robin sobre o perigo que corria. Não fez isso pelo bem-estar de Robin Hood, e sim para preservar a honra de seu senhor, se possível. Assim, ocorreu que quando, depois de algum tempo, os guardas foram ao campo de tiro, não encontraram Robin e os outros e, assim, saíram de mãos abanando da feira.

A tarde já ia avançada quando Robin Hood, John Pequeno, Will e Allan avançavam em direção de casa, caminhando alegremente sob a luz amarelada da tarde, que rapidamente se alterava para um tom róseo à medida que o sol baixava nos céus. As sombras se alongavam e finalmente se misturaram ao cinza do crepúsculo suave. A estrada poeirenta estendia-se esbranquiçada entre as sebes escuras de espinheiros e os quatro amigos caminhavam como quatro sombras, o som de seus pés soando alto e suas vozes, enquanto conversavam, ecoando claras sobre o silêncio do ar. A lua, grande e arredondada, flutuava sem fôlego no céu do leste quando eles viram à frente as luzes cintilantes da cidade de Barnet, a uma distância de cerca de quinze a vinte quilômetros de Londres. Caminharam pelas ruas de pedra e por entre as casas confortáveis com espigões pendentes, perante cujas portas sentavam-se os burgueses e artesãos à luz suave da lua, com a família ao redor, e finalmente chegaram do outro lado da aldeia, onde havia uma pequena estalagem, sombreada com rosas e madressilvas. Nessa estalagem Robin Hood parou, porque o local lhe agradou.

— Aqui iremos ficar e descansar esta noite. Estamos bem longe da cidade de Londres e da ira de nosso rei — disse ele. — Se não estiver enganado, encontraremos uma doce hospedagem no interior. O que me dizeis, rapazes?

— Na verdade, chefe, o que dizes e o que quero combinam tanto quanto bolos e cerveja — respondeu John Pequeno. — Vamos entrar, eu digo.

Então falou Will Escarlate:

— Estou sempre pronto a fazer o que dizes, tio. Desejaria que estivéssemos um pouco mais longe ao parar para passar a noite. Apesar disso, se achas que é melhor, vamos ficar aqui para passar a noite, também digo.

Assim, entraram e pediram o melhor lugar possível. Um banquete foi colocado para eles, com duas garrafas de vinho branco envelhecido para acompanhar a comida. Essas coisas foram servidas por uma donzela tão rechonchuda e com seios tão fartos quanto se podia encontrar no país, de modo que John Pequeno, que tinha um olhar atraído por uma moça bonita, mesmo quando havia comida e bebida envolvidas, colocou as mãos na cintura e fixou nela o olhar, piscando a cada vez que a via olhando em sua direção. Deviam ver como a donzela se sacudia com risos e como olhava para John com o canto dos olhos, com uma covinha em cada bochecha; o sujeito sempre tivera jeito com as mulheres.

Assim o banquete se passou alegremente, e nunca aquela estalagem vira convidados tão famintos quanto aqueles vigorosos rapazes; finalmente, porém, terminaram de comer, embora parecesse que isso jamais aconteceria, e sentaram-se, bebericando o vinho branco. Enquanto estavam assim, o anfitrião entrou e disse que estava à porta certo jovem escudeiro, Richard Partington, da parte da rainha, que desejava ver o cavalheiro de azul, e falar com ele sem perda de tempo. Assim, Robin ergueu-se com rapidez e, pedindo ao anfitrião que não o seguisse, deixou os outros a se entreolharem, imaginando o que estaria para acontecer.

Quando Robin saiu da estalagem, viu o jovem Richard Partington sentado sobre seu cavalo sob o luar claro, esperando por ele.

— Que novidades me trazes, senhor pajem? Espero que não sejam ruins — perguntou Robin.

— Bem, pela natureza do assunto, é suficientemente ruim — respondeu Partington. — O rei ficou bastante irritado contigo por causa do bispo de Hereford. Ele mandou prender-vos no campo de tiro em Finsbury Fields, mas, como não conseguiu encontrar-te lá, reuniu seus homens armados, mais de mil, e os está enviando com pressa por esta mesma estrada para Sherwood, ou para apanhar-te no caminho ou para evitar que chegues à floresta. Deu ao bispo de Hereford o comando sobre esses homens, e sabes o que esperar do bispo de Hereford: prazo curto e uma longa corda. Dois grupos de cavaleiros estão já na estrada, não muito longe. Portanto, o ideal seria saíres deste lugar imediatamente, pois, se ficares, estarás mais sujeito a dormir esta noite num calabouço frio. Foi essa a mensagem da rainha que me trouxe até ti.

— Richard Partington — disse Robin. — Essa é a segunda vez que me salvas a vida e, se chegarmos à época apropriada, verás que Robin Hood jamais esquece essas coisas. Quanto ao bispo de Hereford, se eu o apanhar em Sherwood outra vez, as coisas não serão boas para ele. Podes dizer à rainha que sairei deste lugar sem demora, e direi ao estalajadeiro que partimos para Saint Albans; mas, quando estivermos outra vez na estrada, irei por um caminho no campo e mandarei meus homens por outro, de modo que, se um cair nas mãos do rei, os outros poderão escapar. Iremos por caminhos diferentes e, assim, imagino, alcançaremos Sherwood em segurança. Agora, senhor pajem, desejo-te boa viagem.

— Adeus, patrulheiro da floresta, que possas alcançar teu esconderijo em paz — respondeu o jovem Partington.

Apertaram-se as mãos e o rapaz voltou seu cavalo na direção de Londres, partindo, enquanto Robin entrava mais uma vez na estalagem. Encontrou seus companheiros sentados em silêncio, esperando sua vinda; da mesma forma o estalajadeiro se encontrava lá, visto que estava curioso para saber o que mestre Partington queria com o homem de azul.

— Levantai-vos, homens — disse Robin. — Aqui não é lugar para nós, para que os que nos perseguem não nos encontrem e não caiamos nas mãos deles. Continuamos nosso caminho, e não vamos parar até chegar a Saint Albans.

Então, apanhou sua bolsa, pagou ao estalajadeiro o que era devido e deixaram a estalagem.

Quando chegaram à estrada fora da cidade, Robin parou e lhes contou tudo o que se passara entre o jovem Partington e ele, e como os homens do rei estavam atrás deles com asas nos pés. Disse a eles que deveriam separar-se; os três deveriam ir para leste enquanto ele ia para oeste, e assim, margeando as estradas principais, chegariam a Sherwood por caminhos ocultos.

— Sede espertos — disse Robin Hood — e mantende-vos bem longe das estradas do norte até que estejais bastante para leste. E tu, Will Escarlate, lidera os outros, pois tens uma veia ardilosa.

E Robin beijou os três no rosto, eles o beijaram, e assim se separaram.

Não muito tempo depois disso, vinte ou mais homens do rei batiam à porta da estalagem na cidade de Barnet. Ali saltaram de seus cavalos e rapidamente cercaram o local, o líder e mais quatro homens entrando no salão onde Robin e seus companheiros haviam estado. No entanto, descobriram que seus pássaros haviam voado novamente, e que o rei fora enganado uma segunda vez.

— Penso que deviam ser sujeitos malandros — relatou o estalajadeiro, quando ficou sabendo quem eles procuravam. — Mas ouvi aquele patife vestido de azul dizer que iriam direto para Saint Albans; assim, se fordes com rapidez, talvez o apanheis na estrada antes de chegar lá.

Com essas novas informações o líder agradeceu profundamente e, reunindo seus homens, montou e seguiu em frente, galopando para Saint Albans para uma perseguição feroz.

Depois que John Pequeno, Will Escarlate e Allan A Dale saíram da estrada perto de Barnet, viajaram para leste, sem parar, enquanto suas pernas os podiam carregar, até chegarem a Chelmsford, em Essex. Então se voltaram para o norte, e passaram por Cambridge e pelo condado de Lincoln, até a boa cidade de Gainsborough. Atingindo o oeste e o sul, chegaram finalmente à fronteira sul da Floresta de Sherwood, todo esse tempo sem encontrar uma só patrulha dos homens do rei. Oito dias viajaram até atingir em segurança seu destino; mas quando chegaram à clareira de reuniões, repararam que Robin ainda não retornara.

Robin não teve tanta sorte quanto seus homens, como irão ouvir agora.

Depois de deixar a grande estrada do norte, ele se voltou para o oeste e passou por Aylesbury, para a bela Woodstock, no condado de Oxford. Aí voltou seus passos para o norte, viajando por um bom pedaço no caminho da cidade de Warwick, até chegar a Dudley, no condado de Stafford. Levou sete dias para realizar a jornada até ali, depois pensou que havia caminhado o suficiente para o norte, portanto virou para leste, evitando as estradas principais e, escolhendo passagens e prados gramados, continuou, pelo caminho de Litchfield e Ashby de La Zouch, na direção de Sherwood, até chegar a um local chamado Stanton. Nesse momento, o coração de Robin começou a cantar de alegria, pois imaginou que o perigo se fora, e que suas narinas logo iriam sentir o perfume resinoso da floresta mais uma vez. Entretanto, pode existir muita coisa entre a taça e os lábios, e isso Robin estava perto de descobrir. Foi assim:

Quando os homens do rei descobriram a si mesmos despistados em Saint Albans, e que Robin e seus homens não se encontravam em lugar algum, não souberam o que fazer. Outro bando de homens chegou, e outro ainda, até que as ruas enluaradas estivessem cheias de homens armados. Entre a meia-noite e a aurora, outro grupo chegou à cidade, e com eles veio o bispo de Hereford. Quando percebeu que Robin Hood havia escapado mais uma vez da armadilha, não quis ficar nem um minuto, porém, juntando os grupos de homens, partiu célere para o norte, deixando ordem para que todos os soldados que chegassem a Saint Albans o seguissem sem demora. Na noite do quarto dia ele chegou à cidade de Nottingham, e lá dividiu seus homens em grupos de seis ou sete e os mandou através dos campos, bloqueando todas as estradas e trilhas para o leste, sul e oeste de Sherwood. O xerife de Nottingham também acionou seus homens e juntou-se ao bispo, porque percebeu aí sua maior chance de acertar as contas com Robin Hood. Will Escarlate, John Pequeno e Allan A Dale haviam acabado de evitar os homens do rei para o leste, já que no dia seguinte àquele em que haviam passado a linha e entrado nos limites da Floresta de Sherwood, as estradas pelas quais haviam passado foram bloqueadas, de modo que, se tivessem demorado em sua jornada, teriam caído nas mãos do bispo.

Mas de tudo isso Robin não sabia; por isso assobiava alegremente à medida que caminhava pela estrada atrás de Stanton, com o coração tão livre quanto uma gema de ovo está livre de teias de aranha. Finalmente ele chegou a um local onde um regato atravessava a estrada com uma lâmina rasa de água, brilhando e murmurando através do leito de pedregulhos dourados. Ali Robin parou, com sede, e, ajoelhando-se, colocou as mãos em concha e começou a beber. Do outro lado da estrada, por uma boa distância, havia um emaranhado de espinheiros e árvores jovens, e agradou a Robin Hood escutar os pássaros cantando, porque lembrava Sherwood, e parecia que uma vida inteira se passara desde que ele respirara o ar da floresta. De súbito, enquanto ele se inclinava, bebendo, algo zuniu perto de seu ouvido, e atingiu com um ruído líquido a água e o cascalho a seu lado. Num piscar de olhos ele colocou-se em pé e, num salto, atravessou o regato e a lateral da estrada e mergulhou de cabeça nos arbustos, sem olhar ao redor, pois sabia muito bem que o assobio letal próximo à sua orelha fora produzido por uma seta de pena cinza de ganso, e que se demorar mesmo um segundo poderia significar a morte. Mesmo enquanto saltava no mato, seis outras setas penetravam entre os galhos ao redor dele, uma das quais furou seu gibão, e o teria atingido em cheio no flanco, não fosse a cota de malha de aço que estava usando. Estrada acima vinham cavalgando seis homens do rei, em velocidade. Saltaram de seus cavalos e entraram no espinheiro atrás de Robin. Mas Robin conhecia o terreno melhor do que eles e, rastejando aqui, abaixando-se acolá, depois correndo no espaço aberto das pequenas clareiras, logo os deixou para trás, emergindo, afinal, em outra estrada, a cerca de oitocentos passos de distância daquela que havia deixado. Ali ele permaneceu por um momento, ouvindo os gritos distantes de sete homens, à medida que batiam o mato como sabujos que houvessem perdido o rastro da presa. Apertando o cinto com mais firmeza ao redor da cintura, ele correu pela estrada na direção leste, para Sherwood.

Mas Robin ainda não havia percorrido seiscentos metros naquela direção quando chegou diretamente ao alto de uma colina e viu abaixo outro bando de homens do rei sentados à sombra, ao longo da estrada no vale abaixo. Parou por um instante, mas, vendo que eles não o haviam percebido, voltou-se e correu para o lado de onde viera, sabendo que tinha mais chance de escapar dos sujeitos que ainda estavam no mato do que correr direto para as armas dos que estavam no vale. Correu de volta a toda velocidade e conseguiu passar com certa folga pelo mato, quando os sete homens surgiram ao aberto na estrada. Todos soltaram um grande grito quando o viram, como o caçador ao avistar a corça sair de sua proteção, mas Robin estava a mais de quatrocentos metros deles, correndo como um galgo. Não chegou a diminuir o ritmo, continuou correndo, quilômetro após quilômetro, até chegar próximo a Mackworth, bem além do rio Derwent, perto da cidade de Derby. Ali, vendo que estava fora de perigo imediato, diminuiu um pouco o ritmo da corrida e finalmente se sentou atrás de uma sebe, onde o mato era mais alto e a sombra, mais fresca, para descansar e recuperar o fôlego.

"Por minha alma, Robin" disse ele para si mesmo. "Essa foi a escapada mais estreita que tiveste em toda a tua vida. Declaro solenemente que a pena daquela seta fez cócegas na minha orelha quando passou. Essa corrida me deu um enorme apetite por uma boa comida e sede por boa bebida. Agora rezo a São Dunstan para que me mande rapidamente comida e bebida."

Parece que São Dunstan estava pronto a atender às preces dele, porque pela estrada vinha caminhando um sapateiro, certo Quince, de Derby, que fora levar um par de sapatos para um fazendeiro em Kirk Langly, e agora ia voltando para casa, com um frango assado na bolsa e um belo pote de cerveja ao lado, que o tal fazendeiro lhe dera por alegria em ter recebido o belo par de sapatos. O bom Quince era um sujeito honesto, mas seu cérebro era do tipo mais pesado, como farinha não cozida, de maneira que a única coisa que lhe passava pela cabeça no momento era: "Três xelins e seis pennies por teu sapato, bom Quince... três xelins e seis pennies por teu sapato", e isso ecoava sem parar na cabeça dele, sem outro pensamento que se intrometesse, como se fossem ervilhas rolando num jarro vazio.

— Olá, bom amigo — cumprimentou Robin, detrás da sebe, quando o outro se aproximou. — O que te traz por aqui tão alegremente neste dia de sol?

Ouvindo-se chamado, o sapateiro parou e, vendo um estranho muito bem-vestido em azul, respondeu em tom educado:

— Desejo-te bom dia, belo senhor, e diria que venho de Kirk Langly, onde vendi meu sapato e ganhei três xelins e seis pennies por eles, em dinheiro vivo como deve ser, e honestamente ganho, também, é bom dizer. Se posso ousar perguntar, belo senhor, por que estás atrás da sebe?

— Vê, fico aqui atrás da sebe para jogar sal na cauda dos pássaros dourados; porém, na verdade, és o primeiro ser de valor que vejo neste dia abençoado.

A essas palavras os olhos do sapateiro se arregalaram e sua boca abriu-se de espanto, redonda como um buraco numa cerca de taboas.

— Cáspite! Veja só! — disse ele. — Nunca vi esses tais pássaros dourados. E deves na verdade encontrá-los nessas cercas, bom amigo? Rogo que me digas, existem muitos deles? Eu mesmo gostaria de encontrar algum.

— Sim, verdade, eles aparecem tanto aqui quanto arenques frescos em Cannock Chase.

— Veja só! — admirou-se o sapateiro. — E deves na verdade apanhá-los jogando sal nas belas caudas?

— Sim — confirmou Robin. — No entanto, é um sal diferente, digo-te que só pode ser obtido ao se ferver um litro de raios de luar num prato de madeira, e depois só se obtém uma pitada. Mas diz-me, homem esperto, o que tens nessa bolsa ao lado, e nessa garrafa?

A essas palavras o sapateiro olhou para as coisas que Robin mencionara, já que os pensamentos com os pássaros dourados haviam elevado sua mente, e ele levou algum tempo para voltar ao presente.

— Bem — disse ele por fim —, na garrafa tenho a boa cerveja de março, e na bolsa tenho um frango gordo. Na verdade, Quince, o sapateiro, terá um banquete hoje, se não estou enganado.

— Diz-me uma coisa, Quince, poderias pensar em vender essas coisas para mim? — propôs Robin. — Pois só escutar sobre elas é doce a meus ouvidos. Dar-te-ei essas belas roupas azuis que tenho vestidas e dez xelins para trocar com tuas roupas, teu avental de sapateiro, tua cerveja e teu frango. O que me dizes, meu rapaz?

— Brincas comigo? — disse o sapateiro. — Minhas roupas estão velhas e gastas, e as tuas estão novas e são muito bonitas.

— Nunca brinco. Vamos, tira teu gibão e vou mostrar, pois gosto muito de tuas roupas. Além do mais, serei generoso, porque irei dividir as boas coisas que trazes contigo, e deves comer comigo.

Dizendo essas palavras, Robin começou a retirar seu gibão e o sapateiro, vendo que ele dizia a verdade, começou também a fazer o mesmo, considerando que os trajes de Robin Hood lhe agradavam os olhos. Cada um colocou as roupas do outro, e Robin deu ao sapateiro dez brilhantes xelins novos.

— Já vi muitas coisas na vida, mas não tinha visto um sapateiro honesto — disse o alegre Robin. — Vem, amigo, vamos comer, algo dentro de mim anseia por esse frango gordo.

Assim, ambos sentaram-se e começaram a comer com apetite, até deixarem os ossos do capão mais limpos do que a caridade.

Robin, então, esticou as pernas com um sentimento agradável de satisfação dentro de si.

— Pelo tom de tua voz, bom Quince, acho que tens uma ou duas canções correndo soltas em tua cabeça, como potros num prado. Rogo-te, canta uma delas para mim.

— Uma ou duas canções tenho eu — admitiu o sapateiro. — Pobres delas, pobres delas; mas irei cantar uma.

Molhando a garganta com um grande gole de cerveja, ele começou a cantar:

> *De todas as alegrias, a que mais adoro,*
>   *Cante, ei!, minha travessa Nan, oh,*
> *E o que emociona mais minha alma*
>   *É o tilintar da lata, oh.*

> *Todas as outras coisas boas, eu as descartaria,*
>   *Cante, hei! minha travessa Nan, Oh,*
> *Mas este —*

O vigoroso sapateiro não conseguiu continuar sua canção, porque de repente seis cavaleiros se atiraram sobre ele e agarraram o honesto artesão, erguendo-o, e quase rasgando suas roupas ao fazer isso.

— Ah! — disse o líder do bando, com voz alegre. — Viste como te apanhamos, patife de azul? Agora, abençoado seja o nome de São Hubert, pois o bispo de Hereford prometeu muita coisa ao grupo que o levasse até ele. Patife esperto! Pareces tão inocente! Conhecemos-te bem, raposa velha. Agora vais conosco para teres o pelo escovado!

A essas palavras o pobre sapateiro olhava para todos ao redor, com seus grandes olhos azuis tão arregalados como os de um peixe morto, enquanto sua boca se abria como se ele tivesse engolido todas as suas palavras e perdido a fala.

Robin também olhava de uma forma surpresa e maravilhada, assim como o sapateiro teria feito em seu lugar:

— Muito me surpreende! — disse ele. — Não sei se estou sentado aqui ou numa terra de ninguém! O que significa toda essa agitação, cavalheiros? Certamente esse é um sujeito bom e honesto.

— Honesto, dizes? — respondeu um dos homens. — Pois digo-te que esse é o tal malandro a quem chamam de Robin Hood.

Com esse discurso, o sapateiro arregalou ainda mais os olhos, já que havia grande movimento de pensamentos no interior de sua pobre cabeça, e tudo parecia estar enevoado. Além do mais, quando olhou para Robin Hood e viu que se este se parecia muito com o que ele mesmo costumava ser, começou a duvidar, e pensar que talvez ele mesmo fosse o famoso fora da lei. Em voz alta e espantada, disse:

— Sou mesmo esse sujeito? Pensei isso... mas, Quince, estás enganado... ainda assim... será que sou? Pode ser que eu seja mesmo Robin Hood. Nunca tinha pensado em passar de trabalhador honesto para alguém famoso assim.

— Nossa! Vede o que a vossa violência fez à cabeça do pobre homem! — disse Robin. — Eu mesmo sou Quince, sapateiro da cidade de Derby.

— É mesmo? — perguntou Quince. — Então, com efeito, devo ser outra pessoa qualquer, e pode ser que não seja outro que não Robin Hood. Levai-me, amigos; mas deixai avisar que colocastes a mão no sujeito mais valente que já andou por essas florestas.

— Vais bancar o louco, é? — disse o líder. — Aqui, Giles. Amarra as mãos desse sujeito para trás. Garanto que ele vai recuperar sua saúde mental quando o levarmos para o nosso bom bispo na cidade de Tutbury.

Amarraram as mãos do sapateiro atrás do corpo e o levaram à ponta de uma corda, como fariam a um novilho que fosse para a feira. Robin ficou olhando para os homens e, depois que partiram, riu até que as lágrimas rolassem por seu rosto; sabia que nenhum mal ocorreria ao honesto artesão, e já podia imaginar o rosto do bispo quando visse o bom Quince à sua frente como se fosse Robin Hood. Voltando os passos outra vez para leste, caminhou na direção do condado de Nottingham e da Floresta de Sherwood.

Porém Robin Hood avançara mais do que tinha pretendido. Sua jornada desde Londres fora longa e difícil, e em sete noites ele viajara mais de duzentos quilômetros. Pensava em continuar sem parar até chegar a Sherwood, mas depois de percorrer quinze quilômetros sentiu que suas forças se esgotavam como o barranco do rio, que caía com a força da corrente. Sentou-se e descansou, pois sabia em seu íntimo que não poderia mais avançar naquele dia, porque seus pés pareciam feitos de chumbo, de tão pesados com o cansaço. Mais uma vez ele se ergueu e seguiu em frente, no entanto, depois de viajar pouco mais de um par de quilômetros, teve vontade de parar. Assim, chegando a uma estalagem, entrou, e, chamando o estalajadeiro, pediu que o levasse a um quarto, embora o sol estivesse apenas começando a se pôr, para os lados do oeste. Só havia três quartos nesse local, e ao pior deles Robin foi conduzido, mas não ligou para o local, já que naquela noite dormiria ainda que fosse numa cama de cascalho. Retirando as roupas, sem demora se deitou e dormiu assim que sua cabeça repousou sobre o travesseiro.

Não muito tempo depois que Robin fora descansar, uma grande nuvem escureceu as colinas a oeste. Mais e mais foi chegando e acumulando-se na noite como uma montanha de escuridão. Ao redor dela, de quando em quando surgiam descargas avermelhadas, e cada vez mais o resmungo constante dos trovões. Pela estrada vinham quatro cidadãos da cidade de Nottingham e, sendo aquela a única estalagem em oito quilômetros, não queriam ser apanhados em tal tempestade como a que se aproximava. Deixando os animais para o cavalariço, entraram no salão da estalagem, onde havia juncos frescos pelo chão, e lá pediram o que de melhor havia no local. Depois de terem comido bem, pediram ao estalajadeiro que os levasse a seus quartos, pois estavam cansados, tendo viajado desde Dronfield naquele dia. Assim foram, resmungando por terem de dormir dois numa cama, porém os problemas, como sempre acontece, foram logo esquecidos na quietude do sono.

E então vieram as primeiras rajadas de vento, fustigando o local, fechando e batendo portas e as janelas e venezianas, trazendo o cheiro da chuva que vinha, tudo envolvido em uma nuvem de poeira e folhas. Como se o vento tivesse trazido um convidado com ele, a porta se abriu de súbito e entrou um frade do priorado de Emmet, bastante graduado, conforme ficava demonstrado pelo corte e maciez de seu hábito, e pela riqueza de seu rosário. Chamou o estalajadeiro e fez que ele primeiro alimentasse e cuidasse da mula no estábulo, e depois que trouxesse o que havia de melhor na casa. Isso, no momento, era um saboroso guisado de miúdos e cebolas, além de pudins doces de massa recheada de frutas, que lhe foram servidos, além de um reforçado jarro de vinho branco de Malmsey; imediatamente o santo frade se atirou com vontade e coragem a comer, de modo que em pouco tempo não restava nada, a não ser um pouco de molho no centro do prato, tão pequeno que mal conseguiria manter vivo um rato faminto.

Nesse ínterim, a tempestade desabou. Outra rajada de vento veio e, com ela, algumas gotas grossas de chuva, que terminaram por cair em abundância, batendo contra as janelas, como centenas de pequenas mãos. Relâmpagos brilhantes iluminavam ocasionalmente cada gota, e com eles vieram trovões, rugindo como se São Swithin estivesse ocupado rolando grandes barris de água no chão dos céus, bem acima. As mulheres gritavam, e os homens se aproveitaram para passar os braços em suas cinturas a fim de acalmá-las.

Finalmente o frade pediu que o estalajadeiro o conduzisse a seu quarto; contudo, quando ouviu que teria de dividir a cama com um sapateiro, ficou tão descontente como não se poderia achar ninguém na Inglaterra. Apesar disso, nada havia a fazer, só lhe restava dormir ali, ou em nenhum outro local; assim, apanhando a vela, ele se foi, resmungando como um trovão distante. Quando ele chegou ao quarto onde dormiria, segurou a luz sobre Robin e observou-o de alto a baixo; sentiu-se melhor, porque em vez de se deparar com um sujeito tosco, de barba suja, contemplou um sujeito tão limpo como alguém que pudesse ser encontrado numa tarde de domingo, passeando; retirou então sua roupa e acomodou-se na cama, onde Robin, grunhindo em seu sono, abriu espaço para ele. Robin estava profundamente adormecido, afirmo, pois estava sem descansar havia vários dias, ou não teria ficado tão sossegado com um frade tão próximo a ele. Quanto ao frade, se soubesse como Robin Hood era, podem acreditar que ele preferiria dormir com uma víbora a dormir ao lado do homem que tinha por companheiro de cama.

Assim a noite se passou suficientemente confortável, porém, ao primeiro alvor do dia, Robin abriu os olhos e virou a cabeça sobre o travesseiro. Surpreendeu-se e abriu os olhos. Ao seu lado estava um sujeito barbeado e de cabelos curtos, de modo que parecia alguém que tivesse feito os votos nas ordens sagradas. Beliscou-se com força e, sentindo dor, percebeu que estava desperto, e sentou-se na cama, enquanto o outro ressonava pacificamente, como seria se estivesse a salvo no priorado de Emmet.

"Imagino como essa coisa tenha caído em minha cama durante meu sono", disse Robin para si mesmo.

Levantou-se devagar, de modo a não acordar seu companheiro, e, olhando pelo quarto, viu as roupas do outro sobre um banco próximo à parede. Em primeiro lugar olhou para as roupas, depois, inclinando a cabeça, olhou para o frade e piscou um dos olhos.

— Meu bom irmão, qualquer que seja teu nome, como emprestaste minha cama enquanto eu dormia, irei, então, emprestar teu traje em troca — disse ele.

Assim dizendo, apanhou as vestes do frade, mas bondosamente deixou as do sapateiro em troca. Então se foi, no frescor da manhã, e o cavalariço que cuidava do estábulo arregalou os olhos como se tivesse visto um rato verde à sua frente, já que um frade de Emmet não era visto com frequência àquela hora da manhã; porém o homem escondeu o que pensava e só perguntou a Robin se queria que trouxesse sua mula.

— Sim, meu filho — disse Robin, embora nada soubesse da mula.
— E traze depressa, rogo-te, estou atrasado e preciso partir rápido.

O homem trouxe a mula, e Robin a montou, seguindo seu caminho, alegre.

Quanto ao santo frade, quando acordou, percebeu estar encrencado como qualquer outro homem no mundo, pois seus belos e ricos trajes haviam sumido, assim como sua bolsa, que continha dez libras de ouro no interior, e nada fora deixado para trás, a não ser trajes remendados e um avental de couro. Irou-se e praguejou como qualquer pagão, mas sua ira não o levou a lugar nenhum nem o estalajadeiro pôde ajudá-lo;

além do mais, o frade era obrigado a comparecer ao priorado de Emmet naquela mesma manhã a negócios, por isso teve de vestir as roupas do sapateiro, ou andar nu pela estrada. Assim colocou as roupas e, ainda jurando vingança e irado contra todos os sapateiros no condado de Derby, partiu a pé; porém seus percalços ainda não haviam terminado, porque não havia caminhado muito quando caiu nas mãos dos homens do rei, que o levaram, de qualquer jeito, até a cidade de Tutbury e ao bispo de Hereford. Em vão jurou que era um homem consagrado ao serviço religioso e mostrou sua tonsura na cabeça, cortada a navalha; não houve jeito de não ir, convencidos que estavam de que ele era Robin Hood.

Entrementes, o alegre Robin cavalgava contente, passando com segurança por dois grupos de homens do rei, até que seu coração começou a dançar feliz, pela proximidade de Sherwood; assim continuou viajando para leste, até que, repentinamente, deparou-se com um nobre cavaleiro, numa alameda sombreada. Robin parou a mula, e apeou.

— Finalmente nos encontramos, Sir Richard de Lea — disse ele. — Mais do que qualquer outro homem na Inglaterra, gostei muito de ver teu rosto neste dia de hoje!

Então ele narrou a Sir Richard os acontecimentos que vinham se sucedendo e como finalmente ele se sentia seguro, estando tão próximo a Sherwood outra vez. Mas quando Robin terminou, Sir Richard balançou tristemente a cabeça.

— Estás em perigo ainda maior agora, Robin, do que estiveste antes — disse ele. — À nossa frente estão homens do xerife bloqueando todas as estradas e não deixando ninguém passar sem um exame apurado. Sei disso, acabei de passar por eles. À tua frente estão os homens do xerife e atrás os homens do rei, e não podes passar para nenhum dos lados, porque a essa altura já conhecem teu disfarce e estarão só aguardando para te apanhar. Meu castelo e tudo o que tenho estão à tua disposição, mas nada poderia ser realizado de lá; não posso ter esperança em enfrentar tamanha força como a que agora se encontra em Nottingham, entre os homens do xerife e os homens do rei.

Tendo falado, Sir Richard curvou pensativo a cabeça, e Robin sentiu o coração pesado, como o da raposa que escuta os sabujos em seus calcanhares, e encontra sua toca bloqueada com terra, de maneira que não lhe resta esconderijo. No entanto, Sir Richard falou outra vez:

— Uma coisa podes fazer, Robin, e somente uma. Volta para Londres e te coloca sob a proteção de nossa boa rainha Eleanor. Vem comigo direto para meu castelo. Livra-te dessas roupas e coloca aquelas que meus homens usam. Podes ir comigo para a cidade de Londres com uma tropa de homens, e te misturarás com eles, e assim poderei levar-te até onde podes ver e falar com a rainha. Tua única esperança é chegar a Sherwood, porque lá nenhum desses homens pode encostar a mão em ti, porém nunca chegarás lá a não ser dessa forma.

Assim, Robin foi com Sir Richard de Lea, e fez conforme foi dito, pois viu sabedoria no que o cavaleiro dissera e que aquela seria sua única chance de segurança.

A rainha Eleanor caminhava em seu palácio real, entre as rosas, cujos botões floresciam docemente, e com ela caminhavam seis de suas damas de companhia, conversando displicentemente. De repente, um homem saltou do alto da muralha vindo do outro lado e, pendendo por um instante, caiu suavemente sobre a grama abaixo. Todas as damas de companhia gritaram, surpresas com a brusquidão da chegada dele, mas o homem correu para a rainha e ajoelhou-se aos seus pés, e ela percebeu tratar-se de Robin Hood.

— Ora veja, Robin — espantou-se ela. — Então ousas vir para as mandíbulas do leão raivoso? Pobre homem! Estarás perdido se o rei te encontrar. Não sabes que ele está te procurando por todo o país?

— Sim, sei bem que o rei me procura, e por isso vim, Majestade; certamente nenhum mal pode cair sobre mim, se ele empenhou com Vossa Majestade a palavra real por minha segurança. Além disso, conheço vossa bondade e a gentileza de vosso coração, assim coloco livremente minha vida em vossas mãos.

— Entendo o que queres dizer, Robin Hood — respondeu a rainha —, e terias toda a razão em me reprovar, porque sei que não fiz o que me comprometi a fazer. Sei bem que deves ter sido bastante pressionado para passar de um perigo para outro. Mais uma vez te prometo minha ajuda, e farei tudo o que puder para te enviar em segurança à Floresta de Sherwood. Peço-te que fiques aqui até que eu volte.

Depois de falar, ela deixou Robin no roseiral e ficou fora bastante tempo.

Quando retornou, Sir Robert Lee estava com ela, e as bochechas da rainha estavam coradas e seus olhos brilhantes, como se tivesse usado palavras veementes. Então, Sir Robert veio diretamente até onde estava Robin Hood e falou com ele em tom frio e sério:

— Nosso gracioso soberano, o rei, descansou sua ira contra ti, e mais uma vez prometeu que partirias em paz e em segurança. Não apenas prometeu isso, como em três dias ele enviará um de seus pajens, para ir contigo e se certificar de que não serás preso em teu retorno para casa. Podes agradecer a teu santo patrono por teres uma amiga tão fiel em nossa nobre rainha, pois não fosse pelos argumentos e pelo poder de persuasão dela, serias um homem morto, isso eu posso dizer. Deixa que esse perigo que passaste te ensine duas lições. Em primeiro lugar, sê mais honesto. Em segundo, não sejas tão ousado em tuas idas e vindas. Um homem que caminha na escuridão como fizeste pode escapar por algum tempo, entretanto, no final certamente cairá no poço. Colocaste tua cabeça na boca de um leão zangado e ainda assim escapaste, por milagre. Não tentes repetir o feito.

Dizendo isso, ele voltou-se e saiu.

Por três dias Robin ficou em Londres, em território da rainha, e, ao final desse tempo, foi procurado por um pajem do rei, Edward Cunningham, que o levou com ele, partindo em direção ao norte, para a Floresta de Sherwood. Ocasionalmente passaram por grupos de homens do rei retornando para Londres, porém não foram interpelados por nenhum deles, de modo que atingiram a doce floresta, repleta de folhas.

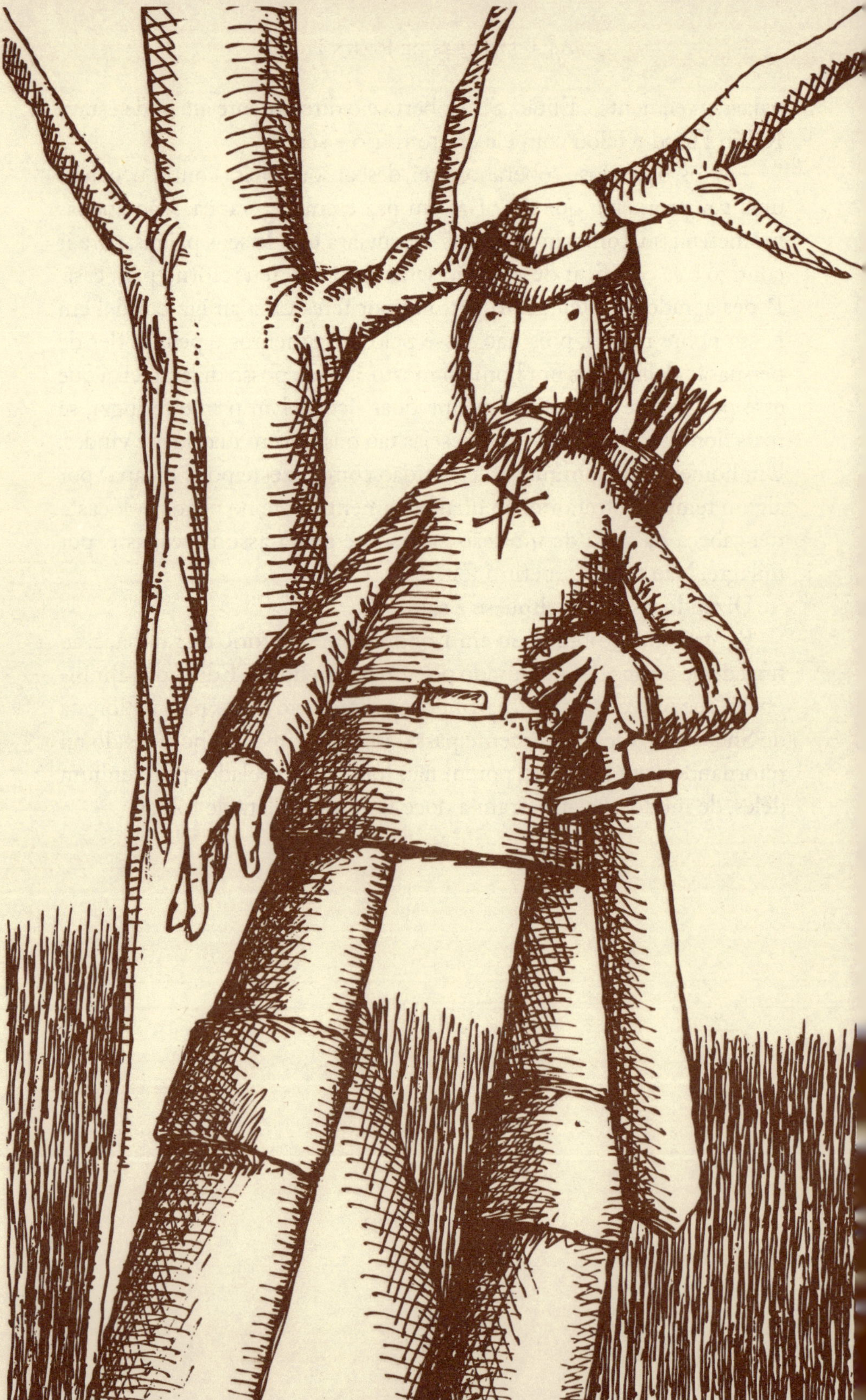

XX
ROBIN HOOD E
GUY DE GISBOURNE

Muito tempo se passou desde o grande concurso de tiro, e durante esse tempo Robin seguiu uma parte do conselho de Sir Robert Lee, de ser menos ousado em suas idas e vindas; embora não tenha se tornado mais honesto (da forma que a maior parte das pessoas entendem honestidade), ele tomou bastante cuidado em não se distanciar tanto de Sherwood, a ponto de não poder voltar com facilidade e rapidez.

Muitas mudanças ocorreram nessa época; o rei Henry morrera e o rei Richard recebera a coroa, que tão bem se lhe ajustara, depois de muita polêmica, e enfrentando aventuras tão agitadas quanto quaisquer das que sucederam a Robin Hood. Embora grandes mudanças tivessem ocorrido, elas não chegaram à Floresta de Sherwood. Lá Robin Hood e seus homens viviam tão alegremente como sempre, caçando, festejando, cantando e praticando jogos da floresta, e a luta do mundo exterior pouco os perturbava.

O amanhecer de um dia de verão era fresco e brilhante, e os pássaros cantavam alegremente, com grande alvoroço. Tão alto foi seu alarido que Robin Hood acordou, moveu-se e levantou-se. John Pequeno também se levantou, assim como todos os companheiros; depois de terem quebrado o jejum, partiram para começar as atividades do dia.

Robin Hood e John Pequeno caminhavam por uma trilha na floresta, onde as folhas dançavam e cintilavam à medida que a brisa as impulsionava e os raios de sol penetravam. Disse Robin Hood:

— Vou-te confessar, John Pequeno, que meu sangue está inquieto nas veias esta manhã. O que me dizes de procurarmos aventuras, cada um de nós por sua própria conta e risco?

— De todo o meu coração — concordou John Pequeno. — Tivemos mais de um acontecimento agradável dessa forma, meu bom chefe. Aqui estão dois caminhos: toma tu o da mão direita e tomarei o da esquerda, e então caminhamos em frente até encontrarmos algum feito divertido.

— Gosto do teu plano, portanto nos separamos aqui — afirmou Robin. — Mas cuidado, John Pequeno, não gostaria que nada de mal te acontecesse, por nada no mundo.

— Olha só! — comentou John Pequeno. — Acho que sempre te metes em apertos maiores do que os meus.

Robin Hood riu:

— Na verdade, John Pequeno, tens um jeito teimoso que parece trazer o lado certo em qualquer situação. Vamos ver o que acontece hoje.

Assim dizendo, deu a mão a John Pequeno e cada um partiu para um lado, com as árvores logo separando um da vista do outro.

Robin Hood caminhou em frente até onde se estendia uma estrada larga pela floresta. Sobre sua cabeça os galhos das árvores se juntavam numa folhagem tremeluzente, dourada, onde a luz do sol não atingia, a seus pés o solo era macio e úmido sob a sombra protetora. Ali, naquele lugar agradável, a aventura mais cruciante que jamais ocorrera a Robin estava à sua espera; pois, à medida que ele caminhava pela estrada, sem pensar em nada, a não ser no canto dos pássaros, chegou de súbito até onde um homem estava sentado, nas raízes macias de musgo sob a sombra de um carvalho frondoso. Robin Hood notou que o estranho não o tinha visto, por isso parou e ficou quieto, examinando o outro por um bom tempo antes de prosseguir. E o estranho, garanto, valia a pena olhar, porque nunca Robin havia visto uma figura como a que estava sentada sob a árvore. Da cabeça aos pés estava envolto em um couro de cavalo, ainda com a pelagem. Sobre a cabeça havia um capuz que lhe escondia as feições, e que era feito de pele de cavalo, as orelhas aparecendo, como as de um coelho. O corpo estava envolto num gibão feito de couro, e suas pernas também estavam cobertas com a pele. Ao lado dele havia uma espada larga e uma adaga afiada, de dois gumes. Uma aljava com flechas arredondadas lhe pendia dos ombros, e seu rijo arco de teixo estava apoiado contra a árvore a seu lado.

— Olá, amigo — cumprimentou Robin, enfim avançando. — Quem és que estás sentado aqui? E o que é isso que tens sobre o corpo? Juro-te que jamais vi algo assim em minha vida. Se eu tivesse feito alguma coisa ruim, ou se minha consciência me perturbasse, eu teria medo de ti, pensando que fosses alguém de baixo me trazendo uma mensagem para que eu fosse diretamente ao rei Nicholas.

A essas palavras, o outro não respondeu, e afastou o capuz, mostrando uma testa franzida, um nariz adunco e um par de olhos negros ferozes e irrequietos, que lembraram a Robin um falcão. Além disso, havia algo a respeito das linhas do rosto, na linha cruel da boca e na dureza do olhar, que provocava arrepios em quem o contemplasse.

— Quem és, tratante? — disse ele, por fim, com voz alta e áspera.

— Hum, seria bom que não falasses de maneira tão hostil, irmão. Por acaso te alimentaste com vinagre e urtigas nesta manhã, para que fales dessa forma? — respondeu Robin.

— Se não gostas das minhas palavras — respondeu o outro, hostil — é melhor ires andando, pois digo-te diretamente: minhas ações combinam com elas.

— O caso é que gosto de tuas palavras, bom sujeito — disse Robin, agachando-se sobre a grama em frente ao outro. — Além do mais, te digo que teu discurso é mordaz e brincalhão como nunca ouvi na vida.

O outro não respondeu, mas olhou para Robin com um olhar maligno e cruel, tal como um cão feroz lança a um homem antes de lhe saltar à garganta. Robin retribuiu o olhar, arregalando os olhos com inocência, sem uma sombra de sorriso a brilhar nos lábios ou curvar os cantos da boca. Assim ficaram olhando um para o outro por um bom tempo, até que o estranho quebrou subitamente o silêncio:

— Qual é teu nome?

— Fico contente em ouvir que falas, já que começava a temer que me ver te tivesse deixado mudo — respondeu Robin. — Quanto a meu nome, pode ser este ou aquele, no entanto, acho que tu é que tens de me dizer o teu, porque és o estranho nesta parte da floresta. Rogo-te, meu bom homem, porque usas esse traje extravagante sobre o corpo?

A essas palavras, o outro irrompeu num riso curto.

— Pelos ossos do demônio Odin, és o homem de falar mais ousado que já vi em toda a minha vida. Não sei por que não te mato agora mesmo onde estás, pois há apenas dois dias transpassei um homem perto da cidade de Nottingham por dizer nem metade do que disseste agora. Uso este traje, seu tolo, para manter meu corpo aquecido; de qualquer forma, é tão bom quanto uma cota de malha contra um golpe de espada comum. Quanto ao meu nome, não me importo que o saibas. É Guy de Gisbourne, e talvez o tenhas ouvido antes. Venho dos campos além do condado de Hereford, nas terras do bispo desse nome. Sou um fora da lei, e sobrevivo de qualquer modo que possa, de um jeito que não vem ao caso. Há não muito tempo o bispo me mandou chamar e disse que se eu fizesse certa coisa que o xerife de Nottingham pedisse, ele me daria perdão total, e ainda me pagaria duzentas libras. Por isso vim direto até a Floresta de Sherwood, para caçar esse tal Robin Hood, também um fora da lei, e levá-lo vivo ou morto. Parece-me que eles não têm aqui ninguém para enfrentar esse sujeito arrogante e, por isso chamaram alguém do condado de Hereford, e, para mim, sabes como é o ditado: "Um ladrão para apanhar outro ladrão". Quanto a matar esse sujeito, não me importo nem um pouco. Eu derramaria o sangue do meu próprio irmão para receber essas duzentas libras.

A tudo isso Robin escutou e seu estômago revolveu-se. Já tinha ouvido falar desse Guy de Gisbourne, e de todos os seus feitos sangrentos e assassinos no condado de Hereford, pois eram famosos pelo país inteiro. Ainda assim, embora odiasse a própria presença do homem, manteve sua paz, porque tinha um propósito.

— Verdade, já ouvi falar de teus feitos delicados — respondeu ele. — Acho que não há ninguém no mundo todo que Robin Hood gostasse mais de encontrar do que tu.

A essas palavras Guy de Gisbourne deu outra risada curta:

— Ora, é um pensamento alegre imaginar um bravo fora da lei como Robin Hood enfrentando outro bravo fora da lei como Guy de Gisbourne. Só que nesse caso seria um péssimo acontecimento para Robin Hood, pois no dia em que encontrar Guy de Gisbourne, será o dia em que irá morrer.

— Mas, bom homem, não achas que pode ser que esse tal Robin Hood possa ser o melhor dos dois? Eu o conheço bem, e muitos pensam que ele é um dos homens mais hábeis das redondezas.

— Ele pode ser o mais hábil aqui das redondezas — respondeu Guy de Gisbourne —; no entanto, digo-te, amigo, esse teu chiqueiro aqui não é o mundo inteiro. Aposto minha vida que sou o melhor homem entre os dois. Ele é só um fora da lei, entende! Ouvi dizer que nunca derramou sangue, a não ser quando veio primeiro para a floresta. Alguns dizem que ele é um grande arqueiro, mas eu não teria medo de enfrentá-lo em qualquer dia, com um arco na mão.

— Bem, alguns dizem que sou bom arqueiro, contudo, aqui em Sherwood, somos todos bons com o arco longo. — disse Robin Hood.

— Até eu, embora seja um simples arqueiro, não hesitaria em disputar contigo.

A essas palavras, Guy de Gisbourne olhou para Robin Hood, espantado, depois gargalhou, fazendo que as folhas da floresta tremessem.

— Admito que és um sujeito atrevido por falar-me dessa maneira. Gosto do teu jeito de falar; poucos homens ousaram fazer isso. Prepara então uma guirlanda, rapaz, e vou competir contigo.

— Ora, ora, por aqui apenas bebês atiram em guirlandas como alvos. Colocarei um bom alvo dos de Nottingham para ti.

Depois de falar assim, Robin levantou-se, cortou um broto de avelã perto dali, com cerca de duas vezes a espessura de um polegar masculino. Retirou a casca e, afiando uma das pontas, fincou-o no solo, em frente a um grande carvalho. Mediu oitenta passos, o que o trouxe próximo à árvore onde se acomodava o outro.

— Esse é o tipo de alvo que os arqueiros de Nottingham gostam de usar. Agora vamos ver se consegues rachar essa vareta, se és mesmo um arqueiro.

Guy de Gisbourne levantou-se e disse:

— O próprio Diabo não poderia acertar um alvo como esse.

— Pode ser que sim, pode ser que não. Não saberemos até que atires — disse Robin, alegremente.

A essas palavras Guy de Gisbourne olhou para Robin com as sobrancelhas franzidas, mas como o outro ainda parecia inocente, ele se absteve de falar e encordoou o arco em silêncio. Por duas vezes disparou, porém nenhuma das duas atingiu a vareta, errando a primeira vez por quase um palmo e a segunda vez por um palmo inteiro. Robin riu bastante:

— Agora vejo que o próprio Diabo não poderia ter atingido esse alvo. Bom amigo, se não és mais habilidoso com a espada do que és com o arco e a flecha, jamais irás bater Robin Hood.

Com essas palavras, Guy de Gisbourne olhou de modo francamente hostil para Robin:

— Tens uma língua atrevida, patife; toma cuidado para não a deixares ficar livre demais, ou posso retirá-la da tua garganta para ti.

Robin Hood encordoou o arco e assumiu o posto de tiro sem dizer palavra, embora seu coração estremecesse de repulsa e asco. Por duas vezes ele disparou, a primeira passando a cerca de três centímetros da vareta e a segunda rachando-a bem ao meio. E sem dar ao outro chance de falar, depositou o arco no solo.

— Aí está, vilão de uma figa! — gritou ele, de forma ameaçadora. — Que isso mostre a ti o quão pouco sabes sobre esportes masculinos. Agora olha bem para a luz do dia de hoje, pois nossa boa terra já suportou tua presença por tempo demais. Hoje, Nossa Senhora permitindo, morres — sou Robin Hood.

Assim dizendo, sua espada brilhou sob a luz do sol.

Por algum tempo, Guy de Gisbourne olhou para Robin Hood como se tivesse perdido o poder de raciocínio; mas seu espanto logo passou para uma raiva cega:

— És mesmo Robin Hood? Estou feliz de ter te encontrado. Arrepende-te agora, porque não terás tempo de te arrependeres quando eu terminar contigo.

Assim falando, sacou sua espada.

E então ocorreu a luta mais feroz que Sherwood já conheceu; cada homem sabia que ele ou o outro deveria morrer, e que não haveria misericórdia naquele combate. Lutaram para cima e para baixo, até que a grama verde ficasse esmigalhada sob os pés de ambos. Mais de uma vez a ponta da espada de Robin sentiu a maciez da pele e o solo acabou pontilhado de pontos brilhantes de sangue, embora nenhum deles viesse das veias de Robin. Finalmente Guy de Gisbourne lançou um golpe feroz e mortal a Robin Hood, que saltou para trás no mesmo instante, mas, ao fazê-lo, seu calcanhar encontrou uma raiz protuberante e ele tropeçou, caindo pesadamente de costas.

— Santa Mãe de Deus, ajudai-me! — resmungou, enquanto o adversário saltava sobre ele, com um sorriso raivoso no rosto. No entanto, Robin aparou o golpe com sua mão vazia e, embora tivesse cortado a palma, voltou a lâmina para longe, de modo que ela cravou-se no solo a seu lado; então, como outro golpe poderia ser desferido, ele colocou-se em pé, com sua boa espada em punho. O desespero agora tomava conta de Guy de Gisbourne, que olhou ao redor, desesperado, como um falcão ferido. Vendo que sua força o estava abandonando, rápido como um raio, Robin saltou para a frente, desferindo um contragolpe sobre o braço que segurava a espada. A arma de Guy de Gisbourne caiu de seu punho, e ele recuou com o golpe; assim que recuperou o equilíbrio, a lâmina de Robin atravessou várias vezes seu corpo. Ele girou nos calcanhares e, erguendo os braços com um grito forte, caiu com o rosto no solo verde.

Robin Hood limpou sua lâmina e a recolocou na bainha; caminhando até onde jazia Guy de Gisbourne, ficou ao lado dele com os braços cruzados, falando consigo mesmo:

— Esse é o primeiro homem que matei desde aquele patrulheiro do rei nos dias intempestivos de minha juventude. Muitas vezes pensei amargamente naquela primeira vida que tirei, porém desta vez estou contente como se tivesse matado um javali selvagem que sempre estragasse os campos. Como o xerife de Nottingham mandou tal pessoa contra mim, colocarei as vestes dele e irei ver se posso descobrir uma forma de fazer que ele pague o débito que tem comigo agora.

Dizendo assim, Robin Hood retirou as roupas do homem morto e as colocou, mesmo ensanguentadas como estavam. Depois, ajustando a espada e a adaga ao próprio corpo, e carregando a própria na mão, junto com os dois arcos de teixo, puxou o couro de cavalo sobre o rosto, de maneira que ninguém poderia saber quem ele era, e partiu da floresta, voltando seus passos para o leste, e para Nottingham. À medida que viajava pelas estradas do campo, homens, mulheres e crianças se escondiam dele, porque o terror do nome de Guy de Gisbourne e seus feitos já se havia espalhado longe e perto.

Vamos ver o que sucedeu com John Pequeno, nesse ínterim.

John Pequeno caminhou através da floresta até chegar aos limites dela, onde sorriam ao sol campos esparsos de cevada, trigo e gramados verdes. Assim ele chegou à estrada principal, no ponto onde havia uma pequena cabana, com telhado de palha e flores à frente, além de um pequeno grupo de macieiras. Ali parou por um instante, pois imaginou ter escutado um grito de alguém em dificuldades. Parou e ouviu, e descobriu que vinha do chalé; voltando seus passos para lá, abriu a portinhola e entrou. No interior, viu uma dama de cabelos cinzentos sentada ao lado de uma lareira de pedra, balançando-se e chorando amargamente.

John Pequeno tinha um coração sensível às dores de outros seres humanos, por isso, avançou até onde estava a mulher idosa, batendo delicadamente no ombro dela e dizendo palavras de conforto; pediu que ela se animasse e lhe contasse as desventuras, porque talvez pudesse fazer algo para mitigá-las. A isso a dama sacudiu a cabeça; mas as palavras dele pareceram acalmá-la de alguma forma, por isso, depois de algum tempo, ela contou o que lhe ia pela mente. Que naquela manhã ela possuía três filhos belos e altos, como não se poderia encontrar em todo o condado de Nottingham, porém foram tirados dela, e estavam para ser enforcados; que, tendo a necessidade chegado a eles, o filho mais velho saíra na noite anterior para a floresta, e abatera uma corça ao luar; que os patrulheiros do rei haviam seguido a trilha de sangue sobre a grama até a cabana deles, e lá encontraram a carne da corça na despensa; como nenhum dos irmãos mais novos trairia o irmão, os patrulheiros levaram os três, a despeito de o mais velho protestar, dizendo que apenas ele matara a corça; contou que, quando partiam, ela ouviu os patrulheiros falando entre eles e dizendo que o xerife jurara pôr fim à grande matança de cervos que vinha acontecendo ultimamente, pendurando na árvore mais próxima o primeiro caçador clandestino que fosse apanhado, e que eles levariam os três jovens para a estalagem King's Head, perto da cidade de Nottingham, em que o xerife estava hospedado naquele dia, onde aguardava o retorno de certo sujeito que mandara a Sherwood para procurar por Robin Hood.

A tudo isso John Pequeno ouviu, balançando tristemente a cabeça; quando ela terminou, comentou:

— Esse realmente é um caso complicado. Quem entrou na floresta atrás de Robin Hood, e por que o foi procurar? Não que isso importe no momento; não sei onde Robin está para avisá-lo. De qualquer forma, não poderia perder tempo para avisá-lo agora, se quisermos evitar a morte de teus três filhos. Diga-me, existe aqui alguma roupa que eu pudesse colocar em vez destas verdes que trago? Se nosso rechonchudo xerife me apanhar sem disfarce, é possível que me faça subir mais rápido que seus filhos, isso eu digo, madame.

Então a senhora disse que tinha na casa algumas roupas de seu bom marido, que morrera dois anos antes. Trouxe-as para John Pequeno, que, retirando seu traje verde, colocou-as. E, fazendo uma peruca e barba falsas de lã sem cardar, cobriu seu próprio cabelo e barba, e, colocando um chapéu alto que pertencera ao velho camponês, apanhou seu bastão numa das mãos e o arco na outra, e partiu célere para onde o xerife se hospedara.

A aproximadamente dois quilômetros da cidade de Nottingham, não muito longe do limite de Sherwood, ficava a aconchegante estalagem que ostentava a tabuleta King's Head. Havia uma agitação e alvoroço naquela manhã clara, pois o xerife e vinte homens tinham vindo hospedar-se ali para esperar a volta de Guy de Gisbourne da floresta.

Ruídos de vapor e fervura podiam ser ouvidos na cozinha, batidas e colocações de torneiras nos barris de vinho e cerveja podiam ser ouvidos na adega. O xerife sentava-se no interior, saboreando alegremente do melhor que o local tinha a oferecer, e seus homens sentavam-se em um banco próximo à porta, tomando cerveja, ou deitados sobre a sombra frondosa dos carvalhos, conversando, rindo e cantando. Por todos os lados encontravam-se os cavalos do grupo, com um grande ruído de pés e movimento de caudas. A essa estalagem vieram os patrulheiros do rei, trazendo os filhos da viúva entre eles. As mãos dos três jovens estavam amarradas às costas, e uma corda os atava pelo pescoço. Assim caminharam para o salão onde o xerife fazia sua refeição, e ficaram tremendo ante sua presença, enquanto ele os olhava gravemente.

— Então, tendes vos aproveitado das corças do rei, não é isso? — indagou ele, com voz alta e zangada. — Vou tornar o dia mais curto para vós, já que vou enforcar todos os três como um fazendeiro iria pendurar três corvos para assustar o resto. Nosso belo condado de Nottingham há muito tempo tem sido abrigo para patifes como vós. Venho tentando acabar com esses abusos há anos, mas agora pretendo colocar um final nisso, pretendo esmagá-los de uma só vez, e começarei convosco.

Um dos pobres camponeses abriu a boca para responder, mas o xerife gritou com ele para que ficasse quieto, e chamou os patrulheiros para que os levassem, até que ele terminasse de comer e pudesse resolver os assuntos relativos a eles. Assim os três pobres jovens foram levados para fora, em pé e com a cabeça baixa, e lá ficaram, até o xerife aparecer. Ele chamou seus homens e deu as instruções:

— Esses três vilões serão enforcados imediatamente, mas não aqui, senão irão trazer má sorte a essa estalagem. Vamos levá-los até aquele cinturão de árvores, porque quero enforcá-los nas árvores da própria Sherwood, para mostrar a esses patifes o que podem esperar de mim se eu tiver a boa sorte de colocar as mãos neles.

Assim dizendo, montou em seu cavalo, os soldados também montaram, e partiram todos para o cinturão de árvores que ele mostrara, os pobres jovens caminhando no meio, escoltados pelos patrulheiros. Chegaram ao local, e ali foram colocados laços de corda em volta do pescoço dos três, e as outras pontas foram atiradas por sobre o galho de um grande carvalho. Os três jovens caíram de joelhos e começaram a pedir a misericórdia do xerife; porém ele riu com sarcasmo:

— Agora — disse ele —, gostaria só de ter um sacerdote aqui para vos encomendar, mas, como não temos nenhum, vão ter de viajar nessa estrada com os pecados em suas costas, e acreditar que São Pedro vai permitir que entrem pelos portões do paraíso, como três mendigos na cidade.

Nesse meio-tempo, enquanto tudo isso acontecia, um velho se aproximara e permaneceu apoiado em seu cajado, observando. Seu cabelo e barba eram brancos e encaracolados, e nas costas trazia um arco de teixo que parecia forte demais para ele usar. Enquanto o xerife olhava ao redor, ordenou aos homens que atassem os três jovens à árvore, e seu olhar recaiu sobre o estranho velho. Voltou-se para ele, dizendo:

— Aproxima-te, pai, queria trocar algumas palavras contigo.

John Pequeno, pois não era outro senão ele, aproximou-se, e o xerife olhou-o, pensando que havia algo estranhamente familiar no rosto que estava à sua frente.

— Engraçado, parece que já te vi antes. Qual seria teu nome, bom pai? — indagou ele.

— Excelência, chama-me de Giles Hobble, a serviço de Vossa Excelência.

— Giles Hobble, Giles Hobble — murmurou o xerife, examinando os nomes que tinha na mente, tentando localizar esse. — Não me lembro de teu nome, mas não importa. Tens vontade de ganhar seis *pennies* nesta manhã brilhante?

— Sim, porque o dinheiro não é abundante para mim, a ponto de desprezar seis *pennies* ganhos de uma forma honesta. O que Vossa Excelência deseja que eu faça?

— Bem, aqui estão três homens que estão precisando muito de um enforcamento. Se os enforcar, pagarei dois *pennies* referentes a cada um deles. Não gosto que meus soldados se tornem carrascos. Queres experimentar?

— Na verdade nunca fiz nada parecido em minha vida — respondeu John Pequeno, ainda imitando a voz de um ancião. — Mas para ganhar seis *pennies* acho que posso fazer isso com tanta facilidade quanto qualquer outro. Excelência, esses patifes se confessaram?

— Não se confessaram — riu o xerife. — Podes fazer isso, se quiseres. Mas apressa-te, peço, quero voltar logo para a estalagem.

Assim, John Pequeno chegou até o local onde os três jovens estavam, tremendo, e aproximando o rosto do primeiro deles, como se o estivesse ouvindo, sussurrou baixo no ouvido dele:

— Fica firme, irmão, quando sentires tuas cordas cortadas, e quando me vires retirar minha peruca e minha barba de lã, retira o nó do teu pescoço e corre para a floresta.

Dizendo isso, cortou as cordas que atavam as mãos do jovem, que, por sua vez, permaneceu imóvel, como se ainda estivesse amarrado. Ele se dirigiu para o segundo jovem, falou-lhe da mesma maneira e também cortou-lhe as cordas. Fez o mesmo com o terceiro, porém de maneira tão sorrateira que o xerife, sentado sobre seu cavalo, a rir, não percebeu o que fora feito, assim como seus homens.

Então John Pequeno voltou-se para o xerife.

— Excelência! — disse ele. — Tenho vossa permissão para colocar a corda em meu arco? Tenciono ajudar esses coitados ao longo do caminho, quando balançarem, com uma flecha nas costelas.

— Tem toda minha permissão — afirmou o xerife. — Só quero, como disse antes, que se apresse.

John Pequeno colocou a ponta do arco no peito do pé e colocou a corda com tanta destreza que todos se espantaram ao ver um homem idoso tão forte. Em seguida escolheu uma seta na aljava e a ajustou à corda; e, olhando ao redor para saber se o caminho estava livre atrás dele, repentinamente arrancou a lã da cabeça e do rosto, gritando:

— Correi!

Rápidos como relâmpagos, os três jovens retiraram as cordas do pescoço e correram através do espaço que os separava da floresta, enquanto a seta era disparada. John Pequeno também correu na direção do abrigo da floresta, como uma corça, enquanto o xerife e seus homens olhavam para eles, espantados com a ação súbita. Mas o próprio xerife recuperou-se rápido, já que agora sabia com quem estivera falando; perguntou-se como não o tinha reconhecido antes.

— Atrás dele!

John Pequeno ouviu o grito do xerife e, vendo que não conseguiria chegar à floresta antes que estivessem sobre ele, parou e voltou-se subitamente, segurando o arco em posição de tiro.

— Para trás! O primeiro que avançar ou estender a mão para o arco, morre — avisou ele.

A essas palavras os homens do xerife permaneceram imóveis, pois sabiam bem que John Pequeno cumpriria o que disse, e desobedecer significava morte. Em vão o xerife vociferava, chamando-os de covardes e dizendo para que avançassem todos juntos; não se moviam um centímetro, no entanto, permaneciam em pé, observando como John Pequeno se movia lentamente para a floresta, mantendo neles o olhar. Quando o xerife viu seu inimigo escapando por entre seus dedos, deixou-se levar pela raiva, de maneira que perdeu a noção do que estava fazendo. De repente pôs seu cavalo em posição, enfiou as esporas nos seus flancos e gritou alto; despertando de seu torpor, lançou-se a toda velocidade contra John Pequeno. Então este levantou o arco e levou a mão com a flecha à altura da bochecha. Mas que pena para ele! Eis que, antes de poder disparar a seta, o bom arco que o servira durante tanto tempo quebrou em suas mãos e a seta caiu, inofensiva, a seus pés. Vendo o que acontecera, os homens do xerife gritaram e, seguindo seu líder, caíram sobre John Pequeno. Todavia, o xerife estava à frente dos outros, e assim conseguiu alcançar o bandoleiro antes que ele chegasse ao abrigo da floresta, e, inclinando-se, desferiu um golpe poderoso. John Pequeno desviou-se e a espada do xerife girou em suas mãos, contudo, a parte achatada da lâmina atingiu-lhe a cabeça e o abateu, deixando-o inconsciente.

— Estou muito contente por não ter matado esse homem com minha pressa — disse o xerife, quando os homens viram que John Pequeno não estava morto. — Preferiria perder quinhentas libras a vê-lo morrer de repente em vez de ser enforcado, como um criminoso deve morrer. Vai apanhar água da fonte, William, e joga sobre a cabeça dele.

O homem fez como lhe foi pedido, e John Pequeno acabou por abrir os olhos e olhar ao redor, ainda estupefato e tonto com a força da pancada. Então amarraram suas mãos para trás e, erguendo-o, colocaram-no sobre o lombo de um dos cavalos, de braços e com e os pés amarrados sob a barriga do animal. Assim o levaram para a estalagem King's Head, rindo alegremente durante o curto percurso. Entrementes, os três filhos da viúva haviam conseguido fugir e já se encontravam escondidos na floresta.

Mais uma vez o xerife de Nottingham estava acomodado na estalagem King's Head. Seu coração se alegrava, já que fizera algo que procurava fazer há anos: aprisionar John Pequeno.

"A essa hora, amanhã o patife estará enforcado em frente ao grande portão de Nottingham, e assim acertarei as contas com ele", disse para si mesmo.

Depois de murmurar essas palavras, deu um grande gole na caneca de vinho das Canárias. Pareceu dar-se conta de ter engolido um pensamento, junto com o vinho. Continuou o diálogo consigo mesmo:

"Nem por mil libras eu queria que esse sujeito escapasse; se o chefe dele escapar do perigoso Guy de Gisbourne, e não há como saber isso, não se pode saber o que fará, pois é o bandido mais astuto do mundo, esse Robin Hood. Bem, talvez eu não deva esperar até amanhã para enforcar esse sujeito". Levantou-se da cadeira, saiu da estalagem e chamou seus homens.

— Não vou esperar para pendurar esse patife, mas será feito na mesma árvore em que salvou os três jovens ladrões num atrevimento para zombar da lei. Vamos logo.

Mais uma vez John Pequeno foi colocado sobre o cavalo, de bruços, e, com um soldado levando o animal e outros ao redor, foram até a árvore, de cujos galhos pretendiam enforcar os fora da lei. Continuaram até chegar à árvore. Um dos homens disse ao xerife:

— Excelência, quem vem ali não é o tal Guy de Gisbourne, que mandaste para a floresta atrás do bandido Robin Hood?

A essas palavras o xerife protegeu os olhos e se voltou ansioso para a direção indicada.

— Bem, é o que parece — disse ele. — O mesmo. Deus permita que ele tenha matado aquele patife, assim como vamos matar este aqui.

Quando John Pequeno escutou isso, olhou para cima, e imediatamente seu coração se apertou, porque não apenas as roupas do homem estavam sujas de sangue, como ele usava a trompa de Robin Hood e carregava o arco e a espada dele nas mãos.

— Ei, o que aconteceu na floresta? — gritou o xerife, quando Robin Hood, com as roupas de Guy de Gisbourne, aproximou-se. — Tuas roupas estão sujas de sangue!

— Se não gostas de minhas roupas podes fechar os olhos — disse Robin, numa voz áspera como a de Guy de Gisbourne. — O sangue em mim é daquele criminoso que estava na floresta, que matei hoje, embora não tenha me ferido.

Nesse momento John Pequeno falou, pela primeira vez desde que caíra nas mãos do xerife:

— Seu maldito assassino! Conheço-te, Guy de Gisbourne, quem não ouviu falar de ti e não te amaldiçoou por tuas ações sangrentas de rapina? Será por uma mão maldita como a tua que o coração mais nobre que já bateu tenha ficado imóvel? És o instrumento certo para esse covarde do xerife de Nottingham. Agora morro feliz e não me importo de morrer, porque a vida já não vale nada para mim!

Assim falou John Pequeno, as lágrimas escorrendo pela bochecha.

Mas o xerife bateu palmas de contentamento.

— Guy de Gisbourne, se o que dizes é verdade, será a melhor coisa que já fizeste na vida.

— O que te disse é verdade, não minto — afirmou Robin, ainda com a voz de Guy de Gisbourne. — Vê se não é esta a espada de Robin Hood, e se não é este seu arco preferido de teixo, e se não é esta a trompa dele? Achas que ele daria essas coisas a Guy de Gisbourne de boa vontade?

O xerife riu alto, de pura alegria:

— Este é um grande dia! O famoso bandido morto e o homem que era seu braço direito está em minhas mãos! Pede o que quiseres, Guy de Gisbourne, e será teu!

— Pois então peço a ti: assim como matei o chefe, agora mato o servo. Dá a vida desse malfeitor em minhas mãos, xerife.

— És um tolo — disse o xerife. — Poderias ter dinheiro suficiente para o resgate de um cavaleiro, se tivesses pedido. Não gosto de deixar esse bandido sair das minhas mãos, mas conforme prometi, tu o terás.

— Eu te agradeço pelo presente. Tirai o patife do cavalo, homens, e o colocai contra aquela árvore. Vou mostrar como se mata um porco no lugar de onde venho.

A essas palavras alguns dos homens do xerife balançaram a cabeça, visto que não se importavam nem um pouco com onde John Pequeno seria ou não pendurado, mas não gostavam de ver que seria morto a sangue-frio. Entretanto, o xerife dirigiu-se a eles, ordenando que tirassem o bandoleiro do cavalo e o apoiassem contra a árvore, como o outro pedira.

Enquanto estavam fazendo isso, Robin Hood encordoara tanto seu arco quanto o de Guy de Gisbourne, embora nenhum dos que lá estavam se tenha dado conta disso. Quando John Pequeno estava apoiado contra a árvore, ele sacou a espada de fio duplo e afiada que pertencera a Guy de Gisbourne.

— Afastai-vos! Afastai-vos! — gritou ele. — Quereis tirar meu prazer, seus patifes? Para trás, estou dizendo! Mais ainda.

Os soldados recuaram, agrupando-se mais longe como ele ordenou, muitos voltando o rosto, para não ver o que estava a ponto de acontecer.

— Vem! — gritou John Pequeno. — Aqui está meu peito. Ele encontrará a mesma mão que assassinou meu querido chefe. Conheço-te, Guy de Gisbourne!

— Quieto, John Pequeno — disse Robin, em voz baixa. — Por duas vezes tu disseste que me conheces, e apesar disso não me conheces em absoluto. Não percebes que sou eu embaixo desta pele de animal? Vê, à tua frente estão meu arco e minhas flechas, assim como minha espada. Apanha essas armas quando eu cortar tuas cordas. Agora! Apanha-as, rápido!

Assim dizendo, ele cortou as cordas de John Pequeno, que num piscar de olhos, saltou para a frente e apanhou o arco, as flechas e a espada. Ao mesmo tempo, Robin Hood atirou para trás o capuz de pele de cavalo e curvou o arco de Guy de Gisbourne, com uma flecha de ponta farpada em posição.

— Para trás! — avisou ele, com voz grave. — O primeiro homem que tocar a corda de seu arco morre! Matei teu homem, xerife, cuidado para não seres o próximo.

Vendo que John Pequeno se armara, levou a trompa aos lábios e soprou três notas, altas e agudas.

Quando o xerife de Nottingham viu qual a face que estava sob o capuz de Guy de Gisbourne, e quando escutou as notas da trompa ressoando em seus ouvidos, sentiu que sua hora chegara.

— Robin Hood! — berrou ele.

Sem mais nenhuma palavra impulsionou seu cavalo pela estrada e partiu, numa nuvem de poeira. Os homens do xerife, vendo seu líder correr para salvar a própria vida, pensaram que não era de sua conta permanecerem mais, portanto, esporeando seus cavalos, partiram atrás dele. Embora o xerife de Nottingham fosse rápido, não podia ser mais rápido do que uma seta longa. John Pequeno disparou seu arco com um grito e, quando o xerife já passava pelos portões da cidade de Nottingham a toda velocidade, uma seta com penas de ganso cinza penetrou no traseiro dele como um pardal com uma pena nas costas. Durante um mês depois disso o pobre xerife não pôde sentar-se senão nas almofadas mais macias.

Assim o xerife e uma vintena de homens fugiram de Robin Hood e John Pequeno; de modo que quando Will Stutely e uma dúzia ou mais dos valentes bandoleiros saíram

da floresta, não viram mais nenhum dos inimigos do amo, pois o xerife e seus homens estavam desaparecendo a distância, escondidos numa nuvem de poeira como uma pequena tempestade.

Então todos retornaram à floresta, onde encontraram os três filhos da viúva, que correram até John Pequeno e beijaram-lhe as mãos. Contudo, não poderiam mais andar expostos pela floresta; portanto prometeram que logo depois de irem avisar sua mãe de sua fuga, voltariam naquela noite para a árvore de reuniões e tornar-se-iam membros do bando.

XXI
O REI VAI À
FLORESTA DE SHERWOOD

Não mais do que dois meses se haviam passado desde que essas excitantes aventuras agora narradas ocorreram a Robin Hood e John Pequeno, quando todo o condado de Nottingham encontrou-se em grande agitação e tumulto, pois o rei Richard Coração de Leão estava fazendo uma viagem real pela Inglaterra, e todos esperavam que ele viesse à cidade de Nottingham nessa caminhada. Os mensageiros iam e vinham, cavalgando entre o xerife e o rei, até que finalmente foi marcado o período em que Sua Majestade deveria parar em Nottingham, como convidado de Sua Excelência.

Nesse ponto a agitação chegou ao ápice; grande correria de um lado para outro; ruído de martelos e o burburinho de vozes estavam por todo o ambiente, já que as pessoas construíam grandes arcos nas ruas, sob os quais o rei deveria passar, e estavam revestindo tais arcos com bandeiras de seda e bandeirolas multicores. Uma grande comoção acontecia na Associação do Comércio na cidade também, porque ali seria oferecido um banquete ao rei e aos nobres de sua comitiva, e os melhores mestres carpinteiros estavam ocupados, construindo um trono onde o rei e o xerife pudessem sentar à cabeceira da mesa, lado a lado.

Parecia a muitos dos bons moradores do lugar que o dia em que o rei entraria na cidade jamais chegaria; contudo, acabou por chegar na hora apropriada e o sol irrompeu a brilhar pelas ruas da cidade, que pareciam vivas, com um verdadeiro mar de pessoas. De cada lado do caminho, grandes multidões da cidade e do campo se acotovelavam como peixe seco na caixa, de modo que os homens do xerife, com alabardas nas mãos, mal conseguiam contê-las para deixar espaço para a cavalgada do rei.

— Toma cuidado com quem empurras! — gritou um corpulento frade para um desses homens. — Serias capaz de não enfiar os cotovelos em mim, senhor? Por Nossa Senhora da Fonte, se não me tratares com mais respeito, posso rachar esse teu crânio teimoso para ti, mesmo sendo um dos homens do xerife.

A essas palavras, uma gargalhada elevou-se de vários rapazes altos e vestidos de verde que se distribuíam pela multidão; no entanto, um parecia de mais autoridade que os outros, e cutucou o santo homem com o cotovelo:

— Acalma-te, Tuck. Não me prometeste que, para vir até aqui, irias refrear tua língua?

— Sim, é verdade — respondeu o frade. — Mas não pensei ter um parvo de pés duros pisoteando meus pobres dedos como se não fossem mais do que palha no chão da floresta.

Mas de repente todo o alarido cessou, pois um som claro de muitas trompas se fez ouvir do começo da rua. E todas as pessoas voltaram o pescoço e olharam na direção da qual o som viera, e o empurra-empurra e as reclamações tornaram-se maiores do que nunca. Surgiu então um conjunto garboso de homens à vista, e os aplausos e saudações correram pela multidão como o fogo percorre o mato seco.

Vinte e oito arautos em veludo e tecido entremeado de ouro cavalgavam à frente. Por sobre a cabeça deles flutuava uma nuvem de penas brancas da cor da neve, e cada arauto trazia na mão uma longa trombeta de prata que tocavam melodiosamente. De cada trombeta pendia uma pesada bandeira de veludo bordado em ouro com as armas da Inglaterra representadas. Depois deles vinham cavalgando cem nobres cavaleiros, dois a dois, completamente armados, com apenas as cabeças descobertas. Nas mãos ostentavam grandes lanças, em cujas pontas drapejavam pendões de muitas cores. Ao lado de cada cavaleiro caminhava um pajem, trajando ricas roupas de seda e veludo, e cada pajem levava nas mãos o elmo de seu cavaleiro, de onde se projetavam plumas. Nunca Nottingham havia presenciado uma visão mais bela do que aqueles cem nobres cavaleiros, em cuja armadura o sol brilhava de maneira ofuscante, enquanto eles avançavam em seus grandes cavalos de guerra, com o retinir de metais e correntes. Atrás dos cavaleiros vinham os barões e os nobres do centro do país, em túnicas de seda entremeadas em ouro, com correntes de ouro ao pescoço e joias no cinto. Depois deles vinha uma grande variedade de soldados, com lanças e alabardas na mão, e, no meio deles, dois cavaleiros, lado a lado. Um deles era o xerife de Nottingham, em suas roupas oficiais. O outro, que era uma cabeça mais alto que o xerife, estava vestido com uma túnica rica, mas simples, com uma corrente larga e pesada ao pescoço. Seu cabelo e barba eram do tom do ouro, e os olhos eram azuis como o céu de verão. Enquanto ele cavalgava, curvava-se para a direita e para a esquerda, e um troar de vozes o seguia onde quer que passasse; era o rei Richard.

Nesse momento, acima de todo o tumulto e dos gritos, uma voz foi ouvida:

— Que os santos dos céus vos abençoem, nosso gracioso rei Richard! Que Nossa Senhora da Fonte vos abençoe!

E o rei Richard, olhando na direção de onde viera o som, viu um sacerdote alto, corpulento e robusto à frente da multidão, com as pernas bem separadas, apoiando-se nos que estavam atrás.

— Por minha alma, xerife, tens aqui em Nottingham os frades mais altos que já vi em toda a minha vida — riu o rei. — Se o céu nunca respondeu às preces por surdez, acho que concederia bênçãos a mim, porque as daquele homem fariam a grande imagem de São Pedro esfregar os ouvidos e prestar atenção em mim. Gostaria de ter um exército deles.

A isso o xerife não respondeu, mas todo o sangue deixou seu rosto, e ele segurou o apoio de sua sela para evitar uma queda, pois ele também vira o sujeito que gritara e sabia que era frei Tuck; além disso, atrás dele divisara os rostos de Robin Hood, John Pequeno, Will Escarlate, Will Stutely e Allan A Dale, além de outros do bando.

— Sentes-te bem, xerife? Por que ficaste tão pálido? — perguntou o rei, apressadamente.

— Não, Majestade, não foi nada... apenas uma dor súbita que logo vai passar — respondeu o xerife.

Tinha vergonha de que o rei soubesse que Robin Hood o temia tão pouco que ousava entrar pelos portões da cidade de Nottingham.

Assim entrou o rei na cidade de Nottingham naquela tarde brilhante no início do outono; ninguém mais do que Robin Hood e seus homens gostou de vê-lo entrar tão majestosamente na cidade.

O anoitecer chegou; o grande banquete no salão da Associação do Comércio da cidade de Nottingham estava terminado, e o vinho corria solto. Mil velas de cera brilhavam ao longo da mesa, onde se acomodavam lordes, nobres, cavaleiros e escudeiros em profusão. À cabeceira da mesa, sobre um trono coberto com tecidos de ouro, sentava-se o rei Richard, com o xerife ao seu lado.

Rindo, o rei dirigia-se ao xerife:

— Ouvi muito falatório em relação às ações de certos indivíduos aqui por perto, um tal de Robin Hood e seu bando, que são fora da lei e moram na Floresta de Sherwood. Podes contar-me alguma coisa sobre eles, senhor xerife? Ouvi dizer que tiveste encontros com eles mais de uma vez.

A essas palavras o xerife de Nottingham baixou os olhos, desanimado, e o bispo de Hereford, que estava presente, mordeu o lábio inferior.

— Não posso contar muito a Vossa Majestade sobre os malfeitos dessas pessoas desprezíveis — disse o xerife. — A não ser que são os mais ousados bandoleiros no país.

Então falou Sir Henry de Lea, um grande favorito do rei, com quem havia lutado na Palestina:

— Se agradar a Vossa Majestade — disse ele —, quando estive fora, na Palestina, recebia cartas de meu pai, e na maioria das vezes eu ouvia contar sobre esse mesmo Robin Hood. Se Vossa Majestade permitir, posso contar uma determinada aventura desse fora da lei.

O rei, sorridente, pediu que ele narrasse a história, e Sir Henry contou a história de como Robin Hood ajudara Sir Richard com o dinheiro que tomara emprestado do bispo de Hereford. De vez em quando, o rei e os presentes davam gargalhadas, enquanto o pobre bispo ficava com o rosto tão vermelho quanto uma cereja, pois era um assunto mal resolvido para ele. Quando Henry de Lea terminou, outros presentes, vendo como o rei apreciara essa história engraçada, contaram outras, relativas a Robin Hood e seus alegres bandoleiros.

— Pela empunhadura de minha espada — disse o rei Richard. — Esse é o patife mais alegre e ousado do qual já ouvi contar. Acho que preciso tomar esse assunto nas mãos e fazer o que não conseguiste fazer, xerife, limpar a floresta dele e de seu bando.

Naquela noite o rei estava sentado no local separado para alojá-lo enquanto estivesse na cidade de Nottingham. Com ele estavam Sir Henry de Lea e dois outros cavaleiros, além de três barões do condado de Nottingham; contudo, a mente do rei ainda vagava em torno de Robin Hood.

— Eu daria de boa vontade cem libras para encontrar esse malandro brincalhão, Robin Hood, e ver as obras que ele tem feito na Floresta de Sherwood.

Então Sir Hubert de Bingham disse, rindo:

— Se Vossa Majestade tem tal desejo em vosso interior, não é difícil satisfazê-lo. Se Vossa Majestade estiver disposto a perder cem libras, posso arranjar para que não apenas se encontre com esse sujeito, como também que faça um banquete com ele, em Sherwood.

— Ótimo, Sir Hubert — disse o rei. — Isso me agrada. Mas como poderias promover esse encontro com Robin Hood?

— Bem, podemos fazer assim — disse Sir Hubert. — Permita Vossa Majestade que nós aqui presentes coloquemos as túnicas de sete membros da ordem dos Frades Negros, e leve Vossa Majestade uma bolsa contendo cem libras sob vossa túnica; então faremos o caminho daqui até a cidade de Mansfield amanhã, e acho que não demoraremos muito a encontrar Robin Hood, e a jantar com ele antes que o dia se passe.

— Gosto de teu plano, Sir Hubert — disse o rei alegremente. — E amanhã o iremos experimentar e ver se funciona.

Assim aconteceu que cedo, na manhã seguinte, o xerife foi até onde seu soberano estava hospedado para saber se ele precisava de algo, e o rei lhe contou a conversa que tivera na noite anterior, e a alegre aventura que pretendia realizar, naquela manhã. Quando o xerife escutou aquilo, bateu com a mão na cabeça:

— Meu Deus! Que mau conselho é esse que recebestes? Ó meu gracioso lorde e rei, não sabeis o que ireis fazer! Esse patife que procurais não tem respeito por reis nem pela lei dos reis.

— Será que não ouvi bem quando me disseram que esse Robin Hood não derramou sangue desde que foi declarado fora da lei, com exceção daquele assassino, Guy de Gisbourne, por cuja morte todos os homens honestos agradecem?

— Sim, Majestade, ouvistes bem — disse o xerife. — Apesar disso...

— Então — interrompeu o rei —, por que eu deveria temer encontrá-lo, se não fiz nada de mal a ele? Verdadeiramente, não acho que haja perigo nisso. Talvez queira ir conosco, xerife.

— Que os céus não permitam! — respondeu rapidamente o xerife.

Naquele instante foram trazidos sete hábitos dos monges escuros, e o rei, mais os que estavam com ele, tendo-os envergado, colocou sob as roupas uma bolsa contendo cem libras de ouro, e todos montaram nas mulas que foram providenciadas para eles, à porta. Nesse momento o rei pediu ao xerife para manter silêncio sobre o que iam fazer, e em seguida partiram.

 Viajaram, rindo e brincando, até começarem a passar pelo espaço aberto dos campos vazios, de onde a colheita havia sido retirada; prosseguiram através de prados que começavam a adensar-se, até chegarem à sombra da floresta em si. Viajaram na floresta por vários quilômetros sem encontrar ninguém como procuravam, até chegarem próximos à estrada que passava perto da Abadia Newstead.

 — Por São Martin — exclamou o rei. — Gostaria de ter uma cabeça melhor para lembrar as coisas de grande necessidade. Aqui estamos nós, longe, e não trouxemos uma gota de nada para beber. Acho que agora daria metade das cem libras para matar a sede da minha garganta.

 Assim que o rei pronunciou essas palavras, saiu da vegetação ao lado da estrada um sujeito alto, com barba e cabelos loiros e um par de olhos azuis e brincalhões.

 — É mesmo, santo irmão? — disse ele, segurando as rédeas da montaria do rei. — Seria uma coisa pouco caridosa não responder a uma barganha tão honesta. Mantemos uma hospedaria nas cercanias, e por cinquenta libras nós não apenas forneceríamos um bom gole de vinho, mas também providenciaríamos um banquete nobre como não puseste ainda pela garganta adentro.

 Assim dizendo, ele levou os dedos aos lábios e emitiu um assobio agudo. E os arbustos e galhos de ambos os lados da estrada abriram caminho para cerca de sessenta homens de ombros largos, usando roupas verdes, que deixaram seus esconderijos.

 — Quem és, tratante malcriado? — perguntou o rei. — Não tens respeito por homens santos como nós?

 — Nem um pouco — respondeu Robin Hood, já que não era outro senão ele o interlocutor. — Pois toda a santidade de ricos frades, como vós, poder-se-ia colocar num dedal, e uma boa esposa jamais chegaria a senti-la na ponta de seus dedos. Quanto ao meu nome, é Robin Hood, e talvez o tenhais ouvido antes.

 — Afasta-te! És um sujeito malvado e atrevido, além de não respeitar a lei, foi o que ouvi falar muitas vezes — disse o rei. — Rogo-te, deixa-me, e a meus irmãos, continuarmos viagem em paz e sossego.

— Não pode ser, bom irmão, não ficaria bem que eu deixasse homens tão santos seguir viagem com o estômago vazio — replicou Robin. — Não duvido que tenhas uma bolsa gorda para pagar os serviços de minha estalagem, desde que fizeste livremente uma oferta tão generosa por apenas um gole de vinho. Mostra-me tua bolsa, reverendo irmão, ou será que terei de retirar teu hábito para ver por mim mesmo?

— Não uses da força — pediu o rei, sério. — Aqui está minha bolsa, mas não coloques tuas mãos sem lei sobre nossas pessoas.

— Mmm... que palavras tão orgulhosas serão essas? És o rei da Inglaterra para falares assim comigo? — disse Robin, voltando-se em seguida para Will Escarlate: — Aqui, toma essa bolsa e vê quanto há no interior dela.

Will Escarlate apanhou a bolsa e contou o dinheiro. Então Robin retirou cinquenta libras para ele mesmo, e entregou a bolsa de volta ao rei.

— Aqui está, irmão. Mantém tua metade do dinheiro, e agradece a São Martin, a quem invocaste antes, por teres caído em mãos de ladrões gentis, que não vos deixarão nus, como poderiam fazer. Não vais baixar o capuz? Gostaria de ver teu rosto.

— Não, não baixarei — respondeu o rei, recuando. — Nós sete fizemos um voto de não descobrir nossos rostos por vinte e quatro horas.

— Nesse caso, mantende-os no lugar. Longe de mim fazer que rompais vosso voto.

Assim chamou sete de seus homens e pediu-lhes que levassem as mulas pelas rédeas; e voltando os rostos para as profundezas da floresta, caminharam até chegar a uma grande clareira, dominada pela árvore da reunião.

John Pequeno, com sessenta homens em seus calcanhares, também saíra naquela manhã para esperar ao longo da estrada e trazer alguém rico à clareira de Sherwood, se tivesse sorte, porque muitas bolsas ricas viajavam pelas estradas àquela época pelo condado de Nottingham; embora John Pequeno e os outros tivessem partido, frei Tuck e duas vintenas de homens permaneciam por ali, sentados ou deitados sob a grande árvore, e quando Robin e os outros chegaram, colocaram-se em pé para saudá-los.

— Por minha alma — espantou-se o rei Richard, quando apeou de sua mula e olhou ao redor. — Tens de fato um belo grupo de jovens ao teu redor, Robin Hood. Acho que o próprio rei Richard gostaria muito de ter uma guarda pessoal como essa.

— Não estão todos os meus homens — disse Robin, orgulhoso. — Sessenta ou mais estão a negócios com meu segundo em comando, John Pequeno. Quanto ao rei Richard, posso dizer, irmão, que não existe um homem entre nós que não derramasse o próprio sangue por ele. Vós, homens da Igreja, não conseguis entender direito nosso rei; mas nós, bandoleiros, o amamos com lealdade pelos feitos dele, que são tão parecidos com os nossos próprios.

Frei Tuck se aproximava.

— Um bom dia para vós, irmãos. Estou contente por receber pessoas do meu hábito neste lugar inóspito — disse ele. — Na verdade, acho que esses malandros fora da lei não iriam sobreviver se não fosse pelas orações do santo Tuck, que trabalha tão duro pelo bem-estar deles...

Nesse ponto ele piscou de maneira marota e esticou a bochecha com a língua.

— Quem és, frade louco? — indagou o rei, com voz séria, embora risse por sob o capuz.

Frei Tuck olhou para todos os lados com um brilho esperto nos olhos:

— Prestai atenção, nunca mais digais que não sou um homem paciente. Aqui está um padre patife a me chamar de frade louco, e não lhe dei uns tabefes. Meu nome é Frei Tuck, amigo — o santo Frei Tuck.

— Pronto, Tuck, já falaste demais — disse Robin. — Rogo, cessa a conversa e traze um pouco de vinho. Esses reverendos homens têm sede e, como pagaram tão bem por sua parte, precisam ter do melhor.

Frei Tuck empertigou-se por ser tão controlado em seus discursos. Apesar disso, foi fazer o que Robin pediu; em pouco tempo um grande cântaro era trazido, e o vinho foi servido para os convidados e para Robin Hood, que levantou seu copo:

— Um momento! Não bebais ainda, antes que eu faça o brinde. Bebamos ao bom rei Richard, de grande renome, e que possam todos os seus inimigos ser confundidos.

Todos beberam à saúde do rei, incluindo o próprio rei.

— Parece-me, bom amigo, que bebes à tua própria confusão — observou o rei.

— Não te enganes, nós aqui em Sherwood somos mais leais ao lorde nosso rei do que vós, em vossa ordem. Daríamos a própria vida por ele, enquanto vós ficais contentes em ficar confortáveis nas abadias e conventos, reine quem reinar.

A essas palavras, o rei riu.

— Talvez o bem-estar do rei Richard seja mais importante para mim do que imaginas. Mas chega desse assunto. Pagamos bem nossa parte, por isso, podes nos mostrar algum entretenimento? Sempre ouvi dizer que sois ótimos arqueiros por aqui; não podeis mostrar-nos um pouco de vossa habilidade?

— De todo coração — disse Robin. — Sempre apreciamos mostrar aos convidados todas as habilidades que possuímos. Como diz o velho Swanthold: "É um coração duro aquele que não dá o melhor a um estorninho na gaiola". E vós sois para nós como estorninhos engaiolados. Rapazes! Colocai uma guirlanda do outro lado da clareira.

Então, enquanto os homens levantavam-se para fazer o que o chefe pedira, Tuck voltou-se para um dos falsos frades:

— Ouviste nosso chefe? — perguntou ele, com uma piscadela marota. — Quando ele vem com algum dito não muito inteligente, sempre deixa nas costas do velho Swanthold — quem quer que ele possa ser — assim, acredito que o pobre ancião deva viajar com todas as estranhezas, conclusões e apartes, chavões e ditados do cérebro de nosso chefe amarrados às costas.

Assim falou frei Tuck, contudo, numa voz tão baixa que Robin não o ouviu, pois se sentia aguilhoado por ter o chefe interferido com suas palavras.

Entrementes, o alvo fora colocado no ponto ao qual deveriam apontar os arqueiros, a cento e vinte passos de distância. Era uma guirlanda de folhas e flores de dois palmos de largura, pendurada à frente de um grande tronco de árvore.

— Bem, parece um alvo razoável, amigos. Cada um atira três flechas. E, se alguém errar, mesmo que seja uma só seta, será brindado com uma bofetada de Will Escarlate.

— Ouvi só isso! — comentou frei Tuck. — Chefe, distribuis bofetadas de teu sobrinho forte como se fossem tapas de amor de uma donzela saudável. Garanto que estás seguro de atingires a guirlanda, ou não estarias tão acima de receber a penalidade.

Em primeiro lugar, atirou David de Doncaster, e alojou as três setas no interior da guirlanda.

— Muito bem, David — aplaudiu Robin. — Salvaste tuas orelhas de ficarem quentes hoje.

Em seguida, Midge, o filho do moleiro, disparou, e também colocou suas três setas na guirlanda. Seguiu-se Wat, o latoeiro, mas teve azar! Uma de suas setas errou o alvo por quase dois dedos.

— Aproxima-te, amigo — chamou Will Escarlate, com sua voz suave e delicada. — Devo-te alguma coisa, e faço questão de pagar.

Então Wat, o latoeiro, avançou e ficou em frente a Will Escarlate, fazendo uma careta e fechando com força os olhos, como se já estivesse sentindo seus ouvidos zunirem com a bofetada. Will Escarlate enrolou sua manga e, ficando na ponta dos pés para oferecer mais balanço aos braços, golpeou-o com toda a força.

A palma da mão fez barulho ao atingir a cabeça do latoeiro, e lá se foi o robusto Wat para a grama, rolando, como uma imagem de madeira na feira, quando o jogador habilidoso consegue acertá-la atirando o bastão. Enquanto o latoeiro sentava-se na grama, esfregando a orelha e piscando perante as estrelas brilhantes que dançavam perante seus olhos, as gargalhadas dos homens ecoavam pela floresta. Quanto ao rei Richard, riu até que as lágrimas corressem pelas bochechas. Assim o bando atirou, cada um na sua vez, alguns conseguindo sair livres, outros fazendo jus a um bofetão na orelha, que sempre os derrubava na grama. Ao final, Robin tomou seu lugar, e tudo se silenciou quando ele atirou. A primeira seta que ele disparou rachou o suporte no qual a guirlanda estava apoiada. A segunda cravou-se a três centímetros da primeira.

— Por tudo o que é sagrado — murmurou o rei Richard. — Eu daria mil libras para que esse sujeito fosse da minha guarda.

Pela terceira vez, Robin atirou; no entanto, ó azar! As penas da seta não estavam bem colocadas e, desviando para um lado, ela se cravou um centímetro para fora da guirlanda.

Um grande estrondo elevou-se da plateia, os que estavam sentados na grama rolavam e gritavam de alegria, pois nunca tinham visto o chefe errar o alvo; porém, Robin atirou o arco ao chão, envergonhado.

— Não valeu! Aquela flecha tinha uma pena defeituosa — disse ele. — Senti nos dedos quando saiu! Deem-me uma seta nova, e posso rachar a vareta com ela.

A essas palavras, os homens riram ainda mais alto.

— Não, meu tio. Tiveste a mesma chance justa e erraste o alvo — disse Will Escarlate, com sua voz suave. — Posso jurar que aquela seta era tão boa quanto as outras que foram disparadas aqui hoje. Aproxima--te. Devo-te algo, e gostaria de pagar.

— Vai, bom chefe, e que minha bênção esteja contigo — incentivou frei Tuck. — Distribuíste esses tapas de amor de Will Escarlate com prodigalidade. Seria uma pena que não recebesses tua própria parte.

— Não pode ser — disse o alegre Robin. — Sou rei aqui, e nenhum súdito pode levantar a mão para mim. Mesmo nosso grande rei Richard pode se render ao Papa sem nenhuma vergonha e até mesmo levar um tapa dele, portanto me rendo ao nosso bom frade, que parece ser uma autoridade, e aceito minha penitência dele — assim dizendo, voltou-se para o rei. — Rogo-te, irmão, poderias dar-me a punição por tuas santas mãos?

— De todo coração — concordou alegre o rei Richard, levantando-se de onde estava sentado. — Devo-te alguma coisa por teres aliviado um peso de cinquenta libras de minha bolsa. Portanto, abri espaço para ele na grama, amigos.

— Se me derrubares, devolver-te-ei de bom grado as cinquenta libras; mas aviso, irmão, se não me fizeres cair na grama de costas, irei tomar tudo o que te resta, por teu discurso atrevido.

— Que assim seja. Estou disposto a arriscar — disse o rei.

Enrolou a manga e mostrou um braço que arrancou olhares de admiração dos homens. Robin, os pés bem separados, permaneceu firme, esperando pelo outro, a sorrir. O rei balançou o braço por um instante e aplicou um tapa em Robin que o atingiu como um raio. Robin caiu de cabeça na grama, já que o golpe teria derrubado uma parede de pedra. Os homens gritaram de alegria e riram até a barriga doer, porque nunca tinham visto um tapa daqueles. Quanto a Robin, ele se sentou e olhou ao redor, como se tivesse caído de uma nuvem num lugar que jamais vira antes. Depois de um tempo, ainda olhava em volta, para seus homens, que riam, tateou suavemente sua orelha com a ponta dos dedos.

— Will Escarlate, conta cinquenta libras para esse sujeito; não quero nem o dinheiro nem nada dele. Que ele e seu bofetão tenham sarna! Gostaria de ter recebido a punição de ti, pois parece que meu ouvido ficará surdo para sempre.

Enquanto o riso ainda brotava dos homens, Will Escarlate contou cinquenta libras e o rei as colocou de novo em sua bolsa.

— Agradeço-te, amigo, e se precisares outra vez de outro tapa na orelha do mesmo tipo, é só vires a mim, e poderei aplicar de graça — disse o rei.

Enquanto ele terminava de falar, ouviram o som de muitas vozes, e entraram na clareira os sessenta homens de John Pequeno, com Sir Richard de Lea entre eles. Vinham correndo a atravessar a clareira, e, à medida que se aproximavam, Sir Richard gritou para Robin:

— Apressa-te, meu amigo, reúne teu bando e vem comigo. O rei Richard saiu da cidade de Nottingham nesta manhã mesmo e veio procurar a ti na floresta. Não sei como ele veio, foi apenas um rumor que chegou aos meus ouvidos. Apesar disso, sei que é verdade. Portanto, apressa-te com teus homens, e vem ao castelo de Lea. Lá podes ficar escondido até que o perigo atual passe. Quem são esses estranhos que estão contigo?

— São certos estranhos educados que vieram conosco desde a estrada para a Abadia Newstead — disse Robin, erguendo-se da grama. — Não sei os nomes deles, mas fiquei familiarizado com a palma da mão desse frade alto e forte. Acredita, esse prazer me custou um ouvido surdo e cinquenta libras.

Sir Richard olhou diretamente para o frade alto, que, erguendo-se em toda a sua estatura, olhou fixamente o cavaleiro. Subitamente o rosto de Sir Richard empalideceu, porque ele percebeu a quem contemplava. Rapidamente apeou do cavalo e colocou-se de joelhos perante o outro. Com isso, o rei, vendo que Sir Richard o reconhecera, atirou para trás seu capuz, e todos os homens o viram e também o reconheceram, pois nenhum deixara de comparecer à multidão que se reuniu na boa cidade de Nottingham, e o vira cavalgando lado a lado com o xerife. Todos se ajoelharam, sem conseguir dizer palavra. Então o rei olhou ao redor severamente e, ao final, seu olhar voltou e recaiu sobre Sir Richard de Lea.

— O que é isso, Sir Richard? — disse ele. — Como ousas ficar entre mim e essas pessoas? E como ousas oferecer teu castelo de Lea como refúgio para eles? Irias oferecer abrigo para os mais famosos fora da lei da Inglaterra?

Sir Richard de Lea ergueu os olhos para o rosto do soberano.

— Longe de mim, Majestade, fazer algo que possa trazer a ira de Vossa Majestade sobre mim. Ainda assim, seria mais fácil enfrentar a ira de Vossa Majestade do que ver qualquer mal recair sobre Robin Hood e seu bando; a eles devo minha vida, minha honra, tudo. Deveria desertá-lo neste momento de necessidade?

Quando o cavaleiro terminou de falar, um dos falsos frades que estava ao lado do rei avançou e ajoelhou ao lado de Sir Richard e, atirando para trás o capuz, mostrou o rosto do jovem Sir Henry de Lea. E Sir Henry segurou a mão do pai e disse:

— Aqui se ajoelha um que te serviu bem, rei Richard, e que, como sabes, pisou entre ti e a morte na Palestina; ainda assim, fico com meu querido pai, e aqui devo dizer que eu também daria abrigo a esse nobre fora da lei, Robin Hood, embora pudesse trazer tua ira sobre mim, porque a honra de meu pai e seu bem-estar são tão caros a mim como os meus próprios.

O rei Richard olhou de um cavaleiro ajoelhado para o outro e, por fim, seu cenho se desanuviou e um sorriso brincou nos canto de sua boca.

— Sir Richard, és um cavaleiro de fala ousada, e tua liberdade ao falar não pesa para mim. Esse teu jovem filho herdou tudo de ti, tanto a ousadia quanto a resolução, pois como ele conta, esteve entre minha pessoa e a morte; por isso eu o perdoaria por ele, mesmo se tivesses feito mais do que fizeste. Erguei-vos todos, ninguém sofrerá mal algum por meu intermédio neste dia, e seria uma pena que momentos tão alegres terminassem de maneira a acabar com nosso contentamento.

E todos se ergueram e o rei sinalizou para que Robin se aproximasse.

— Agora — disse ele —, teu ouvido ainda está tão surdo que não possas escutar o que tenho a dizer?

— Meus ouvidos teriam de ser ensurdecidos pela morte antes que eu cessasse de ouvir a voz de Vossa Majestade — disse Robin. — Quando ao tapa que Vossa Majestade me acertara, eu diria que, embora meus pecados sejam muitos, acredito que hoje tenham sido completamente pagos.

— Achas mesmo? — perguntou o rei, com certa severidade na voz.
— Pois eu te digo que, a não ser por três coisas, minha misericórdia, meu amor por um homem que viva na floresta e a lealdade que demonstras por mim, tuas orelhas talvez teriam permanecido mais fechadas do que até mesmo um tapa meu poderia fazer. Não fales com leviandade de teus pecados, bom Robin. Podes erguer os olhos, já que o perigo passou, porque a partir de agora concedo a ti e ao teu bando o perdão. Na verdade, digo-te que não podes mais perambular pela floresta como tens feito no passado; irei, portanto, aceitar-te da forma como tua palavra determinou, quando disseste que darias a mim teu serviço, já que voltarás para Londres comigo. Levaremos John Pequeno, e também teu sobrinho, Will Escarlate, e teu menestrel, Allan A Dale. Quanto

ao resto de teu bando, tomaremos seus nomes e serão inscritos como guardas florestais do rei; acho que é mais sábio deixar que eles se transformem em respeitadores da lei e guardiões dos cervos do que deixá-los perambular como caçadores clandestinos. Mas agora gostaria de ter um banquete, pois quero ver como viveis aqui nas profundezas da floresta.

Robin, então, conclamou seus homens a prepararem um grande banquete, e imediatamente grandes fogueiras foram montadas. Em pouco tempo as labaredas queimavam com regularidade, e ali foram colocadas as carnes para assar. Enquanto isso ocorria, o rei pediu que Robin chamasse Allan A Dale para ouvi-lo cantar. Assim o menestrel foi chamado, e veio sem demora.

— Ora, se teu canto segue tua aparência, deve ser muito bonito — disse o rei, ao vê-lo. — Peço-te que cantes uma cantiga e mostres tuas habilidades.

Allan tocou suavemente sua harpa e todas as palavras se calaram quando ele cantou:

Oh, onde estás, minha filha?
Oh, onde estiveste no dia de hoje,
Filha, minha filha?
"Ah, estive na margem do rio,
Onde as águas são acinzentadas e espraiadas
E o céu cinzento aumenta a maré plúmbea,
E o assobio do vento suspirou seu esforço."

O que viste lá, minha filha?
O que viste lá neste dia,
Filha, minha filha?
"Ah, eu vi um barco deslizando perto,
Onde o ímpeto trêmulo assobia e suspira,
E a água procura enquanto corre,
E o assobio do vento suspirou seu esforço."

O que vinha navegando no barco, minha filha?
O que vinha navegando no barco no dia de hoje,
Filha, minha filha?
"Ah, havia alguém todo envolto em branco,

E em seu rosto pendia uma luz pálida,
E os olhos brilhavam como as estrelas da noite,
E o assobio do vento suspirou seu esforço."

E o que disse ele, minha filha?
O que disse ele a você no dia de hoje,
Filha, minha filha?
"Ah, ele não disse nada, mas isto ele fez:
Três vezes em meus lábios depositou um beijo,
E as cordas em meu coração vibraram de emoção,
E o assobio do vento suspirou seu esforço."

Por que ficaste tão fria, minha filha?
Por que ficaste tão fria e branca,
Filha, minha filha?
Nem uma palavra disse a filha
E sentava-se ereta, com a mão largada,
Pois seu coração silenciara e seu rosto estava morto;
E o assobio do vento suspirou seu esforço.

Todos escutaram em silêncio; quando Allan A Dale terminou, o rei Richard suspirou.

— Pelo alento que há em meu corpo, Allan — disse ele —, tens uma voz doce e maravilhosa, que estranhamente toca meu coração. Que canto triste foi esse para os lábios de um homem da floresta? Acho que preferiria ouvir uma canção de amor e sobre batalhas do que uma canção triste como essa. Além do mais, não sei se a entendi: o que quiseste dizer com ela?

— Não sei, Majestade — respondeu Allan, balançando a cabeça. — Algumas vezes eu canto aquilo que nem sempre entendo claramente.

— Bem, Allan, deixa estar. Só digo isto: deves manter tuas canções nesses assuntos que mencionei — observou o rei. — Amor e guerra; na verdade, tens a voz mais doce do que Blondell, e acho que foi o melhor menestrel que já ouvi.

Alguém se adiantou e avisou que o banquete estava pronto; assim Robin Hood levou o rei Richard e aqueles que estavam com ele para onde estava colocada a toalha de linho fino sobre a grama verde. Então o rei sentou-se, comeu e bebeu e, quando terminou, jurou que jamais havia tido um banquete tão bom em toda a sua vida.

Naquela noite, ele dormiu em Sherwood, sobre um colchão de folhas verdes e macias, e logo cedo na manhã seguinte, partiu da floresta para a cidade de Nottingham, acompanhado de Robin Hood e todo o bando. Podes adivinhar a agitação que correu pela cidade, quando todos esses famosos fora da lei caminharam pelas ruas. Quanto ao xerife, ele não sabia para onde olhar quando viu Robin Hood nas graças do rei, e seu coração estava repleto de rancor pela vergonha que estava passando.

No dia seguinte o rei saiu da cidade; assim, Robin Hood, John Pequeno, Will Escarlate e Allan A Dale trocaram apertos de mão com o resto do bando, beijando o rosto de cada um dos homens, e jurando que sempre viriam a Sherwood vê-los. E cada um montou em seu cavalo e seguiu a comitiva do rei.

EPÍLOGO

E agora, bom amigo — que viajou comigo por todos esses feitos alegres —, não irei forçá-lo a seguir-me além, mas largo sua mão aqui com uma despedida, se preferir; porque o que vou comentar daqui em diante fala da quebra das coisas, e mostra como a alegria e os prazeres que estão mortos nunca podem ser colocados para caminhar outra vez. Não vou me deter muito nesse assunto, vou contar, quão rapidamente consiga, sobre como esse sujeito vigoroso, Robin Hood, morreu da maneira que viveu, não na corte como o conde de Huntington, mas com o arco na mão, o coração na floresta e ele em si um homem justo.

O rei Richard morreu no campo de batalha, de uma maneira apropriada para um rei de coração de leão, como você deve saber; assim, depois de um tempo, o conde de Huntington, ou Robin Hood, como continuaremos a chamá-lo, descobriu que não tinha nada para fazer no estrangeiro e voltou para a Inglaterra outra vez. Com ele vieram Allan A Dale e sua esposa, a bela Ellen; esses dois tinham sido os dirigentes da casa de Robin desde que ele deixara a Floresta de Sherwood.

Foi na primavera que aportaram mais uma vez no litoral da Inglaterra. As folhas estavam verdes e os pequenos pássaros cantavam alegremente, como costumavam fazer quando Robin Hood cruzava a floresta com o coração livre e pés leves. Toda a delicadeza do tempo e a alegria de tudo trouxeram à mente de Robin sua vida na floresta, de maneira que uma grande saudade caiu sobre ele e teve vontade de contemplar a floresta mais uma vez. Portanto, foi até o rei John e pediu licença para visitar Nottingham por um curto período. O rei lhe deu permissão para ir e vir, porém pediu que não ficasse mais do que três dias em Sherwood. Assim, Robin e Allan A Dale partiram sem demora para Nottingham e para a Floresta de Sherwood.

Na primeira noite, hospedaram-se na cidade de Nottingham, e não foram visitar o xerife, visto que sua excelência ainda tinha ressentimentos contra Robin Hood, os quais não foram diminuídos pela ascensão de

Robin na corte. No dia seguinte, à primeira hora, montaram em seus cavalos e partiram para a floresta. Ao passarem pela estrada, pareceu a Robin que ele conhecia cada pau e pedra que seus olhos divisavam. Ali estava uma trilha na qual muitas vezes passara uma tarde suave, com John Pequeno a seu lado; acolá havia outra, agora afogada por arbustos espinhosos, ao longo da qual ele e seu bando haviam caminhado quando foram procurar determinado frade eremita.

Assim cavalgaram lentamente para a frente, conversando sobre essas coisas familiares; coisas antigas e, no entanto, novas, pois descobriram nelas muito mais do que julgavam haver antes. Finalmente chegaram à clareira das reuniões e à grande árvore que fora seu lar por tantos anos. Nenhum dos dois falou enquanto ficaram sob aquela árvore. Robin olhou ao redor, para as coisas tão suas conhecidas, tão parecidas com o que costumavam ser e, ainda assim, tão diferentes; antes havia o burburinho de muitos homens atarefados e agora havia quietude e solidão. Enquanto contemplava a parte arborizada, depois o gramado e o céu, tudo ficou indistinto a seus olhos, porque lágrimas salgadas lhe embotaram a visão; sentia tamanha saudade de tudo aquilo (tão familiar a ele como os dedos da mão direita) que não conseguiu reprimir o choro.

Naquela manhã pendurara ao ombro a velha trompa de caça, e agora, com a saudades, veio uma enorme vontade de escutar o som da trompa mais uma vez. Levou-a aos lábios e soprou. As notas claras pareceram percorrer as trilhas da floresta, retornando das sombras mais distantes da mata, na forma de ecos tênues, até que se perdessem.

Acontece que, por acaso, John Pequeno estava andando pelas trilhas da floresta, por conta de determinados negócios, e caminhava, afundado em meditações, quando chegou aos seus ouvidos o som das notas claras de uma trompa de caça a distância. Assim como o cervo salta quando a seta atinge seu coração, assim saltou John Pequeno quando o som distante chegou aos seus ouvidos. Todo o sangue em seu corpo deu a impressão de correr como uma chama em seu rosto, ele curvou a cabeça e escutou. Outra vez veio a nota da trompa, aguda e clara, e ainda mais uma vez. Então John Pequeno soltou um grito selvagem de contentamento, de alegria, e ainda assim, de pesar; baixando a cabeça, ele entrou nos arbustos da floresta. Continuou em frente, amassando e despedaçando folhagens, como o javali selvagem avança através do mato cerrado. Pouco prestou atenção aos espinhos e urzes que arranharam sua pele e rasgaram suas vestes, pois tudo o que imaginou foi chegar, pelo caminho mais curto, até a clareira, na profundeza da mata, de onde sabia que o som da trompa viera. Saiu para a clareira, uma nuvem de pequenos galhos ao seu redor, e, sem parar um só momento, correu diretamente e atirou-se aos pés de Robin Hood. Em seguida passou os braços pelos joelhos do chefe, todo o seu corpo sacudindo-se em grandes soluços. Nem Robin nem Allan disseram coisa alguma, mas ficaram olhando para John Pequeno, as lágrimas correndo pelo rosto.

Enquanto permaneciam assim, sete guardas florestais do rei irromperam clareira afora e um grande grito de alegria elevou-se à visão de Robin Hood; à liderança estava Will Stutely. Depois de algum tempo chegaram mais quatro, ofegantes pela corrida, e dois desses quatro eram Will Scathelock e Midge, o moleiro; haviam escutado o som da trompa de Robin Hood. Todos correram para Robin e beijaram-lhe as mãos e a roupa, com grande comoção.

Depois de algum tempo, Robin olhou ao redor com os olhos inchados de chorar e disse, com voz rouca:

— Juro que nunca mais vou sair dessa floresta querida. Estive longe por muito tempo. Nem vou mais atender ao nome de Robert, conde de Huntington, mas vou assumir mais uma vez o título de Robin Hood, o fora da lei.

A essas palavras seguiu-se um grito forte e todos se cumprimentaram, alegres.

As notícias de que Robin Hood voltara a habitar Sherwood como antigamente se espalharam como um incêndio florestal por todo o interior do país, de modo que, uma semana depois, praticamente todos os seus velhos companheiros estavam novamente reunidos ao redor dele. No entanto, quando essas novidades chegaram aos ouvidos do rei John, ele praguejou alto e intensamente, fazendo o voto solene de não descansar até que tivesse Robin Hood em seu poder, vivo ou morto. Estava presente à corte certo cavaleiro, Sir William Dale, tão heróico soldado quanto bem-dotado cavaleiro. Sir William Dale conhecia bem a Floresta de Sherwood, já que fora governante da parte próxima à cidade de Mansfield; o rei voltou-se para ele e o incumbiu da tarefa de organizar um exército e ir diretamente procurar Robin Hood. Deu a Sir William seu sinete para mostrar ao xerife, a fim de que ele pudesse convocar todos os homens armados para ajudar na perseguição ao fora da lei.

Assim, Sir William e o xerife partiram para fazer o que o rei ordenara e procurar Robin Hood; por sete dias caçaram-no de um lado para outro, porém não o encontraram.

Se Robin Hood fosse tão pacífico como era antigamente, tudo poderia ter terminado assim, como já acontecera antes; mas ele lutara alguns anos sob as ordens do rei Richard, e isso o tinha mudado. Arranhava seu orgulho fugir assim dos homens que haviam sido mandados para persegui-lo, como uma raposa foge dos sabujos; assim aconteceu, por fim, que Robin acabou encontrando Sir William, o xerife e seus homens na floresta, e uma luta sangrenta seguiu-se. O primeiro homem morto na batalha foi o xerife de Nottingham, pois ele caiu do cavalo com uma seta enfiada no cérebro antes que dez setas fossem disparadas. Muitos homens melhores do que o xerife beijaram a poeira naquele dia, entretanto, ao final, tendo Sir William Dale se ferido, estando seus homens, em sua maioria, mortos, ele se retirou, derrotado, e saiu da floresta, mas muitos bons homens foram deixados para trás, mortos, sob os doces galhos verdes da floresta.

Mas, embora Robin Hood tivesse batido seus inimigos em luta justa, todo aquele dia pesou em sua mente, de modo que ele preocupou-se até que uma febre o atingiu. Por três dias ela tomou conta dele e, embora tentasse afastá-la, no final foi obrigado a render-se. Assim aconteceu que, na manhã do quarto dia, ele chamou John Pequeno e lhe disse que não podia controlar a febre, por isso queria ir até sua prima, a prioresa do convento de Kirklees, no condado de York, que era um ótima aplicadora de sangrias, e ele lhe pediria que abrisse a veia em seu braço para retirar um pouco de sangue, a fim de melhorar sua saúde. Então pediu que John Pequeno também viesse, porque talvez ele precisasse de ajuda na jornada. E John Pequeno e ele despediram-se dos outros, e Robin pediu que Will Stutely fosse o chefe do bando até que ele voltasse. Assim passaram pelas etapas fáceis e viajaram devagar até atingir o convento de Kirklees.

Robin fizera muito para ajudar essa sua prima; fora pelo amor do rei Richard por ele que ela se tornara prioresa do convento. Contudo, não há nada no mundo que se esqueça mais rapidamente do que a gratidão; assim, quando a prioresa de Kirklees ouviu dizer que seu primo, o conde de Huntington, havia desistido de seu título e voltado para Sherwood, ficou envergonhada até a alma, e temeu que seu parentesco com ele trouxesse a ira real até ela. Assim aconteceu que quando Robin foi a ela dizendo que precisava de uma sangria, ela começou a conspirar contra ele em sua mente, pensando que ao fazer-lhe mal ganharia favor entre os inimigos. De qualquer forma, manteve esses pensamentos para si e recebeu Robin Hood com aparente bondade. Ela o levou por uma escada em espiral até um quarto que ficava logo abaixo do beiral de uma grande torre redonda; mas não deixou John Pequeno ficar com ele.

Assim, o pobre homem afastou-se da porta do convento, e deixou seu chefe nas mãos da mulher. Embora não tivesse entrado, não foi muito longe; acomodou-se numa clareira ali perto, de onde podia observar o lugar onde estava Robin, como um grande cão fiel, que se tivesse deixado ficar próximo à porta onde o dono havia entrado.

Depois de ter levado Robin ao quarto sob o beiral, a prioresa mandou todos os outros embora; tomando uma pequena corda, atou-a com pressão ao redor do braço de Robin, todavia, a veia que ela abriu não foi uma daquelas que estão próximas da pele e parecem azuis; cortou mais fundo do que isso, pois abriu uma daquelas veias pelas quais o sangue vermelho corre do coração. Robin não se apercebeu disso, e o sangue não veio com força suficiente para fazê-lo pensar que havia algo de errado.

Tendo realizado esse ato de maldade, a prioresa voltou-se e deixou seu primo, trancando a porta ao sair. Durante todo esse dia o sangue correu pelo braço de Robin e não pôde ser contido, embora ele tentasse de todas as maneiras fazer isso. Pediu ajuda repetidamente, mas ninguém veio, já que sua prima o havia traído e John Pequeno estava longe demais para ouvi-lo. Portanto sangrou e sangrou até sentir sua força partindo dele. Então se levantou, cambaleante, e apoiou-se com as palmas das mãos contra a parede até finalmente alcançar sua trompa. Por três vezes ele a soprou, debilmente, pois seu fôlego era irregular em virtude da fraqueza e da perda de força; apesar disso John Pequeno a ouviu da clareira onde estava e, com o coração apertado, foi correndo e saltando até o convento. Bateu à porta bem alto, e gritou para que o deixassem entrar. Mas a porta era de carvalho maciço, provida de barras fortes, reforçada com cavilhas, portanto as que estavam no interior sentiam-se seguras e pediram que John Pequeno partisse.

O coração de John Pequeno tornou-se louco de preocupação e temor pela vida de seu chefe. Olhou, desesperado, ao redor, e seus olhos depararam com um pilão de pedra, pesado, do tipo que três homens não conseguiriam levantar hoje em dia. John Pequeno deu três passos para a frente e, curvando-se, ergueu o pilão de onde estava, profundamente enraizado. Cambaleando sob o enorme peso, avançou e arremessou-o contra a porta, que se arrebentou, assustando as freiras, que fugiram gritando à sua entrada. John Pequeno entrou, sem dizer uma palavra, e subiu os degraus de pedra em espiral, até atingir a sala onde estava seu chefe. Ali encontrou a porta fechada também, mas aplicando o ombro contra ela, estourou o fecho como se fosse feito de gelo.

Lá viu seu querido chefe apoiado contra a parede de pedra, o rosto pálido e cansado, e a cabeça balançando para a frente e para trás, de fraqueza. Com um grito repleto de amor e piedade, John Pequeno saltou e segurou Robin nos braços. Carregou-o no colo, como uma mãe pega uma criança, e levou-o até a cama, deitando-o com carinho.

Nesse momento, a prioresa entrou apressadamente, pois estava receosa com o que tinha feito e temia a vingança de John Pequeno e dos outros do bando; então ela estancou o sangue com a aplicação de bandagens. O tempo todo John Pequeno permaneceu ao lado, severamente, e, quando ela terminou, pediu que saísse, ao que ela obedeceu, pálida e tremendo. Depois da partida da prioresa, John Pequeno disse palavras de ânimo, rindo e afirmando que aquilo seria como uma brincadeira de criança, e que nenhum homem que vivia na floresta iria morrer com a perda de algumas gotas de sangue.

— Daqui a uma semana, estarás correndo na floresta, como sempre — disse ele.

Mas Robin sacudiu a cabeça e sorriu debilmente onde estava.

— Meu querido John Pequeno — sussurrou ele. — Que os céus abençoem teu coração forte e gentil. A verdade é que jamais correremos juntos novamente pela floresta.

— Ah, correremos, sim — protestou John Pequeno, em voz alta. — Quem ousaria dizer que algum mal irá se abater sobre ti? Não estou ao teu lado? Vamos ver quem ousa tocar... — nesse ponto ele se interrompeu subitamente, estava emocionado demais. Finalmente, conseguiu continuar, com voz ainda embargada e profunda: — Se algum mal recair sobre ti pelos acontecimentos de hoje, juro por São George que o galo vermelho irá cantar sobre o madeiramento desta casa, as chamas vão lamber cada canto e rachadura deste lugar. Quanto a essas mulheres — nesse ponto ele rilhou os dentes. — Será um dia maldito para elas!

Mas Robin Hood tomou o punho e a mão bronzeada de John Pequeno entre as suas, pálidas, e reprovou-o suavemente, em sua voz fraca, indagando desde quando John Pequeno pensava em fazer mal a mulheres, mesmo na vingança. Assim ele continuou, até que o outro finalmente prometesse, com voz embargada, que nenhum mal recairia sobre aquele local, não importava o que acontecesse. Um silêncio recaiu sobre ambos, e John Pequeno sentou-se com a mão de Robin Hood entre as suas, olhando pela janela aberta, e de vez em quando engolindo em seco, com um nó na garganta. O sol decaiu para oeste, até que o céu fosse iluminado por uma glória avermelhada. Então Robin Hood, numa voz débil e hesitante, pediu que John Pequeno o levantasse nos braços para que ele visse mais uma vez a floresta; assim, seu amigo fez o que ele pedia, deixando a cabeça de Robin apoiada em seu ombro. Por muito tempo ele contemplou, com um olhar extasiado, enquanto o amigo ficava de cabeça baixa, as lágrimas rolando uma depois da outra, grossas, de seus olhos e pingando no colo, pois sentiu que a hora da partida estava se aproximando. Robin Hood lhe pediu que encordoasse o arco e que escolhesse uma boa flecha para ele em sua aljava. Isso foi feito por John Pequeno, embora sem perturbar seu chefe, nem se levantar de onde estava. Os dedos de Robin Hood cerraram-se em torno de seu arco adorado, e ele sorriu quando o sentiu entre os dedos; segurou aquela parte da corda que as pontas dos dedos conheciam tão bem.

— John Pequeno — disse ele —, John Pequeno, meu melhor amigo, aquele a quem mais amo no mundo, marca, peço-te, o lugar onde esta flecha cair, e cava ali minha sepultura. Deita-me com o rosto voltado para leste, John Pequeno, e zela para que meu lugar de descanso permaneça verde, e que meus ossos cansados não sejam perturbados.

Ao terminar de falar, ergueu de súbito o corpo, sentando-se ereto. Sua antiga força deu a impressão de retornar a ele, e, puxando a corda até a orelha, disparou a flecha através da janela aberta. À medida que a seta voava, sua mão desceu lentamente com o arco, até ficar sobre os joelhos, e seu corpo também repousou outra vez sobre os braços cuidadosos de John Pequeno; algo também partira de seu corpo, assim como a flecha alada partira do arco.

Por alguns minutos John Pequeno ficou imóvel, mas terminou por deitar o precioso peso que sustentava, dobrando as mãos sobre o peito e cobrindo o rosto; partiu do quarto sem emitir palavra ou nenhum outro som.

Na escadaria encontrou a prioresa e algumas das irmãs mais importantes no convento. Falou com elas com voz profunda e um tanto trêmula:

— Se chegardes a menos de seis metros daquele quarto, virei derrubar este cortiço sobre vossas cabeças, e não deixarei pedra sobre pedra. Marcai bem o que digo, porque falo sério.

Assim dizendo, ele se voltou e saiu, e elas o viram correr rapidamente no espaço aberto, através do crepúsculo, até ser engolido pelas sombras da floresta.

A luz acinzentada da manhã que se aproximava apenas começava a iluminar o céu negro para os lados do leste quando John Pequeno e mais seis do bando vieram correndo rapidamente na direção do convento. Não viram ninguém, pois as irmãs estavam todas escondidas, assustadas pelas palavras de John Pequeno. Subiram a escada de pedra, e um som alto de choro fez-se ouvir. Depois de algum tempo cessou, e veio o ruído abafado de arrastar de pés à medida que traziam um grande peso pela escada de pedra em espiral. Assim passaram pelas dependências do convento e, quando transpuseram as portas que se abriam para o exterior, um som alto de lamentos elevou-se da clareira que ainda permanecia na escuridão, enquanto muitos homens, ocultos nas trevas, elevavam a voz em prantos.

Assim morreu Robin Hood, no convento de Kirklees, no belo condado de York, com misericórdia no coração por aqueles que foram sua ruína; sempre demonstrara misericórdia para com os enganos e piedade pelos fracos durante toda a sua vida.

Seus homens se dispersaram daí em diante, mas nenhum mal recaiu sobre eles, porque um xerife mais clemente e que não os conhecia tão bem sucedeu o que se fora, e estando eles espalhados aqui e ali pelos campos, viveram em paz e sossego, de modo que muitos viveram para passar adiante essas histórias para os filhos e para os filhos de seus filhos.

Alguém disse que sobre uma pedra em Kirklees há uma antiga inscrição. Transcrevo aqui em linguagem arcaica, na qual está escrita:

> Hear undernead dis laitl stean
> lais robert earl of huntingtun
> nea arcir ver as hie sae geud
> an pipl kauld im Robin Heud
> sick utlaws as hi an is men
> vil England nidir si agen.
> obiit 24 kal. dekembris 1247.*

Agora, meu caro amigo, precisamos também partir, pois nossa alegre jornada terminou, e aqui, na sepultura de Robin Hood, nos despedimos, cada um seguindo seu próprio caminho.

---

* Sob esta lápide
Jaz Robert, conde de Huntington,
Pessoa tão boa como alguém pode ser, Robin Hood.
Fora da lei como ele e seus homens
A Inglaterra jamais verá.
Morreu em 24 dezembro de 1247. (N.T.)

CONTINUE COM A GENTE!

- Editora Martin Claret
- editoramartinclaret
- @EdMartinClaret
- www.martinclaret.com.br